Copyright © 2021 Editora Garnier.

Todos os direitos reservados pela Editora Garnier.
Nenhuma parte desta publicação poderá ser reproduzida
sem a autorização prévia da Editora.

VIAGEM AO
RIO GRANDE DO SUL

Diretor editorial
Henrique Teles

Produção editorial
Eliana S. Nogueira

Arte gráfica
Ludmila Duarte

Revisão
Mariângela Belo da Paixão

Desenho da capa
Cláudio Martins

*Tradução de
Leonam de Azeredo Penna*

EDITORA GARNIER
Belo Horizonte
Rua São Geraldo, 67 - Floresta - Cep.: 30150-070 - Tel.: (31) 3212-4600
e-mail: vilaricaeditora@uol.com.br

AUGUSTE DE SAINT-HILAIRE

VIAGEM AO
RIO GRANDE DO SUL

(1820-1821)

2ª Edição

GARNIER
desde 1844

Dados Internacionais de Catalogação na Publicação (CIP) de acordo com ISBD

Saint-Hilaire, Auguste de 1779-1853.

Viagem ao Rio Grande do Sul / Auguste de Saint-Hilaire - 2 ed. - Belo Horizonte, MG : Garnier, 2021.
    252 p. : il. ; 16 cm x 23 cm.

    Inclui índice.
    ISBN 978-85-7175-170-5

    1. História do Brasil. 2. Rio Grande do Sul. I. Título.

                                                               CDD 981
                                                               CDU 94(81)

                    Índice para catálogo sistemático:
1. História do Brasil 981
2. História do Brasil 94(81)

SUMÁRIO

págs.

CAPÍTULO I 15

Torres. Prisioneiros indígenas empregados na construção do fortim. Itapeva. Estância do Meio. Sítio do Inácio. Tramandaí. Firmiano mordido por uma cobra. Fazenda do Arroio. Cultura da mandioca e do trigo. Pitangueiras. Diálogo com a hospedeira à porta da casa. Lagoa dos Barros. Boa Vista. Curtume de José Egídio, Barão de Santo Amaro. O Sr. Gavet. Descrição da Fazenda. Sítio. Capela do Viamão. Bela igreja. Criação de gado.

CAPÍTULO II 31

Porto Alegre. Descrição da cidade. Sua sujeira. Hábitos carnívoros. O Conde de Figueira, general. Sua boa administração. Artigas derrotado em Taquarembó. Prisioneiros guaranis. Sua semelhança com os cossacos. Caminho novo. Artigas. Duas vacas hermafroditas. A grande seca. Dificuldade na organização do serviço de abastecimento das tropas. Soldo atrasado. Rendas da Capitania. Sistema de fazendas gerais. Sua adjudicação feita no Rio de Janeiro. Abusos. Junta criminal. Frutas. Vinha. Falta de lareiras. Clima salubre. O General Lecor. Um baile. Origens da guerra. Os povoadores desta Capitania são oriundos de Açores. Comparação com os de Santa Catarina. Continuação da descrição de Porto Alegre.

CAPÍTULO III 51

Capela do Viamão,. População da Capitania. Boa Vista. Administração das aldeias (povos) das Missões. Palmares. Negros escravos. Estância dos Barros. Os capitães gerais. Estância de S. Simão. Bajuru. Mostardas. Gado, carneiros. Freguesia do Estreito. Rio Grande do Sul. Recepção do Conde de Figueira. Exportações, Areias. A Lagoa dos Patos. Ganhos excessivos da fazenda-geral. Baile em casa do Sargento-mor Mateus da Teles. Posição do Rio Grande. Educação defeituosa das moças. Negociantes quase todos europeus. Doenças. Aldeia do Norte.

CAPÍTULO IV 69

A barra do Rio Grande. Profundidade variável. Francisco Inácio da Silveira, vigário de Rio Grande. Sistema de Contemporização do General Lecor em Montevidéu. Influência do clima. Descrição de Rio Grande. Provável decadência desta cidade. Seu Comércio. Nascimentos em 1819 a 1820. Rio Pelotas. Visita ao Sr. Chaves. Navegação sobre o Canal e sobre o Rio Pelotas. Descrição da residência do Sr. Chaves. A paróquia de S. Francisco de Paula. Sr. Paiva, coletor geral dos dízimos. Dois franceses estabelecidos em S. Francisco de Paula. Estado da exportação do Rio Grande de 1805 a 1819. Cultura do cânhamo. Mau trato dos escravos das charqueadas. Sr. Chaves. S. Francisco de Paula. Importação do Rio Grande.

CAPÍTULO V 91

Arroio das Cabeças. O Tenente Vieira. Cães de guarda dos rebanhos chamados ovelheiros. Estância do Silvério. Invasão das areias. Cultura do trigo. Estância do Velho Terras. Estância de José Correia. O mate. Campos neutrais. Propriedade disputada. Estância da Tapera. Estância de José Bernardes. Estância de Francisco Correia. Estância de Medanos Chico. Estância do Curral Grande. Cheripá. Oftalmias causadas pela areia. Jerebatuba. O Sr. Delmont, francês. Rendimento das Estâncias segundo sua opinião. Estância de Chuí. Estrados. Cultura do Milho. Bodes. Rio e Serra de S. Miguel. Bela paisagem. Forte de S. Miguel. Morro da Vigia. Estância de Angelo Nuñez, lugar destinado à fundação de uma aldeia. Chuí. O capitão Manoel Joaquim de Carvalho. Limites entre Rio Grande do Sul e Uruguai.

CAPÍTULO XIV 115

Margens do Arroio Santana. Índio guaicuru visto em Belém. Vocábulos do dialeto desses índios. Reflexões sobre Portugal e Brasil. Os *dumestes*, insetos nocivos. Tigres. Ao ar livre, margens do Arroio Guaraquitã. Mel de abelhas. Envenenamento. Ao ar livre junto às nascentes de Guarapuitã. Os três índios comem do mel, sem perigo. A vespa é chamada, pelos guaranis, lechiguana. Ingratidão de Firmiano. Incapacidade dos índios em compreender o futuro. Ao ar livre junto ao Arroio Imbahá. Ao ar livre, próximo a um Arroio sem nome. Estância de São Marcos. Rincão de Sanclon. Hábitos. Retorno à barbaria. Ausência de religião.

CAPÍTULO XV 131

Ao ar livre, nas margens do Rio Ibicuí. Passagem em piroga. A outra margem do Ibicuí. Estância do Alferes Antônio Francisco Souto. Rincão da Cruz. Pedras de limites. Produtos da criação. Produtos da lavoura. O Marechal Chagas. Chácara de Pedro Lino. Sentido da palavra chácara. Fazenda do Salto. O Padre Alexandre e sua insolência. Fazenda do Deumario (sic). Colonos europeus. Seus filhos. Siti, chefe de índios.

CAPÍTULO XVI 143

Margens do Rio Butuí. Estância de São Donato, do Marechal Chagas. Estância de Butuí, margem direita do rio desse nome. As pelotas, barcos de couro cru. São Borja. Igreja. Notável partido que os jesuítas sabem tirar da imbecilidade dos índios. Música. Decadência das Missões depois que abandonaram o sistema dos jesuítas. Mistura com os brancos. Moléstias. Despovoamento. Retorno à barbaria. Caráter infantil dos Guaranis. Opinião do Coronel Paulette. Descrição da aldeia. Estância de Santos Reis. Velha plantação de mate. Regimento dos Guaranis. Suas mulheres. Bicharia. Ruína da região devido às requisições militares. Observações obtidas do Cura de São Borja. Ramirez.

CAPÍTULO XVII 157

Estância do Silva. Estância do Souza. Aventura de um miliciano, duma índia e de um prisioneiro negro. Feiura das índias; paixão que inspiram aos brancos. Bonita paisagem. Estância de S. José. Propriedades do Marechal Chagas. Escândalo dessas aquisições. Estância de Itaruquem. Ruínas das velhas estâncias dos jesuítas. Chácara de Chico Penteado. Os moscardos. Significação das palavras, estância e chácara. Notas agrícolas. Chácara de Santa Maria. Passagem de Piratiní. Administração de S. Borja. Aldeia de São Nicolau. Descrição. Ruínas. Ao ar livre, às margens do Arroio de Caotchobai. Ao ar livre, a meio quarto de légua de São Luís.

CAPÍTULO XVIII 169

São Luís. As ruínas da civilização implantada pelos jesuítas inspiram-nos respeito por esses padres. Atual indigência dos índios. Mestre-escola. Os índios de S. Nicolau têm melhor aparência que os de S. Borja, provando isso a ação corruptora dos brancos. Palestra com uma índia. Hospital construído pelos jesuítas. Administração antiga e atual. Descrição de São Luís. Alguns artífices e um bom administrador. Varíola. Chácara do administrador de São Lourenço. Chácara da comunidade de São Luís. Boa aparência desse estabelecimento. São Lourenço. Miséria dos índios. Mau administrador. Descrição da Aldeia. Velho quincôncio de erva-mate. Colheita do mate. São Miguel. Bom estado dessa aldeia. O Marechal Chagas. Abusos. Soldados não pagos. Igreja de São Miguel. Hospital sem médicos e sem remédios. Essa aldeia é a menos pobre de todas. General Siti, índio bêbado e ladrão. Pequenos índios frequentemente roubados. Engenho de açúcar construído pelos jesuítas. São João. O cura de S. Miguel. Santo Ângelo. O Juimirim e Juicuaçu. População da aldeia. Triste condição das índias. Agricultura dos guaranis: sua charrua, trigo, mandioca, milho, algodão e feijão. Impudor ingênuo das índias.

CAPÍTULO XIX 185

Choupana de Piratiní. Notas sobre São João, 159. Habilidade manual dos índios, escrita, escultura. Ao ar livre, às margens do Itapiru-Guaçú. Estância de Tupamiretã. Estância de Santiago. Respeito que se devia ter pelos direitos dos índios sobre seus terrenos. Uma mulher do tempo dos jesuítas. Estância de Salvador Lopes. Entrada do Mato. Cultura de tabaco. S. Xavier. Maus costumes do Brasil. Comparação entre os negros e os índios. Toropi-Chico. Serra de São Xavier, de S. Martinho e Botucaraí. Fertilidade desta região; excesso de requisição. Ao ar livre, às margens do Toropi-Grande. Estância de São Lucas. Estância de Filipinho. Estância do Durasnal de S. João da Coxilha do Morro Grande. Estância do Rincão da Boca do Monte. Propriedade incerta. Títulos de Sesmaria.

CAPÍTULO XX 199

Capela de Santa Maria. Notícias da revolução no Brasil. A capela depende da paróquia de Cachoeira. Simonia. Estâncias da Tronqueira. Nota sobre os cavalos selvagens. Violento furacão. História de Firmiano. Estância da Restinga Seca. Família do Silveira, camponês de Tronqueira. A sexta-feira da Paixão. Jejum rigoroso.

CAPÍTULO XXI 213

Margens do Rio Jacuí. Notas sobre a administração de Chagas. Chácara de Pedro Morales. Vila da Cachoeira. Margens do Rio Botucaraí. Acidente. Os brasileiros desejam uma Constituição. Palestra sobre a Província das Missões. Impossibilidades de empregar os negros. A meia légua da casa do Major Felipe Carvalho. Lição de civilidade. Vila do Rio Pardo. O Sargento-mor José Joaquim de Figueiredo. Seiscentas léguas sem uma ponte. Venda da carroça para continuar a viagem por água. Decadência dos índios completada pelos portugueses. Comércio de Rio Pardo. Couros e trigo. Descrição da cidade. Paixão do jogo, luxo de arreiames e comércio nas mãos dos europeus.

CAPÍTULO XXII 227

Sobre o Rio Jacuí, próximo à estância dos Dourados. O cirurgião-mor, Vicente. Passagem das cataratas ou cachoeiras. Porto de D. Rita, sobre o Jacuí. Aldeia de Santo Amaro. Sobre o Rio Jacuí a 3 léguas de Porto Alegre. Freguesia Nova. Canoas. Porto Alegre. O Sargento-mor João Pedro da Silva Ferreira. Embarque para Rio Grande. As Pedras Brancas. Barra do Rio Pardo. Separação do Guaíba e do Rio de Porto Alegre ou Lagoa de Viamão. Ancorado junto ao Morro do Coco. Notas sobre Porto Alegre. Inconvenientes do poder absoluto dos capitães-gerais. Ao pôr do sol à altura dos Três Irmãos. Reflexões sobre as Capitanias do Brasil. Saco de Bujuru. Tempestade. Partida do Rei para Portugal. Inconcebível ausência de balisamento do lago, para a navegação. A vista da ponta dos Lençóis. O autor leva consigo um jovem guarani.

PREFÁCIO

*L*ogo após descoberto o Brasil, sua Natureza, rica em aspectos os mais diversos, passou a despertar a curiosidade e o interesse de naturalistas, geógrafos, geólogos e etnólogos, principalmente.

Pero Vaz de Caminha escreveu sua "Carta a El-Rey Dom Manoel" de "Pôrto Seguro, da Vossa Ilha de Vera Cruz... sexta-feira, primeiro dia de maio de 1500", contando o que viu nesta Terra, em sua breve estada, dedicando especial atenção aos indígenas e seus costumes.

"Também andavam, entre eles, quatro ou cinco mulheres moças, assim nuas, que não pareciam mal; entre as quais andava uma com uma coxa, do joelho até ao quadril, e a nádega, toda tinta daquela tintura preta; e o resto, tudo da sua própria cor. Outra trazia ambos os joelhos, com as curvas assim tintas, e também os colos dos pés; e suas vergonhas tão nuas e com tanta inocência descobertas, que não havia aí nenhuma vergonha". ("In" Pero Vaz de Caminha — Carta a El-Rey Dom Manoel — Versão de Rubem Braga — Desenhos de Carybé. Ed. Sabiá, 1968 — Guanabara.)

Os padres Manuel da Nóbrega e José de Anchieta, e Hans Staden, Léry, Thevet, Gandavo e Gabriel Soares de Sousa, figuram entre os primeiros a se ocuparem de nossa Terra. Com Piso e Marcgrave encerram-se os dois primeiros séculos de nossa história.

Seguem-se, nos restantes séculos de nossa breve existência, entre tantos outros, Langsdorff, Sellow, o Príncipe de Wied Neuwied, Saint-Hilaire, Spix, Martius, Schott, Raddi, Pohl, Burchell, Gardner, Lund, Warming, Regnell, Malme, Lindman, Fritz Müller, Glaziou, Schwacke, Ule, Taubert, von Ihering, Huber, Pilger, Dusén, Wettstein, Loefgren, Schenck, Usteri, Luetzelburg, Schlechter; Massart, Noack, Rawitscher, Schubart, Ducke e Silberschmidt.

Em maior ou menor grau todos contribuíram para o conhecimento de nossa Natureza. Alguns voltaram aos seus países de origem, mas tendo persistido entre nós tempo suficiente, deixaram discípulos que aqui formaram. Outros entre nós permaneceram até o fim de sua vida e ao nosso solo foram incorporados os seus restos mortais.

Destacam-se por sua maior contribuição, a nosso ver, Martius, Saint-Hilaire e, mais tarde, Warming. Dentre as inúmeras obras que ao primeiro devemos, mencionamos a "Flora Brasiliense". A Saint-Hilaire devemos muitos relatórios de suas viagens pelo Brasil, além da "Flora Brasiliae Meridionalis", publicada em colaboração com Jussieu e Cambessedés, em Paris, de 1824 a 1833.

A Warming, um dos criadores da Ecologia, somos gratos por sua obra "Lagoa Santa", ainda hoje um livro muito útil e atual.

Saint-Hilaire, que veio ao Brasil por influência do Conde de Luxemburgo, permaneceu aqui de 1816 a 1822, viajando pelo Rio de Janeiro, Espírito Santo, Minas Gerais, Goiás, São Paulo, Paraná, Santa Catarina e Rio Grande do Sul. Durante suas viagens, coligiu farto material botânico e zoológico. Fez, também, inúmeras observações de interesse para a Geografia, a História e a Etnografia.

Embora muitos de seus relatórios tenham sido publicados em português, no Brasil, às vezes mais de uma vez, encontram-se esgotados, sem que o interesse por eles se esgotasse, Por esse motivo a Editora da Universidade de São Paulo e a Livraria Itatiaia Editora resolveram incluir vários desses relatórios de viagens de Saint-Hilaire na coleção "Reconquista do Brasil" que decidiram publicar.

Quem estuda os trabalhos desse sábio percebe o cuidado imenso na extraordinária obra que realizou. O material botânico que colecionou no Brasil abrange um herbário de 30.000 espécimes, de mais de 7.000 espécies. Cerca de dois terços dessas espécies, isto é, mais de 4.500, eram desconhecidas dos cientistas, na época.

Leonam de Azeredo Penna, mineiro de Sabará, engenheiro-agrônomo com larga folha de serviços prestados ao público, com inúmeras obras de autoria própria e de tradução, é pessoa a dispensar apresentação mais demorada.

Sua tradução do presente livro de Saint-Hilaire é de muito boa qualidade, Diretor da Coleção "Reconquista do Brasil", tive que introduzir nesta edição várias modificações de natureza científica, visando a atualizar, seja no texto, seja em notas de rodapé, especialmente questões de nomenclatura, a qual muito se alterou, especialmente nos últimos decênios.

Concluímos este Prefácio, como de hábito, rendendo homenagens ao insigne naturalista, felicitando o tradutor por seu trabalho, e salientando o relevante serviço que à coletividade prestam os editores.

Felicitamos também o público, que há de haurir, neste livro, muitos ensinamentos relativos ao Brasil, sua Natureza, sua gente, sua Geografia e sua História.

MÁRIO GUIMARÃES FERRI

DEDICATÓRIA

A SUA ALTEZA REAL E IMPERIAL
O SENHOR CONDE D'EU

Senhor,

Auguste Provençal de Saint-Hilaire foi, acredito, o primeiro sábio francês ao qual foi dado penetrar no interior do Brasil.

Saindo da França para o Rio de Janeiro em 1.º de abril de 1816, com a embaixada do Duque de Luxemburgo, empregou seis anos nas explorações as mais diversas através do imenso Império do Brasil. Percorreu nada menos de 2 500 léguas no dorso dos muares no interior do país, visitando alternadamente as regiões do Jequitinhonha, das nascentes do Rio São Francisco, do Rio Claro e do Uruguai.

De regresso a Paris, em agosto de 1822, ocupou-se inicialmente com os resultados científicos de suas viagens, tendo começado em 1825 a publicação da *Flora Brasiliae Meridionalis,* que lhe abriu as portas da Academia de Ciências.

Em 1830 veio a lume seu primeiro relato intitulado: *Viagem Pelas Províncias do Rio de Janeiro e Minas Gerais;* e em 1833 o segundo, com o título: *Viagem pelo Distrito dos Diamantes e Litoral do Brasil.*

Em 1.º de fevereiro de 1821, nas margens do Riacho Guarapuitá, próximo a Belém, não longe das bordas do Uruguai, foi Saint-Hilaire envenenado com o mel da abelha Lechiguana e esse acidente foi a origem da longa e cruel doença que retardou a publicação da terceira e da quarta parte de sua viagem.

Essas duas obras não vieram à luz senão em 1848 e 1851 sob os títulos: *Viagem às Nascentes do Rio São Francisco e à Província de Goiás e Viagem Pelas Províncias de São Paulo e Santa Catarina.*

Morreu em 1853 na Turpinière (Loiret). Membro da Academia de Ciências do Instituto de Paris, professor da Faculdade de Ciências de Paris, Cavaleiro da Legião de Honra, das Ordens de Cristo e do Cruzeiro do Sul, etc.

Outra honra lhe estava reservada.

Sua Majestade o Imperador do Brasil, em audiência particular concedida a um orleanista adido à Embaixada da França, quis manifestar clara e espontaneamente a estima que nutria pelo sábio cujo nome e trabalhos tinha presentes à memória.

Em obediência à última vontade de Auguste Saint-Hilaire, agora publico a última parte dessa longa viagem. Trata-se do diário redigido a cada noite durante penosa exploração na Província do Rio Grande do Sul, prosseguida até Montevidéu acompanhando as margens do Uruguai e através das antigas missões jesuítas desse país.[1]

Este diário de viagem, precisamente por sua data já antiga, deverá suscitar nos leitores brasileiros um interesse quase arqueológico. O tempo e o progresso marcham tão velozmente no Império do Brasil, que seria curioso, parece-me, possuir uma descrição tão minudente e honesta, uma espécie de inventário escrito em 1821, dos lugares e regiões visitados pelo autor.

Eis o que me encoraja, Senhor, a solicitar de Vossa Alteza o favor de poder inscrever seu nome no limiar deste livro.

Esse augusto patrocínio seria honra insigne prestada à memória do sábio escrupuloso que votou ao Brasil uma afeição sincera, não deixou senão boas lembranças de envolta com preciosas amizades e consagrou a esse belo país uma grande parte de seus trabalhos e de sua existência.

Dignai-vos, pois, aceitar, com esta dedicatória,

Senhor,
A homenagem do profundo respeito com que tenho a honra de ser de Vossa Alteza Real e Imperial o mais humilde e obediente servidor

R. DE DREUZY
La Turpinière, 3 de janeiro de 1884.

---

[1] Creio dever respeitar a ortografia dos nomes brasileiros, tal qual repercutiram nos ouvidos do autor e como se acham reproduzidos nos manuscritos. Assim, ele escreve *Jiquitinhonha,* embora o uso houvesse consagrado depois a forma *Jequitinhonha.*

Em resposta a esta dedicatória, a Senhora Condessa D'Eu dignou-se, em 5 de março de 1884, comunicar-nos que o Senhor Conde D'Eu *"aceita com prazer a dedicatória da publicação que deve completar as viagens de Auguste Saint-Hilaire. O nome desse sábio é bastante conhecido no Brasil, e seus trabalhos, que forneceram tantas informações acerca de grande parte do país, e gozam desde então da maior estima.*

É, pois, com grande prazer que tomamos conhecimento dessa preciosa obra que vai ser completada pelo último volume",

Estas linhas são a mais preciosa recompensa de nosso trabalho de editor, e procedem de princípios tão esclarecidos, que constituem por si sós a mais alta recomendação para o leitor.

CAPÍTULO I

Torres. Prisioneiros indígenas empregados na construção do fortim. Itapeva. Estância de Meio. Sítio do Inácio. Tramandaí. Firmiano mordido por uma cobra. Fazenda do Arroio. Cultura da mandioca e do trigo. Pitangueiras. Diálogo com a hospedeira à porta da casa. Lagoa dos Barros. Boa, Vista. Curtume de José Egídio, Barão de Santo Amaro. O Sr. Gavet. Descrição da Fazenda. Sítio... Capela do Viamão. Bela igreja. Criação de gado.

Torres, 4 léguas,[1] segunda-feira, 5 de junho. — Sempre areia e mar. Todavia, se nos dias precedentes avistamos apenas uma praia pardacenta a confundir-se com o céu na linha do horizonte, hoje deparamos os dois montes denominados *Torres,* que efetivamente avançam pelo mar adentro, à semelhança de duas torres arredondadas.

A Oeste recomeçamos a perceber a grande cordilheira que há muito tempo não víamos.

Acerca de uma légua daqui achamo-nos à margem do Rio Mampituba (pai do frio), o qual, atravessando a praia, se lança no mar, depois de servir de linha divisória entre a Província de Santa Catarina e a Capitania do Rio Grande. Passamo-lo de modo idêntico ao que empregamos na travessia do Rio Araranguá, e pagando pedágio à guarda de Torres.

Continuando nossa caminhada eis-nos chegados aos montes que têm esse nome. Um relvado curto, rasteiro mesmo, se estende à beira-mar, um pouco acima do mais setentrional dos dois montes.

Como há o projeto de localizar-se em Torres a sede de uma paróquia, iniciaram aí a construção de uma igreja, da qual apenas existe o madeiramento. Após passarmos por essa igreja chegamos a um forte cuja construção se ultima e junto ao qual se acha o alojamento dos soldados do posto e do alferes que os comanda. Tais edificações ficam na face ocidental do monte, local de onde gozei um panorama que me pareceu mais encantador do que realmente era, devido à monotonia dos areais áridos a que meus olhos se acostumaram nos dias anteriores.

Um lago alongado, de águas tranquilas e cercadas de altas Ciperáceas, se estende ao pé do monte, paralelamente ao oceano. Além são matas que crescem em um terreno plano. À direita veem-se ainda areais puros, e enfim o horizonte, delimitado pelo imenso planalto da grande cordilheira.

Chegado à residência do Alferes mostrei-lhe meus documentos, sendo muito bem recebido e alojado em uma pequena casa, onde ficarei sozinho e de onde se avista o lago.

A construção do forte, a que me refiro linhas atrás, tinha sido começada e estava em andamento, embora não se acreditasse na invasão espanhola. De

---

1. Légua portuguesa de 18000 ao grau, ou sejam: 6.173 metros.

Laguna até aqui a costa é tão baixa e tão castigada pela fúria de um mar perigoso às pequenas embarcações que nem por sombra poder-se-ia julgar que os inimigos aí se atrevessem a desembarcar. De qualquer modo a construção está sendo tocada, orientada para o norte e podendo ser dotada de quatro peças de artilharia. Em sua construção empregam-se cerca de 30 prisioneiros tomados a Artigas. Todos são índios, salvo apenas um. Entretanto a maior parte mostra traços de sangue espanhol. Uns vieram das Missões, outros de Entre Rios e outros do Paraguai. Quero crer que se atiraram à luta visando somente a pilhagem.

Esses homens são todos baixos, têm o peito de largura exagerada, os cabelos negros e lisos, o pescoço curto, uma fisionomia verdadeiramente ignóbil. O Alferes fez, entretanto, o elogio de sua docilidade. Alguns haviam fugido com o intento de voltar à pátria atravessando a grande cordilheira; obstáculos intransponíveis fizeram com que retrocedessem e fossem de novo aprisionados. Todos conhecem o espanhol e a língua geral. Contudo notei que eles empregam, nesta última língua, vocábulos às vezes diferentes dos que se acham consignados no dicionário dos Jesuítas.

Torres, 6 de junho — Acho-me tão cansado pela viagem dos dias anteriores que exigi de meu guia a permanência aqui, por um dia. Aproveitei para pôr em ordem minhas coleções e para passear pelos montes denominados Torres. Tendo já descrito uma parte do que fica ao norte terminarei agora a descrição. É alongado, desigual e quase todo coberto de relva. O avanço que tem sobre o mar é arredondado como uma torre. Oferece às ondas verdadeira muralha de rochedos cortados a pique e termina por uma plataforma onde vegeta um erval extremamente raso. Em alguns trechos dos flancos do monte aparecem duas Cactáceas, um grande *Eryngium*, Bromeliáceas e arbustos, entre os quais vi, com surpresa, a *Mirtácea* chamada pitanga, que pela primeira vez encontro nesta costa.

O mais meridional dos dois montes principais fica a algumas centenas de passos do primeiro, projetando-se bastante pelo mar mas mostrando forma menos regular. É também quase todo coberto de grama. Igualmente a prumo, do lado do mar, apresenta uma chanfradura profunda onde as ondas vêm quebrar-se contra rochedos negros.

Do lado norte a chanfradura possui uma entrada que forma caverna cujo ingresso deve ser difícil, por causa do mar e da direção vertical das penedias.

Além desse último monte vê-se ainda um terceiro, muito menos importante que os dois outros, com a forma de uma sela, sendo quase todo coberto de relva. Na frente é limitado por inacessível muralha de rochedos.

Foi do primeiro dos três montes citados que gozei os mais agradáveis panoramas, pois dele se avista quase sempre o alto mar e o lago de água doce de que falei ontem.

Itapeva, 7 de junho, 3 léguas. — Andando ainda cerca de 3/4 de légua de praia tornamo-nos então um pouco distanciados do mar e entramos em uma grande planície úmida, coberta de espessa erva disposta em tufos, vendo-se aqui e ali pequenas moitas de matas.

A grande cordilheira se eleva a oeste dessa planície e quebra a monotonia da paisagem.

O solo é extremamente arenoso e especialmente do lado da serra veem-se áreas consideráveis povoadas de butiás*.

Na ocasião há quase completa ausência de floração. A relva mostra-se amarelada, dessecada, assemelhando-se por seu aspecto ao das pastagens pantanosas da Sologne. O *Eriocaulon*, n.º 1805[2] e uma Villarsia** vegetam abundantemente nos lugares mais úmidos.

Pousamos perto de uma cabana, na vizinhança da qual herborizei até a tarde, chegando à margem de um grande lago. O dono da cabana informou-me da existência de três outros lagos, em seguida ao que conheci, os quais se ligam por meio de estreitos sangradouros, sendo o mais setentrional denominado lagoa das Conchas. Disse-me também que os quatro reunidos podem medir cerca de 15 léguas de comprimento.

Terminado o meu trabalho pedi ao proprietário da palhoça permissão para mandar fazer o meu leito em sua casa, sendo atendido.

A palhoça é construída de paus armados em grade e forrados de folhas de palmeiras, que também entram na coberta da casa. Esta se compõe de dois compartimentos apenas — um pequeno paiol sem portas e um quarto sem janelas e sem mobiliário, onde as roupas e utensílios de toda a família são estendidos sobre esteios.

Apesar da indigência demonstrada por essa triste habitação, a dona de casa apresenta-se muito melhor trajada que os campônios franceses.

Soube, pelo meu hospedeiro, da existência da cultura de mandioca, feijão, trigo e milho nos arredores daqui, sendo que o milho dá somente uma espiga por pé.

A localidade pertence à Freguesia da Serra, que dista 15 léguas, motivo pelo qual os moradores locais somente nas festas da Páscoa vão à missa, e morrem sem receber os sacramentos da Igreja.

Esta viagem vai se tornando cada vez mais penosa, contribuindo para o esgotamento de minhas forças e de meu ânimo. A imagem de minha mãe apresenta-se sem cessar em meu espírito, e, sempre me encontro sem ter com que me distrair vejo-me cercado de pessoas descontentes.

---

[2] Este número, e os que se acharão mais adiante, referem-se ao catálogo descritivo organizado dia a dia por Auguste de Saint-Hilaire. Tal catálogo e o herbário do Brasil são conservados no Museu de Paris.

* Butiá é uma palmeira do gênero *Butia* (M. G. F.) .

** Trata-se de gênero da família *Menyanthaceae* (M.G. F.)

17

Torno-me pouco a pouco escravo de José Mariano;[3] Manoel[4] só me fala com ar insolente e Firmiano,[5] sendo o melhor, é todavia de tamanha susceptibilidade que exige seja tratado com as mais fatigantes precauções. Minha permanência entre personagens tão aborrecidas é suplício inaudito, e se esta tarde gozei alguma tranquilidade foi porque me refugiei sozinho nesta palhoça.

Estância de Meio, 8 de junho, 4 $^{1/2}$ léguas. — A casa em que pernoitei ontem fica tão próxima do mar que ouvi toda a noite o marulhar das vagas.

O caminho continua a atravessar a mesma planície úmida, já descrita, e que a vizinhança da Serra, a mistura de moitas de matas e pastagens e o aspecto dos butiás[6] tornam francamente agradável à vista.

As moitas de mata, espalhadas nas pastagens, assemelham-se ao que nós chamamos *remises,*[7] tendo os vegetais pouco vigor, escassa altura e sendo muito aglomeradas.

Pouco a pouco o caminho se aproxima da Serra e cerca de uma légua daqui percebemos o lago de que falei ontem e que se estende ao pé das montanhas. Até aqui temos apreciado panoramas encantadores, ficando a palhoça, junto à qual pousamos, localizada justamente à margem do lago. Este lugar seria magnífico se as cercanias do lago fossem cultivadas e cobertas de casas, pois que a mais bela paisagem exige a presença e o trabalho do homem para a animar. Aqui, entretanto, veem-se apenas, de longe em longe, algumas miseráveis choupanas. Parei perto de uma tão imunda que não tive coragem de aí assentar minha cama. Contudo a dona da casa apresentou-se vestida de modo idêntico ao da palhoça de Itapeva, usando um vestido de ganga azul,[8] de mangas compridas, e um fichu de cassa, tendo os cabelos armados por uma travessa.

Enquanto escrevo estendem uma esteira no chão e aí servem a sopa, reunindo-se toda a família em torno da esteira. Ofereceram-me um lugar nessa refeição, mas recusei.

Os moradores ignoram o nome do lago próximo pois não me souberam dizê-lo. Quando têm necessidade de se referirem a tal acidente geográfico dizem apenas "lago", pois não havendo outro toda a gente entende.

Sítio do Inácio, 9 de junho, 3 léguas. — Sempre as mesmas planícies e as mesmas moitas de matas, agradavelmente espalhadas no meio das pastagens, o solo continua a ser arenoso porém menos úmido. A relva é espessa e mais amarela que a das pastagens percorridas nos dias anteriores.

De longe em longe encontro algumas flores, tal como acontece em outubro nos nossos campos. Mas, aqui, como em França, as plantas tardias são menos vigorosas e sua floração difere frequentemente da que se mostra na época própria.

---

[3] Tropeiro mestiço, alugado em Ubá, perto do Rio de Janeiro, encarregado de ferrar os animais, cuidar do arreiame, caçar e preparar os pássaros.

[4] Criado livre (camarada), negro forro, alugado em S. Paulo. São Suas obrigações campear os animais, carregá-los e descarregá-los.

[5] Índio Botocudo, trazido pelo autor, das margens do Jequitinhonha. É encarregado do transporte e do preparo das provisões, ajudando o Manoel nas horas vagas.

[6] Palmeira, anã. Vide "Viagem a S. Paulo", Aug. Saint-Hilaire. t. II, pág. 367.

[7] NOTA DO TRADUTOR — Os franceses dão essa designação regional aos grupos de *compostas* geralmente do gênero. *Artemisia,* existentes nas pastagens de França.

[8] NOTA DO TRADUTOR — Tecido grosseiro de algodão (da época).

Raramente veem-se árvores desprovidas de folhagem, e os moradores do lugar disseram-me que as matas nunca se apresentam totalmente desfolhadas, como se dá nesta mesma época em Minas Novas.

Durante muito tempo víamos apenas trechos do lago, mas já aqui começamos a avistá-lo melhor, e, enfim, chegando ao sítio onde paramos encontramo-nos em suas margens.

Estamos agora em face de um sítio que, sendo ainda uma pequena palhoça, oferece melhor aparência que os por nós encontrados ontem e ante-ontem. Aí deparamos apenas um velho negro que seu dono deixara para receber a correspondência vinda de Porto Alegre e que se destina à guarda de Torres.

Por esse negro fiquei sabendo que o patrão tinha sua residência principal do outro lado do lago não tendo este sítio outra utilidade além da mantença dos animais criados nas pastagens vizinhas. Parece mesmo pertencer a todos os agricultores do distrito, os quais plantam na margem ocidental do lago, coberta de mata, deixando os animais na margem de cá, onde as pastagens são muito boas.

É notável que o número de animais seja muito inferior à capacidade das pastagens, devendo-se isso ao fato de serem muito pobres os habitantes das vizinhanças, impossibilitados de aumentar o rebanho.

A principal cultura da outra margem do lago é a mandioca, mas existem também roças de milho e feijão. A cana-de-açúcar aí medra bem, tendo o proprietário do sítio, onde devo pernoitar, hoje, ao que parece, grandes plantações destinadas ao fabrico da aguardente. Vi alguns algodoeiros ao redor das choupanas onde pousei ontem e anteontem.

Depois que deixei Laguna o céu apresentava-se sempre sem nebulosidade e mostrava a mesma cor que em França durante as belas nevadas do inverno. Hoje a atmosfera está coberta e sem dúvida choverá, se não sobrevier um vento forte. Como todos os meus instrumentos não são controlados, há muito tempo, não observo mais o termômetro. Mas, as noites parecem-me muito menos frias do que eram no ano passado, na mesma época, na Capitania de Goiás. Creio que essa diferença é devida ao fato de serem em Goiás os dias muito mais quentes do que são aqui.

Tenho a lastimar a mudança de conduta de Firmiano, originada já pelos maus exemplos, já pelas chacotas que recebe de José Mariano, e principalmente do negro Manoel. Ele já não é calado; discute e responde grosseiramente; torna-se desonesto, mentiroso, e contraria a todo mundo, A opressão exalta e transmuda o caráter. Humilhado revolta-se e arma-se de insuportável mau humor. É tão ignorante que se torna impossível fazê-lo voltar ao bom caminho. Não compreende o quanto será infeliz se eu o abandonar, reconhecendo apenas ser justo que me sirva porque eu o alimento e visto. Seus serviços são tão mal feitos quanto seja possível e ele não me dispensa mais nenhum afeto. Suporto-o por piedade porque se perderá se eu o abandonar e porque espero que ficando só, comigo, voltará ao que era anteriormente.

Sítio do Inácio, 11 de junho, 5 léguas, — Fiquei aqui porque choveu todo o dia.

Algumas pessoas dão à parte do lago que defronta o Sítio o nome de lagoa do Inácio, mas para a maioria ele não tem nome — é o lago.

Falei ontem do pouco vigor e definhamento das plantas em florescência tardia. Devo acrescentar que aqui, como na Europa, essa floração extemporânea é consequente de mutilação devida aos animais, que, comendo o caule principal, a brotação dos rebentos laterais, que só mais tarde poderão florir, fora da época normal.

Tramandaí, 11 de junho, 5 léguas. — O aspecto da região que percorremos hoje é o mesmo de sempre: o terreno arenoso e chato continua a apresentar pastagens semeadas de moitas e cobertas de uma erva espessa e amarelada. Vemos intermitentemente trechos do lago, mas depois do Sítio do Inácio as montanhas se distanciam e tomam direção sudeste.

Não vimos gado nos campos nem encontramos nenhuma casa. Apenas deparamos um troço de prisioneiros indígenas que eram conduzidos a Torres. Entre eles várias mulheres, muito feias e ainda mais, sem brio. Depois da saída dos Jesuitas os índios das Missões ficaram entregues aos soldados e homens corrompidos, vivendo atualmente da pilhagem, no meio das desordens da guerra, sendo de admirar se suas mulheres não mais conheçam o pudor.

O Conde de figueira, governador da Capitania do Rio Grande, envia os índios em questão para Torres porque tenciona aí estabelecer uma aldeia, projeto que só pode ser louvado.

O Brasil precisa de braços e será melhor para o Estado ser povoado de índios do que ser um vasto deserto. Esses que se dirigem a Torres não somente poderão ser nocivos como também tendo consigo suas mulheres estarão rapidamente radicados ao país, e tornar-se-ão dentro em pouco desta província.

A manhã raiou muito bela, mas à tarde a atmosfera cobriu-se de nuvens e caíu uma chuva fina, semelhante à que cai frequentemente em França durante o mês de Novembro.

O tempo e o aspecto da região trouxeram-me recordações de Sologne e da viagem costumeira de minha família, no outono, a essa região. Meu pensamento voltou-se completamente para a França e para minha família. Minhas saudades renovam a cada instante e a solidão, em que me vejo, fatiga e entedia-me. A ideia de não poder rever minha Mãe faz-me tremer a cada momento.

Somente amanhã atravessaremos o Rio Tramandaí, em cujas margens chegamos muito tarde. Encontramos à margem desse pequeno rio uma espécie de cabana, coberta de caniços, onde se amontoa uma dúzia de pessoas, e junto à qual existe um pequeno alpendre que serve de abrigo a uma piroga. É sob esse alpendre que devemos dormir. Tratei de minhas plantas na cabana, em meio de espessa fumaça.

Tramandaí, 12 de junho. — Raramente tenho experimentado uma noite tão má. Um vento oeste, violento e extremamente frio, soprou logo que nos deitamos, fazendo-me tremer durante toda a noite, em completa vigília.

Após levantar-me entrei na cabana e acerquei-me do fogo, tendo grande dificuldade em aquecer-me. O dono do rancho ficou indignado com os meus homens por terem tomado os melhores lugares do alpendre, deixando-me exposto a todo o rigor frio.

Segundo o que me disse esse bravo cidadão o Rio Tramandaí lança-se no lago, junto ao Sítio do Inácio, local em que o lago toma o seu nome.

Após aquecer-me um pouco saí para o campo, seguindo a margem do rio até ao mar.

Do que disse conclui-se que o Rio Tramandaí estabelece uma comunicação entre o lago e o mar, ou melhor a comunicação se forma e o lago se estreita acima do ponto onde o Tramandaí deita suas águas.

Depois de Itapeva o lago se estende de norte a sul, paralelamente ao oceano. Mas, um pouco acima da cabana onde pernoitamos ele forma um cotovelo, dirige-se para leste, e não tem até ao mar mais que a largura do braço do Montées[9] em sua embocadura. Suas, margens são, em grandes distâncias, revestidas de areia pura, onde, contudo, achei algumas plantas.

A violência do vento impediu-me de atravessar o rio. Após longo passeio regressei à cabana, onde analisei minhas plantas, ainda no meio da mais intensa fumaça.

No campo, e frequentemente na cidade, não usam chaminés e o fogo é aceso no meio da cozinha, mas a fumaça pode se elevar e escapar pelos oitões, que são geralmente abertos. Na miserável habitação onde passei o dia ela não tinha por saída senão uma porta, muito estreita, e prejudicou-me a vista.

Os móveis da cabana resumiam-se em giraus[10] dispostos ao redor, uma mesa e alguma louça.

Dos homens que vi ontem apenas um reside ordinariamente no local; os outros são amigos e compadres que voltavam de uma festa nas vizinhanças. Passaram todo o dia a se aquecerem, a cozinhar e a comer peixes. São todos homens brancos, mostram ser boas pessoas, cultivam a terra e parecem muito pobres.

Cerca de meio dia mandei Firmiano procurar lenha, tendo ele saído bastante contrariado. Como não regressasse ao fim de algumas horas julguei que tivesse fugido, mas, ei-lo surgindo, ao longe, porém, sem trazer o menor pedaço de lenha. Disse ao chegar que tinha sido picado por uma cobra. Pedi para ver a ferida e reconheci do lado do tornozelo de um dos pés a marca dos dentes do reptil. Corri a preparar algumas gotas de álcali, ministrando à vítima quatro gotas em um copo d'água. Repeti esse tratamento de hora em hora, fazendo deitar o meu índio, sobrevindo apenas uma ligeira inchação no calcanhar.

---

[9] sobre o Loiret, junto a Orleans.

[10] Leitos rústicos. V. "Viagem ao Rio S. Francisco", Aug. Saint-Hilaire. "Viagem às Províncias do Rio de Janeiro e Minas Gerais", pág. 169.

Firmiano teve coragem de trazer no bolso a cobra que o ofendeu, a qual ainda ali estava viva. Era meu intento empalhá-la, mas infelizmente ela se estragou. Era pequena, com cerca de um pé de comprimento, cabeça chata e sensivelmente mais grossa que o colo, sendo de cor parda com manchas circulares negras. José Mariano disse-me ter-lhe visto as glândulas venenosas.

Atravessamos o rio à tarde, visto ter-se amainado o vento, parando perto da casa de meu guia, do outro lado do rio. Fiquei instalado em uma miserável palhoça sem tapume, coberta de colmos, onde o vento e o frio penetram de todos os lados. Fiquei mal.

Tramandaí, 13 de junho. — Ontem à tarde o vento somente diminuiu por alguns instantes, tendo recomeçado com grande intensidade para durar toda a noite, e todo o dia, acompanhado de frio excessivo. Meus companheiros, afeitos aos calores intensos, estavam transidos, e eu não me apresentava em melhores condições. Somente na cozinha foi-nos possível fazer fogo, sendo ela aberta de todos os lados. Meu guia quer permanecer aqui alguns dias a fim de concertar sua carroça.

É difícil ver-se lugar tão triste. Miseráveis e mal cercadas palhoças espalhadas à margem do rio; por todos os lados se percebe apenas areia pura, da qual o vento faz levantar nuvens de pó, emprestando à paisagem a imagem da mais perfeita esterilidade e miséria.

Disse-me meu guia que possui outra casa, com plantações, vindo entretanto aqui, de tempos em tempos, devido à abundância da pesca.

Tramandaí, 14 de junho. — Durante toda a noite persistiram o vento e o frio. Todavia realizei um passeio, herborizando muito pouco. A erva dos campos apresenta-se amarelada e seca. Somente veem-se caules sem flores.

A carroça foi concertada com muito cuidado, e, encontrados que sejam os bois do meu guia, poderemos partir amanhã.

Fazenda do Arroio, 15 de junho, 1 1/2 léguas. — O proprietário da palhoça, onde me instalara o guia, regressou ontem à tarde e exacerbou-se por ter achado sua casa em desalinho. Tal queixa foi sem razão pois que na choupana nada mais havia além das quatro paredes... Fingi nada entender e entre nós não houve discussão. Meus *camaradas* acostumaram-me à paciência e ao silêncio, virtudes cuja prática não me custa nada.

Partimos muito tarde, como acontece ordinariamente depois de uma parada. O lago que segui ao deixar Itapeva não termina junto ao Rio Tramandaí. Ele vai mais longe e sempre paralelamente ao mar; vimo-lo durante toda a caminhada de hoje. Assim o que se denomina Rio Tramandaí não passa de uma espécie de canal de descarga do lago. Somente ali a água é salgada; em todo o resto do lago ela é doce.

Logo após havermos deixado a palhoça de Tramandaí deparamos uma planície muito uniforme e coberta de uma relva baixa, onde pastavam muitos bovinos. Ali notavam-se também alguns grupos esparsos de árvores raquíticas.

O lago e a serra, que avistamos de longe, quebram a monotonia da paisagem. Pouco a pouco os grupos de árvores e arbustos tornam-se mais numerosos e a erva espessa.

Entre as plantas mais comuns reconheci aí uma *Mimosa,* n. 1842 e um *Vernonia,* n. 1840, embora não notasse nenhuma flor nesses campos.

Tais campos, e os que venho atravessando desde Torres, têm o nome de campos de Viamão, devido à proximidade da paróquia desse nome.

Paramos em uma estância, à qual pertencem os campos percorridos. Trata-se de uma casinha mal construída, de pau a pique e barro, mas coberta de telhas. Ao redor viam-se varias carroças; aos lados laranjeiras, currais e algumas casas de negros. O dono da casa permitiu-me passar a noite alí, embora tratando-me de modo extremamente frio. Entretanto tornou-se um pouco mais afável quando me viu trabalhar. Tornámo-nos logo bons amigos porque eu lhe ensinei a jogar dominó, cujas pedras ele possuia mas ignorava a utilidade...

A cultura dominante nas cercanias é a da mandioca, segundo me informou meu hospedeiro. Cultiva-se também o trigo que dá na relação de 10 a 30 por um. A terra é lavrada a arado e semeada a mão. Na Serra, onde a terra é argilosa e os ventos são menos violentos podem ser plantadas a bananeira e a cana-de-açúcar, mas tais culturas não prosperam bem aqui, convindo notar que mesmo na Serra somente após 3 anos a cana-de-açúcar pode ser cortada. Todavia ela dá soca duas vezes, o que parece, de algum modo, compensador.

Hoje predomina ainda o vento oeste, e o frio não decresceu. Ao vento desse quadrante dão aqui o nome de *minuano,* informam que ele não dura nunca menos de 3 a 4 dias.

Pitangueiras, 16 de junho, 3 léguas. — A casa onde pernoitei ontem fica sobre uma pequena eminência, dominando vasta planície semeada de tufos de plantas. Vários amigos de meu hospedeiro reuniram-se em casa deste, ontem à tarde, e tendo aprendido o jogo de dominó divertiram-se muito. Tais homens eram todos brancos e tinham mais ou menos a aparência e os modos dos nossos burgueses do campo. Todos traziam calça de algodão ou de lã, botas, esporas de prata, uma jaqueta de lã e por cima um poncho.

Nada tão belo como os campos hoje percorridos. Os de Curitiba são ondulados e os grupos de araucárias que se veem nos fundos tornam a paisagem um pouco austera. Aqui o terreno é mais uniforme, se tal é possível, do que as nossas planícies de Beauce, com pastagens a perder de vista. Todavia nada há de monótono no aspecto desse campo, animado que é por uma multidão de animais de criação, equinos e bovinos.

Aqui e ali veem-se moitas de plantas. De tempos a tempos notam-se trechos de um lago, que sem dúvida é a continuação do de Itapeva. Enfim do lado oeste o horizonte é limitado por montanhas da Serra Geral, que se percebem ao longe.

Deixando a Fazenda do Arroio atravessamos um campo semeado de butiás, onde o terreno mostra uma mistura de areia e humus quase preto. Aí tornei a achar somente as mesmas plantas que havia coletado entre os butiás dos arredores de Vila Nova, principalmente as Compostas n.os 1784 e 1789, a Rosácea 1776, a Labiada 1788, as Verbenácea 1791 bis. etc.

Um pouco mais longe os butiás tornam-se mais raros, e das espécies que citei, a Labiada 1788 é quase a única encontrada em abundância entre essas palmeiras.

Enfim quando os butiás desapareceram a vegetação mudou completamente, não apresentando as pastagens nenhuma das espécies citadas.

É claro que a presença dos butiás coincide necessariamente com a das outras plantas, do mesmo modo que em nossos brejos sempre existe o *Linum radiola* onde houver *Gentiana filiforme*.

Onde deixei de encontrar os butiás a terra apresentou-se menos silicosa e os pastos eram constituídos principalmente de gramíneas, dispostas em tufos espessos.

Embora o aspecto dos campos hoje percorridos seja mais agradável que o dos campos gerais, nota-se que a qualidade das forragens é pior. Elas não são daquelas ervas finas e tenras tão úteis aos animais, mesmo sem o auxílio do milho em sua alimentação. Aqui a erva é dura e áspera, sendo os animais geralmente pequenos.

Parei em uma estância situada a pouca distância da estrada, sobre uma pequena elevação. Cheguei ao cair da tarde, com tempo calmo e céu sem nuvens. Descortinei uma vasta e uniforme planície constituída de pastagens, povoadas por numerosos animais, e avistei, muito além, as cumiadas da Serra Geral, cobertas de nevoeiro esbranquiçado.

A natureza se me apresentava com um ar de vida e alegria pela primeira vez vistos depois que estou no Brasil, dissipando assim, por instantes, a tristeza que me acabrunha.

A dona da estância, que estava só, não me fez entrar, mas mandou-me abrir um quarto, muito cômodo, dando para o campo, onde me instalei prazerosamente.

Depois de Laguna foi essa a primeira habitação decente onde passei a noite. Entabulei conversação com minha hospedeira, que se conserva sempre do lado de dentro, por trás de uma meia-porta (cancela). Achei-a muito alegre e palradora. Entretanto ela teve para comigo um ar frio e desdenhoso, idêntico ao que teve o meu hospedeiro de ontem à tarde, e que nunca percebi em pessoa alguma de Minas, mesmo antes de dar-me a conhecer.

Não tardou muito que minha hospedeira notasse minha condição de estrangeiro, tendo eu lhe dito ser francês.

À tarde recebi a visita do dono da casa, recém-chegado e que parece muito boa pessoa.

O lago que vi hoje não é, segundo me informaram, o de Itapeva, mas independente daquele, denominando-se lagoa dos Barros.

Lamentando a péssima qualidade das pastagens dos arredores disse-me meu hospedeiro que os cascos dos bovinos tinham ali uma espessura fora do comum.

Dada a imprestabilidade das terras das redondezas quase todos os proprietários fazem suas plantações ao pé da Serra, apesar de sua longínqua localização a cerca de três léguas daqui.

Este distrito pertence ainda á freguesia da Serra; nesta região vi negros escravos, porém nenhum mulato.

Todos os homens livres que vi depois de Laguna eram brancos, frequentemente brancos de tez e cabeleira.

As mulheres têm uma bonita pele e nunca se escondem à aproximação de estranhos.

Todo mundo diz estarmos em plena estação chuvosa, e que a seca ora experimentada é absolutamente anormal.

Boa Vista, 17 de junho, 6 léguas. — Os meus hospedeiros tiveram esta manhã a feliz ideia de me mandar, por um negro, mate e um prato de e fatias de queijo.

Segundo o costume local o mate me foi servido em uma pequena cabaça[11] colocada sobre um guardanapo dobrado triangularmente. A cabaça apresentava vários desenhos esculpidos cuidadosamente. A bomba[12], nela mergulhada, era de prata. *

Percorremos hoje campos semelhantes aos que atravessamos ontem, mas onde a erva é ainda mais seca, devido ao terreno ser menos úmido.

O trecho da Serra Geral, que avistamos desde muito longe não é mais elevado que as partes diante das quais passamos nos dias anteriores.

Próximo ao caminho vimos duas ou três estâncias. A pouca distância daqui eu e o pai de meu guia, que vem me acompanhando desde Tramandaí, tomamos a dianteira. Contudo chegamos já noite fechada.

Esta estância, uma das mais importantes da Capitania do Rio Grande do Sul, pertence a José Egídio, Barão de Santo Amaro, cuja carreira iniciada como secretário do Conde de Barca chegou à culminância de Conselheiro do Rei, que o agraciou com o baronato, declinando após.

Tendo concebido a feliz ideia de aproveitar a situação favorável de sua fazenda para aí estabelecer um curtume, José Egídio mandou vir da França alguns operários especializados.

À minha chegada fui informado de que o proprietário se achava em Porto Alegre e levado à presença do meu compatriota Sr. Gavet, antigo curtidor em Paris, e hoje chefe do curtume do Barão.

Recebeu-me gentilmente desde o primeiro instante, cumulando-me de atenções, entretanto, depois que me dei a conhecer. Fez-me entrar para os apartamentos do patrão e mandou-me preparar uma boa ceia. Nesse ínterim chegou a carroça com minha bagagem, mas os bois não na puderam puxar pela ladeira da colina onde se acha a casa do meu hospedeiro.

---

[11] Cuia de mate.

[12] Tubo munido de uma cabeça em forma de ralo de regador, com a qual se aspira a infusão de mate sem perigo de engolir as folhas.

* O autor está descrevendo, evidentemente, os apetrechos utilizados para tomar chimarrão (M.O.F).

Ainda bem não tinha entrado e nos pusemos, eu e o Sr. Gavet, a falar a respeito de nossa pátria. O Sr. Gavet, que há apenas um ano veio da França, pôs-me a par de inúmeros fatos que eu absolutamente ignorava. As minhas perguntas demonstravam tal alheiamento do que se passava desde há 4 anos em nossa terra que o meu interlocutor ficava estupefato.

Encontrei aqui os jornais "Constitutionnel", o "Times" e "Gazeta de Lisboa", que me fizeram passar o dia a tomar conhecimento do que se dera no mundo durante algum tempo.

Quis também gozar a satisfação de falar a respeito da França e de conversar com meu patrício que me pareceu bastante culto.

Boa Vista, 18 de junho. — A fazenda da Boa Vista tem 28 léguas de superfície e é dotada de excelentes pastagens. Diz-se que trinta mil bois poderão viver facilmente em tal área, mas atualmente o rebanho não vai além de seis mil cabeças, devido à má administração a que esteve entregue até bem pouco tempo. Quanto aos cavalos necessários aos serviços da propriedade são contados em número de quinhentos, quantidade essa julgada suficiente.

Nas estâncias desta região, quase puramente pastoril, não são precisos tão numerosos escravos como acontece nas regiões açucareiras ou na exploração de minérios. Cerca de oitenta negros, apenas, ocupam-se da construção do curtume, e depois nele trabalharão.

Quase todos os escravos do Barão são "negros minas", tribo bem superior a todas as outras, por sua inteligência, fidelidade e amor ao trabalho.

Os edifícios da estância situam-se em uma pequena colina que domina extensa planície.

A residência do proprietário compõe-se de poucas peças mas é mobiliada com gosto.

Ativa-se no momento a construção do curtume, colocado ao pé da colina, de modo a ser bem dotado de água. A parte iniciada demonstra, por sua grandiosidade, a importância que vai ter o estabelecimento. Colunas de madeira sustentam o belo engradamento do telhado, que abriga o tanque, medindo duzentos e cinquenta pés de comprimento por cento e cinquenta de largura.

O Sr. Gavet mostra-se muito satisfeito com as experiências por ele já empreendidas. Para curtir os couros emprega casca de *mangue,** importada dos arredores de Santos. Informou-me que essa casca contém 1/6 de tanino, permitindo o preparo do couro em menos de 15 dias.

Em nenhuma outra região brasileira seria tão acertada a instalação de um curtume, dada a abundância dos couros e facilidade do mercado. Aqui um couro de boi não custa mais de 3 patacas[13], e o de vaca 2 patacas.

É curioso o preconceito aqui notado de se usar éguas como montaria, e, sendo abundantes esses animais, seu preço não vai além de pataca e meia.

---

[13] A pataca vale 320 réis, ou sejam, 2 francos.

Por isso o Barão adquire-os para esfolá-los, curtindo o couro e fabricando sabão com o sebo.

Sítio......,19 de junho, 3 léguas. — O Sr. Gavet preparara alguns pássaros para um de seus amigos, porém ficaram muito ruins. Vendo os de José Mariano mostrou-se desejoso de aprender com ele o processo de conservação, pedindo-me permissão para isso. Acedi, mais para me ver livre de um empregado cuja presença se ia tornando incomoda do que no interesse da coleção, a qual devia aumentar mais em Boa Vista que em Porto Alegre.

Quando alcançamos uma colina pedregosa, de onde se avista vasto panorama, o Sr. Gavet despediu-se. Tão insignificante é a altitude da colina em apreço que antes de atingí-la não nos chama a atenção. Mas, sendo julgada pelo contraste com as planícies tomou o nome de Morro Grande... Ela é coroada por alguns pés de uma árvore que venho presenciando desde Boa Vista, devendo ser citada por seu porte pitoresco. Chamam-na, nesta região, *aroeira*.** Suas folhas, como as das aroeiras de Minas rescendem, quando trituradas, um forte cheiro de terebentina, e suas cinzas são muito apreciadas para o fabrico de sabão. A árvore é muito copada, porém de pequena altura; é tortuosa e seus galhos, que nascem a pequena distância da base do tronco, subdividem-se em grande número de ramos menores e carregados de folhas.

Depois de Morro Grande o solo torna-se arenoso, as pastagens são raquíticas e reduzidas quase a um simples gramado. Aqui e ali aparecem porções de matas, dotadas de árvores pouco crescidas, carregadas de líquenes e divididas desde a base em numerosos galhos, assemelhando-se aos maciços dos nossos jardins de estilo inglês.

Em determinados pontos vi costas baixas e arredondadas, muito pouco elevadas, às quais dão o nome de *lomba*. Como em geral são mais secas que as baixadas (vargem), a erva aí tem menos vigor e as vacas que têm o costume de pastar nas lombas não dão cria senão de dois em dois anos, enquanto que nas vargens o fazem de ano em ano.

Durante os dias anteriores não vi nenhum regato. Informaram-me da existência de vários na região por mim percorrida, desaparecidos pela seca, sem precedentes, deste ano. Todavia atravessei hoje o que tem o nome de Arroio das Águas Claras, nome a calhar, pois realmente suas águas são de invulgar limpidez. Chegamos quase à noite a uma estância onde pousamos, pertencente ao Comandante da Freguesia de Capela de Viamão, situada, como as demais desta região, em uma pequena elevação.

A casa do estancieiro é pequena porém bem arranjada e limpa, sendo o mobiliário constante de leitos, mesas e bancos. O dono da casa recebeu-me muito amavelmente, após inteirar-se de quem se tratava.

* Mangue é o nome vulgar da *Rhizophora mangle,* espécie muito frequente no litoral brasileiro (M.G.F.).

** Aroeira é o nome comum de Anacardiáceas diversas, especialmente dos gêneros *Schinus, Schinopsis* e *Astronium* (M.G.F.).

Mau grado a friagem do momento notei que todas as portas e janelas estavam abertas... Os moradores desta região são menos sensíveis às intempéries que nós. Apesar das geadas quotidianas não há aquecimento artificial nas casas, nem meio de o fazer.

Frequentemente ofereço abrigo ao meu guia nas casas em que durmo, mas ele sempre recusa e vai dormir com meus camaradas ao redor do fogo por estes feito na cozinha. Dormem sobre um couro, quase sem agasalho e de cabeça descoberta, sendo tal procedimento comum entre os viajantes que encontrei.

Nesta região, ao contrário do que sucede em Minas, não há ranchos, trazendo-lhes isso acanhamento de entrar nas casas, mormente se não chove.

20 de junho, 5 léguas. — Saíndo, da estância onde pernoitei deixei a carroça, e, acompanhado do pai do meu guia, segui caminho diverso, para ir ver o Arraial de Viamão, mais conhecido pelo nome de Capela, e que é, segundo me informam, a povoação mais antiga da Capitania. A fundação de Porto Alegre é bem posterior, sendo esta última cidade ainda pouco conhecida no interior do Brasil.

Aos arredores de Viamão vinham ter, outrora, os mineiros e os paulistas para adquirir éguas. Entretanto, dado o baixo preço desses animais, os estancieiros abandonaram a criação. Além disso, como a população da Capitania era mais densa no litoral que no interior, os muladeiros não tinham necessidade de aí penetrar para negociar. Deixaram assim de vir até Viamão, mas, pelo hábito, conservaram o nome de Sertão de Viamão para o "deserto" que se estende entre Lapa e Lapes, denominando em Geral Campos de Viamão, os campos desta Capitania.

Viamão demora-se em uma colina de onde se descortina vasta extensão de campos ligeiramente ondulados, no meio dos quais veem-se grupos de matas.

Apesar da agradável posição do arraial ele apresenta-se quase em completo abandono desde a fundação de Porto Alegre, melhor situada sob o ponto de vista comercial.

O arraial compõe-se principalmente de duas praças contíguas e de formato irregular, em uma das quais se ergue a igreja. Depois de São Paulo ainda não tinha visto nenhuma igreja comparável a essa, possuindo duas torres, bem conservada, extremamente asseada, clara e ornamentada com gosto.

Pelas igrejas do Brasil pode-se aferir do quanto seria o brasileiro capaz se sua instrução fosse mais cuidada e se tivesse alguns bons modelos para orientar-se. Quem conhecer apenas as igrejas das aldeias da França, achará que as artes em nosso País estão ainda em sua infância, dado o mau gosto das obras, o estilo bárbaro dos ornamentos, a violação das regras da arte, e tantos outros defeitos. Entretanto elas não são trabalhadas por artífices que desconheçam obras primas de arquitetura e escultura... Mas eles não procuraram imitá-las, porque olharam-nas sem vê-las, sem poder compreender suas belezas.

Não se pode concluir daí que os brasileiros possuem um maior e mais natural sentimento das artes, e que se conquistarem cultura ela lhes custará menor trabalho e menos esforço?

Ao sair de Viamão cruzei com um grande número de homens muito parecidos entre si, sem que pudesse atinar com o motivo disso. Todos eram brancos, corpulentos e bem conformados, na maior parte dotados de cabelos castanhos.

Chamou-me a atenção, desde minha entrada nesta Capitania, o ar de liberdade de todos que tenho encontrado e a destreza de seus gestos, livres de languidez que caracteriza os habitantes do interior. Seus movimentos têm mais vivacidade e há menos afabilidade em suas maneiras. Em uma palavra — são mais homens.

Hoje percorri região um pouco ondulada e mais povoada de casas, sempre colocadas sobre pequenas elevações. As pastagens não passam de escasso e rasteiro gramado. Quero crer que outrora o pasto era mais espesso, estando nas atuais condições devido a constantes queimadas e à força de serem tosados pelas mandíbulas dos animais aí apascentados. O gado é por isso de pequeno porte, o mesmo acontecendo às mulas, as quais embora oferecidas a 5 patacas, no máximo, não encontram compradores.

Já havia anoitecido quando aqui chegamos. O fogo foi feito fora, próximo da carroça, segundo o costume da região. Como soprasse um vento frígido pedi a um morador permissão para passar a noite em casa dele, no que não fui muito feliz, pois instalou-me em sua "casa a farinha", simples coberta, sem paredes, desabrigada por todos os lados.

A pecuária nesta região pouco trabalho dá. O gado é deixado, à lei da natureza, nos pastos, em completa liberdade, nem havendo o cuidado de lhe dar sal, como é costume em Minas. O único cuidado que reconhecem necessário é acostumar os animais a ver homens e a entender seus gritos, a fim de que não fiquem completamente selvagens, deixem-se marcar quando preciso for, e possam ser laçados os que se destinarem ao corte e à castração. Para tal fim o gado é reunido, de tempos em tempos, em determinado local, onde fica durante alguns dias, depois voltando para as pastagens, em liberdade. A essa prática chamam "fazer rodeio" e ao local onde prendem os animais dão o nome de "rodeio".

Na fazenda da Boa Vista existem seis rodeios, nos quais o gado é reunido de 8 em 8 dias.

As vacas dão cria de setembro a janeiro. Nessa época os vaqueiros percorrem os campos à procura de bezerros para encerrá-los em um curral, onde as vacas vêm, espontaneamente, amamentá-los pela manhã e à tarde.

CAPÍTULO II

Porto Alegre. Descrição da cidade. Sua sujeira. Hábitos carnívoros. O Conde de Figueira, general. Sua boa administração. Artigos derrotado em Taquarembó. Prisioneiros guaranís. Sua semelhança com os cossacos. Caminho novo. Artigas. Duas vacas hermafroditas. A grande seca. Dificuldade na organização do serviço de abastecimento das tropas. Soldo atrasado. Rendas da Capitania. Sistema de fazendas gerais. Sua adjudicação feita no Rio de Janeiro. Abusos. Junta criminal. Frutos. Vinha. Falta de lareiras, Clima salubre. O general Lecor. Um baile, Origens da guerra. Os povoadores desta Capitania são oriundos de Açores. Comparação com os de Santa Catarina. Continuação da descrição de Porto Alegre.

Porto Alegre, 21 de junho, 2 léguas. — Entre a localidade onde passei a noite de ontem e Porto Alegre a região continua a ser um pouco ondulada e mais povoada de casas, pequenas, porém bem conservadas e construidas sobre as eminências do terreno.

Junto a cada casa existe um grupo de frondosas laranjeiras, no momento pejadas de magníficos frutos, e nas vizinhanças veem-se plantações de mandioca, cercadas por valas profundas, e limitadas no lado interno por uma fileira de cactáceas. Para isso empregam duas espécies dessa família, uma pertencente ao gênero *Cereus* e outra ao gênero *Opuntia*.

As pastagens são baixas, quase inteiramente dessecadas, e pintalgadas de flores de uma *Oxalis*.

Um pouco antes de Porto Alegre a estrada, que vinha se orientando de nordeste para sudoeste, faz um ângulo para o quadrante ocidental. Divisa-se então a cidade e segue-se pelo alto de uma colina, que tem a forma de um istmo, na direção de um lago (Lagoa dos Patos), sobre o qual está situada a cidade.

À esquerda da colina, aquém da cidade, existe um vale largo e pouco profundo, coberto de pastos baixos idênticos aos demais dos arredores desta localidade.

À direita da colina, entre ela e o lago, estendem-se terrenos baixos, semeados de casas de campo e de plantações de mandioca e cana-de-açúcar.

Em todo o Brasil os campos de cultura são sempre muito distanciados uns dos outros. Na região em apreço, entretanto, eles se tocam, como nas mais povoadas regiões europeias, e anunciam a proximidade de uma cidade.

Do pouco que disse a respeito da posição de Porto Alegre se depreende quão agradável ela é. Já não estamos na zona tórrida com sítios majestosos e desertos monótonos. Aqui lembramos o sul da Europa e tudo quanto ele tem de mais encantador.

Surpreendeu-me o movimento desta cidade, bem como o grande número de edifícios de dois andares e a grande quantidade de bancos aqui existentes.

Aqui veem-se pouquíssimos mulatos. A população compõe-se de pretos escravos e de brancos, em número muito mais considerável, e constituídos de homens grandes, belos, robustos, tendo a maior parte o rosto corado e os cabelos castanhos.

Percebe-se logo que Porto Alegre é uma cidade muito nova. Todas as casas são novas e muitas estão ainda em construção. Mas, depois do Rio de Janeiro não vi cidade tão suja, talvez mesmo mais suja que a metrópole.

João Rodrigues, comprador de couros nesta Capitania, dera-me uma carta de recomendação para seu sócio o Capitão José Antônio de Azevedo, e eu tive o cuidado de avisá-lo, antes de minha chegada, a fim de conseguir alugar uma casa.

Acompanhado do pai de meu guia tomei a dianteira de meus camaradas, a cerca de uma légua daqui. Apresentei-me em casa do Capitão, sendo muito bem acolhido e após conduzido à casa que ele me alugara, muito grande e confortável.

À primeira vista o Capitão José Antônio pareceu-me secarrão, mas logo notei que sua frieza de tratamento não passava de timidez e falta de convívio.

Recebi aqui uma correspondência dos Srs. Bourdon et Fry, contendo várias cartas de minha família, felizmente portadoras de boas notícias. Admirei-me, entretanto, de não receber nenhuma carta de João Rodrigues.

Esta tarde fui visitar o sargento-mor João Pedro, ajudante de campo do General, que residia no Rio de Janeiro. Fui bem recebido e combinamos ir juntos, amanhã, à casa do General e de outras pessoas a que estou recomendado.

Ao entrar nesta Capitania verifiquei logo os hábitos carnívoros de seus habitantes. Em todas as estâncias veem-se muitos ossos de bois, espalhados por todos os cantos, e ao entrar nas casas das fazendas sente-se logo o cheiro de carne e de gordura.

Em toda parte onde parávamos na estrada, meu guia perguntava se era possível adquirir uma manta. A manta nada mais é que uma grande faixa de carne-seca e nunca foi vendida ao meu guia, pois todos o presenteavam com franqueza. Ele e seus companheiros improvisaram então espetos de pau, com os quais assavam ligeiramente pedaços de carne, sendo a manta logo devorada.

Porto Alegre, 22 de junho. — Acompanhado pelo major João Pedro[1] dirigi-me ao Palácio para apresentar meu passaporte ao General e entregar-lhe as cartas de recomendação que trazia.

Após subirmos uma escadaria penetramos em uma saleta, onde fui condignamente recebido por um ajudante de campo, que levou ao conhecimento do General a finalidade de minha visita. Este, após examinar meus documentos, falou-me com grande cavalheirismo e ofereceu-me cavalos, criados e hospedagem no Palácio. Agradeci e retirei-me instantes depois.

[1] NOTA DO TRADUTOR — No diário le 21 de Junho o autor refere-se ao *sargento-mor* Joao Pedro, a que chama agora *major;* confusão explicável por se tratar de um estrangeiro em viagem.

O Conde de Figueira (tal o título do General) pertence a uma das principais casas de Portugal, Antes de sua nomeação era o que se chama "um gozador da vida", tendo dissipado muitos haveres, passando assim por um estroina.

Sua escolha causou estupefação, sendo lamentada a sorte da Capitania que ia ser por ele governada.

Aqui chegado, todavia, pôs-se em brios e quis provar que merecia melhor reputação, mudando de conduta, tornando-se sóbrio e consagrando-se de corpo e alma ao seu cargo.

Todo mundo elogia sua probidade e seu amor à justiça, apesar dos altos funcionários e pessoas abastadas não o reconhecerem como tal.

Mostra entretanto ser amigo do povo, envidando esforços no sentido de aliviar os impostos, na medida das possibilidades da Capitania.

Aos olhos de seus jurisdicionados ele possui outro mérito de alta valia — é que sabe atirar o laço e cavalgar tão bem quanto os naturais do lugar, locomovendo-se com a rapidez de um relâmpago de um ponto a outro da Capitania.

Ultimamente os soldados de Artigas, lançando-se sobre a província, haviam envolvido, já, mais de oitenta mil cabeças de gado. O conde reuniu rapidamente oitocentos milicianos, sob seu comando, derrotando as tropas de Artigas em Taquarembó, mau grado sua superioridade de armas e de corpos, prendendo quatrocentos homens e matando cerca de quinhentos. As gentes do Conde não tiveram uma única baixa, e dessa ocasião em diante o inimigo não ousou volver às fronteiras da província.

Todavia esse maravilhoso feito perdeu seu valor quando se soube que as hostes inimigas eram constituídas quase somente de míseros índios, os quais, embora excelentes cavaleiros, de destreza sem exemplo na própria Europa, não conheciam tática nem possuiam disciplina, fugindo quando se viam em inferioridade numérica...

As milícias que os combateram em Taquarembó não lhes eram inferiores na arte de montar e de atravessar o rio a nado. Tendo o mesmo conhecimento da região e possuindo hábitos idênticos aos dos índios, os brancos puderam facilmente rechaçá-los, porque possuiam qualidades outras de bravura, oriundas da civilização e da ânsia de defenderem suas famílias e suas propriedades.

Excetuando aqueles que vi em Torres, todos os prisioneiros aqui se encontram e são empregados em obras públicas. Veem-se entre eles cerca de uma dúzia de espanhóis, vindos de Montevidéu, e alguns negros foragidos das estâncias desta Capitania. Os demais pertencem à tribo dos guaranis.

É provável que Artigas tenha arregimentado esses índios embaindo-lhes que a Capitania estava completamente desguarnecida, permitindo uma incursão sem resistência na qual poderiam roubar o gado das estâncias portuguesas.

Vários prisioneiros que interpelei informaram-me serem naturais do Paraguai e que trabalhavam como peões na Província de Entre Rios, tendo sido, por Artigas, forçados a pegar em armas. É muito possível que tais homens estejam mentindo e que tenham acompanhado o chefe na esperança de praticarem a pilhagem.

Os prisioneiros guaranis são em geral homens de porte médio, parecendo pequenos devido à largura desconforme de seus corpos. Têm o pescoço muito curto, a cabeça grande e alongada, cara larga, olhos compridos, estreitos e um pouco divergentes; sobrancelhas negras, cheias e arqueadas; nariz comprido e largo; boca muito grande; cabelos negros e corridos; tez bistre-amarelada e sobretudo nádegas volumosas. Entre tais traços os que estabelecem distinção entre essa e outras tribos, que tenho conhecido até aqui, são particularmente a pequena divergência dos olhos, o comprimento da cabeça e do nariz. Eles têm também espádua e peito mais largos, e os membros geralmente mais carnudos.

Os guaranis são de uma feiura extrema e têm na fisionomia uma expressão de baixeza, devida unicamente ao sentimento de inferioridade, dependência e cativeiro a que se acham reduzidos atualmente. Todavia, examinados com atenção, mostram, entre os traços repugnantes que os caracterizam, um ar de docilidade indicadora de um caráter melhor.

Artigas, quando senhor de Montevidéu, havia dado aos seus soldados uma espécie de uniforme, consistindo em uma jaqueta de casemira azul com gola vermelha. Mas, depois que foi obrigado a sair dessa cidade suas tropas vestem-se como podem. Alguns prisioneiros trazem ainda restos do antigo uniforme; outros têm péssimas roupas de cores variadas e chapéus sem abas. Vários trazem enrolada à cintura uma espécie de saia a que dão o nome de cheripá. A maior parte traz os cabelos longos e trançados.

Por sua fisionomia, grossura de seus membros e modo de viver, os guaranis assemelham-se aos cossacos.

A alimentação ministrada aos prisioneiros é constituída de uma ração de farinha e duas libras de carne, por dia, o que eles não acham suficiente.

Porto Alegre, 24 de junho. — Fui visitar o Conde de Figueira, em uma casa de campo onde passa as tardes e situada a cerca de 3/4 de légua da cidade.

O caminho que lá vai dar tem o nome de *caminho novo,* porque foi aberto recentemente. É uma continuação da grande estrada de Porto Alegre, e, como é muito plano torna-se mais comodo para as carruagens do que aquele pelo qual cheguei. Sai ao norte da cidade, margeando primeiramente o lago e depois o Rio Gravataí, afluente do dito lago. De um lado o caminho é guarnecido por uma linha de salgueiros e no outro existem casas de campo e jardins cercados de sebes de uma mimosácea espinhosa.

Os terrenos planos e cultivados que vi, logo ao chegar a Porto Alegre, ficam apertados entre o *caminho novo* e a colina na extremidade da qual se acha a cidade. Raros são os passeios tão encantadores como o do *caminho novo,* o qual lembra tudo quanto existe de mais agradável na Europa.

O Conde recebeu-me a contento, repetindo-me as ofertas de préstimo e convidando-me para o jantar de domingo.

Mostrou-me um pequeno guarani que servira nas tropas de Artigas, e, perguntando-lhe em minha presença se preferia ficar ali ou voltar para junto de Artigas obteve do indiozinho a afirmativa de "desejar voltar para junto de Artigas". Momentos depois acrescentou que tal atitude nascia do desejo de rever sua mãe. O modo frio dessa tardia explicação demonstrava, contudo, ter sido engendrada pela suposição de ter ofendido ao Conde.

Esse jovem guarani era bem vestido e bem alimentado, mas, criado nos campos, acostumado às liberdades de uma guerra civil, preferia a independência que desfrutava em sua tribo às doçuras da vida doméstica.

Artigas possui particular habilidade para fazer-se querido dos índios e dos camponeses. Todavia parece ser esse o seu único talento, pois não possui conhecimentos da arte militar e é possivelmente sem coragem, pois nunca foi visto em combates. Tem, entretanto, os mesmos hábitos dos índios, cavalgando tão bem quanto eles, vivendo do mesmo modo e vestindo-se com extrema simplicidade. Diz aos seus soldados que trabalha pela independência dos mesmos e de seus filhos. Derrotado chora com seus comandados, dizendo-se infeliz e atribuindo seus insucessos às iras do Céu, em consequência de seus pecados e dos de seus soldados.

É voz geral que os mais valentes soldados de Artigas são os negros fugidos, o que é natural porque eles se batem por sua liberdade. Além disso o negro é mais bravo do que o índio porque possui melhor noção do dia de amanhã, donde sua coragem de tudo sacrificar em busca de um futuro melhor.

Porto Alegre, 26 de julho. — Jantei hoje na casa de campo do Conde, onde tive ocasião de ver duas vacas portadoras de atributos próprios do sexo masculino. Os caracteres da cabeça são os do touro, a vulva menor e menos próxima do ânus que nas vacas comuns; as quatro tetas são muito pequenas e por baixo trazem dois corpos grandes, ovoides, semelhantes a testículos do touro. Laçada uma dessas vacas, e subjugada, pude eu mesmo constatar a existência dos pseudotestículos, apalpando-os e fazendo-os mover. Disseram-me que esses animais mostravam maior inclinação pelas vacas do que pelos touros.

Depois do dia 21 o minuano cessou. O tempo mostra-se perfeitamente calmo, o céu sem nuvens e o termômetro marca cerca de 74 graus Farenheit, ao meio dia. Nesta época as chuvas caem ordinariamente com abundância; os mais antigos moradores da região dizem não terem memória de seca semelhante à deste ano. Ela obriga os agricultores a adiarem a época dos plantios do trigo e dos laranjais, que se fazem normalmente na estação atual para ter-se a colheita do trigo em dezembro.

Esqueci-me de dizer que os agricultores dos arredores de Laguna, plantadores de cânhamo, gozam de alguns privilégios que compensam o trabalho, apesar de não serem bem retribuídos em suas produções.

Porto Alegre, 27 de junho. — Tenho por vizinho um comissário de guerra da velha armada portuguesa, para aqui vindo a fim de organizar de um modo regular o serviço de víveres destinados às tropas que defendem esta Capitania.

Anda a braços com inúmeros obstáculos, não somente devidos à natureza da região e aos hábitos dos soldados, mas ainda aos oriundos da desonestidade dos Chefes Militares, acostumados a tirar proveitos da desordem até agora reinante nos serviços de rancho. Parece, com efeito, que não existe nenhuma escrita. Os oficiais requisitam gado dos estancieiros e dão vales que devem ser pagos pela junta da Fazenda Real. Durante algum tempo os pagamentos foram feitos com pontualidade, mas atualmente estão suspensos por falta de verba.

As tropas estacionadas na fronteira da Capitania são em número de 3.000 homens, compostas de milicianos da região e de uma legião de paulistas. O soldo desses homens está atrasado há vinte e sete meses, e há três anos que eles vivem unicamente de carne assada, sem pão, sem farinha e sem sal. A ração de cada homem é de quatro libras de carne por dia, e somente constituída pelas partes mais gordas e mais carnudas dos animais. Os oficiais comem fígado com a carne, à guisa de pão. Os soldados substituem esse alimento fazendo torrar uma parte de suas rações, que comem com o resto, que é assado de modo costumeiro.

Os milicianos da região estão facilmente acostumados a esse regime que pouco difere de seu modo normal de viver. Não obstante apareceram moléstias devido ao excesso de alimentação carnívora, principalmente desinterias, sobretudo entre os paulistas, mais habituados ao uso do feijão e da farinha que ao da carne.

Porto Alegre, 28 de junho. — As rendas desta Capitania compõem-se dos direitos alfandegários, dos de Santa Vitória, do quinto dos couros exportados, dos dízimos, dos pedágios e travessias de rios.

O quinto dos couros é contratual e foi estabelecido no Rio de Janeiro. Uma das condições manda que o contratador forneça às tropas estacionadas em Porto Alegre, Aldeia dos Anjos e Rio Pardo, a carne a 30 réis.

Se fosse consultado o verdadeiro interesse da Capitania é evidente que o contrato devia ter lugar em Porto Alegre e não no Rio de Janeiro, onde não se conhece o valor da renda a ser arrecadada. Mas, o que surpreende muito mais é que os dízimos da Capitania sejam igualmente entregues a um contratador-geral e que a adjudicação se faça no Rio de Janeiro.

O sistema de fazendas gerais, que priva o Estado de uma parte de suas rendas, nunca devia ser adotado para as capitanias do interior. Entretanto, se fosse razoável adotá-lo somente o seria para as capitanias pobres, onde não fosse possível encontrar funcionários arrecadadores que oferecessem uma garantia suficiente, ou onde a fazenda real se encontrasse embaraçada por múltiplos negócios.

Mas, como admitir tal sistema em uma capitania rica, onde os arrecadadores particulares abastados se apresentam em massa? Como admitir a adjudicação à fazenda-geral, distante mais de trezentas léguas da Capitania, em uma cidade onde não lhe conhecem os recursos?

Evidencia-se que esse sistema não podia ser adotado e que ele apenas é conservado para beneficiar interesses particulares, o que ficou provado pelo Ministério, o qual decretou a prorrogação por seis anos da última adjudicação, violando assim a lei própria, que estatui um prazo máximo de 3 anos.

O arrecadador-geral entende-se com os subarrecadadores (ramistas, dizimeiros), que cobram diretamente os impostos, os quais introduziram na cobrança diversos abusos, conforme se queixam os proprietários.

Todas as vezes que estes marcam seu gado os dizimeiros devem arrecadar o décimo, mas tal não acontece. Eles deixam os respectivos dízimos (décimos) para arrecadar três anos após, de modo que obtêm a esse tempo animais gordos sem que nada lhes tenha custado. Além de não pagarem pastos e tratos não correm o risco da perda em caso de epizootias, pois se há mortandade no gado não há, entretanto, meios de provar estarem os animais do arrecadador no número dos mortos.

Artigas em sua última incursão arrebanhou todo o gado de algumas estâncias, mas não pôde levar senão uma parte do de outras. Nestas os dizimeiros recusaram conformar-se com perdas proporcionais às dos proprietários e quiseram manter até direitos sobre anos que eles próprios haviam deixado atrasados na arrecadação...

Porto Alegre, 1.º de julho. — Antes do governo do Marquês de Alegrete, predecessor do Conde de Figueira, os criminosos da Capitania eram julgados no Rio de Janeiro. Mas, como nessa distante cidade era difícil reunir provas suficientes para os condenar, e como ninguém ficasse contra eles, era hábito deixá-los durante vários anos nas prisões, terminando por dar-lhes liberdade sem julgamento prévio, O Marquês de Alegrete pediu e obteve do Rei a criação de uma Junta Criminal, que se deve reunir todos os anos, composta do General, do Ouvidor e do Juiz de Fora de Porto Alegre, dos Juízes de Fora de Rio Grande e Rio Pardo e de dois desembargadores que residem atualmente em Porto Alegre.

A formação dessa junta apresenta o inconveniente de forçar os juízes de fora de Rio Grande e Rio Pardo a abandonar suas funções ordinárias, distanciando-se um sessenta e outro trinta léguas de suas residências habituais.

Em consequência do proverbial descaso e morosidade que se aplica a tudo quanto diz respeito à administração pública, a Junta ficou, durante muitos anos, sem se reunir e quando se reunia era por pouco tempo.

Este ano ela dissolveu-se após haver julgado quatro indivíduos, entre os duzentos acusados existentes nas prisões de Porto Alegre.

Segundo me informou um dos membros da Junta, os crimes são aqui muito frequentes principalmente entre os negros, o que não é para se admirar dado o fato de serem vendidos nesta Capitania os escravos de má índole provenientes do Rio de Janeiro.

As amendoeiras, os pessegueiros, as ameixeiras, macieiras, pereiras e cerejeiras desenvolvem-se muito bem nos arredores de Porto Alegre, produzindo bons frutos. Entretanto poucas são as pessoas que se dedicam ao cultivo desses frutos e em geral as espécies para aqui trazidas são de qualidade inferior.

A oliveira produz também bons frutos, porém em escassa quantidade.

A vinha prospera muito bem. Algumas pessoas fabricam vinho, porém de qualidade inferior e sem aceitação. A elite usa os vinhos generosos do Porto e, como o pouco que se faz no Brasil está bem longe de ser bom e é desdenhado e até ridicularizado, isso conduz o desânimo àqueles que se dedicam a experiências de enologia. É incontestável, contudo, que o pior vinho nacional é mais apetecível às classes pobres (impossibilitadas de comprar o produto português) que a água ou a cachaça com açúcar.

Somente vantagens, e grandes, terá a introdução geral de uma espécie qualquer de fabrico de vinho no Brasil, devendo o governo encorajar, por todos os meios possíveis, a plantação da vinha e a fabricação do vinho nas regiões do Brasil onde possa haver esperança de sucesso, tais como esta Capitania, em Goiás, no Distrito Diamantino e na comarca de Sabará na Capitania de Minas.

Florescem pelo começo de setembro as amendoeiras e os pessegueiros. A floração das outras árvores segue-se na mesma ordem observada na Europa.

Porto Alegre, 4 de julho. — Durante vários dias o tempo manteve-se frio. Hoje está sombrio, como em França antes de nevar, tendo chovido em grande parte do dia. Há geada quase todas as noites e o Conde mandou juntar muito gelo para fazer sorvete.

Acostumado, como já estou, às altas temperaturas da zona tórrida sofro muito com o frio. Ele tira-me toda espécie de atividade, privando-me quase da faculdade de pensar.

Esse frio repete-se todos os anos. Toda a gente se queixa dele, sem contudo procurar meios eficazes de defesa contra o inverno. Apenas cuidam de agasalhar o corpo com vestes pesadas. Todos os habitantes de Porto Alegre usam em casa um espesso capote que, impedindo-lhes até os movimentos, não os impede de tremer de frio... Ninguém tem a ideia de aquecer os quartos, trazendo-os bem fechados e munidos de lareira.

Há aqui grande número de casas muito bonitas, bem construídas e bem mobiliadas, mas não há uma sequer, que possua lareira ou chaminé. Os quartos são altos, as portas e janelas fecham-se mal; estas têm frequentemente as vidraças quebradas e há casas em que se não pode procurar um objeto sem primeiro abrir os postigos das janelas e até mesmo as portas.

Essa falta de precaução contra o frio parece ter sido introduzida pelos portugueses, pois asseguram-me que em Lisboa as chaminés são objetos de luxo.

Já disse que os campos estão secos. Não se encontra uma flor nem se vê voar um só inseto. As pastagens têm um tom pardacento, as árvores e arbustos conservam suas folhas, mas apresentam uma coloração verde muito triste.

Acho-me inteiramente sem o que fazer, mas receio pôr-me em marcha devido ao frio dominante. Daqui a Rio Pardo tenho de viajar por água e parece que serei obrigado a dormir ao relento. Além disso, tendo escrito já duas vezes para Boa Vista, faltam-me notícias de José Mariano e receio tenha ele se desviado do meu caminho. Passo o tempo de modo muito triste.

Aqui as mulheres não se escondem, mas não há em Porto Alegre mais sociedade que nas outras cidades do Brasil. Cada um vive em seu canto ou visita seu vizinho, sem cerimônia, com roupas caseiras. Vai-se frequentemente cavaquear nas lojas, mas não há nenhum clube. Jantei aqui em casa de José Antônio Azevedo. Aliás, apesar das numerosas cartas de recomendação que trouxe, as quais me valeram gentilezas, não recebi nenhum convite, salvo do Conde e do Major João Pedro que são viajados e por isso mais traquejados. Em geral em todas as partes do Brasil, por onde tenho andado, o estrangeiro é recebido na casa para onde vai recomendado mas não o apresentam aos demais.

Jantei hoje em casa de João Pedro em companhia de um espanhol dos arredores de Santa Tereza, chamado Angelo Nuñez, vítima da tirania de Artigas do qual falou-me muito. Quando os portugueses entraram em suas terras esse espanhol a eles aderiu tendo ocasião de lhes ser útil em muita coisa. Artigas tendo conseguido conquistar a região tratou o meu interlocutor como a um traidor. Arrastou-o consigo durante vários meses, submetendo-o a ignomínias, mal alimentando-o até. Enquanto isso seus animais foram roubados e suas propriedades devastadas pelos soldados de Artigas e pelos portugueses. É para reclamar o que esses últimos lhe tomaram que se encontra atualmente em Porto Alegre.

Os principais asseclas de Artigas são os índios civilizados que se juntam a ele para poderem levar uma vida licenciosa e roubar impunemente o gado. Há também entre eles aventureiros brancos que nada possuem e querem se enriquecer à custa do saque. Vários destes fugiram e domiciliaram-se em Montevidéu. Outros, embora contrários a Artigas, a ele se submeteram com o intuito de salvarem suas propriedades.

Artigas conserva o antigo sistema de administração nas cidades em que se tornou chefe. Contudo não há outra lei além de sua vontade e a de seus caprichos. Confisca os bens dos ricos, condena ao açoite ou à morte sem nenhuma regra ou formalidade. Só pode ser considerado como um chefe de bandidos. Sua ignorância é extrema, mas possui como secretário um frade renegado que dirige todos seus negócios e no qual deposita a máxima confiança.

O governo português fez várias ofertas vantajosas a Artigas para depor as armas, mas o frade induziu-o a rejeitar todas essas propostas.

Alguns dos chefes que servem sob as ordens de Artigas são proprietários na região dominada, e que aderiram pela força das circunstâncias, outros, como disse já, são aventureiros saídos da massa do povo.

O Major Pedro foi enviado há alguns anos, ao encalço de Ortogues,[2] um dos capitães de Artigas, atualmente preso no Rio de Janeiro, e que antes da revolução não passava de um simples capataz.[3]

Conhecendo o ódio dos colonos espanhóis contra os europeus João Pedro fez-se passar por brasileiro, montando sem dificuldade os cavalos fogosos que lhe entregaram, bebendo mate sem açúcar, cativando assim a confiança de Ortogues. Um dos primeiros cuidados deste último, foi se informar se o Marquês de Alegrete era bom escudeiro. Obtendo resposta afirmativa mostrou-se mais respeitoso para com o nome do Marquês.

Ortogues criticou acremente os reis. Mas suas censuras baseavam-se unicamente na facilidade com que os soberanos recrutam soldados, e, imediatamente após expender tais conceitos pôs-se a vangloriar-se da autoridade sem limites que exercia sobre seus soldados e sobre os habitantes da região.

Com efeito era tal, disse-me João Pedro, que pelas menores faltas ele condenava à morte. Fazia vir à sua presença aqueles que julgava culpados, intimando-os a pedir perdão e terminava por mandá-los "passear". O acusado retirava-se, mas era seguido por um capanga de Ortogues, que o matava. Os "passeios de Ortogues" transformaram-se em provérbio em todo o País.

Esse homem misturava à ferocidade uma espécie de devoção. Soluçou diante de João Pedro porque os soldados haviam espoliado uma Capela. Trazia consigo uma imagem da Virgem dali retirada à qual mostrava grande respeito, tendo encomendado em Montevidéu roupas para vesti-la.

O roubo de animais devia ter sido uma das primeiras consequências da guerra em uma região onde só se comia carne e onde os rebanhos constituíam a principal riqueza.

O número de bovinos, outrora considerável nos campos de Montevidéu e Entre Rios, diminuiu muito.

O General Lecor acaba de proibir a exportação de gado e as xarqueadas da Capitania de Montevidéu, e Artigas reduziu seus soldados à ração. Na desordem da guerra estabeleceu-se tamanha confusão em Entre Rios que o gado tornou-se quase em propriedade comum.

O clima de Porto Alegre é muito sadio. São desconhecidas aqui as febres intermitentes, mas no tempo do frio as constipações e doenças da garganta são comuns. Nessa estação o tétano se manifesta frequentemente, mormente em seguida a um ferimento.

Porto Alegre, 6 de julho. — Continua o frio e devido à chuva durante o dia não me foi possível sair.

José Mariano chegou. Disse-me ter embarcado em Boa Vista os pássaros que matou, com destino a Porto Alegre. Penso que a chuva e a umidade não os estragarão.

[2] Ortogues é provavelmente a mesma personagem que se conhece na cidade do Rio Grande com o nome de Torgues.

[3] Chefe de um corpo de vaqueiros.

Ao chegar demonstrou seu costumeiro mau humor, cujo pernicioso exemplo depressa começou a influir sobre os outros camaradas. Firmiano, que se mantivera bom durante a ausência de José Mariano, já se mostra menos alegre, e Manoel recomeça a se lastimar.

Porto Alegre, 8 de julho. — Fui visitar o General, o qual me disse, como toda a gente, que a estação se mostrava pouco aconselhável para se ir às Missões porque muitos rios impedir-me-iam a jornada, por não serem vadeáveis nesta ocasião. Enfim que encaminhando meu roteiro pela cidade de Rio Grande teria oportunidade de conhecer as dunas numa época em que a vegetação se mostrava no máximo vigor, e as zonas da Capitania aonde poderia esperar melhor colheita em tempo de grande carestia de floração.

Acrescentando que estava em vésperas de partir para o Rio Grande, convidou-me o General para ir em sua companhia. Reconheço que não usufruirei em sua comitiva da necessária liberdade requerida por meu trabalho, mas, em todo o caso, como sei que durante um mês nada poderei fazer aqui, aceitei o convite, certo de que passarei mais agradavelmente o tempo.

De Rio Grande seguirei com o Conde para Santa Teresa, de Santa Teresa para Montevidéu e daí para as Missões.

Enquanto estava em casa do General recebeu ele uma carta do Marechal Chagas, que servia nas Missões, informando que as tropas de Artigas se achavam reduzidas a 250 homens. Depois da batalha de Taquarembó, Frutuoso Rivera, o mais hábil de seus lugares-tenentes, entregou-se ao General Lecor, com seus comandados, os quais eram considerados os mais disciplinados de quantos haviam sustentado Artigas. Tais resultados, magníficos, foram fruto da ação conjunta de apenas oitocentos portugueses-brasileiros, homens da região, possuidores dos mesmos hábitos dos inimigos e que combatiam com armas iguais porém com superioridade de coragem e de inteligência.

Esta guerra teria já terminado de longa data se ao invés de ter começado com tropas europeias tivessem, desde o início, oposto a Artigas forças de homens da região, e se o General Lecor não tivesse adotado a prática da contemporização, contra a qual muito murmuram oficiais e soldados.

Logo que as tropas de Portugal, componentes atuais da divisão de Lecor, atravessaram a Capitania trataram seus habitantes com desdém e rudeza, de que ainda hoje se queixam com amargor.

Mas, cedo foram vingados por uma humilhação sofrida pela cavalaria portuguesa em Serrito. Foi aí que lhes deram as montarias e, como todos os animais desta região, meio selvagens, não estavam acostumados à equipagem das cavalarias europeias nem às suas manobras, espantaram-se, atirando ao solo os cavaleiros, debandaram pelos campos e, apesar das inúmeras pesquisas feitas pelos paisanos houve grande perda de selas...

Os soldados portugueses acostumados a comer pão não podiam viver unicamente de carne. Quando entraram em campanha foi necessário fazer acompanhar a tropa quase duzentas carretas de víveres e bagagens.

Em uma região descoberta, onde não existe nenhum lugar fortificado, o exército não podia forçar ao combate um inimigo cujo interesse era evitá-lo, e que tinha o dom de se transportar, com a rapidez de um relâmpago, de um ponto para outro. Os portugueses levavam grande tempo a guardar sua bagagem e não eram senhores senão do ponto que ocupavam.

Lecor, após ter entrado em Montevidéu, não movimentou sua divisão nem fez agir as tropas da fronteira que estavam sob suas ordens e sob o comando do Marechal Curado.

Mostrando extrema indulgência para os insurretos tornou-se querido pelos habitantes da região, mas reprovou-se que tenha levado tal indulgência ao excesso. Parece ter aprendido com o presidente do Cabildo, de Montevidéu, esse sistema de doçura e contemporização, presidente esse que conserva em seus lugares todos os empregados espanhóis que possuam parentes e amigos entre os insurretos.[4]

Porto Alegre, 10 de julho. — Como esta Capitania foi durante muito tempo teatro de uma guerra, o governo militar empregou aqui mais violência que em outras províncias. Os habitantes acham-se acostumados a tais irregularidades e cada um usa por sua vez injustiça e vexames próprios do ambiente, suportando-os com menor sofrimento quando atingidos.

O regime militar age melhor que a morosidade da administração ordinária de homens pouco instruídos, senhores de uma vida ativa, que vivem montados a cavalo e tendo todos os hábitos dos povos semicivilizados.

Aqui só se consideram os homens pelas suas categorias militares, e os funcionários civis e juízes não gozam da mínima consideração.

Desdenham as formalidades da justiça e é perante o General que se resolvem todas as contendas.

O caráter pessoal e a integridade do Conde, comparados à venalidade ordinária dos oficiais da justiça, devem ter influido na formação dessa atmosfera de confiança.

Porto Alegre, 12 de julho. — Um francês representante aqui de uma casa do Rio de Janeiro, veio convidar-me para passar a tarde em uma casa onde devia realizar-se um pequeno baile. Sabendo que essa casa era uma das mais recomendáveis de Porto Alegre não hesitei em aceitar o convite. Deparei então, em um salão bem mobiliado e forrado de papel francês, uma reunião de trinta a quarenta pessoas, homens e mulheres. Como se tratavam de parentes e amigos íntimos não havia luxo nos trajes. As mulheres vestiam-se com simplicidade e decência, sendo que a maior parte dos rapazes trajavam fraque e calças de tecido branco. Dançaram-se valsas, contradanças e bailados espanhóis. Algumas senhoras tocaram piano, outras cantaram com muita arte, acompanhadas ao bandolim, a festa terminou entre pequenos jogos de salão.

---

[4] O que digo aqui sob a influência das ideias que então predominavam na Província do Rio Grande deve ser modificado. Lecor apenas tomou o partido que devia tomar com as tropas europeias.

Encontrei modos distintos em todas as pessoas da sociedade. As senhoras falam desembaraçadamente com os homens e estes cercam-nas de gentilezas, sem contudo demonstrarem empenho ou ânsia de agradar, qualidade quase exclusiva do francês. Ainda não tinha visto no Brasil uma reunião semelhante. No interior, como já repeti uma centena de vezes, as mulheres se escondem e não passam de primeiras escravas da casa; os homens não têm a mínima ideia dos prazeres que se podem usufruir decentemente.

Entre as mulheres que vi em casa do Sr. Patrício havia algumas bonitas. Na maior parte eram muito brancas de cabelos castanhos escuros e olhos pretos. Algumas graciosas, porém sem aquela vivacidade que caracteriza as francesas.

Os homens, também muito claros e de cabelos e olhos semelhantes, na cor, aos das mulheres, eram grandes e bem feitos; tinham modos destros sem a brandura que caracteriza os mineiros.

Porto Alegre, 15 de julho. — Não se pode negar que nesta guerra os portugueses não tenham sido os agressores. Ela é fruto da política infeliz do Conde de Barca que acreditava que para estender suas fronteiras os portugueses não podiam achar momento mais favorável que o em que os espanhóis se encontravam em guerra civil, divididos entre si.

Seria sem dúvida necessário tomar algumas precauções contra vizinhos que queriam mudar de governo, indo para isso ao recurso das armas, mas, podia-se restringir em estabelecer um cordão nas fronteiras, porque a tranquilidade do País exigia se guardasse neutralidade, contra a qual Artigas não teria o mínimo interesse em se opor.

Supondo-se mesmo que os portugueses fossem senhores de toda a região até ao Rio da Prata, coisa aliás duvidosa, teriam eles comprado bem caro aumento de território, devido às despesas que seriam obrigados a fazer e ao empobrecimento de 3 de suas principais províncias: S. Paulo, Rio Grande e Santa Catarina.

Antes de começar a guerra o ministro encarregou o Marquês de Alegrete de enviar um oficial a Buenos Aires, com o pretexto de reclamar embarcações portuguesas que estavam presas nesse porto, mas na realidade seu intuito era sondar as intenções do Governo em relação a Artigas e saber se a República nascente o defenderia no caso de ser o mesmo atacado pelos brasileiros.

Para chegar a Montevidéu esse oficial foi obrigado a passar pelo distrito comandado por Ortogues, com o qual teve a conferência cujas principais circunstâncias já relatei. Ortogues forneceu-lhe passaportes com os quais chegou a Montevidéu, onde pediu ao *cabildo* permissão para prosseguir livremente sua viagem. Os membros do *cabildo* nada quiseram resolver sem consultar Artigas, que, como é sabido, nunca residiu na cidade. Este censurou fortemente o *cabildo* por ter recebido um estrangeiro, que não podia deixar de ser um espião, e deu ordens no sentido de dentro de 24 horas sair o oficial do país, fazendo-o voltar pelo caminho por onde tinha vindo.

O tratamento dado a esse oficial e a proteção que Artigas dava aos negros fugidos da Capitania foram as razões alegadas para o rompimento da guerra.

Diziam no Rio de Janeiro que as hostes de Artigas haviam feito a primeira incursão em território português, roubando gado, mas isso não era exato.

Um padre espanhol, amigo da verdade, que foi obrigado a deixar Entre Rios, refugiando-se em Porto Alegre, devido às suas ideias fiéis ao Rei, assegurou-me que antes mesmo das primeiras hostilidades os estancieiros portugueses lançaram-se sobre terras dos espanhóis, daí levando grande número de bovinos.

Quanto às selvagerias que certos portugueses atribuem ao pessoal de Artigas, parece, pelo testemunho de oficiais probos, terem sido absolutamente recíprocas.

Os hábitos carnívoros dos habitantes desta Capitania os tornam cruéis e sanguinários. Na batalha de Taquarembó eles massacraram impiedosamente mulheres e crianças e teriam matado todos os prisioneiros se os oficiais a isso não se opusessem.

Em geral os portugueses e seu governo esqueciam que nesta guerra Artigas tinha direitos iguais aos deles, e tinham a veleidade de tratar os inimigos como se fossem rebeldes.

Entretanto a conduta política dos espanhóis nada tinha de comum com Portugal, que sempre agiu por sua conta própria, jamais como aliado do Rei de Espanha. Os portugueses deviam fazer guerra a seus vizinhos como uma nação civilizada faz a outra nação: não era a eles que cabia julgar da legitimidade do poder dos oficiais de Artigas. Estes deviam ser tratados, pois, com as atenções devidas às suas graduações militares. Não havia nenhuma razão em algemá-los, como algumas vezes aconteceu, e não se devia agrilhoar os soldados prisioneiros, como se fazia aos índios tomados em diversos combates.[5]

Os habitantes desta Capitania são originários de Açores, tal como os de Santa Catarina. Todavia uns e outros pouco se assemelham; os primeiros são grandes, os outros são pequenos; aqueles são corpulentos, estes são magros. Os catarinenses têm tez amarelada, os riograndenses são muito brancos e têm mais vivacidade de modos. Tais diferenças provêm naturalmente de seus regimes e hábitos.

Os catarinenses vivem quase sempre da pesca ou do trabalho da terra. Os desta Capitania vivem continuamente a cavalo, fazendo exercícios violentos e respirando o ar mais puro e sadio da Terra. Os primeiros alimentam-se quase somente de peixe e farinha de mandioca, os outros comem carne e algumas vezes pão.

Se a uma distância tão pequena essa diferença de hábitos e de nutrição pôde produzir tão grande dessemelhança étnica, em homem saídos há tão pouco tempo de um mesmo país, compreende-se como é possível a uma mudan

---

[5] Como já disse em outros artigos, Artigas não passava de um chefe de bandidos e é possível que as hostilidades tenham começado simultaneamente por seus soldados e pelos portugueses.

ça total de clima e nutrição resultarem as sensíveis modificações que vão constituir as raças.

Não há quem não tenha observado que os negros crioulos são muito menos distanciados de nossa raça que os da costa da África. Pode-se atribuir à educação a superioridade que mostram em relação à inteligência, mas ao mesmo tempo eles são de um negro mais escuro, sua testa é menos arredondada, seus lábios menos grossos, seu nariz menos chato; enfim não há pessoa que, com um pouco de prática, não saiba distinguir um negro crioulo de um africano.

Consignei com relação aos índios, que foram tomados a Artigas, o feitio alongado de sua cabeça e nariz. Todavia esses característicos não existem em todos eles, e tão somente nos mestiços com espanhóis.

Porto Alegre, 21 de julho. — Porto Alegre, capital da Capitania do Rio Grande do Sul, residência do General e do Ouvidor, fica situada em agradável posição sobre uma pequena península formada por uma colina que se projeta de norte a sudoeste sobre a lagoa dos Patos. Este lago, medindo 60 léguas de comprimento, tem, em suas origens, os nomes de Lagoa de Viamão ou lagoa de Porto Alegre. Ele se estende na direção norte-sul da costa, suas águas têm uma correnteza sensível e são geralmente doces em uma extensão de 30 léguas. É formado por 4 rios navegáveis que reúnem suas águas em frente a Porto Alegre e que divididos em sua embocadura em um grande número de braços formam um labirinto de ilhas. Três desses rios, o Gravataí, que é o mais oriental, o Rio dos Sinos e o Rio Caí, vêm do norte, nascendo na Serra Geral e têm pequeno curso. O quarto rio, que se chama Jacuí ou Guaíba[6] é mais importante que os outros. Vindo do oeste recebe em seu curso diversos afluentes.

A cidade de Porto Alegre dispõe-se em anfiteatro sobre um dos lados da colina de que falei, voltado para noroeste. Ela se compõe de 3 longas ruas principais que começam um pouco aquém da península, no continente, por assim dizer, estendendo-se em todo o comprimento paralelamente ao lago, sendo atravessada por outras ruas muito mais curtas, traçadas sobre a encosta da colina. Várias dessas ruas transversais são calçadas, outras somente em parte, porém todas muito mal pavimentadas. Na chamada Rua da Praia, que é a mais próxima do lago, existe diante de cada grupo de casas um passeio constituído por largas pedras chatas em frente do qual são colocados de distância em distância, marcos estreitos e altos.

As casas de Porto Alegre são cobertas de telhas, caiadas na frente, construídas em tijolo sobre alicerces de pedra; são bem conservadas. A maior parte possui sacadas. São em geral maiores que as das outras cidades do interior do Brasil e um grande número delas possui um andar além do térreo, e algumas têm mesmo dois.

A Rua da Praia, que é a única comercial, é extremamente movimentada. Nela se encontram numerosas pessoas a pé e a cavalo, marinheiros e muitos negros carregando volumes diversos. É dotada de lojas muito bem instaladas, de vendas bem sortidas e de oficinas de diversas profissões. Quase na metade desta rua existe um grande cais dirigido para o lago, e ao qual se vai por uma

---

[6] Este último nome é dado em sua embocadura.

ponte de madeira de cerca de cem passos de comprimento, guarnecida de parapeito e mantida sobre pilares de alvenaria. As mercadorias que aí se descarregam são recebidas na extremidade dessa ponte, sob um armazém de 23 passos de largura por 30 de comprimento, construído sobre 8 pilastras de pedra em que se apoiam outras de madeira. A vista desses cais seria de lindo efeito para a cidade se não houvesse sido prejudicada pela construção de um edifício pesado e feio, à entrada da ponte, de 40 passos de comprimento, destinado à alfândega.

Uma das três grandes ruas, chamada Rua da Igreja, estende-se sobre a crista da colina. É aí que ficam os três principais edifícios da cidade, o Palácio, a Igreja Paroquial e o Palácio da Justiça. São construídos alinhados e voltados para noroeste. Na outra face da rua, em frente, não existem edifícios, mas tão somente um muro de arrimo, a fim de que não seja prejudicada a linda vista daí descortinável. Abaixo desse muro, sobre o declive da colina, existe uma praça, infelizmente muito irregular, cujo aterro é mantido por pedras soltas sobre o solo, formando tabuleiros dispostos em losango.

Para além da Rua da Igreja, do Palácio, dos edifícios vizinhos dessa praça e das casas existentes mais abaixo avista-se o lago, que aparenta ter a mesma largura do Loire em Orleans, circundado de ilhas baixas e cobertas de vegetação pouco crescida. Entre essas ilhas veem-se serpentear os braços dos quatro rios supracitados, sendo impossível determinar com exatidão a que rio pertencem porque antes de chegar ao lago eles se cruzam e se confundem. As águas que se veem na direção do Rio Gravataí, na extremidade mais oriental do lago, aí chegam descrevendo uma grande curva, apresentando-se como se fossem um belo rio distinto dos demais. Um pouco ao norte outras águas formam uma larga bacia, compreendida entre duas faixas de terra, que ambas, se curvam em semicírculo deixando em sua extremidade apenas uma estreita abertura. Alguns trechos dos rios mostram-se por trás das ilhas, resultando num conjunto agradável essa mistura de águas e terras. Para completar este quadro acrescentarei que o horizonte é limitado pelos cumes da Serra Geral, a qual tendo sua direção no quadrante de este para norte some-se a perder de vista.

Querendo gozar uma vista de aspecto diferente, mas também cheia de encantos, basta, logo que se chega ao alto da cidade, na rua da Igreja, voltar-se para o lado oposto àquele que acabo de descrever. A parte do lago que banha a península do lado sudoeste forma uma grande enseada de contorno semielíptico, de águas ordinariamente tranquilas. Um vale, largo e pouco profundo, confina a parte longínqua da enseada. Nas margens o Conde de Figueira mandou plantar, recentemente, uma grande área de figueiras selvagens, que futuramente constituirá aprazível ponto para passeios. Além o terreno acha-se coberto de árvores e mormente de arbustos. Veem-se aqui e ali casas de campos. Mais além, enfim, estendem-se vastos gramados semeados de espinheiros, grupos de árvores e fileiras de arbustos copados que desenham os contornos irregulares de um grande número de sebes. O lago estende-se obliquamente para o sul, orlado de colinas pouco elevadas.

No horizonte ele confunde-se com as nuvens e ao longe avista-se um rochedo esbranquiçado, surgindo do meio de suas águas. A paisagem do lado noroeste é mais alegre e mais animada do que esta, cuja calma parece convidar ao sonho.

Os edifícios existentes no cume da colina não oferecem beleza independente da situação. Pode-se mesmo afirmar que eles não estão em relação com a importância da cidade e a riqueza da Capitania.

O Palácio do Governador não passa de uma casa comum, de um andar e nove sacadas na frente. Mal dividido internamente, não possui uma só peça onde se possa reunir uma sociedade numerosa como a de Porto Alegre. O Palácio da Justiça é muito mais mesquinho ainda, térreo. A igreja paroquial, cujo acesso se faz por uma escada, tem duas torres desiguais; é clara, bem ornamentada e tem dois altares além dos que acompanham a capela-mor. Entretanto é muito pequena pois, segundo medi, conta apenas 40 passos da capela-mor à porta.

Muito menos importantes são os outros edifícios públicos de Porto Alegre. Além da igreja paroquial existem mais duas outras ainda não terminadas. Numa, contudo, já celebram missa, enquanto a outra, ainda não coberta, tem sua construção paralisada. A sede da Câmara não passa de uma casinha térrea, onde dificilmente se instalaria um particular medianamente abastado. Aqui a cadeia não faz parte da casa da Câmara, existindo duas muito pequenas, situadas à entrada da cidade.

Na extremidade da Rua da Praia existem dois prédios, vizinhos, servindo de armazém para a marinha, de depósito de armas, e onde se instalou, para as necessidades das tropas, oficina de armeiro, seleiro e carreiro. Causou-me admiração a ordem, o arranjo, diga-se mesmo — a elegância, reinante na sala destinada às armas de reserva.

Do lado do lago, onde esses prédios têm a fachada, cada um apresenta uma espécie de apartamento alongado, de rés do chão, na extremidade do qual há um pavilhão de um andar. Entre os dois edifícios há um espaço considerável, correspondendo, em um plano mais elevado, à Igreja das Dores, uma das duas retro citadas. Em frente da igreja, além dos armazéns e portanto próximo ao lago, vê-se uma coluna encabeçada por um globo, indicando que a cidade é a sede de uma comarca. Diante dela construiu-se um dique de pedra destinado a servir de cais para os 2 armazéns. Esse conjunto teria um belo efeito se a igreja estivesse pronta, se o terreno existente entre ela e os dois armazéns tivesse sido nivelado, e se estes, embora construídos sob a mesma planta, não apresentassem diferenças tão chocantes.

Fora da cidade, sobre um dos pontos mais altos da colina onde ela se desenvolve, iniciou-se a construção de um hospital cujas proporções são tamanhas que talvez não seja terminado tão cedo. Mas sua posição foi escolhida com rara felicidade, ficando perfeitamente arejado, bastante distanciado da cidade para evitar contágios e ao mesmo tempo próximo quanto às facilidades de suprimento médico e farmacêutico.

Embora construída somente no lado noroeste da colina a cidade possui várias casas no lado oposto, esparsas e desalinhadas, entremeadas de terrenos baldios, pequenas e mal construídas, quase todas habitadas pela população pobre.

Após minha chegada já contei cerca de 20 a 30 embarcações no porto, e, segundo me informaram é frequente esse número elevar-se a 50. O porto dá calado para sumacas, brigues e galeras de três mastros.

Demorando-se sobre a margem de um lago que se estende até ao mar, podendo ao mesmo tempo comunicar-se com o interior por meio de vários rios navegáveis, cujas embocaduras ficam diante de seu porto, Porto Alegre está fadada a se tornar rica e florescente em futuro muito próximo. Esta cidade, fundada há 50 anos, mais ou menos, conta já uma população de 10 a 12 mil almas e alguém aí residente há 17 anos informa-me que sua população aumentou nesse lapso de tempo em mais dois terços. Pode ser considerada como principal empório da Capitania e mormente da zona nordeste do Estado.

Os negociantes adquirem quase todas as mercadorias no Rio de Janeiro e as distribuem nos arredores da cidade. Em troca exportam principalmente couros, trigo e carne-seca; é também de Porto Alegre que saem todas as conservas expedidas da província.

O rápido aumento da população fez com que os terrenos se tornassem mais valorizados aqui que nas cidades do interior. Poucas casas possuem jardim e muitas não tem mesmo pátio, redundando isso no grave inconveniente de serem atiradas à rua todas as imundícies, tornando-as de uma extrema sujeira. As encruzilhadas, os terrenos baldios e principalmente as margens do lago são entulhadas de lixo. Apesar de ser o lago o único manancial de água potável, utilizado pela população, consentem que nele se faça o despejo das residências.

Sobre os habitantes de Porto Alegre disse já quanto se refere à cor da tez, compleição e índole dos homens e das mulheres. Devo agora acrescentar que se não há aqui tanta vida social como nas cidades europeias não resta dúvida haver muito mais que nas outras cidades do Brasil. São frequentes as reuniões nas residências para saraus musicais, tocando algumas senhoras, com mestria, o bandolim e o piano, instrumento este em geral desconhecido no interior devido às dificuldades de seu transporte.

É na Rua da Praia, próximo ao cais, que fica o mercado. Nele vendem-se laranjas, amendoim, carne-seca, molhos de lenha e de hortaliças, principalmente de couve. Como no Rio de Janeiro os vendedores são negros. Muitos comerciam acocorados junto à mercadoria à venda, outros possuem barracas, dispostas desordenadamente no pátio do mercado. Veem-se também aqui trapeiros pelas ruas. Atualmente vendem muito o fruto da araucária, a que chamam pinhão,* nome semelhante ao das sementes de pi-

---

* O pinhão não é um fruto, mas sim uma semente. É produzida pela araucária, uma gimnosperma (do grego, gymnos = nu, sperma = semente, plantas que não produzem frutos (M.G.F.).

nheiro na Europa. Usam-no cozido ou ligeiramente assado, ao chá, ou entre as refeições, sendo frequente obsequiar com ele os amigos.

Porto Alegre, 26 de julho. — Quero crer que seguirei amanhã com o Conde para o Rio Grande. Nessa viagem pretendo fazer-me acompanhar apenas de José Mariano. Firmiano e Laruotte[7] seguirão pelo lago com meus trastes. Quanto ao negro Manoel, alugado próximo de Curitiba, e que nenhuma utilidade me tem proporcionado, do qual tenho tolerado com santa paciência as excessivas susceptibilidades, este achou de deixar-me no justo momento em que podia me prestar algum serviço, pois devia conduzir nesta viagem duas mulas carregadas de malas. A única desculpa por ele apresentada foi a de desejar voltar à sua terra. Reduzi por isso minha bagagem a duas malas que poderão ser transportadas por um dos animais do Conde, conduzido por um criado de seu ajudante de campo.

Esta viagem contraria-me por demais. Devemos ir depressa; chegaremos tarde e partiremos cedo. Não gozarei liberdade alguma, nada poderei fazer além deste diário. Com José Mariano apenas ao meu serviço, cujos préstimos são nulos ficarei escravizado a todo mundo. Além disso é preciso que eu deixe aqui com Firmiano e Laruotte quase toda a minha bagagem, sendo esses empregados também muito inexperientes, não sei quando poderão embarcar, sendo possível a minha permanência muito longa no Rio Grande à espera deles, desprevenido de tudo e sem saber o que fazer.

Porto Alegre, 27 de julho. — Ainda hoje não partimos, como era esperado, porque choveu durante todo o dia. O tempo esgota-se, nada faço e esta viagem se prolonga mais do que eu desejava.

---

[7] Criado francês.

CAPÍTULO III

Capela do Viamão. População da Capitania. Boa Vista. Administração das aldeias (povos) das Missões. Palmares. Negros escravos. Estância dos Barros. Os capitães gerais. Estância de S. Simão. Bujuru. Mostardas. Gado, carneiros, Freguesia do Estreito. Rio Grande do Sul. Recepção do Conde de Figueira. Exportações, Areias. A Lagoa dos Patos. Ganhos excessivos da fazenda-geral. Baile em casa do sargento-mor Mateus da Cunha Teles. Posição do Rio Grande. Educação defeituosa das moças. Negociantes quase todos europeus. Doenças. Aldeia do Norte.

Capela do Viamão, 28 de julho. — Choveu e trovejou durante toda a noite e ainda chovia pela manhã quando recebi uma carta do Sr. Lemos, ajudante de campo do General, na qual me comunicava que aquele pretendia partir após a refeição, ao mesmo tempo que me convidava para o almoço. Segui então para o palácio, com todos os meus objetos, bem contrariado por ser obrigado a afrontar o mau tempo e os maus caminhos. Encontrei o Conde almoçando. Pôs-me a par de sua resolução de sair com aquele tempo porque as chuvas impediriam os habitantes de Porto Alegre de acompanharem-no, o que não aconteceria com o bom tempo, pois neste caso metade da cidade julgar-se-ia no dever de segui-lo até Viamão.

Quando desci, encontrei José Mariano à porta do Palácio, o qual me informou que nenhum dos criados do Conde queria tomar conta de minha bagagem. Voltei para casa, muito triste e maldizendo minha própria fraqueza em não recusar o convite do Conde para essa viagem. Ao fim de um par de horas veio um soldado chamar-me e prontamente volvi ao Palácio. Meus objetos já haviam seguido. Deram-me um cavalo, de ordem do Conde, cuja carruagem seguira na frente, e nós seguimos acompanhados de cerca de 20 oficiais dos quais alguns vieram até à distância de uma légua, outros até duas, e meia dúzia veio até aqui. Alguns passos à frente ia o Conde. Os que o seguiam iam em silêncio ou falando a meia-voz. O Conde é caracteristicamente alegre, sem empáfia e arrogância, virtudes que transmitiu aos seus auxiliares, mas a autoridade absoluta de que é revestido, inspirando muito respeito, mantém toda a gente a uma grande distância dele. Todos lhe falam com ar da mais profunda humildade.

Continuou a chover de Porto Alegre até aqui. Ainda viajávamos quando anoiteceu. Os caminhos estavam extremamente escorregadios mas chegamos sem acidentes.

Dada a sua bondade e simplicidade o Conde não avisara ninguém de sua chegada, a fim de evitar causar incômodos a quem quer que fosse. Instalou-se em uma casa cujo proprietário se achava ausente. Uma parte dos animais chegou atrás de nós, mas vários deles ficaram para trás, conforme informaram os condutores, e entre esses os que traziam minhas malas. Foi necessário enviar outros animais para substituir os que se atrasaram e meus objetos chegaram todos molhados. Esse não é, sem dúvida, o último acidente sofrido. Meu maior desejo é salvar este diário e o livro de botânica; o resto estou disposto a sacrificar.

A carruagem do Conde chegou ainda mais tarde que a bagagem; os criados contaram que os cavalos tiveram grande dificuldade em vir.

Todo mundo possui nesta Capitania um grande número de cavalos mas ninguém tem para com os animais o menor cuidado. Nunca se dá milho aos mesmos e nesta estação, com as pastagens secas, as pobres montarias apresentam-se magras e fracas. Para a menor viagem é necessário contar com uma grande quantidade de cavalos de sobrecelência ou então vai-se trocando de montada em cada estância por onde se passa. Fazem pouco caso dos cavalos, não os prendem e os estancieiros somente conhecem os que lhes pertencem à vista das marcas.

Todo o trecho hoje percorrido já me era conhecido e descrevi-o já, dizendo-o ondulado, coberto de pastagens ralas e semeadas de tufos de matos. De longe em longe, veem-se, nas eminências, pequenas casas cercadas das culturas, defendidas do gado por valas profundas guarnecidas de cactus em um dos bordos. Ultimamente via-se de Porto Alegre a fumaça da queima das pastagens do outro lado do lago. É nesta estação que se faz tal operação, todos os anos.

Comi em Porto Alegre deliciosas azeitonas produzidas na região, pois a oliveira aqui medra otimamente. Contudo plantam-na a título de curiosidade, apenas. Penso que quando a população aumentar, e o número de propriedades tornar-se maior, a cultura da oliveira poderá vir a ser uma boa fonte de renda. A falta de braços impede aos brasileiros de aproveitarem as possibilidades oferecidas pelo País, mas será útil fazê-los conhecer todas para que as possam aproveitar no momento oportuno.

Segundo dados que me foram fornecidos pelo Sr. José Feliciano Fernandes Pinheiro que é Guarda-Alfandegário e cuida no momento de publicar uma "História da Capitania", sua população sobe a 32.000 brancos, 5.399 homens de cor livres, 20.611 homens de cor escravizados e 8.655 índios. Nas Missões existem 6.395 índios e 824 brancos.[1] Tudo isso coincide com o que me têm informado outras pessoas.

Boa Vista, 29 de julho de 1820, 6 léguas. — Ainda hoje o tempo mostrou-se coberto, embora sem chuva.

Fiz a primeira metade do caminho na carruagem do Conde e o resto a cavalo. Enquanto na carruagem li para o Conde artigos da "Biografia dos homens vivos", o que foi seguido de comentários e anedotas, contribuindo para melhor passar o tempo.

1· Segundo os relatórios dos Administradores a população das Missões não vai além de 3.000 guaranis-portuguesa.

Pouco tenho a acrescentar ao já descrito sobre esta região. As pastagens continuam pardacentas e dessecadas; nunca se vê uma flor. Apenas esqueci-me de dizer que a cerca de 3/4 de légua de Boa Vista o caminho passa por um pequeno lago, chamado Lagoa da Estiva, circundados de grandes brejais.

Disse-me o Conde que as aldeias (povos) das Missões são administradas da seguinte maneira: os homens e as mulheres trabalham para a comunidade; armazenam-se os produtos e distribuem-nos às famílias de acordo com as necessidades de cada uma. Vendem o restante empregando o dinheiro apurado na aquisição de ferramentas e roupas que são do mesmo modo distribuidas. A administração da comunidade é confiada a um *cabildo* composto de índios e dirigido por um português. Essa forma de governo é justamente a adotada pelos jesuítas mas o interesse desse padres era o bem-estar dos índios.

Os administradores, ao contrário, que são sempre pessoas sem idoneidade, sem honra nem probidade, só pensam em se enriquecerem à custa dos infelizes selvagens. Nenhum homem digno se apresenta para preencher esse lugar porque os vencimentos são parcos e a posição despida de honrarias.

Boa Vista, 30 de julho. — Passamos o dia aqui. Fiz um longo passeio, porém infrutífero, devido ao dessecamento dos campos, completamente despidos de flores. Os arredores de Boa Vista apresentam uma imensa planície e alguns outeiros (lombas). No meio das pastagens existentes veem-se pequenos capões, matos cujas árvores são inteiramente cobertas de *Titlandsia usneoides* e uma outra espécie. Os sítios baixos acham-se atualmente alagados. Nesses charcos há dominância de um grande *Eryngium*, cujas folhas espinhosas assemelham-se às das *Bromeliáceas*, e um *Eriocaulon* de folhas largas.

Achando-me um pouco confuso quanto aos caminhos a seguir, dirigi-me a uma casa que avistei ao longe. Aí encontrei uma mulher trabalhando acocorada sobre um pequeno estrado, a qual me recebeu com delicadeza, porém, sem deixar o que fazia, e deu-me um negro para indicar-me o caminho. Ao ficarmos sós o negro apressou-se em demonstrar admiração por ver-me a pé. É que nesta região toda gente, mesmo pobre, inclusive os escravos, não dá um passo sem ser a cavalo.

Esquecia-me de dizer ter encontrado, não só nas ruas de Porto Alegre, como em seus arredores ou mesmo aqui, perto das habitações, uma grande quantidade de plantas europeias. Embora atualmente desprovidas de floração acredito ter reconhecido, com certeza, as seguintes: *Conium maculatum, Rumex pulcher, Urtica dioica, Geranium robertianum,* um *Linum* e a *Alsine media.*

Palmares, 31 de julho, 6 léguas. — Durante todo o dia encontramos uma planície imensa, coberta de pastagens, de longe em longe salpicadas de touceiras de matas.

Exceção feita de duas *Oxalis*, n.º 1811 e n.º 1814 *bis,* nenhuma flor encontrei. Até à estância onde paramos somente vi uma outra em *Capivari*, nome oriundo de um rio próximo, afluente da Lagoa dos Patos. É um curso de água navegável desde a casa referida, sendo portanto muito útil aos agricultores de suas margens. Por ele vêm de Porto Alegre os objetos que o proprietário de Boa Vista necessita e é por ele que pretende remeter à capital os couros de seu curtume. Havia outrora uma ponte sobre o Capivari, junto à casa desse nome, a qual se acha atualmente em ruínas.

Na vizinhança da Estância de Palmares as pastagens são extremamente rasas, coisa frequente nas proximidades das habitações dada a preferência do gado por esses lugares.

As construções desta estância constam de algumas palhoças esparsas e da casa do dono, coberta de telhas, porém pequena e de um só andar. O interior quase desmobiliado não oferece comodidade. Todavia o proprietário falou-nos possuir 10 a 12 mil cabeças de gado, avaliadas em cerca de 250 mil francos, além de ser senhor de muitos escravos e ter grande número de cavalos.

Tem-se a impressão que esta Capitania é extremamente rica, embora a montagem das casas e o modo de viver de seus habitantes não aparentem tal riqueza.

A maior parte dos estancieiros afirmam ser possível um criador vender todos os anos uma quinta parte de seu gado sem diminuir o vulto do rebanho. Outros são acordes em que esse número poderá subir a um quarto e até a um terço. Creio que a diferença de localidade deve influir na multiplicação do gado e *ipso facto* na quantidade de animais disponíveis anualmente. As vacas começam a dar cria aos três anos.

Tive já oportunidade de referir ao fato de serem vendidos aqui os negros imprestáveis aos habitantes do Rio de Janeiro; quando querem intimidar um negro ameaçam-no de enviá-lo para o Rio Grande. Entretanto não há, creio, em todo o Brasil, lugar onde os escravos sejam mais felizes que nesta capitania. Os senhores trabalham tanto quanto os escravos, mantêm-se próximos deles e tratam-nos com menos desprezo. O escravo come carne à vontade, não é mal vestido, não anda a pé e sua principal ocupação consiste em galopar pelos campos, coisa mais sadia que fatigante. Enfim eles fazem sentir aos animais que os cercam uma superioridade consoladora de sua condição baixa, elevando-se aos seus próprios olhos.

Estância dos Barros, 1º de agosto, 5 léguas. — Persiste a planície em terreno mais firme e menos adornado de tufos de matos. Numerosos butiás de cerca de 10 a 12 pés aparecem esparsos nos arredores de Palmares.

Apenas uma casa entre Palmares e a estância onde paramos. Esta é menos rica em rebanhos que a de Palmares e a casa ainda mais desguarnecida.

Após Palmares viajamos sobre uma faixa de terra existente entre o lago e o mar e que não tem mais de 3 léguas de largura, segundo me informam.

Os capitães-gerais representam o Rei nas Capitanias e são investidos dos mais amplos poderes. Sua autoridade é ao mesmo tempo militar, administrativa e judiciária, não havendo nenhum posto acima. Entretanto esse título é temporário durante apenas o tempo em que se acham nas respectivas Capitanias.

Existem em Porto Alegre, esquecia-me de dizer, 3 olarias um tanto importantes. As louças são bem feitas e na maioria coloridas de vermelho como as de Santa Catarina, porém mais grosseiras. São feitas com uma argila negra oriunda dos terrenos alagadiços dos arredores da cidade, tornando-se amarela após o cozimento.

Quando deixei Porto Alegre, a violeta e várias espécies de narcisos floriam nos jardins. Vi também algumas outras flores, porém em pequena quantidade, podendo-se dizer serem extemporâneas. Contudo, há aqui muito menos regularidade que em França na sucessão da florescência das plantas ornamentais, naturalmente devido à irregularidade térmica das estações. Durante minha permanência em Porto Alegre pude experimentar calores elevados seguidos imediatamente de excessivo frio.

Os frutos amadurecem em dezembro, janeiro e fevereiro. Eles se sucedem quase na mesma ordem observada na Europa. Entretanto a maturação é muito mais rápida, permitindo comer-se ao mesmo tempo frutos que em França nunca aparecem no mesmo mês.

Estância de S. Simão, 2 de agosto, 10 léguas. — Continua a planície e já não há quase árvores nas pastagens. A cinco léguas da estância dos Barros encontramos uma palhoça. O terreno é em geral muito arenoso, acentuando-se esse caráter perto desta casa. Os pastos são ainda mais secos que os vistos nos dias antecedentes. Durante oito meses não caiu chuva alguma e o gado tem sentido muito.

Desde Boa Vista não encontramos um só viajante. Quem vai de Porto Alegre ao Rio Grande prefere ir pelo lago, resultando ser esta estrada pouco frequentada.

A uma légua daqui, deixamos à direita a Estância dos Povos, que tem 12 léguas e pertenceu ao Rei, o qual dela fez presente ao intendente de polícia Paulo Fernandes. Certamente o Rei não conhecia o valor do objeto ofertado nem Paulo Fernandes o do presente recebido...

Chegamos à noite ao local onde estacionamos. Apesar do Conde não ter prevenido a ninguém de sua chegada, para não incomodar a agricultor algum, eles adivinharam os lugares onde o General devia parar e encontrávamos casas preparadas para receberem-no.

Cultivam muito a mandioca nesta Capitania. Essa planta produz ao fim de dois anos; perde as folhas no inverno, ocasião em que os agricultores tem o cuidado de cortar-lhes os galhos. Entretanto não é cultivada na península existente entre a lagoa dos Patos e o mar. Aqui a mamona perde suas folhas. Nos quintais de todas as estâncias por onde passamos vi um grande número de sabugueiros, os quais se cobriam no momento de folhagem nova. Usam-no para sebes devido à rapidez de seu crescimento.

Bujuru, 3 e 4 de agosto, 20 léguas. — José Marcelino, governador desta Capitania, mandava vir índios das aldeias das Missões (povos) para localizá-los próximo a Porto Alegre, na Aldeia dos Anjos, onde tencionava criar um colégio para jovens de ambos os sexos, e para mantença do qual montou a Estância dos Povos. Como disse, essa estância foi posteriormente dada pelo Rei a Paulo Fernandes, Intendente de Polícia. Conta 12.000 cabeças de gado e é curioso notar que o título de doação reza ser ela apenas o início das recompensas que o soberano reserva ao intendente...

De S. Simão até aqui continuamos a percorrer terreno notadamente plano e arenoso, vestido de pastagens muito pobres.

A cinco léguas de S. Simão acha-se a aldeia de Mostardas, sede de uma paróquia, que há sobre o istmo, em uma extensão de 25 léguas, compreendendo 1.500 habitantes de mais de 2 anos. A aldeia é constituida no meio de areias e compõe-se de cerca de 40 casas formadoras de uma larga rua, muito curta e tendo na extremidade a igreja, situada no eixo da via. Das casas algumas são cobertas de telhas, mas na maioria não passam de pobres palhoças. Ao lado oeste de Mostardas há um lago do mesmo nome da aldeia. É um lago muito piscoso, porém sendo somente dotado de peixes da água doce, excessivamente ricos em espinhas, tal como *traíra;* os habitantes da região, acostumados ao regime carnívoro, desdenham-nos.

O proprietário de Palmares, que acompanhara o General, deixou-nos ante ontem, pela manhã. Também o comandante do distrito, em casa de quem dormimos ontem, veio a nossa frente até à estância de S. Simão. O cura de Mostardas veio ao nosso encontro à cerca de um quarto de légua da povoação, tendo nos preparado um excelente jantar. Mostrou-nos sua igreja, cujo altar-mor, recentemente construído, é muito bonito. A nave, muito mais velha, está em ruínas mas há pensamento de reconstruí-la.

Absolutamente não se planta mandioca na paróquia em apreço, mas, em compensação há culturas do trigo e do centeio. O gado é aqui geralmente pequeno, porém possui carne saborosa. A principal indústria da região é a criação de carneiros. Cada estancieiro possui um rebanho constituido, frequentemente, de vários milhares de carneiros e com a lã produzida as mulheres fabricam os tecidos dos ponchos, muito grosseiros, que se vendem à razão de 6 patacas, enviando-os a Porto Alegre, Rio Grande e outras localidades. Tais ponchos são brancos com riscas pretas ou pardas, e apenas usados pelos negros e índios.

Diz-se na região que as ovelhas dão cria duas vezes ao ano, em maio ou junho e em dezembro ou janeiro. Mas é de crer-se, como aliás, me informou razoavelmente o comandante do distrito, que as que parem em junho não são as mesmas que o fazem em janeiro. Como os rebanhos são criados à lei da natureza não se pode ter a esse respeito uma opinião segura.

A lã dos cordeiros e das ovelhas é tosquiada em outubro, mas tosam-se em março os animais nascidos em junho.

Os carneiros são castrados aos seis meses pela estirpação dos testículos ou a um ano pelo estrangulamento dos vasos espermáticos.

Como disse acima não há o menor cuidado com os rebanhos não os vigiam nunca, sendo a única preocupação tomada a de mantê-los em pasto abrigado, vizinho da habitação. Disso resulta uma grande perda de cordeiros, pois logo após a parição os urubus e gaviões caracará lançam-se sobre os recém-nascidos, comendo-lhes os olhos caso não sejam corajosamente defendidos pelas respectivas mães. Morrem muitos também porque não podem seguir o resto do rebanho, com o qual ficam em promiscuidade.

Deixando Mostardas, vimos, logo, à nossa esquerda, um lago chamado Lagoa do Peixe, o qual, entretanto não se avista da estrada. Caminhamos pois entre dois lagos — o de Mostardas e o Peixe.

Pousamos na casa do comandante do distrito, denominada *Guaritas*, mas tive de interromper o registro deste diário porque a tropa de carga se atrasou e só chegou aqui alta noite.

O Lago do Peixe prolonga-se atrás da casa onde hospedamos; tem pouca profundidade e suas águas são salobras. Como é próximo do mar os moradores da região têm hábito de abrir, de tempos em tempos, um sangradouro de comunicação com o Oceano; com isso o lago enche-se de peixes que são capturados sem dificuldade.

Os arredores de *Guaritas* são impregnados de sal e as pastagens comunicam um bom paladar à carne dos bovinos.

Horrível esteve hoje o tempo, mas nada sofri porque vim na carruagem do Conde.

Paramos em casa de um Capitão, cuja moradia apesar de pequena era cômoda. Os móveis eram poucos mas os leitos confortáveis. Lençóis finos guarnecidos de cassa bordada; cobertores e cobertinhas de chita, sendo de damasco as do Conde.

Em toda parte servem-nos refeição logo à chegada; cardápios compostos unicamente de carne, de galinha e de vaca, sob diversos feitios, assada, cozida ou guisada. Em parte nenhuma nos serviram hortaliças, salvo em Barros onde nos ofereceram excelente prato de nabos. A carne é suculenta, mas, sendo costume usá-la logo após ser o animal abatido, apresenta-se muito dura.

Sempre servem-nos pães e vinhos magníficos.

Freguesia do Estreito, 5 de agosto, 6 léguas, — Terreno sempre uniforme e arenoso. As pastagens inteiramente rasas e entremeadas, como as dos arredores de Porto Alegre, de duas *Oxalis* n.os 1811 e 1814 bis, e da *Composta* n.º 1846.

Uma orla de mata definhada prolonga-se a leste, paralelamente ao caminho. Vê-se maior número de casas aqui que no resto da estrada.

Todos os lavradores queixam-se da seca experimentada há oito meses. O gado não acha para seu sustento senão forragem ressequida, motivo pelo qual os animais estão excessivamente magros e se encontra diariamente grande número de mortos pelos campos.

A algumas léguas daqui o istmo estreita-se sensivelmente não tendo mais de meia légua de largura. Da estrada avista-se a Lagoa dos Patos.

Pernoitamos em uma pequena povoação denominada Freguesia do Estreito, nome esse devido à sua situação no lugar mais estreito do istmo e porque é ela sede de uma paróquia.

O cura veio ao encontro do General e logo que nos aproximamos fizeram explodir vários foguetes.

As primeiras casas por nós avistadas, situadas à margem da estrada, são quase enterradas na areia.

Quando o General apeou do cavalo o cura o conduziu à igreja, ainda inacabada e que nada apresentava de notável.

Levou-nos após à sua casa, e, enquanto esperávamos o jantar mostrou-nos seu jardim, onde vimos uma bela latada de parreiras e várias espécies de hortaliças: chicórea, cebola, mostarda, nabos, aipo, couves, brócolos e mesmo couve-flor, que produzem bem na região.

Os narcisos, as violetas e os pessegueiros florescem atualmente.

O jantar foi excelente, compondo-se, de carnes, peixes e legumes. Houve iluminação à noite.

A aldeia do Estreito era outrora mais a leste, mas, como as casas foram enterradas pelos turbilhões de areia que o vento atira sem cessar das margens do mar, mudaram as habitações para o lugar onde se encontram no momento, onde, entretanto, terão em breve a mesma sorte.

Em número de 40, isoladas umas das outras, pequenas e geralmente em mau estado, as casas são cobertas de palha e acham-se enfileiradas em torno de uma grande praça de solo gramado. Quase todas só são habitadas nos domingos e dias de festa.

A paróquia do Estreito estende-se do limite da de Mostardas à extremidade do istmo, tem 19 léguas de comprimento e largura pouco considerável, aliás a do istmo. Dois terços de sua população compõem-se de escravos, o que não é para causar estranheza porque o *Norte*, pertencente à paróquia, é o porto do Rio Grande.

Rio Grande, 6 de agosto, 6 léguas. — O istmo alarga-se após a paróquia do Estreito, persistindo o solo arenoso e a pastagem rasa. Há aí um grande número de bovinos, porém de magreza extrema. As palhoças continuam a ser frequentes.

A cerca de meia légua de *Norte* o tenente-general Marques, comandante da parte mais oriental da fronteira, veio ao encontro do General, seguido dos principais habitantes da povoação.

Como não fizemos parada nessa localidade não posso fazer a respeito uma descrição detalhada. Ela pertence, já o disse, à paróquia do Estreito e sua igreja não passa de uma dependência da sede.

Atravessamos duas largas ruas, bem traçadas, dotadas de casas bonitas e em bom estado, algumas de um andar, e outras de rés do chão.

Andando pelas ruas atola-se até o tornozelo em uma areia fina, trazida pelos ventos.

À entrada do Conde na aldeia fizeram subir foguetes e bimbalhar os sinos, sendo ele conduzido à igreja, onde foi recebido pelo cura.

Devido ao Conde ter desejo de chegar nessa mesma tarde ao Rio Grande não aceitamos o jantar que se achava preparado para nós.

Embarcamos em um barco, cujos remadores, trajados de branco, vivavam o Conde de Figueira, sendo os vivas respondidos pelas equipagens das embarcações surtas no porto.

Era noite quando chegamos a Rio Grande. O Conde foi recebido no cais pelos membros da Câmara, todos em costumes e de bengala à mão.

Tanto quanto pude verificar à noite percebi que o cais se achava grandemente ornamentado. Ao meio da ponte de desembarque construíram um pequeno arco de triunfo e à extremidade dessa mesma ponte erigiram dois grandes pedestais dotados cada um de uma estátua. Esses ornatos eram feitos de madeira e pano pintado, tendo sido executados por um francês.

Sob um pálio foi o Conde conduzido à igreja, que num átimo encheu-se de povo. Fizeram-no assentar-se em uma poltrona na capela-mor, que estava forrada de faixas de damasco vermelho, como nos dias de grande gala, e os degraus do altar-mor estavam apinhados de tochas acesas. Cantaram o Te-Deum, acompanhados por música, tendo sido fornecido aos principais espectadores, mormente aos oficiais, velas acesas. Após a cerimônia um pregador subiu ao púlpito e fez o elogio do Conde, falando durante muito tempo sobre seus nobres antepassados. Repetiu uma centena de vezes que o vencedor de Taquarembó era senhor de todas as virtudes. Disse mesmo ser ele um original sem cópia; que o povo estava contente e satisfeito e mil outras adulações igualmente grosseiras e mal expressadas.

Durante todo esse tempo esteve exposto o S. Sacramento, sem que com isso os assistentes se mantivessem em atitude respeitosa, havendo conversas quase como se fosse em uma feira...

Após a prática o padre proporcionou a benção aos presentes e o Conde transportou-se à casa do tenente-general Marques, por nós acompanhado.

Fomos recebidos em um belo salão, em seguida levados para uma sala de refeições onde nos foi servido um ótimo jantar. A mesa estava coberta por uma grande quantidade de pratos de carnes assadas e guisados de todas as espécies. Um segundo serviço composto de assados, pastelarias e saladas seguiu-se ao primeiro. Em seguida fizeram-nos levantar da mesa e passaram-nos a um outro compartimento onde encontramos uma sobremesa magnífica, composta de toda a sorte de doces e confeitos. No tocante a frutas só havia laranjas, de deliciosa qualidade, denominada laranjas-de-umbigo, provenientes da Bahia. Após a sobremesa serviram-nos café e licores. Durante o jantar foram trocados vários brindes, repetidos agora, frente aos licores...

A reunião prolongou-se até alta noite e a maior parte dos convivas retiraram-se bastante tocados pelas bebidas.

Não pude deixar de admirar a mulher do tenente-general que, com 74 anos de idade, respondeu a todos os brindes, comeu e bebeu mais que todo o mundo e conservou perfeito controle, mostrando vivacidade rara, mesmo entre pessoas jovens.

Os portugueses e brasileiros usam beber o vinho puro e nos grandes jantares a praxe dos brindes leva-os a libações demasiadas.

Rio Grande, 7 de agosto. — Hoje todos se apresentaram tristes e fatigados. Fiz uma visita à senhora do tenente-general, a qual parece ter sido o único dos convivas, de ontem, que não demonstra cansaço. Além dessa visita fiz uma ao cura de Rio Grande, que conhece francês e não é ignorante da história natural. Tem em sua companhia uma sobrinha também amadora dessa ciência e que aprendeu a falar nossa língua sem mestre.

Sendo-me absolutamente impossível alojar meu pessoal e minha bagagem na casa em que estamos, já atulhada, solicitei ao cura arranjar-me uma pequena casa onde possa estabelecer-me quando Laruotte chegar. Pedi-lhe também que descobrisse um moço capaz de aprender a preparar os pássaros, pois que José Mariano me avisou da resolução de me deixar embarcando para o Rio de Janeiro. Disse-me ser motivo dessa atitude o fato de eu o ter deixado a morrer de fome, de Porto Alegre até aqui. Alegou que os criados do Conde não o chamavam para comer, sendo preciso atirar-se à carne destinada aos soldados à maneira de urubu sobre carniça...

É possível que isso seja verdade, mas acredito que o principal motivo da zanga de José Mariano vem em grande parte do fato dele não ter podido dominar seus companheiros de viagem, como estava acostumado na minha pequena caravana...

Rio Grande, 8 de agosto. — Esta manhã José Mariano entrou no meu quarto pedindo meus objetos para limpar. Essa delicadeza, a que não estou nada acostumado, fez-me desconfiar não ter ele mais a intenção de me deixar. Disse-lhe ter já informações acerca de seu provável substituto, motivo pelo qual era necessário uma decisão definitiva de sua parte. Respondeu-me que estava decidido a continuar a meu serviço, com a condição de eu desculpá-lo junto ao seu coronel. Para se fazer importante esse criado afirma ser soldado do regimento de cavalaria da Capitania de Minas. Fingi ter esquecido havê-lo achado descalço pelas estradas e prometi atendê-lo...

Desde Porto Alegre o tempo tem sido sempre nublado, como em França no mês de dezembro, e hoje ventou bastante. Pelo cura e outras pessoas fiquei sabendo que o vento é aqui impetuoso durante todo o ano, sendo mais frequentes no tempo de frio os de oeste e sudoeste, os quais transportam uma areia fina que penetra nos móveis mais bem fechados, enche as ruas e até aterra casas. No verão predomina o vento nordeste, o qual varre uma pequena parte das areias acumuladas pelos ventos do inverno.

Todos os legumes e árvores frutíferas da Europa prosperam bem a algumas léguas de Rio Grande, mas os ventos fazem cair as flores e os frutos prejudicando a produção.

Rio Grande, 9 de agosto. — Fica a cidade situada a cerca de uma légua da barra da Lagoa dos Patos, à entrada de uma espécie de enseada ou de canal que se estende na direção de leste para oeste e é compreendida entre a terra firme e uma ilha denominada *Ilha dos Marinheiros* (Vide o diário de 16, de agosto). Do lado oeste não há entre a ilha e o continente senão uma estreita passagem apenas navegável por pirogas.

Passeei hoje na parte leste da cidade, entre a povoação, a lagoa e o Rio Grande[2] e o lago da Mangueira. Os terrenos são muito baixos, pantanosos, um pouco banhados pelas águas salgadas, constituídos de areia de uma terra negra coberta principalmente de Gramínea e das *Salicornia* n.º 1829. Esta planta é a mesma que se encontra no Rio de Janeiro, próximo ao curtume do Siqueira e que produz uma excelente soda segundo análises do Sr. S. Lambert, após nossa chegada ao Rio de Janeiro. Ela é aqui muito abundante, e pode dar margem a um novo ramo de comércio. Pretendo comunicar essa descoberta ao Barão de Santo Amaro, que tenciona estabelecer uma fábrica de sabão e que me pedira já informações sobre as localidades onde achasse a *Salicornia*.

Quanto às gramíneas que vegetam aqui não pude classificá-las por falta de flores, mas suponho pertencerem à espécie 1667.

Seguindo as margens do lago, a leste, dá-se com a aldeia denominada Norte, na extremidade do istmo que percorri para chegar aqui.

Nos arredores de Rio Grande não há fontes nem mananciais espontâneos, mas o lençol freático é raso de alguns palmos e, sendo boa a água, dela fazem uso os habitantes da região.

Quando furam um poço (cacimba) têm o cuidado de protegê-lo com barricas a fim de evitar que sejam cobertos pela areia. Para apanhar água os negros usam um chifre de boi fixado à ponta de uma longa vara.

O cura do Rio Grande informou-me que o valor das mercadorias exportadas da província durante o último ano subia a 4 milhões de cruzados. Tal exportação consiste principalmente em carne seca, couros e trigo; exportam-se também crinas e chifres de boi.

Rio Grande, 10 de agosto. — Tencionava fazer uma excursão a pé até junto ao mar, mas, tendo saído muito tarde, não consegui alcançá-lo. Cheguei até Mangueira, espécie de enseada situada a cerca de meio quarto de légua a sudoeste da cidade e que se estende mais ou menos de leste a oeste com uma extensão de 2 léguas.

Recentemente construíram através do pântano uma larga estrada que conduz da cidade a Mangueira. Ela é guarnecida de valas para escoamento das águas. Seria uma agradável via se tivessem o cuidado de arborizá-la, o que é necessário fazer-se visto como não existe nos arredores nenhum local umbroso.

A leste e sudeste estendem-se pântanos lamacentos.

A oeste e a sudoeste areiais de extrema fineza cansam a vista pelo seu colorido esbranquiçado e formam montículos que vão até junto das casas situadas atrás da cidade, elevando-se tanto que ameaçam aterrar as construções. Vi negros ocupados em desentulhar os arredores das casas de seus donos, os quais me informaram serem obrigados a repetir incessantemente esse trabalho para proteção das casas.

---

2. Os rios formam diante de Porto Alegre o que chamam impropriamente um lago; mas o sangradouro que se lhe segue e se estende além de S. Gonçalo até o mar tem o nome de Rio Grande. (Nota do Autor).

Tais montículos de areias se estendem em geral na direção sul a norte, resultando dos ventos que os formam. Mas, esses mesmos ventos os fazem voar em turbilhões aumentando-os ou diminuindo-os, mudando-os de lugar, e neles apenas vegetam plantas pertencentes às diversas variedades de *Senecio* esbranquiçado e sarmentoso, n.º 1853 bis.

Rio Grande, 11 de agosto — Em 1818 a quantidade de carne seca exportada para Cuba e Estados Unidos subiu a 100 mil arrobas. Taxaram em 600 réis o imposto de cada arroba, o que até essa ocasião era de 200 réis apenas. Em 1819 a exportação desceu a 40 mil arrobas e espera-se seja ainda menor este ano.

As embarcações de mais de 40 palmos de calado não podem transpor a barra.[3] Em frente ao Rio Grande não há profundidade bastante para outras embarcações além de pequenos iates. As maiores ancoram diante da aldeia do Norte que pode ser considerada como porto de S. Pedro.

É provável que esta cidade, não possuindo verdadeiramente um porto, situando-se em terreno estéril e no meio de pântanos e areiais, ameaçada constantemente de ser aterrada pelas areias, seria possível digo eu, que esta cidade fosse em breve abandonada se não tivessem aí colocado a alfândega e não houvesse a obrigação de para aí transportar todas as mercadorias que desembarcam no Norte.

Disse que a Lagoa dos Patos começa em Porto Alegre, mas isso não é rigorosamente exato. As águas que correm diante dessa cidade pertencem em grande parte ao Jacuí, o qual é infinitamente mais volumoso que os rios Caí, Sinos e Gravataí.[4]

Na verdade após correr muito tempo de oeste para leste o primeiro desses rios toma direção sul, no local onde situa-se a capital da Capitania, mas formando esse cotovelo ele não se alarga repentinamente; como seria lógico, para se lhe dar legitimamente o nome de lago; ao contrário até a ponta de Itapuã, cerca de 9 léguas de Porto Alegre, ele se alarga progressivamente como todos os rios.[5]

Os moradores da região conhecem esses acidentes potamográficos de acordo com o exposto precedentemente. O rio que nos ocupa tem efetiva-

---

3. V. José Feliciano, que disse 18 a 20. (Nota do Autor).

4. Embora o Jacuí seja muito mais considerável que os rios Caí, Sinos e Gravataí em particular, creio que o conjunto desses três rios leva ao lago mais água que o Jacuí.

5. Os rios Caí, Sinos e Gravataí não são anuentes do Guaíba; mas os quatro reúnem-se em um reservatório comum onde se distingue perfeitamente a embocadura do último deles; este não descreve cotovelo algum até à sua embocadura, mas une-se completamente ao reservatório que se prolonga na direção da embocadura dos rios Caí, Sinos e Gravataí. Não é verdadeira a assertiva de não existir diferença notável entre a largura da embocadura do Rio Jacuí e a do reservatório onde ele se lança. Ela existe e é sensível sendo a causa do batismo particular dado às águas que vão de Porto Alegre a Itapuã, onde denominando-se Lagoa de Viamão ou de Porto Alegre, ora de Rio Porto Alegre.

mente o nome de Jacuí até junto ao lugar chamado Freguesia Nova, cerca de 12 léguas de Porto Alegre. Aí começa a ter o nome de Guaíba, conservando-o até frente a Itapuã.[6]

Além desse ponto são sempre as mesmas águas que se estendem até Rio Grande, e não recebem afluente de montanha a não ser o Camaquam que vem da Coxilha Central, segundo consta. Por conseguinte será certo tirar-lhe o nome de rio sabendo-se que um lago é definido como uma porção de água sem correnteza e sem comunicação com o mar? Entretanto, como além de Itapuã o Guaíba se alarga bruscamente e ocupa uma superfície de 11 a 12 léguas ou seja o sextuplo do que as águas cobrem antes desse local, dá-se-lhe o nome de Lago dos Patos, entre Porto Alegre e Itapuã.

O Guaíba corre de norte para sul; a Lagoa dos Patos vai de nordeste a sudoeste e se estende por cerca de 30 léguas até o próximo da ponta do Cangussú sem experimentar estreitamento sensível. Em Cangussú ele se aperta, forma um ângulo e vai na direção norte-sul até à barra. É nesse trecho que se pode calcular em cerca de 7 léguas, que ele tem propriamente o nome de Rio Grande.

De Porto Alegre até à cidade do Rio Grande os navegadores são obrigados, para evitar os bancos de areia e os escolhos, a seguir uma certa direção denominada Canal de Navegação, ordinariamente indicado por meio de balisamento até Itapuã. No Rio Guaíba esse canal descreve diferentes zigue-zagues e tem em geral três braças de fundo. Além de Itapuã ele toma a direção norte-sul, atravessa o lago e se aproxima da ponta Cristóvão Pereira, que é a margem oriental do lago.

Entre Itapuã e Cristóvão Pereira há uma extensão de cerca de 9 léguas, com 4 braças de profundidade. De Cristóvão Pereira à Freguesia do Estreito ele passa a se distanciar pouco a pouco da margem oriental do lago, sempre com quatro braças de fundo. Em seguida toma a direção noroeste até a ponta do Cangussú, que fica na margem ocidental, prolongando-se depois de noroeste e sudoeste acompanhando essa mesma margem até à barra de S. Gonçalo e daí dirige-se para sudeste e vai alcançar o porto do Norte e a barra.

Tudo que venho descrevendo é resultado de informações verbais obtidas e do exame dum mapa que me emprestou o Conde de Figueira.

Tive já oportunidade de dizer que até agora os dízimos da Capitania estavam subordinados às arrecadações do Rio de Janeiro. O Conde, que tenciona esclarecer o Rei a respeito dos prejuízos causados por esse sistema, tomou apontamentos sobre as taxas pelas quais os arrecadadores gerais cederam aos subarrecadadores as diferentes parcelas do imposto. Apurou que em seis anos de contrato de arrecadação o arrecadador geral cobra de seus subarrecadadores

---

6. Algumas pessoas dão o nome de Guaíba ao Jacuí acima mesmo da Freguesia Nova. Contudo acho se ele deve mudar de nome é natural que o seja no lugar onde aumenta sensivelmente de largura. (Nota do Autor).

971:700$000, enquanto que o Rei recebe apenas 250:000$000. Segundo me informaram, o Conde e o Cura, a Alfândega rendeu... 6:000$000 no mês anterior.

No diário de 10 disse que seria útil plantassem árvores à margem da estrada de Mangueira, mas, como o terreno é pantanoso e impregnado de sal seria difícil encontrar-se espécies, vegetais capazes de aí desenvolver. Entretanto parece-me que se podia experimentar com sucesso a *Avicennia** espontânea em terrenos semelhantes.

Rio Grande, 12 de agosto. — À vista do que disse, em data de 10, a respeito do Guaíba e do Jacuí, é evidente que será necessário retificar um pouco a descrição de Porto Alegre. É preciso dizer que o Guaíba após correr, durante muito tempo, de este para oeste, forma um cotovelo, muda de direção seguindo a linha norte-sul; necessário é dizer também que à sua margem esquerda e imediatamente acima desse cotovelo ele recebe quase ao mesmo tempo as águas de três rios navegáveis que nascem na Serra Geral e que são de curso restrito; que dois dentre eles o mais ocidental, chamado Rio Caí, e o Rio dos Sinos que é engrossado pelas águas do Rio Santa Maria, vêm do norte, e que o terceiro, o Gravataí, vem de este-nordeste; que tais rios estão dispostos em leque; que nas embocaduras formam um labirinto de ilhas baixas e cobertas de matos, entre as quais serpenteiam canais variados pelas formas e extensão em que se cruzam, se confundem e se dividem alternativamente; enfim que em frente de tais ilhas e imediatamente abaixo do ângulo do Rio Guaíba a península faz face à embocadura dos três rios — Caí, Sinos e Gravataí.

Vê-se à sua margem esquerda uma pequena península formada por uma colina que avança pelo rio a dentro, de NE para SW, em frente a Porto Alegre e se eleva em anfiteatro do lado da península que olha para NW.

Quero também modificar um pouco a impressão do panorama obtido da Praça e da Rua da Igreja, acrescentando que do lado do oriente avista-se o cotovelo formado pelo rio ao dirigir-se para o sul e notar que as águas formadoras desse cotovelo não dão lugar a ilha alguma em uma grande extensão, apresentando-se como se fossem um belo rio independente das águas vizinhas. Aliás dando o nome de Rio Guaíba em vez da palavra "lago" no devido lugar, poderei conservar o resto das descrições até agora feitas.[7]

Hoje o vento tornou-se muito violento, levantando turbilhões de areia finíssima, embaçando o ar. Saí por alguns instantes sendo incomodado pelas areias que me atingiam os olhos e me cobriam as vestes. Todas as lojas e vendas estavam fechadas.

Rio Grande, 13 de agosto. — O Sargento-mor Mateus da Cunha Teles, em cuja casa nos hospedamos, convidara o Conde para um baile, tendo preparado para isso uma grande casa vizinha, ainda não habitada.

Para lá nos dirigimos às 7 horas da noite, deparando cerca de 60 mulheres reunidas em um salão forrado a papel francês. Todas estavam bem trajadas. Usavam vestidos de seda branca, sapatos de cetim e meias de seda; jovens e velhas traziam a cabeça descoberta, os cabelos armados por uma

---

* NOTA DO TRADUTOR — Errado no próprio original francês: erro de imprensa, o tipógrafo leu *Aricinnia* em vez de *Avicennia*

[7] Está claro que o diário de 18 de Junho de 1821, anula o presente.

travessa e enfeitados com flores artificiais. Achavam-se assentadas ao redor do salão em cadeiras colocadas em várias linhas, umas adiante das outras. Os homens, em muito menor número, estavam de pé. Todos os oficiais achavam-se uniformizados e os paisanos traziam fraque, camisa de peito de renda, colete branco e em geral de seda, sapatos de fivela e enfim calças brancas de seda ou de casemira.

Os oficiais traziam ao lado uma dessas pequenas espadas de um pé a um pé e meio de comprimento, usadas pelos portugueses e pelos oficiais da marinha inglesa, tendo à mão um chapéu de três bicos.

Vários padres, entre os quais o cura da paróquia, assistiram ao baile e um deles fazia parte da orquestra. Todos estavam de sotaina.

O baile teve início poucos instantes após a chegada do Conde. Nunca vi coisa mais monótona. Era quase preciso obrigar os homens a tirar as senhoras para dançar, e, excetuado o Conde, ninguém conversava com o elemento feminino.

Dançaram-se "anglaises" e valsas. Entre os portugueses esta última não tem a rapidez que lhe dão na Alemanha e na França e aqui assumiam atitudes às vezes voluptuosas. Uma mocinha dançou um solo, mas, apesar de reconhecer sua graciosidade, não posso deixar de censurar a mãe honesta que deixa sua filha se expor desse modo aos olhares de toda gente.

Não tendo com quem conversar e achando-me francamente aborrecido retirei-me logo que a ceia começou.

Mil vezes foi dito que se o General Lecor e o Marechal Curado ficaram tanto tempo sem agir contra Artigas era porque receberam ordem da corte. Atribuiam a motivos de ordem política essa inação de que tanto falam. Certo é que se ela foi algumas vezes resultado de ordens superiores doutras vezes não teve tal origem, pois o Conde deu-me a conhecer despachos de Tomaz Antônio, escritos antes da batalha de Taquarembó, nos quais o Ministro diz categoricamente ter dado ordem ao General Lecor para por em ação as tropas do General Curado. Provavelmente a idade avançada deste último foi a única causa verdadeira da inação.

Rio Grande, 14 de agosto. — O proprietário de uma estância situada em Camaquam, próximo à margem da Lagoa dos Patos, disse-me que os algodoeiros dão bem em suas terras, sendo entretanto a fibra de qualidade inferior.

Os arredores de Rio Pardo e principalmente a paróquia de Taquari são, ao que parece, as zonas da Capitania maiores produtoras do trigo.

Rio Grande, 15 de agosto. — Esta capitania é certamente uma das mais ricas de todo o Brasil e uma das mais aquinhoadas pela natureza. Situada à beira mar possui inúmeros lagos e rios que oferecem fáceis meios de transporte. O solo produz trigo, centeio, milho e feijão com abundância e experiências têm provado que todas as árvores, legumes e cereais da Europa aí produzirão facilmente se forem cultivados. Várias pastagens comportando uma imensidão de gado não exigem dos estancieiros grandes despesas com escravos, como acontece nas regiões de mineração ou de indústria açucareira.

Não é raro encontrar estâncias com renda de 10 a 40 mil cruzados. Como quase não há despesas a fazer, tal fortuna tende a aumentar em rápida progressão.

Rio Grande, 16 de agosto. — A descrição que fiz da posição desta cidade requer alguns aperfeiçoamentos. A cidade é construida à extremidade de uma muito estreita faixa de terra, de cerca de duas léguas de comprimento leste-oeste, compreendida entre Mangueira e Rio Grande. Percorri essa pequena península em cerca de uma légua.

Como disse, já, encontrei à sua extremidade oriental terrenos pantanosos que se prolongam em estreita orla às margens do Saco de Mangueira. Aliás não vi senão areia amontoada onde crescem aqui e ali alguns pés de Senecio (n.º 1833 bis).

Em todo o trecho da península por onde andei não vi árvore alguma e é possível que haja em Rio Grande pessoas que nunca tenham visto árvores além de algumas laranjeiras, pessegueiros e algumas figueiras selvagens plantadas nos jardins.

Embora situada à entrada de uma espécie de canal compreendido entre a península e a Ilha dos Marinheiros não é esta ilha que fica em frente da cidade, mas sim uma menor denominada Ilha dos Cavalos, muito rasa e pantanosa. Aqui não vegetam outras plantas arborescentes além de uma Mirsinácea de 4 a 5 pés de altura. Por toda a parte só veem Gramíneas e a Salicornia n.º 1829, e além dessas não recordo ter visto outras a não ser a *Statice* da espécie colhida em Cabo Frio, uma Umbelífera, a *Tetragonia* n.º 1853 e o *Polygonum* n.º 1855 cujo caule é lenhoso, é notável por sua semelhança com o *Polygonum aviculare.*

Não estive na Ilha dos Marinheiros mas soube que ela tem 2 léguas e meia de comprimento. É em grande parte coberta de mata e é a fornecedora de lenha para os hospitais e quartéis. Possui excelente fonte de água potável cuja qualidade pude apreciar à mesa do major Mateus.

Um dos mais ricos comerciantes da cidade convidou o Conde para um baile hoje.

Encontramos novamente grande número de senhoras bem trajadas, reunidas em um belo salão, sendo a maior parte as mesmas que compareceram ao baile anterior. Têm os olhos e os cabelos negros, e em geral belo porte e boa cor, porém, destituídas de graça, de atrativos dados pela educação social, que as mulheres deste País não recebem.

Em todas as partes do Brasil, por mim percorridas até aqui, não existem escolas nem colégios para as meninas, criadas no meio de escravos e tendo sob suas vistas, desde a mais tenra idade, o exemplo de todos os vícios deles, adquirindo ao mesmo tempo o hábito do orgulho e da baixeza. Há uma grande quantidade que não aprendem a ler e escrever. Apenas lhes ensinam algumas costuras e recitar coisas que não entendem. Por isso as brasileiras são em geral desconhecedoras dos encantos da sociedade e dos prazeres da boa palestra,

Todavia nesta região, onde as mulheres se escondem menos que as das Capitanias do interior, elas têm, há convir, vistas mais largas. São menos acanhadas, conversam um pouco mais, porém ainda estão a uma infinita distância da mulher europeia.

Entre os homens de Rio Grande, todos negociantes, encontrei quase a mesma frieza e os modos desdenhosos dos habitantes do Rio de Janeiro. São em parte constituídos de europeus nascidos em uma classe inferior e que não receberam educação alguma. Começam como caixeiros de lojas e passam depois a negociar por conta própria. Como os lucros do comércio são avultados, neste País, eles não tardam a adquirir fortuna que jamais alcançariam em suas pátrias respectivas. Inflam-se de orgulho na progressão da riqueza e chegam ao cúmulo de comprar à Secretaria do Estado a comenda da Ordem de Cristo, hoje tida como símbolo de riqueza e fruto da corrupção. Fora do Rio de Janeiro não vi algures um tão grande número de homens condecorados, o que não é outra coisa senão uma das provas da riqueza da região.

Rio Grande, 17 de agosto. — Os ventos renovando constantemente o ar nesta parte do Brasil fazem com que certas moléstias, v. g. as febres intermitentes, sejam aqui inteiramente desconhecidas.

As moléstias mais comuns são as doenças do peito e da garganta e os reumatismos, que provêm das contínuas mudanças de temperatura.

Os brasileiros são em geral prestimosos e generosos, mas o hábito de castigar os escravos embota-lhes a sensibilidade. Nesta Capitania acresce uma outra modalidade da dureza de coração — o modo impiedoso com que tratam os cavalos, oriundo da facilidade com que se adquirem tais animais, aqui. Vivem, por assim dizer, no meio de matadouros; o sangue dos animais corre sem cessar ao redor deles e desde a infância se acostumam ao espetáculo da morte e dos sofrimentos. Não é pois de estranhar sejam mais insensíveis que o resto dos seus compatriotas.

Fala-se aqui da desgraça alheia com o mais inalterável sangue-frio. Conta-se o naufrágio de uma embarcação e o afogamento da tripulação como se se contassem fatos os mais desinteressantes...

Rio Grande, 18 de agosto. — Fui hoje passear na aldeia chamada Norte, situada, como disse, na extremidade da península que separa a Lagoa dos Patos do mar.

Embarcações denominadas catraias, movidas a vela ou a remo, fazem o transporte entre Rio Grande e Norte.

Os moradores da região distinguem esse dois lugares simplesmente pelos nomes de Sul e Norte, mas a aldeia do Norte chama-se propriamente S. José do Norte e faz parte da paróquia que tem o nome da Freguesia de N. S. da Conceição do Estreito do Norte de São Pedro do Rio Grande (sic). Essa paróquia estende-se na península em um comprimento de cerca de 18 léguas e conta 2.000 almas, das quais 2/3 são homens de cor, negros e mulatos, livres e escravos. A metade dessa população é rural e o resto habita a aldeia do Norte, que se compõe de 127 fogos.

É uma aldeia muito baixa e arenosa, como a cidade de São Pedro, e até nas ruas veem-se montículos de areia.

As ruas principais são em número de 3 e muito largas. As casas são unidas, como nas nossas cidades, caiadas e bem conservadas. Muitas são de um andar, outras de rés do chão, e dão ideia de fartura. Entrei em algumas das principais, achando-as bem mobiliadas.

A igreja é pequena e nada tem de notável, não passando de uma sucursal da Aldeia do Estreito. Sob todos os pontos de vista a Aldeia do Norte parece ter sido muito pouco favorecida pelos poderes públicos.

Em S. Pedro do Sul somente podem ancorar iates; entretanto todas as embarcações que passam a barra podem aportar diante da Aldeia do Norte. Mas é em S. Pedro que existe a Alfândega e é preciso conduzir para lá, por meio de iates, todas as mercadorias que são descarregadas em Norte, mesmo as destinadas ao comércio desta aldeia.

É evidente que esses transportes são favoráveis ao contrabando e que eles têm o inconveniente de majorar as despesas e aumentar os riscos. Entretanto como o centro do comércio do Sul da Capitania se achava há muito localizado em S. Pedro e como os negociantes mais ricos da região aí têm suas residências e seus armazéns, tendo a cidade sido dotada de uma sede de Administração, é claro que se não podia privá-la bruscamente dos privilégios usufruidos atualmente, embora em prejuízo dos interesses gerais.

Mas se se instalar uma alfândega no Norte sem suprimir a do Sul o Norte adquirirá sem dificuldade as vantagem que sua posição parece lhe assegurar; sua população e seu comércio aumentarão pouco a pouco, os inconvenientes atuais desaparecerão, ao menos em parte, e nenhum interesse será prejudicado.

CAPÍTULO IV

A barra do Rio Grande. Profundidade variável. Francisco Inácio da Silveira, vigário de Rio Grande. Sistema de Contemporização do General Lecor em Montevidéu. Influência do clima. Descrição de Rio Grande. Provável decadência desta cidade. Seu comércio. Nascimentos em 1819 e 1820. Rio Pelotas. Visita ao Sr. Chaves. Navegação sobre o Canal e sobre o Rio Pelotas. Descrição da residência e do curtume do Sr. Chaves. A paróquia de S. Francisco de Paula. Sr. Paiva, coletor geral dos dízimos. Dois franceses estabelecidos em S. Francisco de Paula. Estado da exportação do Rio Grande de 1805 a 1819. Cultura do cânhamo. Mau trato dos escravos das charqueadas. Sr. Chaves. S. Francisco de Paula. Importação do Rio Grande.

Rio Grande, 19 de agosto. — Acompanhei hoje o Conde em um passeio à barra, feito na galera pertencente ao Rei e movida a remos. Do Rio Grande à barra são cerca de 2 léguas de distância. O canal de navegação segue em geral a direção norte-sul e é indicada por meio de balisas, muito frágeis, que podem ser arrastadas pela correnteza. Chegando à barra desembarcamos na ponta sul, cujo terreno é francamente arenoso.

Na margem leste existe uma grande casa, coberta de capim, onde há uma "guarda de ordenanças", encarregada de visitar as embarcações que saem a fim de impedir a fuga de desertores. Junto dessa casa estão alguns canhões destinados à defesa da entrada da barra, destituídos de carretas.

Em seguida embarcamos atravessando a escassa largura da barra para chegar à ponta norte, onde se encontram também algumas peças de artilharia.

De Laguna a Rio Grande a própria natureza encarregou-se da defesa da costa e aqui, onde a barra é de difícil transcurso, ainda há a vantagem de poder ser defendida por fogo cruzado partido das duas margens. Junto às baterias há uma casa coberta de telhas, destinada ao alojamento de um destacamento de soldados.

Além divisa-se uma torre quadrada que serve de orientação aos navegadores e que se avista à distância de seis léguas do mar. Ao redor agrupam-se palhoças construídas desordenadamente.

Nada se iguala à tristeza desses lugares. De um lado o Oceano, a mugir, e do outro o rio. O terreno, extremamente chato e quase ao mesmo tempo nível do mar, não passa de branquicentos areais onde vegetam plantas esparsas, principalmente *Senecio*. As palhoças mal tratadas não demonstram senão miséria. Destroços de embarcações, semienterradas na areia, lembram terríveis desastres e nossa alma enche-se pouco a pouco de melancolia e de terror. O refluxo das águas do rio, ocasionado pelo mar, e a falta de profundidade são as causas das dificuldades que a barra apresenta à navegação e dos naufrágios frequentes ali registrados.

Para evitar naufrágios foram tomadas, contudo, várias precauções. A torre, por exemplo, indica aos navegadores a embocadura do rio. Um homem continuamente encarregado de sondar a barra, por meio de sinais informa às embarcações se a quantidade de água, que varia sem cessar, lhes permite a entrada (os navegadores previamente fazem sinais informativos sobre o calado de suas embarcações). Enfim quando elas saem ou entram o prático da barra vai indicando, de dentro de uma catraia e por meio de uma bandeira que inclina de um lado ou de outro, o caminho a seguir. O prático recebe dez mil réis de cada embarcação que sai ou entra.

A barra do Rio Grande apresenta uma notável irregularidade — é que não fica sempre no mesmo lugar. Há vinte anos era mais setentrional que a atual, mas as areias obstruindo-a pouco a pouco tornaram-na apenas transponível às pirogas. Pode-se transpô-la com os ventos de leste a sul e de sul a oeste.[1]

Rio Grande, 27 de agosto. — A cidade estendia-se outrora bem para o lado oeste. As areias encobriram, entretanto, ruas inteiras. A povoação estendeu-se pouco a pouco para leste, conquistando terreno ao lago por meio de aterros de areia e entulhos. Casas que há trinta anos ficavam ao centro da cidade estão hoje à sua extremidade ocidental.

Não resta dúvida que esta cidade apenas começou a florescer depois da insurreição das colônias espanholas, datando daí a edificação da maioria das casas mais importantes que ainda hoje se veem.

Como a barra é muito perigosa e a carne-seca destas cercanias inferior à de Buenos Aires e Montevidéu, era nestes portos que mais a procuravam antigamente. Mas depois da guerra, Rio Grande tornou-se centro desse comércio e por isso um importante porto para o Brasil.

Mas não há em toda a Capitania nenhum convento. A crer-se na voz geral os padres não são aqui mais exemplares que alhures. Paga-se ao vigário meia pataca pela comunhão pascoal, existindo alguns extremamente ricos. O de Rio Grande[2] a quem fui recomendado, é um homem de 60 anos, bem instruido e muito dedicado ao estudo da história natural. Recebeu-me muito bem e prestou-me vários pequenos auxílios, mas confesso ter ficado confuso por ver em sua casa um tão grande número de moças. Uma era sua afilhada, outra sua sobrinha, a terceira — filha adotiva. Entre elas, a sobrinha, D. Maria Clemência, demonstra uma espécie de fenômeno singular, tendo aprendido o francês sem nenhum professor, falando um pouco nossa língua. É regularmente instruída e conversa bem.

Várias vezes disse, já: os habitantes desta Capitania passam a vida, por assim dizer, a cavalo, frequentemente locomovem-se a grandes distâncias com rapidez suposta além das possibilidades humanas. Um conhecido meu, acaba de transpor em dois dias as sessenta léguas portuguesas permeadas

---

[1] Tudo o que disse da barra do Rio Grande deve ser mudado. V. diário de 18 de Junho de 1821.

[2] Francisco Inácio da Silveira. Este excelente pastor não mais vive. Os habitantes do Rio Grande o chorarão sempre.

entre Rio Grande e Santa Teresa! Entretanto tais exercícios, tão violentos, são frequentemente prejudiciais à saúde e têm ocasionado, mais de uma vez, hemorragias, não sendo raro ver-se nesta região pessoas atacadas de aneurismas.

Os portugueses tomaram dos espanhóis, na guerra, um número prodigioso de animais, sendo acusados (pelos prejudicados) de terem começado tal apreensão antes mesmo de iniciadas as hostilidades. Por seu turno os portugueses acusam os espanhóis de terem dado exemplo desses roubos.

Um honesto oficial que acompanha o Conde e que parece muito amigo da verdade, contou-me ter comandado, na fronteira, como Alferes, um destacamento de soldados aos quais dera ordens expressas de nada fazerem contra os espanhóis em hipótese alguma, e que estes continuamente faziam incursões em terras portuguesas; que seu comandante dava guarida aos escravos fugidos do Rio Grande do Sul, entregando-os a Artigas, e que um dia, esgotada toda a paciência, resolveu agir pela força, sendo punido com prisão.

Dada a conhecida índole dos gaúchos é possível imaginar que logo proclamada a independência foram aproveitados os primeiros momentos de desordem para a pilhagem do gado nas estâncias portuguesas e que estas por seu turno vingavam-se nas propriedades espanholas.

Não é ao mesmo tempo de estranhar tenha o governo português severamente impedido seus oficiais de romperem as hostilidades, pois que ele não tomou partido algum.

Quase não se encontra um oficial sequer, que não proteste em alta voz contra o sistema de contemporização adotado pelo General Lecor. Diz-se que o resultado dessa atitude foi o despovoamento de três Capitanias (S. Paulo, S. Catarina e Rio Grande do Sul) e submeter o Estado a enormes gastos. Acrescenta-se que Lecor usando da máxima complacência para com os proprietários rurais de Montevidéu pode ao mesmo tempo acirrar a guerra contra Artigas, conduta, a meu ver, nada incompatível. Contudo para justificar o procedimento de Lecor diz-se que encontrou os maiores obstáculos nos hábitos das tropas sob seu comando.

Ninguém nega ao exército português-europeu valor e experiência, mas ele não conhecia, absolutamente, a região e devia tornar-se sem utilidade dentro de uma guerra de partido, cheia de caracteres particulares e hábitos completamente estranhos aos europeus. Como poderiam, por exemplo, os soldados europeus sujeitar a viver de carne sem sal, sem farinha e sem pão? Sendo necessário para eles outro sistema de alimentação era preciso fazer-se-lhes acompanhar de considerável bagagem o que lhes impedia de agir com a indispensável rapidez. Os caçadores, acostumados às guerras de escaramuças, foram, em toda a divisão, os únicos soldados medianamente eficientes. Mas a cavalaria estava habituada a manobras muito exercitadas e não o estava aos cavalos semisselvagens da região, nem a se deslocar continuamente para poder lutar contra a de Artigas.

Sei indiretamente, por informação do Sr. D. D. D. S., que a divisão do General Lecor custou ao governo português 14 milhões de cruzados, após sua passagem por Santa Catarina, por volta do ano de 1819.

Rio Grande, 28 de agosto. — Há vários dias que o Conde Figueira deixou Rio Grande. Não pude segui-lo porque meus preparativos não estavam concluídos. Tenho o projeto de ir daqui, por água, a uma aldeia nova e muito florescente, situada junto ao Rio S. Gonçalo, canal que liga a Lagoa Mirim à dos Patos, acompanhando nessa viagem um charqueador chamado Chaves[3] no qual surpreendi um dos homens mais competentes da região. Entretanto como o Sr. Chaves parece estar disposto a adiar sua partida, e como nada tenho a fazer aqui, estou em renunciar a essa excursão.

Observo frequentemente em minhas viagens como a influência do clima é poderosa sobre os seres vivos. Na zona tórrida os cães latem menos, são tímidos e fogem à mais insignificante ameaça. Ao contrário nesta capitania eles latem muito e frequentemente perseguem os transeuntes com audácia e animosidade.

Nada mais comum aqui que os roubos de animais. É tão banal esse gênero de furto, que chega a ser visto como coisa legítima.

Rio Grande, 29 de agosto. — O Sr. Chaves avisou-me hoje de sua partida amanhã o que me deu grande prazer pois esta viagem tem se prolongado demais. A lembrança de minha mãe persegue-me sem cessar e presentemente conto os minutos que passo longe dela.

O sol deita-se agora um pouco mais tarde, não faz mais frio e todos pessegueiros estão floridos.

Saí a passear às margens da enseada de Mangueira e encontrei em flor um *Cerastium*, espécies de duas *Arenaria* e Compostas.

As várias excursões por mim feitas na faixa de terra onde está edificada a cidade de Rio Grande demonstraram-me que ela é inteiramente coberta de areia, salvo nas margens do Rio Grande e nas de Mangueira.

Rio Grande, 30 de agosto. — Forte vendaval impediu-nos de seguir hoje. Neste diário falei já, várias vezes, de Rio Grande e sua situação; quero agora reunir os traços principais de minhas descrições:

Em Cangussú a Lagoa dos Patos se contrai, forma um cotovelo e toma a direção nordeste-sudoeste até à barra. Neste espaço, que pode ser cerca de sete léguas, ela perde seu nome primitivo, para tomar o de Rio Grande. A uma légua da barra existe uma península muito estreita que se estende de este a oeste em espaço de cerca de duas léguas e é apertada entre enseadas ou canais — um ao sul chamado de Mangueira, formado pela penetração das águas terra a dentro; o outro ao norte acha-se compreendido entre a península e as ilhas dos Cavalos e dos Marinheiros, das quais a primeira é pouco extensa, tendo a segunda cerca de duas léguas de comprimento, não deixando entre sua extremidade e a terra firme senão uma estreita passagem apenas navegável pelas pirogas.

---

[3] Sr. Antonio José Gonçalves Chaves.

Na extremidade oriental da península as margens da Mangueira e do rio constituem-se de terrenos pantanosos e banhados pela água do mar. Por toda a parte vê-se areia amontoada, esbranquiçada e de extrema finura, onde não vegeta outra coisa além de pés esparsos dum *Senecio*.

É à extremidade oriental da península, à entrada do canal compreendido entre elas e as ilhas, que se acha a cidade de São Pedro do Rio Grande do Sul, residência de um juiz de fora e sede de uma paróquia.[4]

A cidade estende-se paralelamente ao canal, consequentemente de leste a oeste, e compõe-se de seis ruas muito desiguais, atravessadas por outras, excessivamente estreitas, chamadas becos. A mais comprida, denominada Rua da Praia, fica à margem do canal. A que vem em seguida é um pouco menor e as outras vão decrescendo em tamanho à proporção que se distanciam da primeira, a mais comprida dentre elas medindo apenas a metade da extensão da Rua da Praia. Como todas essas ruas começam no mesmo sítio resulta pelos seus comprimentos e respectivas posições, que a cidade tem em seu conjunto a forma aproximada de um triângulo alongado, com a base a leste.

A Rua da Praia é larga, porém, não perfeitamente reta. Dotada de belas casas cobertas de telhas, construídas com tijolos, todas possuindo sacadas, várias de um andar e com balcões de ferro. É nessa rua que se veem quase todas as lojas e a maioria das vendas, umas e outras bem sortidas. No resto da cidade não se contam mais de seis ou oito casas assobradadas e as quatro últimas ruas compõem-se quase unicamente de miseráveis choupanas de telhado muito alto, porém mal conservadas, pequenas, de paredes de enchimento, servindo de moradia à população pobre, operários e pescadores.

Nas duas ruas principais há lagedos em frente às casas, não sendo nenhuma delas calçada. Os pés da gente afundam-se na areia dificultando o caminhar.

A entrada da cidade existe uma pequena fortificação, construída há cerca de 25 anos e que se acha tão mal localizada que parece ser destinada somente ao ataque da cidade. Junto desse forte existe uma praça quadrangular, cercada de velhas casas separadas umas das outras, no centro da qual há um grande tanque de pedra que fornece muito boa água.

À metade da rua da Praia deixou-se uma área, de cerca de 600 passos, sem construção na linha de casas mais próximas do lago, formando desse modo uma praça alongada, onde vegeta uma grama fina, e que poderia ser muito bonita se aí fossem plantadas algumas árvores.

Dessa praça avistam-se, além, as ilhas dos Cavalos e dos Marinheiros, e de nordeste vê-se o Norte distante e as embarcações ancoradas em frente à aldeia. Essa vista é todavia pouco agradável não oferecendo ponto algum onde os olhos possam se deter com satisfação. As ilhas são, como disse, extremamente chatas e tudo na paisagem parece ser nivelado.

Um belo cais fica à extremidade da praça referida, constituído por um hangar de 16 passos por 20, coberto de telhas. As mercadorias são

---

[4] Há uma escola nacional de latim, aberta em 2 de outubro de 1820.

descarregadas por meio de um guindaste e o acesso ao hangar se faz por uma ponte de madeira de 70 pés de comprimento entre pilares e guarnecida de parapeitos dotados de bancos. Afora a igreja paroquial não há em Rio Grande senão mais duas — a de S. Francisco e a do Carmo. Elas apresentam uma particularidade interessante: é que são apoiadas uma à outra. A igreja paroquial tem duas torres e seis altares; além do da capela-mor. É pequena e nada tem de notável sobre as duas outras.

O escritório da Alfândega fica na praça, quase em frente ao cais, e apenas merece ser citado.

A casa da câmara, de um só pavimento, é tão pequena que não serviria para uma residência particular.

Há em Rio Grande um hospital para os combatentes milicianos e alguns mendigos.

Nada mais triste que a posição de Rio Grande visto como de todos os lados só se divisam areais, pântanos e água e em todos os arredores nada há capaz de alegrar a vista, uma árvore sequer.

Somente um exíguo número de casas possuem jardins, que em geral não passam de pequeno quadrado de terreno, onde aliás são cultivados os legumes com sucesso, e onde se veem alguns pessegueiros, figueiras e laranjeiras. Há aqui o costume de plantar uma figueira por ser de crescimento rápido e fornecedora de boa sombra.

De situação também pouco favorável ao comércio a cidade torna-se triste pois somente iates podem ancorar em seu pequeno porto. Repito que o progresso desta cidade é devido unicamente à localização da Alfândega e à obrigação de para ela serem transportadas todas as mercadorias que vão a Norte. Se privarem-na dessa proteção oficial, francamente contrária à ordem natural das coisas, entrará em decadência.

Contudo esta cidade é no momento o centro de considerável comércio de carne-seca, de couros, sebo e trigo produzidos em grande zona da Capitania.

Negociantes ricos os há em quantidade; o mobiliário das casas e a aparência dos homens demonstram geralmente a abastança.

Entretanto pode dizer-se que somente após a insurreição dos espanhóis a cidade começou a florescer. Antes dessa época não se viam senão palhoças.

Como em todas as cidades comerciais os salários são caros em Rio Grande, mas a carne encontra mercado e o pão é menos caro e mais abundante que em outras zonas do Brasil devido à produção local do trigo. Em compensação a lenha é cara por causa da falta de matas nos arredores. A que se queima aqui vem de Camaquam. Há na verdade mato na ilha dos Marinheiros, mas a lenha dali destina-se ao hospital, ao corpo de guarda, e à pobreza (que tem permissão de ir cortá-la).

Em uma das ruas do Rio Grande existe um pequeno mercado (quitanda) onde negros, acocorados, vendem hortaliças, tais como — couve, cebola, alface e laranjas.

Ficou, dito, já, não haver aqui nenhum manancial de água doce, mas atrás da cidade, entre montículos de areia (em lugar denominado *Geribanda*) foram feitos poços onde a pequena profundidade se encontra muito boa água. Os negros vão buscá-la em barris, apanhando-a por meio de chifres de bois amarrados à ponta de varas compridas, instrumento esse a que dão o nome de *guampa*.[5]

A população de Rio Grande vai a cerca de duas mil almas, entre as quais há muitos europeus e somente um pequeno número de mulatos. O sangue dessa população parece magnífico: os homens são bem conformados e de agradável aparência. As mulheres têm belos olhos, são em geral bonitas, porém tem pouca delicadeza nos traços e lhes falta graciosidade de modos. Entretanto repito serem de um modo geral infinitamente superiores às das capitanias centrais.

Rio Grande, 2 de setembro. — Os diversos produtos animais são aqui os primeiros materiais que se nos apresentam e são empregados em variados misteres. Já fiz referência ao instrumento usado pelos negros na coleta de água, dotado de um chifre de boi: tais apêndices são vistos aqui sobre os muros dos quintais também. No transporte de areia e tijolos é usado, à guisa de carreta, um couro, puxado por dois bois, que por sua vez são atrelados por meio de uma corda de couro. É um processo demorado, esse de transportar materiais, devido à pequena capacidade do couro exigir uma multiplicidade de viagens.

Rio Grande, 4 de setembro. — Segundo me informou o vigário de Rio Grande sua paróquia mede 60 léguas de comprimento por 20 de largura; tendo (em 1819) 5.125 indivíduos, a saber: 1.195 brancos, 1.388 brancas, 17 índios, 26 índias, 61 mulatos livres, 98 mulatas livres, 32 negros livres, 38 negras livres, 1.391 negros e mulatos escravos, 379 negras e mulatas escravas.

No corrente ano os nascimentos subiram a 225 e as mortes a 163, sendo estas de 38 brancos, 25 brancas, 2 índias, 6 mulatos e 4 mulatas livres, 4 negros e 5 negras livres, 4 mulatos e 4 mulatas escravos, 44 negros e 27 negras escravas.

Margens do Rio Pelotas, 5 de setembro de 1820. — Estive ontem à tarde em casa do Sr. Chaves, que me disse tencionar partir esta manhã. Efetivamente embarcamos às 10 horas em uma lancha que nos levou ao iate do Sr. Chaves, ancorado a pouca distância de Rio Grande.

Trouxe comigo Firmiano, deixando Laruotte na cidade. Quanto a José Mariano passou todo o tempo em que estive em Rio Grande na estância da Mangueira, situada entre o saco do mesmo nome e o lago, tendo conseguido arranjar uma linda coleção de pássaros. Essa estância pertence a um amigo de Mateus da Cunha Teles, o tenente Vieira, o qual tratou cavalheirescamente o meu empregado.

[5] NOTA DO TRADUTOR — Parece haver equívoco. O nome de *guampa* é dado aos chifres dos bois e não ao instrumento referido.

Para desembaraçar-me de José Mariano, durante uma parte de minha viagem a Montevidéu, pedi ao tenente-general Marques recomendá-lo a alguém de S. Miguel, lugar situado à extremidade da Lagoa Mirim. Obtive passagem para ele em um iate que deve seguir para S. Miguel e enquanto eu estiver viajando irá ele caçando e preparando pássaros.

Voltemos à minha viagem de hoje. Dirigimo-nos para o norte e depois para noroeste, seguindo sempre o mesmo caminho das embarcações que se destinam a Porto Alegre. Até Itapeva o canal de navegação é muito estreito e as águas são pouco profundas, o que não é para se admirar, pois que seu volume pouco aumenta entre Itapuã e Rio Grande ao mesmo tempo que ao sul de Itapeva elas se espalham sobre superfície mais considerável que as de montante. Resulta daí ser muito difícil a navegação no lago e os naufrágios nas tempestades que são frequentes.

Hoje o tempo está calmo, navegamos com lentidão, sem sentir o mais leve movimento. Temos à nossa direita as costas de Rio Grande e à esquerda a Ilha dos Marinheiros. Passamos em seguida em frente à Ilha de Torotoma, que fica abaixo da dos Marinheiros. Percebem-se nela matas; disseram-me haver lá algumas casas.

À margem oriental do lago deixamos atrás de nós montículos de areia denominados "areias gordas", e ainda desse lado vimos uma pequena ilha chamada Ilha dos Ovos, devido ao (disseram-me) número prodigioso de diferentes espécies de aves que vão lá pôr seus ovos.

Entretanto uma chuva forte obrigou-nos a descer no iate, privando-nos do prazer de ver os sítios por onde passávamos. Somente à entrada do Rio de São Gonçalo, que não é verdadeiramente um rio, mas um canal estreito ligando as Lagoas dos Patos e Mirim, subi à coberta do iate. Disse-me o Sr. Chaves que a corrente do Rio São Gonçalo se dirige, segundo os ventos, tanto na direção da Lagoa dos Patos quando na da Mirim, mas nas enchentes é na direção da primeira que ela corre. À embocadura do Rio São Gonçalo, dizem, a Lagoa dos Patos tem 2 léguas.

Aí deixamos o roteiro de Porto Alegre e entramos no rio, que pode ter a largura do Loire diante de Orleans. As margens, muito planas, são cobertas de pastagens salpicadas de algumas árvores. A noite em breve surpreendeu-nos, sendo-me impossível distinguir as coisas.

De Porto Alegre à entrada do Rio São Gonçalo vão 7 léguas e estamos somente com duas de trajeto. Em seguida passamos a um outro rio chamado Pelotas, na margem do qual se situa a residência do Sr. Chaves, onde chegamos após meia légua de viagem.

O Rio Pelotas, disseram-me, tem 12 léguas de curso e somente é navegável em cerca de meia légua. No resto de seu curso é obstruído por troncos e galhos de árvores.

A viagem de hoje foi muito agradável. O Sr. Chaves é um homem culto, sabendo o latim, o francês, com leituras de história natural, conversando muito bem. Pertence à classe dos charqueadores ou fabricantes de carne-seca.

Os charqueadores compram o gado dos estancieiros, abatem-no, retalham-no e preparam o charque que vendem aos negociantes.

As marés fazem-se sentir no Rio Grande, porém com irregularidade. Os ventos têm sobre ela uma grande influência.

Margem do Rio Pelotas, 6 de setembro de 1820. — Dada a hora avançada de nossa chegada ontem à morada do Sr. Chaves nada pude dizer ainda a respeito.

A casa está situada do modo o mais favorável, pois que os iates podem chegar até bem junto dela. A residência do proprietário é de um pavimento apenas, porém, grande, coberta de telhas e um pouco elevada sobre o solo. Interiormente é dividida em grandes peças que se comunicam umas com as outras e que ao mesmo tempo se abrem para fora.

Hospedaram-me em um quarto pouco iluminado, dando para uma sala de refeições, gênero de distribuição comum em todo o Brasil.

Mesas, cadeiras e canapés compõem o mobiliário do Sr. Chaves. As cômodas e as secretárias são móveis completamente modernos no Brasil e somente encontradiços em um número exíguo de casas.

O Rio Pelotas, que tem quase a largura do Essonne em Pithiviers, passa ao lado da habitação, serpenteando em uma vasta planície, tendo ao lado oposto uma pequena encosta onde se veem algumas casas cobertas de telhas.

Diante da residência do Sr. Chaves estende-se belo gramado e além veem-se várias fileiras, compridas, de grossos paus fincados na terra. Têm cerca de 4 pés, sendo cada um terminado por pequena forquilha. Essas forquilhas recebem varões transversais destinados a estender a carne a secar, no tempo das charqueadas. Ao lado desses secadouros existe o edifício onde se salga a carne e onde é construído o reservatório, denominado *tanque*.

Quando o animal é abatido, retalham-no, salgam os pedaços e colocam no tanque onde se impregnam de salmoura. Ao fim de 24 horas vão para os secadouros, onde ficam durante 8 dias, quando há bom tempo. A carne-seca não se conserva mais de um ano. É exportada principalmente para o Rio de Janeiro, Bahia e Havana, onde serve de alimento para os negros.

O gado emagrece no inverno porém engorda logo que os campos se cobrem de pastagens verdes. É em novembro, quando readquiriram já alguma gordura, que começam as charqueadas, cuja duração vai a abril ou maio.

Para além do secadouro tem o Sr. Chaves um pomar circundado de vales e de mimosas espinhosas atualmente destituídas de folhagem. É o maior pomar que jamais vi no Brasil, se excetuar algumas quintas dos arredores de São Paulo. Compõe-se de longas aleias, oblíquas, de pessegueiros entremeados de laranjeiras. Essas aleias terminam em um centro comum. Entre elas estão canteiros de hortaliças tais como — couves, favas, alface e ervilhas. Vi também nesse pomar: macieiras, pereiras, ameixeiras, cerejeiras e parreiras bem desenvolvidas. O Sr. Chaves lamenta sejam todas as espécies frutíferas, introduzidas no País, de qualidade inferior.

O pomar do Sr. Chaves é novo; admirei pessegueiros de menos de 3 anos e laranjeiras de menos de 4 anos com 12 a 15 pés de altura.

Choveu durante todo o dia, impedindo-me de excursionar pelos campos.

Rio Pelotas, 7 de setembro. — Apesar do tempo chuvoso fiz hoje uma grande herborização, recolhendo várias plantas relativas a gêneros europeus, como sejam: a Anêmoria n.º 1864, a Ranunculácea n.º 1843 bis, o *Cerastium* n.º 1871 e o Carex n.º 1865. O que há de notável é que as espécies pertencentes a esses gêneros em nosso país florescem igualmente ao começo da primavera.

Os gramados apresentam já a mais bela coloração verde, mas os pântanos continuam com a vegetação dessecada. Nos tufos de matas quase um terço das árvores e arbustos perderam suas folhas durante o inverno e ainda não iniciaram a refoliação.

Quando passei na Freguesia do Estreito vi os pessegueiros já com pequenos frutos. Aqui, como em Rio Grande, a vegetação está um pouco atrasada pois as pétalas das flores dos pessegueiros apenas começam a cair.

Rio Pelotas, 8 de setembro. — Fui hoje com o Sr. Chaves à paróquia de S. Francisco de Paula, viajando em cabriolé descoberto. Nada tão belo como a região por nós atravessada, a qual se compõe de vastas planícies com pontos ligeiramente ondulados. Por toda a parte o terreno apresenta gramados salpicados de bosquetes e árvores, onde pascentam cavalos e bois. Um grande número de belas casas cobertas de telhas, aparecendo aqui e ali e tendo cada uma um pomar circundado de valas profundas guarnecidas de opúncias ou de bromeliáceas.

Algumas cercas são feitas de tufos de ervas, outras com crânios de bois, armados de chifres e apertados uns contra os outros. Nos pomares, na maioria muito grandes, são cultivadas laranjeiras, pessegueiros, parreiras, legumes e algumas flores.

Do lado do poente o horizonte é limitado pela Serra dos Tapes e a leste pelo Rio São Gonçalo, que estabelece uma comunicação fácil entre esta região e todas as partes dos lagos Mirim e dos Patos.

O aspecto da região lembra tudo quanto a Europa tem de mais pitoresco: os pomares, onde só se veem árvores novas, as casas recém-construídas dão a estes campos um ar de frescura e de novidade que mais os embeleza ainda.

Antes de irmos à paróquia de S. Francisco de Paula, distante meio quarto de légua do canal de S. Gonçalo, fomos a uma casa situada à margem do canal, em frente à paróquia, pertencente ao coletor-geral dos dízimos, para o qual trazia eu uma carta de recomendação. Defronte dessa casa o canal de S. Gonçalo pode ter a mesma largura que o braço do Montées em Plissai. Iates aí trafegam sem cessar, animando a paisagem. Do outro lado estende-se uma orla de mata.

Fui recebido em casa do coletor-geral num salão baixo de paredes apenas caiadas, porém muito limpo, mobiliado com elegância, lembrando-me algumas casas de campo dos arredores de Hamburgo. Vários negociantes de Rio Grande e alguns proprietários residentes na vizinhança, todos muito bem vestidos, estavam reunidos em casa do coletor-geral. Entre eles estava um velho residente na região, há vinte anos, e que foi o primeiro habitante do lugar. Então às margens do canal eram cobertas de matas e de pântanos; ele devastou-as e drenou as terras vendendo retalhadamente uma grande parte de sua propriedade.

A região, há pouco descrita, que se estende entre o Rio Pelotas, o Rio São Gonçalo e a paróquia de S. Francisco pertence a charqueadores e as casas mencionadas são as respectivas residências. Não podiam escolher melhor local pois aí recebem, sem a mínima dificuldade, o gado criado nas gordas pastagens situadas ao sul do Jacuí e facilmente exportam a carne-seca e os couros através dos rios Pelotas e São Gonçalo. Há entre eles homens muito ricos. O Sr. Chaves, por exemplo, que começou como caixeiro, dispõe hoje de fortuna avaliada em 600 mil francos.

A localização dos charqueadores à margem do Rio São Gonçalo deu lugar à formação da Paróquia de S. Francisco.

Após deixarmos a casa do Sr. Paiva, o coletor-geral dos dízimos, seguimos para a aldeia, distante, já dito, meio quarto de légua do Rio São Gonçalo e situada em vasta planície. É sede da paróquia e conta para mais de 100 casas, construídas segundo um plano regular de edificação da aldeia. As ruas são largas e retas. A praça em que fica a igreja é pequena porém muito bonita, A frente da maioria das casas é asseada. Não se vê em S. Francisco de Paula uma palhoça sequer e tudo aqui anuncia abastança. Na verdade as casas são todas de um só pavimento mas são bem construídas, cobertas de telhas e guarnecidas de janelas envidraçadas.

Os homens que encontrei achavam-se vestidos com asseio e vi várias lojas sortidas de mercadorias diversas. Operários e principalmente negociantes constituem a população de S. Francisco.

Algumas famílias do Rio Grande mudaram-se para aqui e é crível que daqui a pouco tempo esta aldeia será acrescida de um grande número de novos habitantes, atraídos pela posição favorável da povoação, pela beleza da região e riqueza dos que se acham aqui estabelecidos.

Embora a aldeia fique um pouquinho separada do Rio São Gonçalo, há a compensação de um belo caminho ligando o canal à povoação e é possível seja em breve transformado em uma das ruas da aldeia.

As terras da paróquia apresentam uma mistura de areia e terra preta que as tornam próprias a toda sorte de culturas. Mas, já o disse, são muito divididas e pertencem a charqueadores que não se dedicam à lavoura, contentando-se apenas em cultivar um pomar.

Os víveres consumidos na região vêm em grande parte da Serra dos Tapes situada a 4 léguas de S. Francisco, onde o solo é fértil, produzindo fartamente o milho, o feijão e mormente o trigo.

Dois franceses se estabeleceram em S. Francisco de Paula. Visitei-os. Um deles, M. T., é um cirurgião gasconês, ainda jovem, meu conhecido do

Rio de Janeiro, onde me divertira pela sua vaidade. Agora, tendo conhecido o mundo e estando casado, tornou-se mais sensato. Contudo ainda surpreendi nele essa falta de prudência e esse espírito difamatório de que os franceses são dotados quando em países estrangeiros. Fez-me do povo desta terra um retrato verdadeiro sob vários aspectos mas exagerado sob vários outros. Relacionarei os pontos que coincidem com minhas observações particulares: Os habitantes desta Capitania são ricos e não ambicionam senão o aumento dessa riqueza. Tal fortuna entretanto pouco contribui para o conforto de suas existências; nutrem-se mal e não conhecem diversões. Os momentos de lazer são dedicados ao jogo ou às intriguinhas de aldeia. Na maior parte são ignorantes e sem educação; como não recebem nenhuma instrução de moral e honra agem sempre de má fé em seus negócios.

O segundo compatriota que fui ver é um homem de talento, porém, um tipo curioso. Há muito tempo que deixou sua pátria. Fala perfeitamente o português e compõe, até, versos nessa língua.

Entretanto ele absolutamente não esqueceu a língua francesa, o que pode ser dado como exceção porque tal é a semelhança entre nossa língua e a portuguesa que ao fim de um par de anos quase todos os franceses que vivem em contato frequente com os portugueses misturam os dois idiomas.

M. T. aparenta juízo, instrução e alegria, mas crê possuir dons sobrenaturais. Acredita que a Virgem Santa lhe fala e faz milagres em seu benefício. Essa loucura afinal somente lhe proporciona atos virtuosos. Julga-se obrigado a instruir a mocidade e frequentemente desloca-se às localidades mais longínquas a fim de lecionar, em obediência, disse-me, às ordens da Virgem que ouvira as preces das boas mães em prol de seus filhinhos... É ainda por ordem da Virgem que ele reside em S. Francisco de Paula instruindo a infância, sem exigir pagamento algum, não aceitando mesmo o necessário às exigências urgentes da vida. Fiquei comovido pelo ar persuasório e simples com o qual se referiu às revelações de que é honrado pela Virgem. Tocou-me também o carinho que mostra para com seus alunos e a doçura com que lhes fala. "'Tenho a tarefa de ensinar-lhes o Evangelho e falo-lhes de Jesus-Menino, disse-me ele, representando-O belo e bondoso, tal como deve ser, incitando-lhes a imitá-LO". Elogia muito a docilidade e a boa vontade de seus discípulos mas lamenta que os pais destruam sua obra. Chora a falta de religião dos próprios padres, sobre a falta geral de instrução, a cobiça e a falta de boa fé dos habitantes desta Capitania.

Vou transcrever aqui o extrato dos dados de exportação do Rio Grande, durante vários anos, fornecidos pelo Sr. Chaves:

ANO 1816 — *Carne-seca* — Para o Rio de Janeiro, 169.879 arrobas; Bahia, 236.371; Pernambuco, 215.136; Santa Catarina, 950; Campos, 2.000; Havana, 74,230; Total, 707.116 a \$700[6] igual a 494:981\$200. *Sebo* — Para o Rio de Janeiro, 36.698 arrobas; Bahia, 14.242; Pernambuco, 4.836; Santa Catarina, 640;

Campos, 159; Havana, 480; Total, 57.055 a 1$200 igual a 68:466$000. *Graxa* — Para o Rio de Janeiro, 4.836; Santa Catarina, 390; Nova York, 56; Total, 5.282 a 1$200 igual a 6:338$400. *Crinas* — Para o Rio de Janeiro, 657,5 arrobas a $700 igual a 460$250. *Barris de carne salgada* — Para o Rio de Janeiro, 250 a 9$600 igual a 2:400$000. *Couros de boi* — Para o Rio de Janeiro, 153.866; Bahia, 26.244; Pernambuco, 7.555; Santa Catarina, 300; Campos, 32; Guernesey, 4.407; Porto, 11.452; Nova York, 13.675; Havana, 1.311; Alexandria, 6.816; Total, 225.638 a 1$200 igual a 270:765$600. *Couros de éguas* — Para o Rio de Janeiro, 1.746; Guernesey, 63; Nova York, 320; Total, 2.129 a $400 igual a 851$600. *Trigo* (alqueires) — Para o Rio de Janeiro, 224.958 $^{1/2}$; Santa Catarina, 2.023; Total, 226.981 $^{1/2}$ a 1$600 igual a 363:070$400. *Chifres* — Para o Rio de Janeiro, 365.700; Bahia, 500; Pernambuco, 21.100; Guernesey, 700: Porto, 4.800; Nova York. 96.800; Havana, 24.350; Alexandria, 14.500. Total, 528.450 a 1$000 igual a 5:284$5007 — *Total das exportações*, 1.212:617$950.

ANO 1817 — *Carne-seca* — Para o Rio de Janeiro, 164.180 arrobas; Bahia, 234.103; Pernambuco, 61.260; Santa Catarina, 2.771; Laguna, 800; Maranhão, 12.075; Campos, 3.500; Montevidéu, 8.800; Havana, 72.796. Total, 560.285 a 1$360 igual a 761 :987$600. — *Sebo* — Para o Rio de Janeiro, 25.584 $^{1/2}$; Bahia, 10.719; Pernambuco, 1.070; Santa Catarina, 400; Maranhão, 125; Campos, 110; Salem (sic) 15. Total, 34.023% a 1$920 igual a 65:325$120. *Graxa* — Para o Rio de Janeiro, 5,268; Bahia, 30; Santa Catarina, 114; Laguna, 50; Campos, 20; Montevidéu, 2.772. Total, 8.204 a 1$920 igual a 15:751$680. *Crinas* — Para o Rio de Janeiro, 478; Bahia, 38; Salem, 81. Total, 597 a 24$560 igual a 1:528$320. *Barris de carne salgada* — Para o Rio de Janeiro, 100; Montevidéu, 644. Total, 744 a 12$800 igual a 9:523$200. *Couros de boi* — Para 0 Rio de Janeiro...... 138.754; Bahia, 15.890; Pernambuco, 5.063; Maranhão, 85, Havana, 59; Salem, 3.190; Anvers, 6.193. Total, 169,234 a 1$440 igual a 243:696$960. *Couros de égua* — Para o Rio de Janeiro, 3.389; Salem, 4.000. Total, 7.389 a $400 igual a 2:955$600. *Trigo* (em alqueires) — Para o Rio de Janeiro, 102.409; Bahia, 141; Pernambuco. 4.093; Santa Catarina, 1.053; Campos, 100; Montevidéu. 1.200. Total, 109.446 a 2$000 igual a 218:892$. *Chifres* — Para o Rio de Janeiro, 172.489; Bahia, 8.000; Pernambuco, 16.800; Havana, 14.500; Salem, 36.000. Total, 247.789 a 2$000 igual a 4:955$780. *Total das exportações de 1187* — 1.324:616$260.

ANO 1818 — *Carne-seca* — Para o Rio de Janeiro, 187.484 arrobas; Bahia, 227.898; Pernambuco, 88.909; Santa Catarina, 6.840; Espírito Santo, 2.500; Havana, 120,790. Total, 634.421 a 1$600 igual a 1.015:073$600. *Sebo* — Para o Rio de Janeiro, 34.390 arrobas; Bahia, 11.699; Pernambuco,

---

6. No original francês os números referentes a moeda são acompanhados de um sinal que a nosso ver substitui o cifrão.

7. Não se sabe qual a unidade de venda.

1.377; Santa Catarina, 330; Espírito Santo, 50; Havana, 60. Total 47.906 a 2$000 igual a 95:812$000. *Graxa* — Para o Rio de Janeiro, 8.055; Pernambuco, 124; Santa Catarina, 400. Total. 8.579 a 2$000 igual a 17:158$000, *Crinas* — Para o Rio de Janeiro, 304; Nova York, 2.422. Total, 2.726 a 2$500 igual a 6:978$560. *Barris de carne salgada* — Para o Rio de Janeiro. 324; Montevidéu, 29. Total, 353 a 12$800 igual a 4:518$400. *Couros de bois* — Para o Rio de Janeiro. 158.152; Bahia, 14.840; Pernambuco, 2.410; Santa Catarina. 308; Maranhão, 110. Total, 42.702 $^{1/2}$ a 2$000 igual a 259:346$880. *Couros de égua* — Para o Rio de Janeiro, 773; Santa Catarina, 1.108; Nova York, 109. Total, 1.190 a $400 igual a 796$000. *Chifres* — Para o Rio de Janeiro, 243.696; Bahia. 4.400; Pernambuco, 3.120; Havana, 24.600; Nova York, 20.000. Total, 295.816 a 2$000 igual a 5:916$320. *Total das exportações em 1818* — 1.405:599$760.

ANO 1819 — *Carne-seca* — Para o Rio de Janeiro. 165.458; Bahia, ...204,193; Pernambuco. 148.069; Santa Catarina, 5.650; Maranhão. 8.700; Havana, 44.990. Total 577.060 a 1$600 igual a 923:296$000. Graxa — Para o Rio de Janeiro, 5.902 arrobas; Pernambuco, 246; Santa Catarina, 120; Montevidéu, 800. Total, 7.068 a 2$000 igual a 14:136$000. *Sebo* — Para o Rio de Janeiro. 30.651 $^{1/2}$ arrobas; Bahia, 9,240; Pernambuco, 2.393; Santa Catarina, 308; Maranhão, 110. Total, 42.702 $^{1/2}$ a 2$000 igual a 85:450$000. *Crinas* — Para o Rio de Janeiro, 211$^{1/2}$ arrobas; Bristtl, 6.000; Boston, 2.588. Total 157.551 a 1$500 igual a 236.323$500. *Couro de éguas* — Para o Rio de Janeiro, 2.604 a $320 igual a 833$280. Trigo (alqueire) — Para o Rio de Janeiro, 110.250 $^{1/2}$; Pernambuco, 1.112; Santa Catarina, 751 $^{1/2}$; Montevidéu. 100. Total, 112.218 a 1$280 igual a 143:639$040. *Mulas* — Para Surinam, 203; Caiana, 80. Total 283 a 2$000 igual a 566$000. *Chifres* — Para o Rio de Janeiro, 205.978; Pernambuco. 8.280; Maranhão, 2.000; Havana, 9.970; Bristol, 16.000. Total, 242.728 a 2$000 igual a 4:854$560. *Total das exportações em 1819* — 1.409:735$640.

Em 1805 o Rio Grande exportou 106.762 couros de bois, 574.051 arrobas de carne-seca, 40.684 arrobas de sebo, 95.061 alqueires de trigo e 254.471 chifres. Em 1806: 183.405 couros de bois, 475.258 arrobas de carne-seca, 36.832 arrobas de sebo, 62.863 alqueires de trigo e 232.004 chifres. Em 1807: 231.784 couros de bois, 600.135 arrobas de carne-seca, 44.712 arrobas de sebo, 93.298 alqueires de trigo, e 279.620 chifres — Em 1808: 141.456 couros de bois, 494.102 arrobas de carne-seca. 37.036 arrobas de sebo, 108.648 ¾ arrobas de trigo. 232.681 chifres e 920 barris de carne salgada. — Em 1810: 200.985 couros de bois, 564.150 arrobas de carne seca, 44.773 arrobas de sebo, 143.983 alqueires de trigo, 224.694 chifres e 753 barris de carne salgada. Em 1811: 230.870 couros de bois, 5.802 couros de égua, 713.953 arrobas de carne-seca, 58.229 ½ arrobas de sebo, 152.271 $^{1/2}$ alqueires de trigo, 333.494 chifres e 508 barris de carne salgada. — Em 1812: 223.821 couros de boi, 826.486 arrobas de carne-seca, 69.617 $^{1/2}$ de sebo, 151.185 $^{1/4}$ alqueires de trigo, 297.766 chifres e 177 barris de carne salgada. — Em 1813: 224.474 couros de boi, 756.635 arrobas de carne-seca.

69.103 arrobas de sebo. 257.342 alqueires de trigo, ...172.698 chifres, 4.935 arrobas de graxa e 455 barris de carne salgada — Em 1814: 285.578 couros de boi, 959.295 arrobas de carne seca, 82.545 1/2 arrobas de sebo, 211.926 1/4 alqueires de trigo, 254.068 chifres, 8.518 1/2 arrobas de graxa, 790 barris de carne salgada. — Em 1815: 277.241 couros de boi, 754.060 arrobas de carne seca, 58.093 arrobas de sebo, 255.782 arrobas de trigo, 286,830 chifres, 4.617$^{1/2}$ arrobas de graxa, 1.237 barris de carne salgada.

Rio Pelotas, 9 de setembro. — Fiz hoje uma demorada herborização, porém infrutífera. Conforme disse a erva das campinas apresenta-se já verde; entretanto o mesmo não acontece nas pastagens distantes das habitações e que não são constantemente tosadas pelo gado. As folhas secas do ano anterior escondem ainda as gemulas, não se vê nenhuma flor e os campos têm sempre a cor pardacenta típica do inverno.

O Sr. Chaves vai mandar seu iate a Rio Grande, lotado de carne-seca e eu quero aproveitar a ocasião regressando esta tarde.

Rio Pelotas, 10 de setembro. — Violento vendaval soprou ontem à tarde, persistindo até agora, impedindo-me de partir.

Sendo o clima desta região muito parecido com o da Europa as plantas de Portugal aqui se desenvolvem bem sempre que suas sementes são plantadas, ou quando acidentalmente são lançadas à terra. Encontram-se nos jardins e nos arredores das habitações várias espécies pertencentes à flora europeia e que se multiplicam com tal abundância que se pode duvidar se são cultivadas ou espontâneas. Posso citar a malva comum, a mostarda, uma Cariofilacea a *Poa annua,* que forma quase todos os gramados, uma *Linaria,* o *Rumex pulcher* a *Alsine* media e algumas outras. A Ranunculácea é menos abundante que as espécies precedentes mas custo a crer seja ela natural da região. Será preciso comparar, na Europa, todas essas plantas com as espécies às quais parecem assemelhar para constatar se realmente existe alguma diferença.

Depois do Ministério do Marquês de Pombal o governo português procurou introduzir a cultura do canhamo nesta Capitania; mas, até à época atual foram baldados os esforços nesse sentido. Os lavradores pensam que o governo apoderar-se-á, sem compensação alguma, do fruto de seus trabalhos e confiantes nos lucros oriundos da cultura do trigo não se arriscaram a experiências cujos resultados lhes pareciam duvidosos. Quero crer, todavia, que o canhamo produzirá muito bem nas terras úmidas, negras e misturadas com areia, tão frequentes nesta zona. O Sr. Chaves mostrou-me esse produto, colhido por ele em solo dessa natureza, a meu ver muito bom, embora um pouco grosso. Tem em mira dedicar-se a essa cultura, remetendo para isso uma memória ao Conde de Figueira.

Rio Pelotas, 11 de setembro. — O tempo está hoje horroroso, motivo pelo qual não arredei pé, tendo sido ainda impedido de partir por causa do vento. A mesa de meu hospedeiro é farta. É principalmente a carne de vaca que se apresenta em feitios variados; contudo temos pão e vinho às refeições.

Nas charqueadas os negros são tratados com rudeza. O Sr. Chaves, tido como um dos charqueadores mais humanos, só fala aos seus escravos com exagerada severidade, no que é imitado por sua mulher; os escravos parecem tremer diante de seus donos.

Há sempre na sala um pequeno negro de 10 a 12 anos, cuja função é ir chamar os outros escravos, servir água e prestar pequenos serviços caseiros. Não conheço criatura mais infeliz que essa criança. Nunca se assenta, jamais sorri, em tempo algum brinca! Passa a vida tristemente encostado à parede e é frequentemente maltratado pelos filhos do dono. À noite chega-lhe o sono, e, quando não há ninguém na sala, cai de joelhos para poder dormir. Não é esta casa a única que usa esse impiedoso sistema: ele é frequente em outras.

Afirmei que nesta Capitania os negros são tratados com bondade e que os brancos com eles se familiarizam, mais que em outros pontos do País. Referia-me aos escravos das estâncias, que são em pequeno número; nas charqueadas a coisa muda de figura, porque sendo os negros em grande número e cheios de vícios, trazidos da Capital, torna-se necessário tratá-los com mais energia.

Hoje vieram me acordar e em boa hora avisaram-me que podíamos partir porque cessara o vento. Embarquei no iate do Sr. Chaves, com um de seus amigos, seguindo o mesmo caminho da vinda. Pouco terei de acrescentar a respeito da região.

As margens dos rios S. Gonçalo e Pelotas são muito chatas, o campo é alegre e coberto de bosquetes e de pastagens. Chegados a Norte passamos para uma sumaca, também pertencente ao Sr. Chaves, donde nos transportamos a uma lancha que nos levou ao Rio Grande.

A primeira pessoa que deparei à chegada foi José Mariano. Disse-me ter seguido para S. Miguel, mas não tinha chegado senão até S. Francisco de Paula porque o iate em que embarcara devia ficar 20 dias nessa paróquia. Fingi acreditar nessa história, mas estou certo de que ele voltou porque achou a viagem aborrecida. De tudo isso o que acho mais desagradável é ter de trazê-lo em minha companhia.

Encontrei aqui, recém-chegado, o Conde de Figueira, o qual estivera em Santa Teresa, fortim situado na fronteira. Recebeu-me com sua costumeira bondade fazendo-me inúmeras perguntas sobre a viagem a S. Francisco de Paula.

O Sr. Conde de Figueira faz jus ao mais alto reconhecimento e admiração dos habitantes da Capitania por ter duas vezes salvado o povo da invasão de Artigas, mas não foi só por isso que se tornou ídolo da população. O Marquês de Alegrete, seu predecessor, era um homem sem energia, que deixava os comandantes de distrito e os mais baixos oficiais exercerem uma autoridade despótica sobre seus jurisdicionados. A Capitania estava entregue ao mais terrível latrocínio. Tudo se transformou depois que o Conde foi nomeado Governador-geral, cercando-se de homens honestos, tendo o costume de tudo observar por seus próprios olhos, ouvir a toda gente e fazer justiça indistintamente ao pobre e ao rico. Ele não é um homem de cultura, é possuidor apenas das ideias comuns, mas tem a vantagem de conhecer perfeitamente a província que governa, percorrendo-a palmo a palmo. É um espírito reto, bom, justiceiro, alegre, educado, franco e imbuido do ardente desejo de fazer a felicidade do povo e de impedir os vexames dos seus subalternos. Além disso, disse-o algures, tem aos olhos da população um grande mérito — o de montar a cavalo tão bem quanto os naturais da Capitania; é destro, locomove-se com extrema facilidade de um ponto a outro e se conforma sem lamentações a todas as circunstâncias das viagens.

Rio Grande, 13 de setembro. — Os governadores têm aqui uma residência, porém, não estando conservada, nunca se apresenta em condições de os receber.

Há em Rio Grande duas prisões, uma civil e outra militar, ambas muito pequenas e independentes da casa da câmara.

Entre os negociantes aqui domiciliados muitos são europeus, outrora marinheiros, e em geral analfabetos.

Conforme já o disse no diário de minha viagem a Minas, os portugueses que se estabelecem no Brasil, quase todos rudes e sem educação, retardam muito a civilização deste País em vez de fazê-la avançar.

Quando um dos Estados europeus entra em guerra, todas as suas províncias fornecem soldados e por conseguinte se a nação se torna belicosa o é em sua totalidade. No Brasil tal não acontece. A fronteira meridional deste País há muito tempo não goza senão curtos intervalos de paz, mas salvo algumas tropas vindas de S. Paulo e Santa Catarina, todos os soldados que combateram a Espanha são naturais da Capitania. Nenhum recrutamento foi feito nas províncias mediterrâneas e setentrionais. Disso resulta que enquanto os habitantes desta Capitania se tornam completamente militarizados, os povos das outras províncias caem pouco a pouco na inércia. Está claro, entretanto, que é do interesse do soberano de um império tão vasto a mínima diferença possível entre as províncias que o compõem, procurando uniformizar o sentimento geral de seus súditos. Sei que os mineiros e os goianos lamentam terem de se acostumar ao modo de vida desta região, mas, seja dito, ele é menos distanciado do de suas províncias que dos da Europa, e não é possível fazer vir regimentos de Portugal.

A frugalidade dos mineiros e sua rusticidade de hábitos tornam-nos menos incapazes que os europeus de se adaptarem aos costumes do Rio Grande do Sul, e eles seriam úteis à campanha.

Para introduzir facilmente o mesmo espírito militar nas diversas províncias do Brasil seria conveniente, creio eu, mandar parte dos velhos soldados de outras capitanias a seus lares substituindo-os por novos recrutas.

Esta capitania seria de qualquer modo escola para as outras. Seria dotada de atividade, espírito militar e dum sentimento nacional que só a guerra faz nascer.

Rio Grande, 14 de setembro. — São Francisco de Paula é a aldeia do Rio Grande onde existe maior número de charqueadas. Há atualmente 18 nesta paróquia e a média de animais abatidos por ano é de cerca de 20 mil. A paróquia é limitada ao norte pelo Rio Camaquam, ao sul pelo Arroio das Pedras e o Rio Piratiní; a leste pela Lagoa dos Patos e Rio São Gonçalo; a oeste pela Serra dos Tapes.

Apesar de ter cessado há meses a matança nas charqueadas sente-se ainda nos arredores um forte cheiro de açougue, donde se pode fazer ideia do que não será esse odor no tempo da matança. Nessa época, dizem, não se pode aproximar das charqueadas sem ser logo coberto pelas moscas. Ao imaginar essa multidão de animais decapitados, o sangue a correr em borbotões, a prodigiosa quantidade de carne exposta nos secadouros, vejo que tais lugares devem inspirar contrariedade e pavor.

Tenho já observado, muitas vezes, que os mineiros não são arraigados à terra natal. Com efeito nenhum hábito particular os retém e eles não têm pesar em sair à procura de melhores situações, por isso que sua inteligência, peculiar, lhes garante meios fáceis de subsistência em qualquer parte. Os habitantes desta Capitania, ao contrário, nunca emigram porque sabem que fora dela serão obrigados a renunciar ao hábito de estar sempre a cavalo e em parte alguma encontrarão tamanha abundância de carne. Receiam sobretudo embarcar, e todas as embarcações que fazem o comércio desta Capitania são tripuladas por estrangeiros.

Resulta dos dados que me foram fornecidos pelo Sr. Chaves que o valor dos objetos importados no Rio Grande em 1816 eleva-se a 1.000:441$380. As maiores somas foram para objetos vindos do Rio de Janeiro. Essa cidade exportou para cá: 12.496 alqueires de sal; 4.676 alqueires de farinha de mandioca; 567 alqueires de arroz; 10.657 arrobas de açúcar branco; 989 arrobas de açúcar bruto; 86 cestos de marmelada; uma grande quantidade de caixas de doces e chocolate; 1.012,5 arrobas de café; 36 caixas de chá; 604 pipas de vinhos; 659 barris de vinho; 938 pipas de aguardente de cana; 71 barricas de cerveja; vinhos e licores em garrafas; 27 barris de presunto; 1 caixa de presunto; 100 jacás de toucinho; 217 barricas de bacalhau; 118 barris de manteiga; queijos de diversos países; 746 ancorotes[8] de azeitonas; 31 barris e 36 garrafas de azeitonas; 6.833 arrobas de fumo; 620 escravos; tecidos, entre os quais 167.904,5 varas de tecido de algodão de Minas; drogas; porcelanas, mercearias; quinquilharias, modas, móveis, em uma palavra — todas as mercadorias que vêm da Europa.

Da Bahia o Rio Grande importou objetos de valor 91: 307$200 a saber: 53.285 alqueires de sal; 400 alqueires de farinha; 201 de arroz; 108 pipas de vinho; 7 barris de vinho, 35 pipas de aguardente; 12 escravos; 364 arrobas de açúcar branco 11 arrobas de açúcar mascavo: 4.628 arrobas de cal; $1/2$ arroba de estopa; móveis e diversas mercadorias europeias.

De Pernambuco a importação foi de 21:357$800, representados assim: 20.850 alqueires de sal; 573 arrobas de açúcar; 4 pipas de vinho; 6 barris de vinho; $1/2$ pipa de aguardente de cana; 4 escravos; 28 arrobas de estopa; 1.000 cocos; móveis e alguns artigos europeus.

---

8. NOTA DO TRADUTOR — Barrizinhos outrora usados para azeitonas e vinho.

As importações oriundas de Santa Catarina montam a 11:752$000, a saber: 27.843 alqueires de farinha; 3.724 alqueires de arroz; 174 arrobas de açúcar branco; 44 arrobas de açúcar mascavo; 212 barris de melaço; 732 arrobas de café; 169 pipas de aguardente de cana; 38 escravos; 296 peças de riscado; 7 peças de tecido de linho; 15 arrobas de fio de algodão; 11 arrobas de algodão em pluma; 500 cântaros; 195 peles de veado (curtidas); 504 alqueires de milho; 169 de amendoim; 81 dúzias de tábuas; 414 peças de madeira de construção; 6.520 ripas; 40 portas; 30 portadas; 36 sacos de cal; 4.000 telhas; 6.000 tijolos; e mercadorias da Europa.

De Santos as mercadorias importadas, no valor de 26:641$800 foram: 1.534 arrobas de açúcar branco; 848 arrobas de açúcar mascavo; 18 arrobas de farinha de mandioca; 76 alqueires de arroz; 7 arrobas de café; 43 arrobas de tabaco; 2 barris de vinho; 43 pipas de aguardente de cana; 11 escravos; 7.439 varas de tecido de algodão; 200 alqueires de cal; 500 dúzias de ripas; 8 $^{1/2}$ dúzias de gamelas e alguns artigos europeus.

Paranaguá enviou mercadorias no valor de 4:459$500, sendo; 246 alqueires de arroz; 250 alqueires de mate; 292 jacás de mate; 14 arrobas de café; 30 arrobas de toucinho; 2 escravos; 2 mós; 1.582 ripas, 184 duzias de caibros; 206 $^{1/2}$ dúzia de tábuas; 107 portadas; 415 vigas; 8 vergônteas; 149 $^{1/2}$ "mocós"[9] de cal.

De Lisboa diretamente vieram: 7 pipas de vinho; 26 barris de vinho; 276 garrafas de vinho; 72 medidas de aguardente; 4.600 alqueires de sal; salsichas, Chocolate e algumas tapeçarias da Europa e da Índia; 50 machados; 100 enxadas; 198 foices, tudo no valor de 8:741$410.

Porto forneceu 122 pipas de vinho; azeite, chapéus, machados, enxadas, quinquilharias, etc., perfazendo... 22:648$300.

São Sebastião, na Província de São Paulo, remeteu 86 pipas de aguardente de cana; 800 arrobas de açúcar branco; 90 arrobas de açúcar mascavo; 90 arrobas de café; 416 arrobas de tabaco; 8 escravos; alguma louça e mercadorias da Europa montando a 1:113$310.

Paratí (Rio de Janeiro) forneceu: 4 pipas de vinho; 57 pipas de aguardente de cana; 3 barris de laranja; 38 arrobas de tabaco; 15 arrobas de açúcar bruto; 26 arrobas de café; 30 alqueires de farinha de mandioca; 54 jacás de toucinho e algumas bagatelas europeias, tudo valendo 431$900.

Da Ilha Grande (Rio de Janeiro) vieram 16 pipas de aguardente de cana por 960$000.

Campos remeteu 87 pipas de aguardente de cana; 4 de melaço; 1.823 arrobas de açúcar branco; 560 arrobas de açúcar mascavo; 1.160 varas de pano de algodão; 33 alqueires de arroz, tudo no valor de 9:458$600.

A Capitania do Espírito Santo forneceu 135 arrobas de fio de algodão; 540.000 varas de pano de algodão; 1 escravo e 12 alqueires de arroz, valendo 720$000.

---

9. NOTA DO TRADUTOR — Os *mocós* são sacos de couro também chamados *surrões*.

Do Rio S. Francisco vieram 2.091 alqueires de farinha; 261 alqueires de arroz; 2 carros de açúcar; 42 arrobas de café; 30 Ps. de ripas, 10 "mocós" de cal; 100 $^{1/2}$ dúzias de ripas, montando a 1:855$000.

Cananea forneceu 2.289 alqueires de sal; 93 dúzias de ripas; e 34 vigas por 383$500.

Laguna exportou para cá 1.600 alqueires de farinha e 400 alqueires de amendoim por 824$000.

Da Ilha da Boa Vista (Cabo Verde) vieram 7.930 alqueires de sal, no valor de 3:172$000 e da Ilha da Mãe — 4.200 alqueires por 1:680-000.

Gibraltar forneceu: 1.514 alqueires de sal; 1 de azeite; genebras, alguns presuntos e um pouco de papel no valor de 901$600.

De Cádiz entraram 1.568 alqueires de sal por 620$000.

De Filadélfia, 30 alqueires de sal, genebra, pequena quantidade de vinagre, alcatrão e alguns móveis importando em 624$000,

De Guernesey — 10 pipas de vinho — 600$000; e vinagre, cerveja, porcelana, vidros: 160$000,

De Nova York: 1.800 alqueires de sal; 10 pipas de genebra, $^{1/2}$ pipa de aguardente, porcelana, alcatrão e móveis no valor total de 2:653$000.

Rio Grande, 15 de setembro. — O Major Mateus da Cunha Teles, em casa de quem está hospedado o Conde, ofereceu-lhe hoje um baile, menos concorrido que os anteriores, mas onde pude contar ainda 50 e tantas mulheres, todas vestidas com elegância e bom gosto. Os homens eram menos numerosos que as mulheres e era preciso pedir-lhes para dançar. Nada tenho a acrescentar às observações já feitas sobre as primeiras. Têm na maioria a pele branca, corada, olhos e cabelos negros, algumas são bonitas, porém todas sem atrativos. São para com os homens muito desembaraçadas, ou demasiadamente tímidas. Em geral, contudo, parecem possuir presença de espírito e, à vista da pouca educação que recebem, é de se admirar que conversem tão bem.

Quanto aos homens são pouco solícitos junto às senhoras, quase não lhes falando e não mostrando o menor desejo de lhes ser agradáveis.

À meia noite as senhoras passaram a um salão onde foi servida a ceia, sendo elas acompanhadas pelo Conde, seu ajudante de campo dois ou três homens e por mim. O Conde ofereceu o braço a uma senhora e nós fizemos o mesmo, mas as senhoras desta região, estão tão pouco acostumadas a essa delicadeza, que somente cederam contrafeitas.

A ceia compunha-se de prodigioso número de pratos apertados uns aos outros, porém, todos muito bons. Após a refeição toda a gente passou a outra sala onde foi servida magnífica sobremesa. Esse costume de servir a sobremesa em sala diversa da de jantar ou cear é geral nos banquetes.

Como nos outros bailes, que assisti, havia neste muitos padres, entre os quais o vigário da paróquia em companhia de sua sobrinha e de suas filhas adotivas.

Rio Grande, 16 de setembro. — Já disse que na Serra de Sto. Antônio, ao norte de Porto Alegre, é feita a cultura de cana; cultivam também a mandioca nos arredores dessa cidade, mas caminhando para o sul essas plantas não se desenvolvem mais. Assim, Porto Alegre deve ser considerado o limite meridional desse vegetal.

A cultura do algodão estende-se um pouco mais longe, produzindo ainda muito nas margens da Lagoa dos Patos, apesar de dar fibras de qualidade inferior.

Logo que cheguei a Rio Grande o Conde encarregou o sargento-mor Mateus da Cunha Teles de procurar-me meios de transporte a Montevidéu, tendo este se prontificado, perante o Conde, a tratar disso. Entretanto, até a partida do Conde para Santa Teresa, nada me disse a respeito e como sempre o vejo muito atarefado não ousei tocar no assunto. Todavia, depois que o Conde seguiu, soube que me destinava um carro perfeitamente equipado, que aliás havia sido dele.

Durante a ausência do Conde fiquei só em casa do Sr. Mateus, tendo nossa amizade se estreitado. Ao falar-lhe de minha partida respondeu-me que quando me quisesse por a caminho bastava preveni-lo com alguns dias de antecedência. Entrementes fui a S. Francisco de Paula e até a volta ignorava de que modo faria a viagem. Aqui chegado abri-me francamente com o Sr. Mateus e soube que ele me ia emprestar para ir a Santa Teresa, ou além, o que fosse necessário, seu carro, seus negros e seus bois. Fiquei constrangido com essa generosidade excessiva que devia naturalmente incomodá-lo. Todavia, encontro-me na contingência de aceitar seus oferecimentos, pois que ninguém quer alugar-me uma carroça nem bois. Ademais o Conde de Figueira fez-me presente dos cavalos necessários e trata de arranjar um bom soldado para acompanhar-me.

Rio Grande, 17 de setembro. — Outro baile. Este foi dado pelo Conde. Tudo correu como nos precedentes. O uso de trocar brindes leva sempre os convivas a excessos e após a ceia a alegria exagera-se.

Fiz para a viagem consideráveis provisões porque asseguram-me que além da carne nada acharei até Montevidéu. Quero mesmo crer que depois de Santa Teresa não encontrarei nem meios de transporte.

As pereiras estão atualmente floridas, os pessegueiros estão despidos, os marmeleiros se cobrem das primeiras folhas e as laranjeiras mostram os primeiros botões.

O homem em casa de quem foi o Conde recebido à sua chegada, chama-se, conforme disse — Mateus da Cunha Teles. É natural de Açores, fez fortuna neste País, tornou-se sargento-mor e associou-se a João Rodrigues para a arrecadação dos impostos sobre couros. Mostra-se muito simples, é liberal e magnífico para com os hóspedes. Fez, em diferentes circunstâncias, enormes sacrifícios pelo Rei. É quem recebe todos os oficiais que vão a Montevidéu e hospedou mesmo, em sua casa, durante 40 dias, todo o estado-maior do Barão de Laguna. Possui duas casas, uma — muito pequena, onde mora, e outra muito maior, assobradada, destinada aos hóspedes.

É uma casa mal dividida como todas as casas portuguesas. Os dormitórios são sempre pequenos cubículos, escuros, dando para grandes salas. Apesar disso é mobiliada com o luxo das mais belas casas da Europa, podendo-se sobretudo mencionar a sala de visitas como modelo de elegância. A mesa de refeições é servida também com luxo. Um delicioso vinho do Porto brilha em garrafas e frascos de cristal, as iguarias são servidas em pratos de porcelana inglesa extremamente fina. O cardápio é excelente, mas há grande mistura de iguarias; após cada refeição são retirados $2^{2/3}$ de pratos em que ninguém tocou sequer. A despesa que o Sr. Mateus tem feito depois que aqui estamos deve ser considerável, pois tudo é extremamente caro em Rio Grande e o Conde traz uma comitiva de mais de 30 pessoas, da qual uma grande parte aqui permaneceu durante sua ida a Santa Teresa.

Rio Grande, 18 de setembro. — O Conde seguiu hoje com destino à freguesia de S. Francisco de Paula, com o Sr. Lemos, seu ajudante de campo, e o sargento-mor Mateus.

Como não nos veremos mais despedi-me dele, não sem grande pesar, porque, em dois meses de convívio só recebi provas de amizade. Aprecio muito o Sr. Lemos, também militar honrado, alegre, de extrema bondade, que procurou, como o Conde, me prestar toda a sorte de serviços e ao qual liguei-me por fortes laços de amizade.

Ao chegarmos aqui prometeu-me o Conde dois soldados para me acompanhar na viagem em mira. Agradeci muito mas apenas aceitei um, porque sei que para minha tranquilidade não devo aumentar minha comitiva.

Um paulista, por nome Teixeira, filho do proprietário de Cocambaí, deseja vivamente acompanhar-me, mas sua grande camaradagem com José Mariano fez com que eu o recusasse. Deram-me um voluntário do Rio Grande que começou por me pedir dinheiro, o que não é muito bom sinal...

CAPÍTULO V

Arroio das Cabeças. O tenente Vieira. Cães de guarda dos rebanhos chamados ovelheiros. Estância do Silvério. Invasão das areias. Cultura do trigo. Estância do Velho Terras. Estância de José Correia. O mate. Campos neutrais. Propriedade disputada. Estância da Tapera. Estância de José Bernardes. Estância de Francisco Correia. Estância de Medanos Chico. Estância do Curral Grande. Cheripá. Oftalmias causadas pela areia. Jerebatuba. O Sr. Delmont, francês. Rendimento das Estâncias segundo sua opinião. Estância de Chuí. Estrados. Cultura do Milho. Bodes. Rio e Serra de S. Miguel. Bela paisagem. Forte de S. Miguel. Morro da Vigia. Estância de Angelo Nuñez, lugar destinado à fundação de uma aldeia. Chuí. O Capitão Manoel Joaquim de Carvalho. Limites entre Rio Grande do Sul e Uruguai.

*A*rroio das Cabeças, 19 de setembro, 3 léguas. — Ao pôr do sol o termômetro acusava 12 graus. Deixei hoje Rio Grande onde passei um mês de agradável convivência, alimentando-me bem e tratado por todos com as maiores atenções. Era tempo, entretanto, de partir pois o repouso das cidades torna-me indolente, fazendo trabalho lento e pouco proveitoso. Ao contrário, o movimento das viagens, anima-me e como o tempo torna-se escasso trato de aproveitá-lo bem.

Antes de deixar Rio Grande entreguei 3 caixas de pássaros e mamíferos ao Major Mateus pedindo-lhe fazê-las remeter ao major João Pedro de Souza Ferreira em Porto Alegre. Deixei também uma mala cheia de papéis de herbário e outros pequenos objetos, para que ele me enviasse a Montevidéu, endereçada a um sacerdote a quem estou recomendado, chamado Padre José Gomes Ribeiro.

Na hora da partida trouxeram-me quatro cavalos com que o Conde houve por bem presentear-me, todos muito bons, mormente o que me serve de montaria. Uma porção de incidentes, que quase sempre se apresentam quando inicio uma viagem, retiveram-me em Rio Grande até onze horas.

Após algum tempo José Mariano induziu-me a passar, deixando esta cidade, pela estância do tenente José Vieira, em casa de quem passou ele um mês a matar e preparar pássaros. Desejando agradecer ao tenente concordei com o meu camarada, que se mostrou muito amável durante a viagem, amabilidade a que não estava mais acostumado.

Deixamos a carroça seguir diretamente e tomamos outro caminho, contornando quase sempre a Mangueira. Caminhamos durante muito tempo sobre um gramado muito fino, mas tínhamos à direita montões de areia pura no meio dos quais somente vegetava o *Senecio* 1853 bis. Dão aqui o nome de mal-me-queres a esse *Senecio*. Ao fim de duas léguas chegamos à casa do tenente Vieira, situada à extremidade do istmo que separa a Mangueira da Lagoa dos Patos. É uma casa recém-construída, coberta de telhas, muito bonita. Fizeram-me entrar em um salão bem mobiliado, e em seguida o proprietário levou-me a um terraço, construído no telhado, donde se avistam Mangueira, Rio Grande e uma imensa extensão da região. Essa vista, entretanto, nada tem de agradável porque a verdura não se mostra no campo senão em manchas semeadas nos areais finos e esbranquiçados.

A casa do tenente Vieira é inteiramente cercada de areia, o que o obriga a por continuamente negros a desentulhar seu jardim.

Deixando a residência do tenente Vieira dirigimo-nos, através dos campos, à casa onde pousei e onde já havia pernoitado quando acompanhava o Conde de Figueira no começo de sua viagem a Santa Teresa. Essa casa pertence a um particular de Rio Grande chamado Justino, que só a ocupa de tempos em tempos. No momento não se achava; tendo eu pedido ao seu capataz permissão para ocupar a casa não fui atendido, mas dando-me a conhecer e fazendo lembrar que havia já dormido ali quando da passagem do Conde, obtive a aquiescência e as portas foram abertas.

O tenente Vieira possui um rebanho de ovelhas, que, como os demais desta região, está sempre nos campos, mas é guardado por um desses cães de que fala o Abade Cazal, a que dão o nome de *ovelheiro*.

Eis o que o tenente contou-me a respeito desse animais:

Toma-se um cachorrinho, antes de ter aberto os olhos, separa-se da cadela, força-se uma ovelha a amamentá-lo e faz-se um pequeno abrigo para ele no meio do rebanho. Os primeiros seres vivos que se oferecem às suas vistas são os carneiros; o cão se acostuma a eles, afeiçoando-se-lhes e tornando-se defensor espontâneo do rebanho, repelindo com coragem os cães selvagens e outros animais que o vem atacar. Acostuma-se a vir comer pela manhã e à tarde à estância. Nunca mais abandona o rebanho e quando os cordeiros se distanciam da habitação ele prefere passar fome a abandoná-los.

Estância do Silvério, 20 de setembro, 5 léguas. — A casa do Sr. Justino não passa de uma palhoça, mas seu pomar é extremamente bem cuidado e um dos maiores que tenho visto no Brasil. Em Minas e Goiás um pomar não vai além de uma nesga de terra onde são lançados, sem ordem, laranjeiras, cafeeiros, bananeiras, etc., para os quais não se reserva cuidado algum. Os pomares que hei visto nesta capitania em nada se assemelham, é verdade, àqueles lugares deliciosos onde, em nosso país, a arte embeleza a natureza e onde tudo é consagrado ao prazer da vista, mas ao menos aqui se nota ordem e simetria. Veem-se poucas flores mas as árvores frutíferas e várias hortaliças exóticas, tais como — couves diversas, alfaces e ervilhas são encontradiças. No pomar do Sr. Justino as árvores acham-se dispostas em quincôncio e muito bem alinhadas; os próprios legumes são plantados com simetria e o solo apresenta-se muito limpo. O Sr. Justino adota para suas árvores frutíferas uma prática digna de elogios e que não pode deixar de dar resultados — a da enxertia.

A vizinhança da cidade garante-lhe um grande lucro na vendagem de frutos e legumes e o Rio Grande oferece-lhe um fácil meio de transporte.

É de notar que para cuidar desse pomar ele emprega 12 negros; certamente 3 jardineiros franceses cultivariam muito melhor um espaço de terreno semelhante. Os negros são naturalmente pouco ativos; quando livres só trabalham o suficiente para não morrerem de fome; quando amedrontados trabalham mal e com excessiva lentidão.

Comecei hoje a viajar pela península que separa a Lagoa Mirim do mar e que tem a mesma direção que sua homóloga existente entre Lagoa dos Patos e o Oceano.

O terreno hoje percorrido é mais chato que nossas planícies de Beauce, não oferecendo a mínima ondulação. Durante alguns instantes só pisamos areais, mas em seguida caminhamos sobre um gramado raso; contudo, principalmente à direita, percebemos ao longe grandes areais.

Apesar da igualdade do terreno o aspecto do campo nada tem de monótono. Grande número de cavalos e bovinos pastando.

As casas são pouco distanciadas umas das outras vendo-se aqui e ali pequenos tufos de árvores; frequentemente deparamos alguns campos de trigo. Excetuadas duas casas que são cobertas de telhas, entre estas a em que parei, todas as outras são cobertas de palha. São pequenas, mobiliadas de modo pobre e construídas de enchimento. Causa espanto o contraste existente entre essas casas e o trajar das mulheres que as habitam. Vi à janela de uma dessas palhoças uma encantadora moça cujos cabelos estavam penteados com gosto, trazendo um belo vestido de chita e um fichú de seda.

As pastagens são muito menos verdes que as da Freguesia de S. Francisco de Paula porque o terreno não é aqui tão úmido.

Apenas um pequeno número de espécies de plantas apresenta-se com flores, e assim mesmo muito comuns: o *Oxalis* n.º 1874 orna os gramados de um vermelho agradável; com ele acha-se abundantemente o *Serastium* n.º 1875, a *Anemona* n.º 1864 e um outro *Oxalis* n.º 1875-5, o *Carex* n.º 1875, e a Composta n.º 1875 quarta, que algumas vezes, quase ela só, cobre espaços consideráveis.

Como as que florescem na Europa no começo da primavera a maioria das plantas que encontro em flor são pequenas e de delicada consistência.

As plantas que florescem atualmente têm crescimento muito curto; tendo tirado pouco alimento do solo as substâncias alimentícias acham-se diluídas em grande quantidade de água, e são pouco aquecidas pelos raios do sol. Não é pois de se admirar sejam tenras, pouco crescidas e exijam muito tempo para secarem no herbário.

As plantas europeias e as que aqui colho neste momento sendo expostas ao sol após a colheita murcham-se muito mais rapidamente que as da zona tórrida, porque estas últimas contêm geralmente muito menor parte aquosa.

Em toda a região hoje percorrida a terra apresenta uma mistura de areia e humus pardo. Essa terra, entretanto, é pouco profunda; em baixo encontra-se areia pura, fina e amarelada, semelhante à do Rio Grande e como acontece que os animais frequentemente cavam a camada superior da terra vegetal, a areia toma nesses sítios o lugar das pastagens. Assegura-me meu hospedeiro que a extensão dessas pastagens diminui de ano para ano. É possível que outrora todo este ístmo fosse coberto pelas águas, que se retiraram pouco a pouco, e, quando se tornavam pouco profundas eram invadidas pelas plantas aquáticas que formaram a primeira camada de solo, depois coberto pelas areias.

De qualquer modo o trigo medra perfeitamente nessas terras. O trabalho é feito a arado e embora os sulcos não fiquem perfeitamente retos, como em nossos campos, causou-me boa impressão achá-los bem traçados.

Devido ao gado solto nos campos há necessidade de cercar todas as culturas. Para isso fazem ao redor das lavouras uma vala profunda tendo ao lado das plantações moitas de verdura, à guisa de pequenos muros, feitas com cuidado. Entre essas moitas são plantadas Cactáceas e Bromeliáceas de grande folhas espinhosas que se apresentam em grandes rosetas, e, embora tais plantas tenham porte pequeno formam sebes difíceis de arrombar.

Aqui chegando encontrei em frente à casa todo um equipamento de acantonamento militar. Soldados estendidos pelo chão vinham de jantar. Seus fuzis estavam reunidos em feixes. Os cavalos que eles deviam montar estavam arreados e um número prodigioso de cavalos de sobressalente achavam-se reunidos em um lote.

Como os poucos soldados que restavam a Artigas, após a batalha de Taquarembó, localizaram-se ao norte de Entre Rios, o trecho de fronteira vizinho de Santa Teresa não corre risco de ser atacado. O Conde de Figueira deu ordem às tropas que guarnecem esse forte de retirarem e deu licença aos milicianos para retornarem às suas sedes. Tais são os soldados por mim encontrados.

Pedi ao proprietário da Estância permissão para entrar em sua casa, porém respondeu-me estar a mesma cheia e induziu-me a esperar pela partida dos militares. Estes retiraram-se à noite sendo eu então recebido na casa. Meu hospedeiro é um bom velho, cuja hospitalidade é proverbial na região. Proporcionou-me uma boa ceia, servindo-me pão e vinho, e mandou preparar-me um bom leito. Sua casa é asseada, mas pouco mobiliada; as paredes são caiadas.

Estância do Velho Terras, 21 de setembro, 5 léguas. — O bom Silvério quis fazer-me almoçar esta manhã, sendo a refeição, como a de ontem à tarde, inteiramente composta de carnes. Nesta região não se come outra coisa. Carne cozida, carne assada, carne picada ou cortada em pedaços, sempre a carne, e quase sempre de vaca ou de boi.

A região hoje percorrida é absolutamente semelhante à que ontem atravessei.

É sempre igual só oferecendo pastagens rasas, onde pascentam inúmeros animais. As casas são muito menos frequentes.

A cerca de duas léguas da Estância do Silvério comecei a enxergar, à minha direita, um grande lago, que se estende paralelamente ao caminho.

Cerca de uma légua daqui parei alguns instantes em uma estância situada nas margens do lago e que se compõe de algumas palhoças muito baixas e construidas de enchimento. Fui recebido por uma mulher idosa, alegre, honesta, muito conversadora. Estava trajada de modo semelhante às mulheres da região. Logo que entrei à casa serviu-me dois mates, segundo o uso, em uma pequena cabaça de bico curvo onde estava enfiada uma bomba de prata.

A casa fica de frente para o lago, de onde dista pouco e o terreno que a separa dele é inclinado e coberto de grossas árvores pouco altas porém muito folhudas, separadas umas das outras. A seus pés crescem grandes linhas que após se apoiarem contra seus troncos, emaranham-se em suas ramagens, formando coberta impenetrável aos raios do sol. Um pequeno trecho do lago, que se percebe por sob essas frondes, faz diminuir o excessivo aspecto sombrio.

Disse-me a dona da casa que o lago pode ter 3 léguas de comprimento, chama-se lagoa de Caiova (talvez a que Casal denomina Cajuba) e que dá nome à Estância.

Conversando com essa mulher perguntei-lhe como adubavam a terra para plantar o trigo. Outrora, respondeu-me, encerrava-se o gado em um curral junto à casa e transportava-se o esterco, em pequenos carros para as terras a semear, mas nesta parte da Capitania todo o mundo renunciou a essa prática. Hoje usam cercar de estacas o terreno que se vai cultivar, aí encerrando o gado todas as tardes. Quando se verifica que essa parte do campo já recebeu bastante esterco transporta-se o cercado para diante e assim sucessivamente até ser adubado o campo todo.

Ao sair de Estância de Caiova um dos negros da carroça informou-me que estivera ocupado a abater uma vaca e ofereceu-me um pedaço de carne; deu-me de bom grado grande naco e não quis aceitar retribuição em dinheiro. Devo esse obséquio, creio, ao fato de saber minhas ligações com o Conde, de quem espera receber alguma graça...

Logo chegado ao lugar onde pousei, meu soldado fez uma grande fogueira; cortou a carne em compridos pedaços da espessura de um dedo, fez ponta em uma vara de cerca de 2 pés de comprimento e enfiou-a à guisa de espeto em um dos pedaços de carne, atravessando-o por outros pedaços de pau, transversalmente para estender bem a carne; enfiou o espeto obliquamente no solo expondo ao fogo um dos lados da carne e quando o julgou suficientemente assado expos o outro lado. Ao fim de um quarto de hora esse assado podia ser comido, parecendo uma espécie de "beefsteack" suculento, porém de extrema dureza.

Na viagem que fiz em companhia do Conde tinha visto, já, seus peões e soldados preparar suas refeições dessa maneira.

Parei em uma choupana construída de enchimento como todas desta região. Enquanto não anoitecia saí a herborizar e verifiquei que a Lagoa Caiova termina pouco adiante da choupana. Pouco além veem-se outros dois muito menores que não têm nomes particulares, compreendidos sob a denominação geral de Lagoas de Caiova.

Os negros do major Mateus disseram-me morar perto daqui um homem que antes de minha partida de Rio Grande tinha sido encarregado por seu patrão de me arranjar uma carroça, o qual havia achado uma. Mandei vir esse homem, tendo ele efetivamente confirmado ter arranjado alguém disposto a me conduzir a Montevidéu por duzentos mil réis e que havia escrito a esse respeito ao Major, porém, sem obter resposta. O Sr. Mateus havia já me falado sobre isso, acrescentando que a proposta não era aceitável. Entretanto, como me garantem ser difícil encontrar condução em Santa Teresa, e achando-me constrangido pela generosidade do Major, vejo-me disposto a alugar a carroça em questão.

Estância de José Correia, 22 de setembro, 5 léguas. — Ainda dois mates antes de partir. O uso dessa bebida é geral aqui. Toma-se ao levantar da cama e depois várias vezes ao dia. A chaleira de água quente está sempre ao fogo e logo que um estranho entre na casa se lhe oferece o mate. O nome de mate é propriamente o da pequena cabaça onde ele é servido mas dão-no também à bebida ou a quantidade do infuso contido na cabaça: assim diz-se ter tomado dois ou três mates quando se tem esvaziado a cuia duas ou três vezes. Quanto à planta que fornece essa bebida denominam-na erva-mate ou simplesmente erva. A cuia tem a capacidade de mais ou menos um copo; é cheia de erva até a metade, completando-se o resto com água quente. Quando o mate é de boa qualidade pode-se escaldá-lo até 10 ou 12 vezes sem renovar a erva. Conhece-se que esta perdeu sua força e que é necessário trocá-la quando ao derramar sobre ela a água fervente não se forma espuma à superfície.

Os verdadeiros viciados do mate tomam-no sem açúcar e então tem-se o chamado chimarrão.

A primeira vez que provei essa bebida achei-a muito sem graça, mas logo me acostumei a ela e atualmente tomo vários mates, de enfiada, com prazer, até mesmo sem açúcar. Acho no mate um ligeiro perfume, misto de amargor, que não é desagradável,

Há muitos méritos nessa bebida, dita diurética, própria para combater dores de cabeça, para amenizar os cansaços do viajante e na realidade é provável que seu amargor torne-a estomáquica e por conseguinte necessária em uma região onde se come enorme quantidade de carne, sem os cuidados da perfeita mastigação.

Em espaço de cerca de duas léguas aquém da estância do Velho Terras e até Capilha o terreno é absolutamente semelhante ao por mim atravessado nos dias precedentes. É também uniforme e coberto de relva rasa onde florescem ainda as mesmas plantas por mim indicadas no diário de 20.

No caminho encontrei um homem, que mora a trinta léguas daqui, em regresso aos penates, acompanhado de sua mulher.

Não há ninguém nesta região que não seja bom cavaleiro, motivo pelo qual todo mundo faz longas viagens a cavalo.

Conversando com o homem recém-citado soube que em Santa Teresa, São Miguel e seus arredores havia um grande número de estancieiros absolutamente ignorantes em matéria de religião, e que muita gente nunca se confessou e até havia pessoas de 15 e 16 anos que nunca assistiram a uma missa, o que não é para se admirar pois que entre Rio Grande e a fronteira somente celebram em Capilha, onde passei hoje.

Capilha não passa de um arraial composto de algumas choupanas e duma pequena capela subordinada à paróquia do Rio Grande, porém destituida de capelão. Esse arraial acha-se situado em agradável posição, às margens da Lagoa Mirim.

Silvério disse-me que sua casa ficava equidistante de 5 léguas do lago e do mar.

Abaixo de Caiova o ístmo começa a estreitar-se, pois meus hospedeiros de ontem afirmaram-me que sua residência ficava a duas léguas do lago e a três do mar e em Capilha não há mais que duas léguas entre o oceano e o lago.

De Capilha até aqui em um espaço de 3 léguas viemos sempre contornando o lago, caminhando por uma praia triste e monótona, coberta duma areia fina e esbranquiçada. Para além dessa praia as areias amontoadas pelos ventos formaram uma fileira ininterrupta de montículos sobre os quais crescem algumas árvores raquíticas, tais como a *Mirsinea*, a figueira e o coentro. Por trás dos montículos o terreno continua uniforme e coberto de pastagens.

A uma légua de Capilha acha-se o lugar denominado Tahim, onde estão acantonados alguns soldados. Outrora Tahim constituía o limite das divisões portuguesas. Do outro lado ficavam os campos neutros, que se estendiam em uma extensão de 30 léguas até à Estância de Chuí, onde começavam as possessões espanholas.

Se é verdade o que me informaram, os campos neutros foram inicialmente povoados pelos portugueses, que, por um tratado, foram obrigados a abandoná-los.

Homens desfavorecidos da fortuna, vendo uma tão grande área de terras sem dono, sonharam aí se estabelecer e para isso pediram permissão aos comandantes de fronteira, portugueses. Esses, para não se comprometerem, recusaram-lhes autorização direta, mas prontificaram-se a fechar os olhos à tal violação do tratado e aconselharam-nos a procurarem o beneplácito dos comandantes espanhóis, que por dinheiro tudo consentiam. Assim foram os campos neutrais povoados pela segunda vez por gente portuguesa. Mas hoje que essas terras são consideradas domínio português os antigos proprietários apresentam-se com os títulos de direito referendados pelo Rei e pretendem recuperar suas terras, alegando que os ocupantes ali se estabeleceram ilegalmente, contra a letra de um tratado. Parece que as autoridades estão dispostas a decidir em favor dos antigos proprietários.

Pousei em uma estância cujo proprietário está ausente, e onde apenas encontrei um negro. Esse homem alimenta-se somente de carne, sem farinha e sem pão, conforme é useiro tratar-se os escravos nesta região.

Estância da Tapera, 23 de setembro, 3 léguas. — Entre a região que percorri e o oceano há um belo lago, muito estreito, de 12 léguas de comprimento, começando cerca de Tapera, estendendo-se paralelamente à Lagoa Mirim e ao mar até ao Capão do Franco, a uma légua e meia da Estância do Curral Grande.

Nos mapas dão a esse lago o nome de Lagoa da Mangueira, mas na região ele é conhecido por Lagoa do Albardão. É a Lagoa Comprida, para o Sr. Chaves.

Da extremidade setentrional desse mesmo lago vê-se um grande banhado que se dirige para os lados de Rio Grande e que ao aproximar-se dessa cidade, disseram-me, divide-se em vários ramos cujo conjunto se assemelha aos dedos de uma mão. Outro banhado termina o lago da ponta sul e se prolonga até Jerebatuba.

Chama-se *banhado,* como indica o nome, aos terrenos banhados por uma pequena quantidade de água que algumas vezes se esgota. Neles crescem ordinariamente grandes ervas. Não são tão lamacentos como os brejos propriamente ditos e podem ser considerados como espécie de transição entre os brejos e os lagos.

Entre o Lago da Mangueira e o mar, à altura de Estiva, junto à estância do Velho Terras, o terreno se eleva e forma como o que uma cumiada que se estende até à altura da estância de João Gomes. Essa elevação tomou, devido a sua forma, o nome de Albardão, que significa albarda grande. Tais detalhes obtive dos habitantes locais, que me pareceram bastante instruídos.

Para completar essa pequena descrição devo acrescentar que ao chegar à guarda de Tahim atravessei um regato denominado Arroio Tahim, cujas nascentes estão na parte meridional do banhado setentrional do Lago do Albardão e que estabelece comunicação entre esse lago e o Mirim.

O Arroio das Cabeças, que corre ao pé da Chácara do Justino e se lança no Rio Grande, não passa de um dos ramos desse banhado; por conseguinte o Lago de Albardão se comunica ao mesmo tempo com a Lagoa Mirim e a Lagoa dos Patos.

Quase imediatamente ao deixarmos a estância de José Correia atravessamos uma espécie de charco chamado Passo Fundo do Curral Alto, onde a carroça imergiu até o meio. Esse charco é a parte mais baixa do banhado que vem de Capilha e se comunica com o Arroio das Cabeças. Na parte de cá do passo esse banhado divide-se em dois ramos, entre os quais fica a estrada. O ramo da direita termina na estância da Tapera, onde pousei hoje, e o da esquerda prolonga paralelamente ao lago até à sua extremidade meridional. É fácil calcular que a extensão e a profundidade dos banhados deve variar segundo a estação e mesmo segundo a quantidade de água pluvial de cada estação.

As pastagens hoje atravessadas são menos curtas que as dos dias anteriores, porque o gado não é aqui tão abundante. A erva nova apenas reponta no meio dos tufos dessecados. O terreno é sempre plano.

Da casa em que pernoitei até aqui não vi nenhuma estância além da do Curral Alto.

Como os bois do major Mateus começam a mostrar-se fatigados mandei meu soldado a essa estância para arranjar, por meio da Portaria que trago, algumas juntas de bois. Quando cheguei só me arranjaram duas juntas, escusando-se o proprietário por não ser possível me atender melhor porque as tropas que estiveram em Santa Teresa, levaram-lhe as demais. Prontifiquei-me a pagar-lhe o que pedisse pelas duas juntas mas nada quis aceitar e até obrigou-me a tomar duas chícaras de café. Esse homem queixa-se amargamente, como muitos outros, dos vexames que lhes causam os militares, os quais usam violência para tomar os cavalos dos estancieiros, vendendo-os em seguida. Outras vezes abatem novilhas nos campos para comerem um par de libra de carne, abandonando o resto. A estância em que pousei não passa de minguada choupana, sem mobiliário, e cercada de algumas senzalas.

Ao entrar deparei a dona da casa a coser, agachada sobre tábuas em cima de pedras e cobertas por uma pele de carneiro. Estava bem vestida e apesar de tímida respondeu às perguntas que lhe dirigi.

Todas as mulheres que tenho visto de Rio Grande a esta parte são bonitas. Têm olhos e cabelos negros, cutis branca e têm sobre as francesas a vantagem de serem mais coradas.

Manifestei a meu hospedeiro o desejo de adquirir carne. Imediatamente saiu a procurar uma vaca nos campos e abateu-a mandando meu soldado separar os pedaços que achasse melhores, sem olhar quais eram: recusou-se a falar em retribuição... Entretanto asseguram-me que esse homem não é rico, o que aliás, é patenteado por sua residência e seu trajar.

Estância de José Bernardes, 24 de setembro, 3 $^{1/2}$ léguas. — Da estância da Tapera avista-se a Lagoa Mirim, mas pelo caminho perde-se-a de vista.

Sempre chato e com pastagens esparsas o terreno hoje percorrido. Como o gado é menos numeroso a erva não forma aqui gramado raso; cresce em tufos, que ainda se apresentam dessecados como no auge do inverno. Não me lembro ter visto casa nenhuma pelo caminho.

As matas são raríssimas. Apenas percebem-se de longe em longe alguns espinheiros ou pequenos bosquetes de árvores raquíticas. Não vi mais flores, hoje, que nos dias antecedentes. Em geral a vegetação parece estar mais atrasada. As plantas mais comuns atualmente em flor são: a *Anemona* n.º 1864, o *Cerastium* n.º 1875, um outro *Cerastium,* o *Carex* n.º 1878 ter., e uma *Oxalis* vermelha, que não é a n.0 1874. Tornei a ver hoje, surpreso, uma palmeira que encontrei em Palmares. Suas folhas são aladas e ela parece um pouco com o *butiá,* mas cresce mais, seu tronco é mais grosso e inteiramente coberto de bainhas das folhas velhas.

Conforme meu costume enviei adiante o soldado a pedir pouso em casa do estancieiro, sendo perfeitamente acolhido.

A estância de José Bernardes compõe-se, como todas as outras, da casa do dono e algumas casas de negros e duma cozinha em pequena choupana à parte, segundo o costume de quase todo o Brasil. Coberta de palhas, a casa do dono, como todas depois da estância do Silvério, é baixa e de enchimento. O interior compõe-se de duas peças — a sala e o quarto do proprietário, sendo este separado daquela apenas por uma cortina. A sala, muito limpa, não tem janelas, e é apenas mobiliada cor duas cadeiras de assento de couro, uma mesa, um catre, cujo fundo é guarnecido de couro, segundo a usança geral, e enfim um estrado sobre o qual a dona da casa trabalha acocorada e que é formado por tábuas sobre dois paus.

Perguntei a José Bernardes onde se abastecia de lenha e madeira, tendo respondido que comprara os destroços de um iate há pouco encalhado em Capilha, mas que ordinariamente ele e seus vizinhos se supriam de lenhas às margens do Arroio do Rei, a dois dias daqui, por meio de carroças.

José Bernardes é filho de um velho contrabandista que serviu de guia ao general Lecor, do Rio Grande a Montevidéu, o qual me deu o itinerário para minha viagem. Esse homem foi um dos primeiros ocupantes dos campos neutrais. Logo que os portugueses se tornaram senhores absolutos da região seu filho José Bernardes reclamou do Marquês de Alegrete o terreno por este ocupado, e que nunca tinha sido dado a ninguém, reclamação essa que despertou no secretário particular do Marquês a ideia de apossar-se desse terreno e o pobre José Bernardes viu-se obrigado a abandonar sua casa. "Depois do dia em que perdi minha mãe, disse-me ele, não houve para mim outro mais triste que aquele em que deixei a choupana onde nasci".

Estância de Francisco Correia, 25 de setembro, 4 $^{1/2}$ léguas. — É impossível ser melhor que José Bernardes: teve para comigo pequenos cuidados e sem hipocrisia. Deu-me duas galinhas, pão, e farelo para meus animais, recusando aceitar qualquer pagamento. Comprei em Rio Grande objetos para fazer presentes, mas se continuo a ser alvo de tanta amabilidade em breve não terei mais nenhum.

Depois de ter deixado Rio Grande não cessou de soprar um vento forte e frio. Hoje, sobretudo, o tempo está desagradável e o panorama dos campos mostra-se em harmonia com a tristeza do tempo. Um verdadeiro dia de inverno. Nos campos, sempre planos, a erva ainda está completamente seca, de coloração parda; os próprios gramados ainda estão amarelados. As árvores, sem folhas, nem ao menos começaram a brotar e nenhuma flor eu vi. À medida que me afasto de Rio Grande a vegetação parece menos adiantada. Principalmente hoje a diferença mostrou-se mais sensível. Quase nunca deixei de avistar o Lago do Albardão. A meio do caminho percebi em suas margens moitas de árvores um pouco mais consideráveis que todas as demais até agora vistas. Duas ou três casas, sempre cobertas de palha, e butiás esparsos pelos campos.

Como os bois de minha comitiva não podiam mais prosseguir, mandei, a uma légua daqui, meu soldado procurar outros em uma estância, seguindo-lhe eu logo depois. A casa pertencia a uma viúva, à qual ofereci um pagamento pelo trabalho de seus bois, o que recusou, pedindo-me apenas os não levar além da estância onde devo pernoitar. Essa mulher achava-se a fiar lã para fazer ponchos grosseiros, para os negros, e que se empregam também à guisa de em *cheripá*.[1] Mostrou-me um pano de linho muito bem-feito. O linho foi produzido em suas terras, fiado e tecido em sua casa. Na adubação da terra para essa cultura procedem do modo descrito no diário de 21.

Parei em uma estância que se compõe de miserável palhoça, toda aberta, e de algumas casas de negros. A casa principal é ocupada por um homem ainda muito jovem e tudo nela estava em grande desordem.

Estância de Medanos-Chico, 26 de setembro, 5 léguas. — Fui ainda obrigado a arranjar bois em casa de Francisco Correia, mas não os conservei por mais de duas léguas. Antes de partir propus remunerar o serviço dos bois; não obtendo resposta nada desembolsei.

Continua a planície.

Há três dias as pastagens percorridas não são mais rasas, mostram-se porém, dessecadas e extremamente pobres em florescência. As poucas flores que se apresentam são sempre das mesmas espécies já vistas. Os bosquetes tomam-se cada dia mais raros e com árvores tortuosas e de galhos muito estendidos. Observei que aqui apenas um décimo delas não perdeu as folhas durante o inverno, e os novos brotos ainda não apareceram. As árvores que conservaram folhagem são as de folhas duras e de coloração verde escura, entre as quais notei: Mirtácea, Mirsináceas, Onagrácea n.° 1886 a Combretácea n.° 1885, o coentro que floresceu durante todo o inverno, etc. Não devo esquecer a Nictaginácea n.° 1850, arbusto que se encontra nos bosques e todos os espinhais, e que se mantém em flor mesmo no começo do inverno.

É de notar que atualmente os campos estão secos como em França daqui a um mês; mas aqui veremos dentro de algumas semanas os campos cobrirem-se de nova verdura ao passo que em França isso somente acontecerá ao advento do inverno. Assim se assemelham o outono e a primavera da vida; um e outra oferecem os mesmos sinais de fraqueza; esta é embelezada pelas esperanças, o outro não inspira senão receios.

Vejo sempre, à esquerda, o caminho do Lago de Albardão, avistando-se mesmo a outra margem do lago. Nenhuma casa. A estância onde parei compõe-se de uma choupana, habitada pelo proprietário, de outra para os escravos e de uma cobertura que abriga os utensílios agrícolas. Fui recebido em uma sala cujo mobiliário consiste apenas em duas camas, um banco e uma mesa. Depois da casa do Silvério não vi nenhum pomar, mas todas as estâncias tinham próximo campos de trigo, cercados do modo já descrito.

---

1. Ver diário de 27 de setembro.

À medida que se caminha para o sul as terras tornam-se mais propícias à cultura do trigo. Em Rio Grande o cereal só produz 30 a 40 por 1; aqui o rendimento vai de 80 a 100 por 1. Meu hospedeiro informou-me que as terras adubadas podem ser cultivadas 4 anos seguidos, e até mais, sem ser necessária nova adubação, e se ao fim desse prazo for de novo adubada poderá produzir por mais 2 anos. Nas terras novas fazem cerca de 5 lavras antes do plantio, o que se dá em junho. A maturação das espigas tem lugar em janeiro, mês em que se faz a colheita por meio de foicinhas. Todos os cultivadores queixam-se do ataque da *ferrugem*. O trigo foi vendido, no ano passado, a 4 francos o alqueire. No momento preparam-se terras para o plantio do milho e do feijão, para colheita em janeiro. Tanto quanto pude de memória comparar notei que as espigas do milho são aqui da metade do tamanho das produzidas em Minas.

Logo após minha chegada a esta estância um soldado da Legião do Rio Grande se me apresentou dizendo estar às minhas ordens. Conjecturei não passar isso de mera cortesia e não lhe dei atenção, mas poucos instantes depois José Mariano disse-me ter sido esse homem enviado pelo Conde para acompanhar-me. Chamei-o e constatei a veracidade da informação do José. O Sr. Lemos dera-lhe de alcançar-me porém não lhe entregou carta alguma de apresentação, motivo pelo qual ignoro o porquê desse enviado. Teria ele julgado incapaz o soldado que me vem acompanhando? Ignoro. Não tenho dúvidas que um soldado já é demais à minha comitiva em região tão hospitaleira como esta. Os militares apresentam-se com autoridade; intimidam os lavradores, cometem, às vezes, violências e nada desejo dever nesta viagem, senão a mim mesmo, ao meu dinheiro e à bondade dos habitantes da Capitania. De qualquer modo tenciono trazer comigo esses dois homens até à casa de um francês, chamado Ambroise Delmont, residente a dois dias daqui, e, como esse compatriota conhece melhor que eu a região, agirei segundo seus conselhos.

Vi anteontem o primeiro rebanho de carneiros nesta zona. Era enorme, porém, sem cão de guarda e sem pastor. Disseram-me que depois de Tahim muitos cultivadores possuem rebanhos.

Existe a pouca distância da casa de José Bernardes uma espécie de pequeno lago que se comunica com o Albardão. Informou-me o proprietário em questão que outrora o lago fora um banhado, mas o gado, à força de aí andar, revolveu a terra espalhando a água do lago. Disseram-me que a estância de José Bernardes distancia-se duas léguas da Lagoa Mirim.

A viúva Inácio, onde tomei emprestados os bois, reside a três léguas do lago e a duas do Oceano. Enfim disseram-me haver 4 léguas entre a estância de Francisco Correia e a Lagoa Mirim.

Estância do Curral Grande, 4 léguas, 27 de setembro. — O terreno continua plano e somente vestido de pastagens. As árvores tornam-se cada vez mais raras. Vi a erva dos campos alta e dessecada como nos dias antecedentes. Nenhuma flor. Gado e cavalos menos numerosos. Após Rio Grande uns e outros são pequenos e de raça muito feia, principalmente os cavalos.

Há apenas 9 dias que viajo, tendo feito pequenas caminhadas e os meus animais já se mostram estafados. Esses animais não estão acostumados a comer sal nem milho e não aceitam tal regime. As pastagens dessecadas não lhes dão resistência alguma. Aliás, meus camaradas vivem a galopar e a correr nos campos, atrás dos bois de sobrecelência, mas nada se pode dizer porque nesta região ninguém se incomoda por causa de cavalos. Entretanto o cavalo é coisa de valor pois que um bom animal não custa menos de 40 francos ("demi-double").

Pernoitei em uma estância dotada de algumas palhoças junto a um campo de trigo. Fiquei instalado em uma casinha isolada onde havia uma cama, e que serve de celeiro. O trigo debulhado estava depositado em grandes tonéis e as espigas de milho reunidas em amarrados estavam dependuradas aos caibros da palhoça.

Após ter tomado chá saí a herborizar em um mato pantanoso que cresce junto à estância. As árvores que o compõe são grandes e despidas de folhagem não tendo ainda nem renovos. Ramagem tortuosa e estendida. Em baixo dessas árvores havia arbustos com folhas e a seus pés crescia uma erva que apresentava no momento bela coloração verde. Esse bosque fez-me lembrar os nossos ao começo da primavera. Um *Cerastium* que é aqui muito vulgar e assemelha-se à nossa "stellaire" comum, auxiliou a parecença.

Ao voltar da herborização chamaram-me a ver amamentar cãezinhos destinados a ser *ovelheiros*. As ovelhas estavam presas em um curral. Pegaram uma delas, atiraram-na por terra, de lado, e dois homens mantiveram-na imóvel; em seguida puseram perto dois cachorrinhos que se lançaram às tetas chupando-as avidamente. Depois soltaram a ovelha e encerraram os cãezinhos em uma cabana no meio do curral, juntamente a alguns cordeiros. Fazem amamentar esses animais duas vezes ao dia e quando eles começam a comer há o cuidado de só lhes dar carne cozida a fim de que não apeteçam devorar os cordeirinhos.

Nesta estância vejo já alguns espanhóis. Trazem o *cheripá*, espécie de cinto que desce até quase aos joelhos, à guisa de uma pequena saia e que é feito do mesmo pano grosseiro dos ponchos.

Firmiano disse-me outro dia que "se sua mãe estivesse viva ele não me acompanharia, porque teria chorado ao vê-lo partir e ele não seguiria". Tais palavras, em boca de homem tão rude, foram para mim cruel exprobração.

A areia que o vento atira aos olhos do povo torna as oftalmias muito frequentes em Rio Grande.

Jerebatuba, 28 de setembro, 3 léguas. — Como não havia bois na estância do Curral-Grande, mandei um dos soldados procurá-los em uma estância vizinha. O portador voltou logo e me disse que o proprietário da estância permitia em prestar-me algumas juntas até o Chuí, mas estipulando a condição de eu lhe dar um atestado de que os havia requisitado. Aceitei a proposta, o homem trouxe-me os bois e eu ofereci-lhe inutilmente, uma recompensa. Tal generosidade não é, contudo, muito louvável, porque no momento os bois e carroças da região são frequentemente requisitados para conduzir a Rio Grande a bagagem das tropas que estão em Santa Teresa, e o referido estancieiro emprestando-me os bois fica livre de um prejuízo maior.

Região sempre plana e coberta de erva dessecada. Vegetação ainda pouco adiantada. A mesma ausência de flores e raridade de árvores. Algumas casas, meras choupanas. Na primeira metade do caminho vi sempre o Lago de Albardão e os montículos de areia que o margeiam do lado do mar.

Detive-me na estância pertencente a um meu compatriota chamado Sr. Delmont, o qual me confirmou tudo quanto venho contando a respeito da cultura das terras e disse-me que logo ao início da lavoura em terra virgem planta-se o milho.

Junto de quase todas as estâncias planta-se abundantemente uma grande Gramínea denominada cana-do-reino e que classifico como *Arundo donax*. Com seus caules fazem-se rocas; também usam-na para fazer estendais para secagem dos queijos e enfim empregam-na à guisa de latas.

Jerebatuba, 29 de setembro. — Permaneci hoje aqui, a pedido do Sr. Delmont. Após o jantar diversos viajantes passaram pela estância; serviram-se-lhes mates e eles tornaram a montar seguindo viagem sem ter dito nada. Os viajantes têm nesta região o costume de apear em todas as casas que encontram, para pedir mate.

Hoje à tarde saí a passear em um pequeno bosque situado próximo à estância, em um vale úmido, ficando outra vez maravilhado com a semelhança desse bosque com os da Europa, ao começo da primavera. As árvores são aí destituídas de folhas; por baixo cresce o pau-d'água que conserva as suas e que frequentemente não passa de um arbusto. A erva oferece esse verde encantador de nossos bosques e prados no mês de maio. A encantadora Liliácea n.º 1897 é de um azul tão agradável como nosso pervancho e é muito mais bonita; ao lado dela cresce o *Geranium* n.º 1899 que talvez não seja outra coisa senão nossa herbe-a-robert; enfim um *Cerastium* assemelha-se, como disse, à nossa "stelaire".

Acha o Sr. Delmont que os estancieiros não podem vender anualmente um número de cabeças de gado além de um décimo dos rebanhos. Disse-me que seu sogro, possuidor de uma grande estância perto do Rio Grande, considera-se feliz quando vende 400 cabeças de gado, e possui de 6 a 7.000 delas. Finalmente referiu-se a si próprio que possuindo 600 animais, marcara 132 no ano passado. O gado é marcado com um ano de idade, para ser vendido com 3 ou 5 anos. Compreende-se que entre a marcação e a vendagem a estância perde e consome muitos animais.

Tantas foram as pessoas que me afiançaram, em Porto Alegre e arredores, que os estancieiros podiam vender um quinto do gado, que acho impossível não ser isso verdade nessa região. Todavia o mesmo não se dará de Rio Grande até aqui. Prova a existência dessa diferença o fato de, em Boa Vista, terem me informado que as vacas parem todos os anos, nas vargens, e o Sr. Delmont afirmou-me que aqui elas só dão cria com espaço de 3 a 5 anos.

Nesta região deixam-se os cavalos e jumentos à lei da natureza, nos campos, reproduzindo-se a seu bel-prazer.[2]

---

2. O Sr. Chaves diz que um estancieiro possuidor de 10.000 bovinos não marca ordinariamente mais de 600.

Estância de Chuí, 30 de setembro, 5 léguas. — Região sempre plana e coberta de pastos onde a erva está ainda seca. Ausência completa de árvores. À direita, ao longe, a Serra de São Miguel; à esquerda o mar, cerca de meia légua do caminho, mas somente visto de tempo em tempo, ao longe. O Sr. Delmont fez questão de acompanhar-me até aqui. A três léguas de sua estância entramos em uma casa, a única que encontramos em todo o caminho. Mulheres cercadas das mais belas crianças do mundo costuravam acocoradas sobre um estrado, suspenso do chão cerca de um pé, forrado de peles de carneiro. Esses estrados são de uso geral; constituem móvel essencial em uma sala, onde além deles se veem uma mesa, um par de cadeiras e algumas vezes uma cama de madeira, destinadas aos hóspedes. Os donos da casa dormem em um pequeno quarto separado. As casas aqui nunca tem teto nem soalho.

Um pouco antes de chegar ao regato do Chuí, paramos em outra choupana, muito mal arrumada. Tornamos a montar e chegamos ao Arroio Chuí. Esse regato comunica-se em uma de suas extremidades com o Lago Albardão e na outra com o mar. Serve, por assim dizer, de esgoto dos banhados vizinhos. Quando suas águas aumentam formam torrentes e se lançam no oceano, mas, ao diminuir de volume, as areias fecham logo sua embocadura tornando-o estagnado durante vários meses. No lugar em que o atravessei o regato é guarnecido por arbustos sob os quais a vegetação é tão fresca quanto a dos bosques a que me referi ontem e no diário de 27. Isso vem provar a asserção dos habitantes da região a respeito do estado atual das pastagens, consequente da falta de chuvas durante o corrente ano.

Paramos em uma estância situada do outro lado do regato, pertencente ao cunhado do Sr. Delmont.

A dona da casa convidou-me para a ceia, e, pela primeira vez depois que estou nesta Capitania, vi fazer orações, após a refeição e as crianças pedir a benção à sua mãe.

De Rio Grande até aqui esta casa e a do Silvério são as únicas onde existem aqueles pequenos oratórios que se veem por toda a parte em Minas. Tiveram entretanto o cuidado de colocá-lo no quarto de dormir dos proprietários, onde o estranho nunca entra.

Aqui gradeam o terreno tantas vezes quantas forem precisas para torná-lo bem solto. Quando digo que se fazem 3 a 5 amanhos, neles incluo o destinado à cobertura das sementes.

O milho é plantado em quincôncio à distância de 3 palmos de pé a pé. Dois dos amanhos são feitos quando o milharal já atingiu cerca de palmo e meio de altura, tendo-se o cuidado de colocar mordaças aos bois para que eles não comam as plantinhas.

S. Miguel, 1.º de outubro. — Saí hoje de Chuí, acompanhado pelo Firmiano e pelo meu segundo soldado, para ir procurar o comandante do distrito, a fim de saber se era possível alugar uma carroça nas vizinhanças, para de lá seguir à Serra de São Miguel.

Após ter feito duas léguas através de pastagens completamente destituidas de árvores, cheguei à casa do Sr. J. Rodrigues, cuja residência não passa de pobre palhoça. O dono ofereceu-me mate e conversamos durante muito tempo. Assegurou-me que no momento não havia nenhuma carroça nos arredores daqui, mas ao mesmo tempo prometeu-me escrever a um grande espanhol morador em S. Teresa para induzí-lo a alugar-me a sua. Acrescentou que no caso de não ser possível obter a carroça do espanhol poderia eu aproveitar uma das que vão atualmente a Santa Teresa para o transporte da bagagem das tropas.

O comandante confirmou o que eu já sabia sobre a desordem reinante nesta parte da Capitania, e é fácil aquilatar-se disso quando se lembra que toda esta região é uma conquista recente cuja possessão ainda não está assegurada; que fica muito distante da residência do capitão-general e que é regida por um governo militar.

Da casa do comandante segui para S. Miguel, guiado pelo soldado, através de pastagens, sem seguir por estradas. Vi nesse percurso (3 léguas) grande número de cabritos. Nesta região, onde não se liga importância à caça, que é exercida como moderada distração, esses animais se multiplicam bastante e são pouco ariscos. O mesmo acontece às perdizes, que de Rio Grande para cá têm-se tornado abundantes.

As pastagens hoje percorridas são de melhor qualidade que as por mim vistas nos dias anteriores, estando a erva um pouco menos seca. Nos lugares mais úmidos encontrei várias espécies de *Vicia* e o *Lathyrus* n.° 2006.[3]

Um pouco antes de chegar à Serra encontra-se o rio que lhe empresta o nome. Lá um soldado do destacamento de *Guerrillas,* acantonado em S. Miguel, veio cumprimentar-me em nome do capitão que comanda esse destacamento. O rio tem pouca largura mas é muito profundo. Nossos cavalos atravessam-no a nado e nós passamos em uma piroga, chegando assim à extremidade setentrional da Serra, que se estende de N.W. a S.E. e pode ter 5 léguas de comprimento.

Este lugar oferece a mais bela paisagem que tenho visto de Rio Grande a esta parte. Até agora tenho atravessado sempre planícies uniformes sem o mais leve acidente e unicamente animadas pela presença do gado aí apascentado. Aqui um rio serpenteia no meio de verdejantes pastagens. À margem direita demoram algumas choupanas. Um vasto gramado se estende à esquerda, e além vê-se a Serra, a qual não é mais alta que uma colina ordinária. Seu cume é desigual e arredondado, coberto de grossas pedras, no meio das quais se eleva uma pequena fortificação em ruínas cercada de arbustos e de grupos pitorescos de *Cereus* e *Opuntia*.

O capitão das *Guerrillas* veio ao meu encontro do outro lado do rio. É ele um grande mulato, de cabelos brancos, de figura muito curiosa. Cumulou-me de gentilezas.

---

[3] 2006 — Leguminosa, *Lathyrus* — Flor azul-violeta, estilo achatado, espatulado, obtuso, piloso abaixo da extremidade. Ovário glabro. Mesmo local, isto é, pastagens úmidas próximas de S. Miguel.

Tratamos de subir a colina, e após alguns passos chegamos à residência do capitão, mera choupana composta de uma sala e dois pequenos quartos. As portas são feitas de esteiras móveis que se retiram durante o dia e se colocam à noite. O capitão fez-me servir o mate e em seguida levou-me ao fortim, situado a alguns passos de sua casa e portanto à extremidade setentrional da Serra. O fortim é construído de pedra seca, com paredes baixas e de pouca espessura. Forma um quadrado tendo um bastião em cada ângulo. Foi construído pelos espanhóis, tendo sido deixado em ruínas durante muito tempo. Não tem mais a porta e serve atualmente de curral; a erva cresce sobre as muralhas e ao redor crescem grupos fechados de Cactáceas espinhosas.

Dos muros do fortim avista-se uma vasta planície coberta de pastagens. O Rio São Miguel, a oeste, serpenteia no campo orlado de bosques cerrados, raquíticos e ainda desprovidos de folhagem. Afiançam-me que do lado de leste pode-se ver ao longe a lagoa Mirim, mas o nevoeiro impediu-me de vê-la. Em toda a zona descortinada só se vê uma casa — a do infeliz Angelo Nuñez, de quem já falei neste diário.

Saindo do fortim passamos pelas barracas que servem de alojamento para os soldados. Constam de pequenos casebres de barro e forrados de palha, alinhados, porém. Em frente fica o corpo da guarda, choupana, cujo centro é inteiramente aberto.

Os soldados aqui acantonados estão quase todos, atualmente, em gozo de licença. São guerrilhas, corpos de voluntários formados no correr da guerra atual pelo estancieiro Bento Gonçalves. Segundo informes que obtive esse homem reunira sob seu comando uma dúzia de desertores, sendo depois reconhecido de utilidade pelos chefes militares, e alistara posteriormente um número considerável de voluntários.

São Miguel, 2 de outubro. — Fui hoje herborizar na Serra de São Miguel e fiquei muito satisfeito dessa excursão. Depois de São Paulo ainda não tinha feito tão boa colheita. Entre as plantas que achei, um grande número pertence a gêneros da flora europeia e apesar de ter eu percorrido lugares secos e descobertos, as plantas colhidas são em geral tenras e de consistência mole. Ao redor do fortim, onde o terreno é um pouco úmido, a erva mostra-se muito verde e aí crescem vários arbustos. Mais longe o terreno mostra-se seco, os arbustos rareiam e por toda a parte veem-se grandes pedras.

A Serra é muito estreita, pouco elevada e seus cimos arredondados são em muitos lugares interrompidos. Fiz-me acompanhar do Firmiano e de um homem a pé (porque não é sul-rio-grandense).

O Morro da Vigia, a cerca de uma légua do fortim e tido como o ponto mais elevado da Serra, foi o termo de nossa jornada. Agora pode-se avistar o fortim; as barracas, soldados, a estância de Angelo Nuñez, uma imensa extensão de campo e o Rio São Miguel, que descreve mil voltas na planície.

Pelo que me disseram o Capitão e Angelo Nuñez, esse rio (Arroio de S. Miguel) começa no lago dos *Oulmaês,* junto a Angustura e constitui os novos limites da Capitania. Atravessa terrenos pantanosos, descreve mil sinuosidades forma uma ilha, passa aqui e vai lançar-se na Lagoa Mirim, no Pontal de S. Miguel, que fica à extremidade desse lago e onde possam ancorar iates. De S. Miguel ao lago são 2 $^{1/2}$ léguas em linha reta. No inverno os iates podem vir até aqui, mas no verão eles são detidos à embocadura do rio pelas areias e enorme quantidade de aguapé (*Pontederia*). * Várias espécies de peixes podem ser pescados no Rio S. Miguel, tais como os pintados, jundiás e traíras.

Deixando o Morro da Vigia tomamos um caminho que conduz de S. Miguel a Canhada Chica onde estão acantonados alguns homens. Chegados à altura da estância de Angelo Nuñez recomeçamos a atravessar os campos e dirigimo-nos a essa estância. Angelo Nuñez era, antes da guerra, o proprietário mais rico da região, mas, tendo sido igualmente maltratado por espanhóis e portugueses, acha-se em quase miséria. Sob o pretexto de que havia tomado o partido dos patriotas, seus vizinhos portugueses lançaram-se às suas terras pilhando gado e até móveis de sua casa.

Uma das maiores injustiças cometidas pelos portugueses nesta guerra foi o ter considerado como rebelião a resistência dos espanhóis, pois Portugal nunca agiu como aliado da Espanha. Os portugueses queriam apoderar-se das terras de seus vizinhos e era natural que estes se defendessem. Podiam ser tratados como inimigos; como rebeldes, nunca.

De qualquer modo o Conde de Figueira veio ainda agravar a situação do infeliz Angelo Nuñez, apoderando-se, em nome do Rei, do terreno onde estava a estância do espanhol. A intenção do Conde é fundar uma aldeia nesse local, e não se pode negar que sob vários pontos de vista a situação foi escolhida com acerto.

Os cultivadores dos arredores daqui ficam muito distanciados de Capilha para que possam se socorrer do capelão, lá residente, motivo pelo qual torna-se necessário erigir outra igreja na península, se se não quiser ver grande parte da população perder toda a noção de moral e religião.

Também será útil terem um mercado mais à mão a fim de adquirirem as mercadorias mais necessárias e onde possam existir alguns artífices úteis.

Em uma região onde há bastante dinheiro é preciso, em benefício do comércio, oferecer aos habitantes modo de gastá-lo.

O lugar escolhido pelo Conde para edificar a aldeia oferece agradável planície cercada de outeiros. É protegido pelo fortim, fica a meia légua do Rio S. Miguel, navegável pelos iates na estação chuvosa, e não dista mais de 2 $^{1/2}$ léguas do Pontal de S. Miguel onde se lança esse mesmo rio e que forma a extremidade da Lagoa Mirim. A aldeia ficaria sem dúvida muito melhor situada no Pontal ou à margem do Rio S. Miguel no lugar em que o atravessei para ir ao fortim, mas não se pode cogitar desses dois pontos porque no inverno as águas das chuvas alagam os terrenos nesses sítios. Mesmo no local escolhido pelo Conde depara-se o inconveniente da umidade, além de outros como: impotabilidade das águas e falta de madeira para construção (nas proximidades). Mas quaisquer lugares escolhidos de Capilha até aqui seriam sujeitos à carência de madeira.

* Não se trata, provavelmente de *Pontederi*a mas de outra Pontederiácea, a *Eichhernia* crassipes (M.G.F).

Os habitantes da região acham que ela não é bastante povoada para poder formar a aldeia e acrescentam que as pessoas que têm procurado terras aí para construir suas casas são extremamente pobres e não podem ter outra intenção senão a de revendê-las.

Todavia acredito que se for construida uma igreja neste lugar e se trouxerem para ele um padre, os estancieiros dos arredores aí construirão, logo, casas para passar os domingos e dias de festa e por consequência aparecerão em pouco tempo tavernas, artífices e comerciantes.

Pretendem dar à nova povoação o nome de Castelo Branco, que é o sobre, nome do Conde.

Chuí, 3 de outubro. — Após o almoço despedi-me do Capitão Manoel Joaquim de Carvalho, de quem hauri toda sorte de gentilezas, e que me acompanhou, a cavalo, até às margens do Rio S. Miguel. Esse homem era apenas um mero soldado, mas fez tais prodígios de valor que, em uma região onde quase só há brancos, guindaram-no apesar de sua cor, ao posto de capitão.

Em geral os homens desta Capitania são extremamente corajosos; contam-se deles milhares de feitos que demonstram sua intrepidez. Estão sempre dispostos às mais árduas lutas, mas ao mesmo tempo é difícil sujeitá-los a uma disciplina regular. Para guerrear deixam, sem pesar algum, suas famílias, mas a vitória procuram retornar aos lares. Nunca desertam pela cobardia, mas o fazem frequentemente quando os deixam inativos. Quando, antes da batalha de Taquarembó, o Conde de Figueira convocou os habitantes da Capitania, foram os desertores que em maioria atenderam ao chamado. Apresentaram-se não somente porque viam o País ameaçado, mas ainda porque o Conde prometera retorná-los aos lares logo fosse o inimigo vencido.

Para vir de S. Miguel até aqui fiz duas léguas através de campos cobertos duma erva dessecada e onde não se encontra uma só árvore.

O Chuí estabelecia outrora os limites dos Campos Neutrais, ocasião em que ali havia uma guarda, instalada à margem direita do regato. Depois que o general Lecor tornou-se senhor de Montevidéu o tenente-general Manoel Marques de Souza ficou acampado durante quase um ano nessa margem, com cerca de 500 homens. Essas tropas foram depois transferidas para Santa Teresa levando consigo o material do acampamento de Chuí. Em Santa Teresa o tenente-general permaneceu cerca de 8 meses, mas nem lá nem em Chuí houve quaisquer escaramuças entre ele e os espanhóis. O General Marques estava subordinado ao capitão-general do Rio Grande; entretanto o Chuí era considerado como limite da Capitania e somente no corrente ano a fronteira deslocou-se em direção a Angustura.

Por um convênio, difícil de compreender-se, o Conde de Figueira e o Cabildo de Montevidéu enviaram, cada, à sua fronteira um oficial para tratar dos novos limites. Esses dois homens, após combinações, recuaram a linha divisória até Angustura, que fica mais ou menos 13 léguas ao sul de Chuí, resolvendo passá-la pelos banhados de *Canhada Grande e S. Miguel,* seguindo o Rio S. Luís até à sua embocadura na Lagoa Mirim, contornando em seguida a margem ocidental do lago, a uma distância de dois tiros de canhão, passando pela embocadura do Rio Saboiati, subindo pelas margens do Rio Jaguarão até às serras de Aceguá, atravessando enfim o Rio Negro.

Na estância de Chuí tenho sido perfeitamente tratado. O dono da casa (Joaquim Silveira) está ausente, mas sua mulher, irmã do Sr. Delmont, desempenhou bem as honras da casa. Todas as mulheres que tenho encontrado, de Rio Grande para cá, têm conversado comigo proporcionando-me gentilezas e hei observado que em geral elas possuem melhor bom senso que os próprios maridos.

Santa Teresa, 4 de outubro, 7 léguas. — Havia mandado matar uma vaca, em Chuí, para os meus camaradas, mas minha hospedeira não me deixou pagá-la e ainda me forçou a aceitar o cavalo que me emprestara para ir a S. Miguel. Atribuo esse excesso de gentilezas aos pequenos serviços que prestei ao Sr. Delmont, à ideia que fazem de minha importância e ao desejo de pedirem que me empenhe com o General Lecor no sentido de licenciar um irmão que está na fronteira.

Embora a opinião de todo o mundo seja esta, não acredito que tantas facilidades deparadas sejam devidas à presença de meus soldados e ao título de Coronel a mim dado. Em toda a parte é costume dar alimento e emprestar cavalos aos viajantes.

Antes de deixar a estância de Chuí a dona da casa mostrou-me tecidos de linho, de algodão e lã, muito fortes, feitos em sua casa, sendo os de lã mais grosseiros e destinados às roupas dos escravos.

Quase todos os habitantes desta região são oriundos das ilhas de Açores e seus antepassados eram dados a esse gênero de indústria.

O linho é aqui semeado em junho e é tratado de modo idêntico ao trigo, sendo colhido em dezembro. Pareceu-me de qualidade inferior ao produto francês.

Ainda a região hoje percorrida está coberta de pastagens secas e desprovidas de árvores. Há ausência de flores; o terreno é um pouco menos uniforme, mormente nos arredores de Santa Teresa. Havia enviado, à frente, um de meus soldados para procurar alojamento. O comandante de Santa Teresa veio ao meu encontro, a cavalo, e ofereceu-me sua casa, ao mesmo tempo que me disse da possibilidade de alugar uma carroça a chegar amanhã, e, em consequência, podia eu devolver a do Major Mateus.

Ontem fui obrigado a interromper a descrição dos novos limites entre as Capitanias de Montevidéu e Rio Grande, o que vou continuar agora.

Como o Rei de Portugal ainda não havia tomado posse das terras situadas entre Chuí e o Rio da Prata acreditou-se que ele não poderia impunemente reunir, por sua própria conta, uma parte desse território à Capitania do Rio Grande e foi por isso que fez meter nesse negócio o cabildo de Montevidéu. Mas, em tempo algum o cabildo, cujas funções são todas municipais teve o menor direito ou a menor autoridade sobre as terras vizinhas de Santa Teresa. Portanto não podia dar o que lhe não pertencia. E há ainda mais. Supondo-se mesmo que ele tivesse direito de fazer a doação está claro que a sua subordinação à autoridade superior seria suficiente para anulá-la.

O consentimento do Cabildo não dá direito algum a Portugal e tinha tal valor que o Rei, sem entrar em explicação alguma, declarou pura e simplesmente que a autoridade do Governador do Rio Grande se estenderia até aos novos limites... Além disso deixaram as coisas como estavam até definitiva combinação, pois não era conveniente a Portugal fazer a nova demarcação.

Santa Teresa, 5 de outubro. — Fui, em companhia de meu hospedeiro, visitar a fortificação. Fica situada à extremidade setentrional do cume de alongada colina que se estende de norte a sul. Em parte está construida sobre rocha, com o formato de um pentágono irregular tendo um bastião em cada vértice. Outrora havia no interior do forte algumas casernas, uma capela, uma oficina de armeiro e depósitos, mas essas construções foram destruidas e até a porta do forte acha-se quebrada. Segundo me informaram o forte foi começado pelos portugueses e terminado pelos espanhóis que aí empregavam somas consideráveis. Mas na guerra de 1810 a 1812 estes procuraram destruí-lo para evitar que os portugueses dele tirassem proveito, deixando-o no estado em que ainda hoje se encontra. Todavia, como as muralhas estão perfeitas seria possível reconstruí-lo sem grandes despesas. A posição desse forte foi muito bem escolhida porque nesta zona da fronteira não se pode ir do norte ao sul sem passar por suas muralhas, pois que a leste não há senão o espaço de alguns tiros de fuzil entre ele e o mar, e a oeste estão vastos pantanais além dos quais fica a Lagoa dos Palmares, igualmente guarnecida de pântanos do lado do ocidente.

Nada se pode igualar à tristeza deste sítio.

De um lado da colina veem-se, para além de um gramado, areais esbranquiçados e amontoados, vizinhos do mar, sempre a rugir; do outro lado pântanos cobertos de altas Ciperáceas e ao longe as águas do lago. Além do forte, no cume da colina, estão fileiras de casebres, baixos, de terra ou de palha, cobertos de capim, — o alojamento das tropas. Entre tais casebres existem tavernas que provavelmente não durarão muito, visto que não ficarão mais de seis soldados.

Santa Teresa, 6 de outubro. — Fui ontem e hoje herborizar aos arredores, achando poucas plantas. Várias espécies europeias, estão aclimatadas no lugar, entre outras a *"bourache"* a *Viperine commune,* o *Anethum faeniculum,* a violeta, a Silene, e enfim a malva comum, que eu já havia encontrado abundantemente em quase todas as casas, do Rio Grande até aqui.

Santa Teresa, 7 de outubro. — Estando o tempo horrível não pude partir para iniciar as 30 léguas existentes daqui a Maldonado.

Aluguei uma carroça com quatro juntas de bois, por 70 pesos. Esse preço é exorbitante embora não o achem muito elevado porque tudo aqui é muito caro. Não se aluga um peão por menos de 9 a 10 pesos por mês. Vi pagar por meias-botas, muito malfeitas, 25 francos, e eu mesmo dei 5 patacas por um reparo numa espingarda, muito malfeito também, e que em Minas já custara apenas pataca e meia,

Não há, absolutamente, lenha em Santa Teresa, e para a cozinha mandam-na vír da margem ocidental da Lagoa dos Palmares. Entretanto empregam também um pequeno arbusto muito espinhoso, chamado espinho-da-cruz, o qual vegeta em S. Miguel e nos arredores daqui, entre as pedras. Seus galhos queimam-se bem, mesmo verdes. Farei descrição do arbusto noutra ocasião.

Santa Teresa, 8 de outubro. — Fui hoje passear com meu hospedeiro a uma pastagem (potreiro) que a própria natureza se incumbiu de fechar por meio de vastos pântanos, medindo 7 léguas de perímetro. Como os títulos do cidadão que se dizia proprietário não parecessem suficientes ao Conde de Figueira, este tomou posse dessas terras para pastos do gado e dos cavalos pertencentes ao Rei.

Ouço os agricultores queixarem-se da *ferrugem,* desde que deixei Rio Grande. A colheita do trigo é feita por meio de foicinhas do feitio de uma semielipse alongada e oblíqua. O ceifador usa uma luva de palha na mão esquerda e com essa mão segura um punhado de colmos, abaixo das espigas, cortando a palha por baixo da mão. Para bater o trigo fazem-se dois currais tendo um em forma qualquer e o outro a forma circular, em comunicação com o primeiro. Capina-se a erva deste último curral, varrendo-o cuidadosamente, e aí espalham-se as espigas. Reunem-se jumentos bravos no primeiro curral. Daí fazem passá-los ao outro curral onde homens a cavalo fustigam-nos a chicotadas fazendo-os correr à volta várias vezes, debulhando o trigo com as patas, enfim. É um processo precário de debulhar. Não só as espigas não se limpam de todo como também os grãos se enterram no chão, perdendo-se. Vi os currais; os outros detalhes foram-me fornecidos pelo meu hospedeiro, Sr. José Feliciano Bezerra, cultivador de trigo.

Angustura, 9 de outubro, 6 léguas. — Algumas colinas pouco elevadas sucedem àquelas onde fica Santa Teresa; em seguida o terreno torna-se extremamente plano e coberto de uma erva dessecada cujos brotos novos mal podiam romper. Parece que nesta região, onde as pastagens crescem muito, há também a prática das queimadas. Atravessei ontem campos onde essa operação tinha sido feita recentemente. No trecho de terreno percorrido até aqui não vi nenhuma árvore, nenhuma casa. O caminho pouco se distancia do mar e do lado ocidental nunca se deixa avistar a Lagoa dos Palmares, que se estende de Santa Teresa até aqui, À extremidade da margem ocidental do lago estão colinas de aspecto muito pitoresco, chamadas *cerro da Maturranga* e que se ligam ao cerro de S. Miguel. Nesta zona do Brasil dão o nome de *cerro* a cadeias de colinas ou trechos de cadeias. O cerro é para as pequenas elevações o mesmo que as serras são para as montanhas.

O cerro da Maturranga é coberto de palmeiras muito densas, dando origem ao nome do lago próximo.

Parei junto à guarda de Angustura, colocada à extremidade da fronteira da Capitania do Rio Grande. Ela se compõe, no momento, de cerca de 20 homens comandados por um subtenente, mas creio que esse número será em breve diminuído. Uma palhoça serve de alojamento para os militares, tendo atrás uma menor, que serve de cozinha.

A paisagem que se descortina de Angustura é muito agradável. À direita avista-se a extremidade do lago e diante da casa estende-se pastagens que a uma curta distância são pontilhadas de palmeiras, para além das quais avista-se o *cerro da Maturranga,* igualmente coberto desses vegetais.

Havia visto ontem, em Santa Teresa, o tenente que comanda em Angustura, o qual fora ao meu encontro, e, como querem, a todo o transe, que eu seja coronel, fui recebido com honras militares e o tenente quis dar-me uma guarda, o que recusei.

Vi hoje, às margens do lago, um rebanho de veados que pastavam tranquilamente ao lado de avestruzes, os quais não fugiam à nossa aproximação.

Mostraram-me aqui alguns cãezinhos apanhados pelos soldados, pertencentes a bandos selvagens que erram pelos campos, chamados *chimarrões*. Esses animais, originariamente fugidos das habitações, nada possuem que os distinga de modo particular. Todos os que vi eram mestiços, mas uns tinham caracteres do cão de fila, outros dos cães corredores, etc. Os cães selvagens vão se tornando raros entre Rio Grande e Santa Teresa, porque os fazendeiros exterminam-nos, em defesa dos rebanhos por eles atacados.

ADVERTÊNCIA DO TRADUTOR

De Angustura Saint-Hilaire seguiu para Castilhos, já em território uruguaio, onde chegou a 10 de outubro, seguindo para Maldonado (19 de outubro) e daí para Montevidéu, onde chegou 10 dias depois. Da capital uruguaia subiu margeando a esquerda do Rio Uruguai, reentrando em território brasileiro a 27 de janeiro de 1821, dia em que o simpático botânico assinalou em seu diário a satisfação de que estava possuído: "Pour célébrer notre heureuse arrivée sur les terres portugaises, j'ai fait du punch et j'en ai régalé tout mon monde».

Conforme declaramos, na apresentação desta tradução, saltamos parte do capítulo anterior (VI) e os sete que se lhes seguem, recomeçando no capítulo XIV, pelas razões expostas.

CAPÍTULO XIV

Margens do Arroio Santana. Índio guaicurú visto em Belém. Vocábulos do dialeto desses índios. Reflexões sobre Portugal e Brasil. Os dumestes, insetos nocivos. Tigres. Ao ar livre, margem do arroio Guarapuitã.[1] Mel de abelhas. Envenenamento. Ao ar livre junto às nascentes de Guarapuitã. Os três índios comem do mel, sem perigo. A vespa é chamada, pelos guaranís, lechiguana. Ingratidão de Firmiano. Incapacidade dos índios em compreender o futuro. Ao ar livre junto ao arroio Imbahá. Ao ar livre, próximo a um arroio sem nome. Estância de São Marcos. Rincão de Sanclon. Hábitos. Retorno à barbaria. Ausência de religião.

*A*o ar livre, à margem do Arroio de Santana, 28 de janeiro, 4 léguas — As trovoadas prosseguiram à noite e, de momento a momento os relâmpagos apareciam no horizonte, como luz pálida e trêmula. Entretanto a chuva só começou ao romper do dia. Como nos encontrávamos ao ar livre refleti que seria melhor apanhá-la em movimento que estacionados aqui. Subi à carruagem e pusemo-nos em marcha.

A chuva somente cessou quando chegamos à margem do regato em que paramos, embora tenha caído de modo intermitente durante o dia. Não me foi possível trabalhar na carruagem porque a água invadia-a, (devido não ser fechada), e por falta de claridade. Dia triste e desagradável este.

Existe nas proximidades daqui uma guarda composta de alguns soldados destacados de Belém; devo aí deixar o vaqueano[1] que trouxe de Guaraim e tomar outro, mas, infelizmente meu guia não sabe onde fica a guarda. Procurou-a durante mais de duas horas sem encontrá-lo. É preciso que amanhã cedo meus homens se ponham em campo a fim de descobri-la, pois não há aqui quem dê informações. A região é absolutamente deserta. Jumentos e avestruzes são muito comuns. Meu vaqueano diz haver na região muitos tigres, e Matias viu, esta tarde, os rastros de um desses animais.

Quando estive em Belém o major mostrou-me um guaicuru que atravessara o Rio Uruguai refugiando-se no campo. É um homem de seus quarenta anos, grande, de porte altivo, com algo de nobre em sua fisionomia; a pele de um bistre cúpreo, a cabeça grande e redonda, cabelos negros e lisos, olhos singularmente arqueados e tórax extremamente largo. Por vestimenta trazia um poncho preso ao redor dos rins por um cinto de couro, passando de um lado sob a axila e do outro sobre a espádua onde o poncho era ligado por dois bicos. Parece ter procurado imitar a antiga indumentária dos romanos. Disse-me ser de uma aldeia denominada São Xavier, não distante de Santa Fé e de Rio Salgado. Ficou admirado porque eu li para ele palavras de sua língua, que me foram ensinadas por mulheres guaicurus. Achou-as quase todas certas e forneceu-me algumas outras que registro no final deste diário.

---

1. Vaqueano — diz o autor, no trecho referente ao Uruguai, é o homem conhecedor da região e que serve de guia aos viajantes.

Após conversar várias vezes com esse homem fiquei curioso de procurar em Azara[2] o capítulo dos guaicurus, ficando admirado ao saber que, ao tempo do autor, não existia mais um homem dessa tribo. Eis entretanto duas famílias por mim encontradas, uma em Salto e outra em Belém, onde vi também um menino guaicuru, órfão de pai e mãe. Os portugueses afirmaram-me que essa tribo está longe de ser extinta.

Encontrei em Belém um hamburguês, emigrado ainda criança, morador em Entre Rios durante muito tempo e atualmente proprietário de uma venda em Belém. Homem conceituado por todos, disse-me ter visto na jurisdição de Santa Fé uma aldeia denominada *Aé-garras*, inteiramente povoada de guaicurus. Adianta que esses homens são batizados e hábeis, e que suas mulheres fabricam diversos tecidos. É inacreditável o engano de Azara a tal respeito. Mas, não será possível ter existido duas tribos com o mesmo nome e que o guaicuru de Azara pertença a nação diferente da que eu vi?

Palavras da língua dos guaicurus:

cabeça .... caik	língua .... *lolegaranote*
céu .... *pigome*	pescoço .... *cosote*
sol .... *navarréra*[3]	braços .... *làva*[7]
lua .... *sirahégo*	dedos .... *pallacate*
estrelas .... *avakatni*	mão .... *apokenel Iakalé*
terra ....*lléva*[4]	pés .... *litil*
homem .... *iallé*	pássaro .... *cohó*
mulher .... *alo*	peixe .... *nahi*
menino .... *notoleke*	negro .... *avedak*
pai .... *ita*	branco .... *làllàgàrék*
mãe ....*ihalé*[5]	vermelho .... *éttòkè*[8]
filho .... *yaléke*[6]	sol .... *dahasuhá*
filha .... *yalé*	Deus .... *Làssigo*
cabelos .... *lavé*	um .... *onalek*[9]
olhos .... *goté*	carne .... *lahàte*
nariz .... *liméke*	água .... *ivariaáke*[10]
boca .... *allape*	fogo .... *annorèkè*[11]
dentes .... *lové*	veado .... *navanéke*

[2] NOTA DO TRADUTOR — Feliz Azara, autor de vários trabalhos sobre a parte meridional da América do Sul.

[3] A pronúncia do *r* é extremamente carregada.

[4] Demorando na pronúncia do *l* dobrado.

[5] Eleva-se a voz ao pronunciar a última sílaba.

[6] Eleva-se sensivelmente a voz ao pronunciar as duas últimas sílabas.

[7] A penúltima sílaba longa, a última pronunciada com mais força e voz mais elevada.

[8] Apóia-se sobre os *tt*.

[9] Os outros números não existem; atualmente os guaicurus valem-se dos nomes espanhóis

[10] Em *Iahate* e *invariáke* o e final é quase mudo.

[11] A primeira sílaba muito longa, as outras muito breves e a segunda um pouco menos fechada que o e francês.

cavalo	*sipègàkà*	folha	*lavé*
vaca	*vacá*[12]	casa	*lvó*
avestruz	*mànik*	igreja	*atamaki*
bom	*iámàcàtá*	dormir	*sìllàkò*
mau	*naiapék*	comer	*canoke*
pão	*cóippàk*[13]	beber	*nieto*

Bom dia!	*làcòme*
Donde vens?	*matti que gaiá?*
Eu venho da minha terra?	*sattica quedaia ha*
Quando é que você quer ir à sua terra?	*màlài oppèlè* (e fechado)
Quando hei de ver minha terra?	*mallakio savana ià há?*

Pedi ao guaicuru que recitasse alguma canção de sua língua e me desse a significação. Eis o que ele me ditou:

Soènèr nètàpék ià há — Canto recordando minha terra.

Soènèr nètako tioi nètàpék sàlente ital — Eu me recordo de meu pai e estou chorando.

Tòsàden — Será ele vivo?

Òtleia sàlente iòha — Eu me recordo muito de minha mulher.

As sílabas com acento grave pronunciam-se com notável elevação de voz. É possível que me tenha enganado na separação das palavras ditadas pelo índio, pois que somente pela pausa podia distinguí-las e essas eram sempre pouco sensíveis.

Ao ar livre, às margens do Arroio Santana, 29 de janeiro.

— Às quatro horas o termômetro indicava 22 graus centígrados. À tarde, logo que terminei este diário, meus homens viram um tigre, próximo ao sítio onde tínhamos feito fogo e onde havia ainda algumas brasas. José Mariano deu-lhe um tiro de pistola mas errou o alvo e o animal fugiu para a mata que margeia o arroio.

Choveu e trovejou durante toda a noite e somente às três horas da tarde o tempo tornou-se bom.

Desde o romper do dia o vaquiano e Joaquim estiveram à procura da guarda, mas voltaram sem nada descobrir. Ela não está sob as ordens do major que comanda em Belém, mas sim sob as do marechal Abreu e é de crer-se tenha se retirado sem o conhecimento do major e do alferes de Gua-

---

[12] A última sílaba forte.

[13] Fazer uma interrupção após a primeira sílaba, pronunciando rapidamente a última.

raim. Como o vaquiano confessa não conhecer o caminho do outro lado do Arroio Santana e informa que a região é inteiramente deserta, sem nenhum caminho traçado, vou mandá-lo, amanhã pela manhã, a Guaraim, com o Joaquim Neves, levando uma carta ao Alferes pedindo-lhe arranjar-me um vaquiano que me conduza até à estância mais próxima.

Joaquim e o novo vaquiano não poderão chegar antes de 2 dias. Assim terei o sacrifício de ficar retido por 3 dias no meio de um deserto e, até agora, com um tempo horrível. Na verdade depois que aqui estou não mais choveu na carruagem, mas acho-me extremamente apertado e só posso trabalhar com enorme dificuldade, preocupado em não perder, no meio de tantas malas e bagagens, minha lupa, canetas, canivetes, etc.

A carruagem tornou-se ademais o covil duma multidão de insetos perigosos ou incômodos. Os "dumestes" aí pululam, as pulgas e os percevejos parecem devorar-me durante a noite. A carne, dependurada à coberta atrai uma multidão de moscas, que, excitadas pela luz voam às centenas em torno de minha cabeça, incomodando-me extremamente.

Depois de Montevidéu não vi mais nenhuma cobra, os pássaros tornaram-se raros nos campos e os que se acham nas matas são em pequeno número de espécies. Vi hoje um grande número de indivíduos dos chamados dragões, e ouvimos o canto do *Tahar* ("Chaja" — de Azara).

Quanto aos mamíferos, excetuados os veados, não vimos nenhum. Todo mundo me havia dito que se encontrava em abundância, nos campos que venho de percorrer, um pequeno tatu chamado mulita pelos espanhóis, o qual dizem ser ótimo para se comer, mas não vi um, sequer.

Não sei o que se passa neste momento em Portugal. O soberano é muito atacado no Brasil pelo modo de viver por ele adotado depois que está no Rio de Janeiro, a caminho de Lisboa. Mas se ele e seus filhos não forem atilados, o Brasil será em breve perdido pela casa de Bragança, e suas províncias, como as colônias espanholas, tornar-se-ão teatro de guerras civis. O temor de retornar ao domínio português levará os brasileiros à revolta, ou ao menos servirá de pretexto para isso. E, como a obediência que as diversas províncias do Brasil prestam ao soberano é o único laço que as une, é evidente que elas se separarão quando tal laço deixar de existir. Sem falar do Pará e de Pernambuco, a capitania de Minas e a do Rio Grande, já menos distanciadas, diferem mais entre si que a França da Inglaterra. Como poderão os habitantes, abandonados a si próprios, entenderem-se e cooperar para a formação de um Estado único? Não se pretenda citar o exemplo dos Estados Unidos, onde sectários entusiastas não são para comparar com homens na maior parte sem moral e sem virtudes.

Os brasileiros, tomados em massa, são certamente superiores aos americanos-espanhóis; todavia não existe entre eles um verdadeiro patriotismo; não os creio capazes de arroubos de desprendimento. Em uma insurreição ver-se-ão chefes ambiciosos formarem partidos, arrebanhando essa multidão de preguiçosos e protegidos da fortuna que pululam no Brasil. Essas tropas e seus chefes serão na verdade superiores em inteligência à de Artigas, mas não farão mal menor e o Brasil cairá numa anarquia semelhante à que assola às colônias espanholas.

Ao ar livre, nas margens do Arroio Santana, 30 de janeiro. — De 1 às 4 horas o termômetro marcava 26 graus centígrados. De acordo com o que tencionava, mandei esta manhã o vaquiano e Joaquim à guarda de Guaraim. Antes que eles se pussessem em marcha, Matias veio dizer-nos ter visto quatro tigres, dois grandes e dois pequenos, os quais estavam devorando o melhor dos meus cavalos. Perseguira-os mas eles entraram na mata marginante o arroio.

Cedo mandei limpar a carruagem e matar os "dumestes" que a infestavam. Eu mesmo revistei as malas e matei uma multidão desses insetos, mas o trabalho foi perdido porque durante o dia vieram outros; o ar estava infestado e tendo por acaso levantado uma mala, esta tarde, achei em baixo milhares desses animais apesar de não ter deixado um só após a limpeza feita pela manhã.

Depois da faxina fui, acompanhado do Matias, a cavalo, passear nas margens do Rio Uruguai pouco distante do passo de Santana. Esse rio pode ter mais ou menos a largura do Sena acima de Paris, correndo com lentidão e descrevendo largas e elegantes sinuosidades. Suas margens são pouco elevadas acima do leito e apenas cobertas de arbustos esparsos. Aquém do curso as pastagens conservam bastante frescura, mas a parte mais vizinha do rio é quase unicamente coberta de uma gramínea de folhas rígidas e cortantes, usada na cobertura das palhoças do Salto, de Belém, etc.

Nas margens do rio vimos o rastro de vários tigres, percebendo mesmo os lugares em que eles estiveram deitados na erva; enfim vimos nas pastagens a ossada de cavalos e veados por eles devorados. Quando um animal morre naturalmente, seus ossos ficam juntos, mas o que nós vimos estavam dispersos e havia nos crânios buracos feitos pela garras das feras. Nunca vi tantos veados como no passeio de hoje, onde pudemos contar trinta, em um só bando dos vários encontrados.

Ao ar livre, nas margens ato Arrioio Guarapuitã, 1.º de fevereiro, — Não tendo podido escrever este diário ontem à tarde, aproveito, para compensar o atraso, o tempo em que nos detemos para o descanso dos bois. Cedo saí a cavalo, para herborizar, acompanhado do Matias e do José Mariano. Seguimos durante muito tempo as águas do Rio Santana; atravessamo-lo e encontramos do outro lado pastagens semelhantes às que vimos de percorrer. A erva estava aí assaz verde, sem dúvida devido às últimas chuvas; era pouco crescida mas de excelente qualidade. Não havia flor alguma. O terreno sempre uniforme.

Chegados junto a um sítio úmido, coberto da gramínea chamada Santa-fé, nossos cavalos recusaram continuar a caminhada, dando mostras de terror, com a respiração acelerada. Supusemos por isso haver algum tigre deitado no mato. Com efeito a pouca distância daí vimos na terra as pegadas de um desses animais.

Continuando nossa excursão atravessamos um regato, marginado de bustos, chamado *Guarapuitã.* Seguimo-lo até sua embocadura no Uruguai, encontrando em suas margens grande número de barracas abandonadas e quase destruídas. Entramos em uma delas onde achamos dois sacos de couro e um boné, feito de pano grosso, pardo, demonstrando que os insurrectos espanhóis estiveram aí acampados durante a luta. Essas barracas eram feitas como as cabanas dos índios selvagens ou como as que os viajantes têm o costume de construir quando passam a noite na mata, isto é, formadas por pequenos caramanchões de 3 a 4 pés, sobre os quais eram estendidas ramagens.

Chegados à embocadura do Guarapuitã seguimos a margem do Uruguai, que pode ter aí a mesma largura do Loiret diante de Pontil, e é bordado por uma estreita fileira de árvores. Achamos uma piroga nas margens do rio e como víramos próximo do Arroio Santana alguns cavaleiros que galopavam ao longe, concluímos, provavelmente com razão, que eram espanhóis e que a piroga servira para transportá-los a esta margem.

Prosseguindo descobrimos um pequeno curral e vimos alguns homens, que nos tendo percebido esconderam-se entre as árvores. Meus companheiros logo acharam que eram insurrectos espanhóis; mas não compreendendo porque teriam eles vindo se estabelecer nestes desertos pensei que podiam ser antes alguns índios refugiados ultimamente desse lado do Rio Uruguai. "Se nós estivéssemos sós iríamos até lá", disse José Mariano ao Matias. Achei inútil essa visita, mas julgando importante que meus camaradas não me acreditassem menos corajoso que eles, disse achar bom irmos avante. Vimos o curral e algumas barracas, mas ninguém apareceu. Soube, pelo vaquiano chegado ontem à tarde, que era este o lugar da guarda, mas provavelmente ela havia sido transferida. Ninguém apareceu à nossa aproximação, e, como eu havia suposto, alguns índios tomaram o lugar dos soldados.

Regressando passamos junto ao sítio onde nossos cavalos deram sinal de temor, mas desta vez eles passaram calmamente, provando não existir mais a coisa que os intimidara.

Durante esta excursão fiquei apreensivo por causa da carruagem, pois se os homens que vimos galopar ao longe fossem espanhóis eles poderiam atacá-la durante nossa ausência, encontrando para defendê-la apenas pessoas que não passam de meras crianças. Foi pois cheio de satisfação que encontrei tudo como deixara.

Logo após nossa chegada José Mariano e Matias remontaram a cavalo, sem nada me dizer. Imaginei tivessem a fantasia de ir procurar os homens que se esconderam no mato à nossa aproximação e comecei a recear fossem cometer alguma imprudência. Pus-me a comer e logo os vi voltar. No passeio da véspera havíamos passado junto a uma caixa de abelhas selvagens, suspensa, cerca de pé e meio da terra, a um ramo de arbusto; era quase oval, do tamanho de uma cabeça e duma consistência semelhante à das colmeias europeias. Matias e José Mariano tinham ido destruir essa colmeia para tirar mel.

Comemos, os três, desse mel. Fui, segundo disse José Mariano, o que mais comeu, e avalio não ter tomado quantidade a duas colheradas. Senti logo uma dor no estômago, mais incômoda que forte e deitei-me em baixo da carruagem, com a cabeça apoiada sobre uma pasta do herbário, caindo em uma espécie de sonolência, durante a qual senti-me transportado aos espaços celestiais, ouvindo uma voz que gritava: "Ele não se perderá, há um anjo que o protege." Nesse instante minha irmã veio buscar-me pela mão. Achava-se vestida de branco, com uma faixa ao redor do corpo e sua fisionomia trazia aparência de inexpressável calma e serenidade. Tomou-me pela mão, sem me olhar e sem proferir uma só palavra, e conduziu-me perante o tribunal de Deus. Lembrei-me das últimas palavras da parábola do Bom Pastor e acordei.

Levantei-me, mas senti tal fraqueza que não pude dar mais de cinquenta passos; voltei para debaixo da carruagem e senti-me quase instantaneamente com o rosto banhado de lágrimas, atribuíveis à emoção causada pelo sonho acima exposto. Envergonhei-me de tal fraqueza e pus-me a sorrir, mas, apesar de tudo, esse sorriso prolongando-se tornou-se convulsivo e cobrí a cabeça para que meus camaradas não o notassem. Contudo, tive ainda forças para dar algumas ordens ao Firmiano; entrementes José Mariano chegou. Disse-me com ar gaiato, mas um pouco perturbado, que se achava embriagado e que há meia hora corria pela mata. Assentou-se então sob a carruagem apoiando-se sobre a roda, convidando-me a tomar lugar a seu lado. Com dificuldade arrastei-me até lá; senti-me extremamente fraco e apoiei a cabeça sobre os ombros de José Mariano. Foi então que começou a mais cruel agonia. Uma espessa nuvem escureceu minhas vistas e não me foi possível distinguir senão o azul do céu de mistura com algumas nuvens e as sombras dos meus empregados. Caí no último grau de fraqueza e sem sofrer muito experimentei contudo todas as angústias da morte. Todavia conservei perfeitamente a lembrança de tudo o que vi e entendi; uma narrativa feita por Laruotte está conforme o que recordo.

"Há cerca de dois anos, disse eu a José Mariano, que nós fechamos os olhos de nosso amigo;[14] ides hoje assistir ao meu último suspiro — "Estou bem mal também, respondeu-me ele, vamos morrer juntos neste deserto". Pedi vinagre concentrado e aspirei-o várias vezes, com força, sentindo-me um pouco reanimado por alguns segundos, retornando logo ao abatimento. Laruotte achava-se ausente quando comecei a sentir-me mal, mas mandei chamá-lo e ele cuidou-me com desvelo. Tinha ao redor de mim esse empregado, Firmiano, o índio peão, Matias e José Mariano; estes dois também muito molestados.

"Meus amigos, disse-lhes em português, sinto que vou expirar neste deserto, longe de minha família e de meu pais; as sombras da morte rodeiam-me; vou juntar-me a esses anjos que me incitam a segui-los. Não sou mau, nunca fiz mal a ninguém, minhas faltas são perante Deus, que me perdoará, espero-o, ou talvez me punirá." Uma luta cruel mas de curta duração passou-se em minha alma. Minha mãe e meu sobrinho não precisam de mim, mas esse pobre Firmiano, que atirei nestes desertos, que será dele quando eu não mais existir? Matias, recomenda-o ao Conde de Figueira; que ele nunca seja escravo de ninguém". Quis afastá-lo mas em seguida chamei-o para junto de mim e vi algumas lágrimas correr de seus olhos. "Matias, perdoo-te o mal que me fizeste. Laruotte, sabeis que minhas coleções pertencem ao Museu de História Natural; meus manuscritos devem ser remetidos à minha família.

O sonho que havia tido, logo ao início dessa crise, apresentava-se sem cessar em meu cérebro e senti-me possuído de uma força invisível para contá-lo.

As palavras que venho relatando não foram ditas seguidamente, mas com longas pausas, de modo entrecortado. Quis falar francês mas a memó-

---

[14] NOTA DO TRADUTOR — O autor referia-se ao seu empregado e compatriota Yves Prégent, que faleceu em S. Joao Del Rei, quando da viagem a Goiás.

ria somente fornecia-me vocábulos portugueses, e mesmo ao Laruotte falei quase só em português.

Ao começar a cair nesse estado esquisito experimentei beber vinagre e água, mas não melhorando pedi água morna para ver se conseguia expelir o mel que tanto mal me causara. Notei que, ao engolir, a nuvem que me toldava a vista desaparecia por instantes. Pus-me a beber grandes goles, sem interrupção. Segundo me disse Laruotte devo ter bebido dezesseis pintas. [15]

Pedia-lhe sem cessar um vomitivo; ele procurou em todas as malas, mas, atordoado pelo que se passava não conseguiu encontrar. Estando eu debaixo da carruagem não podia vê-lo, mas parecia estar a enxergá-lo e censurei sua lentidão, sendo essa a única falta que cometi durante tal agonia.

Nesse ínterim José Mariano levantou-se sem que eu desse por isso, mas logo meus ouvidos foram atingidos por seus gritos. No momento achava-me melhor; a nuvem que me escurecia os olhos dissipou-se um pouco e nenhum dos movimentos desse criado me escapou. Rasgava as vestes com furor ficando inteiramente nú; tomou uma espingarda e deu um tiro; Matias arrebatou-lhe a arma e ele pôs-se a correr pelo campo, chamando em seu socorro, com todas as forças, por Nossa Senhora da Aparecida, pedindo suas armas, gritando que todo o campo estava incendiado, que as malas iam ficar queimadas e que era preciso fechá-las.

O peão índio procurou segurá-lo, mas vendo que não seria bem sucedido o deixou.

Até aqui Matias não tinha cessado de me dispensar cuidados, mas, ele também começou a sentir-se muito mal. Entretanto como conseguira vomitar logo e como era de compleição robusta retomou prontamente suas forças, restabelecendo-se completamente. Laruotte disse-me depois que sua figura estivera horrenda e de extrema palidez. "Irei, disse ele repentinamente, dar aviso à guarda do que se passa aqui" Isso seria uma loucura pois estávamos a 10 léguas da guarda e já era tarde. Montou a cavalo e pôs-se a galopar no campo, mas logo Laruotte viu-o cair, levantar-se e pôr-se de novo a galopar, mas logo tornou a cair e algumas horas depois foi encontrado profundamente adormecido no local onde caíra por último.

Vi-me, ainda semimorto, com um homem furioso e duas crianças para cuidar de mim, pois Firmiano e Laruotte não podem ser considerados como homens. José Mariano deu-me as maiores preocupações. No mesmo instante pensei na possibilidade de sermos atacados pelos espanhóis e essa lembrança transtornou-me as ideias.

Quando estive pior pareceu-me ver o cão do guia que me acompanhou até ontem. Perguntando a Laruotte e Firmiano se isso tinha sido uma visão responderam-me que não, por isso veio-me a esperança do retorno de Joaquim e do novo guia; isso reanimou-me e não cessei de perguntar-lhes se não avistavam alguém chegando.

[15] NOTA DO TRADUTOR — Antiga medida portuguesa, para líquidos.

Entrementes José Mariano veio assentar-se junto de mim. Estava mais calmo e tinha envolvido qualquer coisa ao redor da cintura. "Patrão, disse-me ele, dai-me água, estou numa fogueira".

"— Vede, meu amigo, como estou doente, mas o regato fica próximo daqui".

"— Dai-me o braço, meu patrão; há tanto tempo estou convosco e sempre fui um empregado fiel".

Tomei-lhe a mão e disse-lhe algumas palavras tranquilizadoras.

Enquanto isso a água quente, que eu tomara em prodigiosa quantidade, terminou por fazer efeito. Vomitei, com muita água, os alimentos ingeridos pela manhã. Senti-me muito melhor, distinguindo claramente a carruagem, as pastagens e as árvores; a nuvem não encobria mais os objetos, algumas vezes ela reaparecia, mas sumia logo. Vi que estava quase nú e tive vergonha. Olhei as mãos e vi com satisfação que elas mexiam. O estado em que vi José Mariano tranquilizou-me apesar de ficar cruelmente atormentado de ver o seu sofrimento e acreditei não poder mais vê-lo completamente bom do juízo.

Um segundo vomito trouxe-me mais alívio que o primeiro. Distingui os objetos mais claramente ainda e pude, com agrado, falar francês e português; minhas ideias tornaram-se mais concisas e indiquei claramente a Laruotte onde se achava o vomitivo. Tomei-o por 3 vezes e acabei por lançar, em torrente de água, todos os alimentos que ingerira. Até o momento em que deitei fora a terceira porção do vomitivo experimentava uma espécie de prazer em tomar água quente, mas daí por diante ela começou a repugnar-me e deixei de bebê-la.

Durante alguns instantes senti uma dormência nos dedos, mas isso teve curta duração. A nuvem desapareceu completamente, minhas ideias tornaram-se claras e pouco a pouco, senti-me curado. Mandei fazer chá e tomei três xícaras. Levantei-me, passeei, corri e fui o primeiro a rir de tudo o que se passara.

Pouco depois José Mariano melhorou, voltando à razão. Vestiu-se e disse ao peão índio que queria ir à procura de Matias; montou a cavalo e trouxe-o logo.

Creio que eram 10 horas da manhã quando comi o mel e só ao pôr do sol senti-me perfeitamente bem.

O novo guia e Joaquim chegaram ao cair da noite.

Precisava de repouso. Deitei-me e foi então que vi como se é feliz quando no seio da família. Meus homens sabiam o quanto eu estava doente e era fácil julgar quão precisava de repouso. Entretanto não pararam de fazer barulho durante a noite, e os mosquitos, abundantes após as chuvas incumbiram-se de tirar-me o sono de madrugada.

Ao ar livre, das nascentes do Arroio Guarapuitão, de fevereiro, 2 1/2 léguas. — Às duas horas o termômetro acusava 26 graus centígrados. — Fizemos duas léguas esta manhã e à tarde apenas 1/2 légua para que tivéssemos tempo de matar uma vaca. Não que a última não desse para irmos mais longe, mas porque os soldados que me acompanham não conhecem nem ordem nem economia. Para eles o desperdício é um prazer. Nisso aliás não diferem de Firmiano e se eu o incumbisse de cuidar de minha bagagem em pouco tempo minhas malas estariam em frangalhos.

Avisaram-me esta manhã que três cavalos reais a mim emprestados em Belém estavam reunidos a uma tropa de jumentos selvagens. A besta que trago desde Santa Teresa foi esta noite atacada por um tigre, pois mostra em muitas partes do corpo as marcas das garras da fera, e se escapou de inimigo tão perigoso foi naturalmente porque os cavalos defenderam-na, pois peiada como se achava seria impossível escapar. Aliás isso pode ser assegurado porque ela foi encontrada cercada pelos cavalos, como se estes quisessem fazer uma muralha de proteção com seus corpos.[16]

Estive ainda um pouco fraco esta manhã, mas logo restabeleci-me e esta tarde readquiri meu estado normal de saúde. Entretanto tudo quanto se passou ontem não me sai do espírito, e não pensei noutra coisa durante todo o dia, terminando por ter a cabeça cansada.

Matias queixa-se de estar surdo de um ouvido; José Mariano diz sentir extrema fraqueza, parecendo ter o corpo ensopado de óleo.

Até ao lugar onde pousamos esta manhã atravessamos sítios já nossos conhecidos do passeio de ontem. Para chegarmos aqui seguimos as margens do Arroio Guarapuitã até às suas nascentes.

Havia dito ao Matias que teria satisfação em conseguir alguns exemplares da abelha cujo mel tão funestos momentos nos causara. Pouco antes de chegarmos aqui viu ele uma caixa desse insetos e chamou-me. Notei que era absolutamente semelhante à outra, da mesma forma e consistência, estando igualmente presa a um ramo espinhoso de pequeno arbusto. À tarde Matias enrolou-se em seu poncho e, acompanhado de Firmiano, apanhou a colmeia, voltando logo com dois insetos, que guardei cuidadosamente, e um grande número de favos semelhantes aos que eu havia comido, cheios de um mel igualmente avermelhado.

Disse-me que Firmiano e um pequeno peão índio que acompanha o vaqueano haviam comido uma grande quantidade desse mel. Julguei que estivesse caçoando, mas constatei ser verdade. Firmiano mesmo confirmou-mo e o peão pôs-se a comer à minha vista. Havia entre nós três homens brancos, dois dos quais não sabiam dos sucessos da véspera, senão pelo que contamos, e à vista do mel não demonstraram nenhum receio. Meus dois índios, ao contrário, foram testemunhas da situação aflitiva que experimentamos; contudo expuseram-se, de caso pensado, provavelmente mesmo sem estarem possuídos de grande gula, pois se quisessem procurar achariam facilmente outro mel de qualidade não tóxica. Isso não confirma, o que tantas vezes tenho provado, que os índios não têm absolutamente ideia do futuro?

---

[16] NOTA DO TRADUTOR — A *besta* era usada como *madrinha* da tropa. A utilidade da *madrinha* está em manter os cavalos sempre reunidos no pasto e fáceis de pegar, pois eles sempre seguem-na com atenção. Para maior segurança a *madrinha* leva uma peia que a impede de ir muito longe.

Não pude deixar de censurar, indignado, os meus índios, os quais mostravam-se perfeitamente tranquilos, enquanto eu me inquietava demais, por causa deles. Tirei dois vomitivos da mala e fiquei acordado durante toda a noite. Admira-me, entretanto, terem decorrido duas horas após meus homens ingerirem desse mel, ceando depois, e até agora não se queixam de coisa alguma.

Ao ar livre, à nascente do Arroio Guarapuitã, 2 de fevereiro. — Minhas preocupações a respeito de meus índios aumentaram depois que terminei a feitura do diário de hoje, ao sentir-me sem ter com que me distrair. Receio que Firmiano, cuja voz deixei de ouvir, tenha caído em entorpecimento letárgico, e lembrei-me, contristado, de que ele não era batizado. Ia descer da carruagem para certificar-me de seu estado quando ouvi o peão que ia vigiar os cavalos, e perguntei-lhe como ia, tendo respondido que o mesmo não sentira a mais ligeira dor. Voltei a dormir e soube, com surpresa, esta manhã, que os três índios absolutamente nada haviam sentido.

O mel por eles comido era entretanto perfeitamente semelhante ao que tanto mal nos fizera. As duas colmeias eram parecidas, e todo o mundo reconheceu as abelhas como sendo da espécie que os Guaranis chamam *lechiguana*.

Como explicar a ação maléfica que teve sobre nós, enquanto aos índios nada aconteceu? Nem mesmo a mais ligeira indisposição?

Nem se pode atribuir isso à diferença do organismo do índio, pois José Mariano é mestiço de índio e mulato.

Pode-se supor que as abelhas *lechiguana* não retiram sempre o mel das mesmas substâncias, mas como admitir que esse mel possa ser para o homem ora venenoso, ora agradável alimento, e não produza o mesmo efeito aos insetos com ele nutridos?

Há aqui um enigma não menos surpreendente que os sintomas extraordinários ontem experimentados por mim e por meus criados.

A chuva começou ontem à tarde e continuou a cair durante toda a noite. Contudo preparei-me para pôr-me em caminho, quando vieram dizer-me que faltavam oito dos meus cavalos. Após buscas, que duraram todo o dia, Matias avistou-os no meio de uma tropa de animais selvagens. Ajudado pelo Joaquim, José Mariano conseguiu pegar quatro deles.

Esta tarde Firmiano desrespeitou-me grosseiramente e fui obrigado a castigá-lo. Este rapaz viu-me ontem, no meio de minha agonia, somente preocupar-me com sua sorte e hoje esquece-se disso, magoando-me. Os brancos são ingratos porque reconhecer um benefício é confessar inferioridade, o que fere o amor-próprio, mas essa ingratidão é tardia e nunca vem no mesmo dia do benefício. Os negros escravos podem ser gratos porque nada lhes custa reconhecer sua inferioridade e porque nunca esquecem o passado. Quanto aos índios não digo que esqueçam, mas não tiram conclusão sobre o futuro, que é para eles o que os sonhos são para nós — lembramos muito deles mas lembramos sem utilidade. É, pois difícil sejam os índios reconhecidos porque para isso é preciso tirar conclusão do passado para o presente.

Ao ar livre, junto ao Arroio Imbahá, 3 de fevereiro, 5 léguas. — A penúltima noite um tigre não deixou de rondar nosso acampamento, mas hoje não reapareceu.

Chovia ainda quando partimos. Embarquei na carruagem, mas logo o tempo tornou-se bom e fiz o resto da viagem a cavalo.

A região hoje atravessada é a mais uniforme que tenho visto depois de Montevidéu; as planícies de Beauce não lhe levam vantagem.

Como existe nestes campos uma imensa quantidade de cavalos selvagens a erva incessantemente tosada não cresce nada. É um relvado raso, apresentando no momento a mais bela coloração verde. Veem-se poucas espécies floridas, mas o número de indivíduos das que estão com flores é prodigioso. Tais são uma Acantácea, anã, n.° 2.578, o narciso n.° 2.565, a *Amaryllis* n.° 2.566 e uma outra espécie que não pude descrever, planta que apenas emerge da terra, tendo cálices e corolas misturadas na relva, pintando-a de vermelho, amarelo, róseo e esbranquiçado.

Paramos junto a um regato chamado *Itapuita-tuocai*,[17] guarnecido de árvores. Em seguida, continuando nossa marcha, viemos passar a noite nas ruínas de uma estância distante algumas centenas de passos do Rio Imbahá.

Segundo meu vaqueano esta região, de Belém para cá, hoje valhacouto de tigres, avestruzes e cavalos selvagens era outrora habitada por estancieiros portugueses, mas suas habitações foram duas vezes destruídas durante a guerra, pelos gaúchos, e eles não tiveram ânimo de restabelecer pela terceira vez.

Ao ar livre, às margens de um Arroio Sem nome, 4 de fevereiro, 5 léguas. A colina sobre a qual estava construída a estância onde pousamos a noite passada domina de um lado uma vasta extensão de pastagens e do outro um largo vale irrigado pelo Rio Imbahá. Descendo a esse vale seguimos durante algum tempo o leito do rio subindo até à sua nascente. Tivemos receio de atravessá-lo; contudo fizemo-lo sem acidentes. O rio é guarnecido de árvores densas e copadas.

Do outro lado deparamos região absolutamente diferente da que percorremos ontem e talvez a mais desigual atravessada depois de Montevidéu.

Ela oferece vales profundos, ravinas cortadas pelas águas pluviais, terreno rochoso, pastagens pouco ricas e sempre rasas. O campo não apresenta aqui esse ar de alegria surpreendido em toda a parte durante esta viagem. Tem um aspecto sombrio, devido não somente à desigualdade do solo e sua esterilidade, mas ainda à cor enegrecida das pedras semeadas pela pastagem dentro. Grandes lotes de cavalos selvagens, dispersos no campo, dão um pouco de vida à paisagem.

Paramos junto a um regato sem importância, que nem nome tem, não obstante ser marginado por larga fila de árvores.

---

[17] NOTA DO TRADUTOR — Itapitocai (Segundo Barão Homem de Melo).

Estância de São Marcos, 5 de fevereiro, 4 léguas. O terreno não é mais desigual nem pedregoso, mas as pastagens são ainda pouco elevadas, o que é sem dúvida consequência das incessantes tosas que lhes dão os cavalos selvagens. Apresentam no momento um verde tão bonito quanto o que admirei nos campos de Maldonado ou de Rocha (Uruguai), quando os atravessei no início da Primavera, e durante muito tempo não encontrei flor alguma.

Ao aproximar-se de um regato chamado Touropasso o vaqueano pediu-me permissão para se retirar, e eu dei-a. Esse homem faz-se acompanhar de uma pequena índia, muito bonita, de 14 anos apenas, a qual tem mãe e um irmãozinho. Há perto daqui uma estância onde o alferes da guarda lhe permitiu passar alguns dias. O vaqueano é casado e tem a mulher em sua estância; entretanto traz sua índia.

Quase todos os milicianos acantonados nesta parte da fronteira meridional são assim amasiados a índias. A facilidade com que essas mulheres se entregam, sua docilidade, sua bronquice mesmo, são atrativos para esses homens rudes que não visam nada além do instrumento do prazer. Mas, repito, essas misturas farão a Capitania do Rio Grande perder a sua maior vantagem — a de possuir uma população sem mescla.

Os filhos de pais brancos e índias guaranis não terão a docilidade que é virtude deste povo, e criados por índias ou abandonados a si mesmo terão todos os vícios dos índios e dos brancos.

Para atravessar o regato meus homens foram obrigados a trabalhar durante várias horas, abrindo uma passagem à carruagem no meio das árvores que o margeiam. Foi preciso descarregá-la e não sei como não se quebrou toda.

A cerca de meia légua do regato encontramos uma estância onde paramos. Há dez dias não via casas nem outras pessoas além de meus camaradas e meus vaqueanos. Tive grande alegria ao ver por fim algumas cabanas. Com efeito não se pode dar outro nome às míseras moradas que compõem esta estância. Meia dúzia delas são habitadas por famílias indígenas que deixaram recentemente Entre Rios.

A maior, construída de palha, como outras, tem entretanto a forma duma casa, mas é tão pequena que não abrigará mais de cinco a seis pessoas. Um pequeno banco e um girau constituem todo o mobiliário e não há outra abertura além de uma porta.

Fui bem recebido pelo proprietário, apesar de não saber quem eu era; ofereceu-me carne e disse-me poder guiar-me amanhã até à estância vizinha.

Esse homem, como a maior parte dos habitantes desta Capitania, fez várias campanhas contra os espanhóis, e, apesar de simples miliciano, passou quase toda a sua vida a serviço do Rei. Sua estância foi destruída durante a guerra e há poucos meses que voltou a ela.

Parece seguir o costume geral da região, porque logo ao chegar encontrei à porta de seu quarto uma índia muito bonita e regularmente vestida, que se balançava em uma rede, entrando várias vezes em seu quarto.

Rincão de Sanclon, 6 de fevereiro, 4 léguas. — Conforme me prometeu nosso hospedeiro de ontem foi ele nosso guia até aqui. A região continua plana e coberta de erva rasteira, apresentando no momento bela coloração verde, e, para gáudio meu, muitas flores.

No momento a floração nada tem de comum com a da flora europeia, mas acredito que entre as plantas que colhi encontram-se muitas já herborizadas nos campos gerais.

Segundo me informou o vaqueano os campos somente tornaram-se verdes após as chuvas, pois antes estavam amarelos e dessecados.

A estância onde parei pertence ao alferes comandante da guarda de Santana, por nós tanto procurada. A guarda foi mudada para local a duas léguas daqui e o alferes pode vir à sua casa quando bem entende.

Sua estância, que como tantas outras fora destruída durante a guerra, compõe-se atualmente de algumas míseras choupanas, na maioria ocupadas por famílias indígenas recentemente chegadas da aldeia de Iapeju.

Os estancieiros desta região, não tendo escravos, aproveitam a imigração dos índios para conseguir alguns que possam servir de peões.

Os guaranis são, é voz geral, muito indicados para esse serviço. Montam bem, têm prazer nisso, e muitos sabem amansar cavalos. Sua docilidade é outra qualidade que os faz procurados para empregados das estâncias.

Esses que encontrei aqui não traziam outra roupa além de uma ceroula de tecido de algodão. Os homens estavam sentados no chão e as mulheres balançavam-se em pequenas redes de lã, por elas feitas. O alferes gaba-lhes a docilidade mas não faz o mesmo no tocante à inteligência; diz que são pouco susceptíveis de afeição e gratidão. Acrescenta que mesmo entre eles as amizades não são cimentadas, provando-o a facilidade com a qual abandonam os filhos aos homens brancos, sem saber como serão tratados, nem se voltarão.

Perguntei a alguns dos guaranis presentes se seus pais falavam a respeito dos Jesuítas; responderam-me que não. Entretanto denotam não terem perdido os costumes que lhes transmitiram os padres da Companhia de Jesus. Os pais continuam a ensinar os filhos a rezar, na língua comum, e todos os dias têm o cuidado de fazê-los recitar as preces.

Os mais jovens somente sabem montar a cavalo mas os mais velhos não são estranhos aos trabalhos agrícolas. Há aqui um sexagenário, que, segundo o Alferes, possui consideráveis plantações de trigo, centeio e milho.

A aldeia de Iapeju, de onde vieram esses índios, fica a duas léguas daqui, à margem direita do Uruguai, e era uma das mais importantes das Missões jesuíticas de Entre Rios, sendo fácil concluir-se tal ao saber-se que *Sando* (Uruguai), tão distante, formava outrora uma das estâncias dessa aldeia.

Durante todo o dia o tempo esteve ameaçador e à noite começou a trovejar e a chover. Como a choupana do alferes não tem porta, fê-la fechar por meio de um couro; contudo a água invadia-a por todos os lados. Como esta mísera habitação é ainda melhor que as dos índios, alguns milicianos, que aqui se acham, passam a noite conosco, dormindo em um girau feito de bambus.

Em todo o Brasil ninguém se despe inteiramente para deitar-se, os melhores leitos compõem-se de um simples colchão de palha de milho, mas aqui nem isto existe e cada qual dorme sobre o arreiame de seu cavalo. A *carona*[18] serve de colchão e o *lombilho*[19] de travesseiro, sobre a carona põe-se o *pelego*[20] e a *chincha*[21] e deita-se sobre essa simples cama, envolto no poncho, com a cabeça descoberta.

Rincão de Sanclon, 7 de fevereiro. — Ao chegar ontem aqui consultei o alferes sobre o caminho que devia seguir. Após as chuvas o Uruguai não é vadeável e serei obrigado a esperar pela chegada de pirogas. Vejo aproximar-se a estação chuvosa e receio ser detido pelo transbordamento dos rios entre as Missões e Porto Alegre.

Quando estava em Belém havia dois caminhos a seguir — um passando pela cidade chamada Capela de Alegrete e outro, o que adotei, marginando o Rio Uruguai. Preferi este por ser o mais curto e afinal demorei-me mais que devia. Esta manhã o alferes me perguntou se queria participar de seu almoço e me mandou trazer carne assada, de tal modo dura, que, mau grado meus esforços, foi impossível mastigar um pedacinho sequer. Limitei-me a chupar-lhe o suco, jogando, disfarçadamente, a carne sob o girau. Nesse almoço forneci a farinha pois o alferes não possuia nem sal nem farinha.

Assim eis um homem que apenas se nutre de carne, e carne de dureza notável, mora em mísera choupana de sete passos por cinco, não tendo outro prazer além do fumo e do mate e é oficial de milícia. Mostra-se, na verdade, muito satisfeito; mas é de esperar-se que uma tal existência deva reconduzir necessariamente à barbaria um povo tão resignado.

Limitar suas habilidades a saber montar a cavalo e seus costumes a comer carne é reduzí-lo à condição de indígenas e distanciá-los da civilização, que nos fazendo conhecer uma multidão de prazeres nos força a trabalhar, a exercer nossa inteligência para conquistá-los e por isso a aperfeiçoar-nos, pois é unicamente pelo exercício de nossa inteligência que nos aperfeiçoamos.

Pelo dito a gente será tentado a atribuir os costumes deste povo a uma certa ingenuidade, não existente. Entre povos religiosos e amigos do trabalho e que não dispensam todas as diversões da vida podem-se encontrar costumes ingênuos. Um povo sem religião, que passa a maior parte da vida na ociosidade, poderá ter poucas necessidades, mas não será menos corrompido e sua simplicidade de costumes não será mais que ignorância e rudeza. Introduzir o luxo dentre um povo ingênuo é perde-lo. Quando um povo se caracteriza pela brutalidade e corrupção de costumes, a ponto de ter perdido a tradição do bem e os elementos de uma regeneração moral, o luxo pode trazê-lo à civilização.

Enquanto escrevo este jornal um mestiço dedilha a viola à porta da palhoça cantando dolentes canção espanholas e índias dançam com os soldados do Alferes.

Tais danças nada têm da indecência dos batuques; trata-se de um sapateado comedido, com alguma graça mas sem nenhuma vivacidade. Aliás,

---

[18] NOTA DO TRADUTOR — Peça dos arreios que se coloca em baixo do lombilho.

[19] Parte principal do arreio na qual o cavaleiro se assenta.

[20] Pele de carneiro que fica entre a carona e o lombilho.

[21] Também peça do arreio.

posso dizer o mesmo das danças mais decentes e mais elegantes de Montevidéu. Elas não têm absolutamente a movimentação e a rapidez das nossas. Tudo se reduz a uma marcha vagarosa acompanhada às vezes de atitudes muito sérias e algumas vezes muito indecentes.

Rincão de Sanclon, 8 de fevereiro. — O alferes calculou que as pirogas por nós esperadas não podem chegar hoje, por isto fiquei aqui.

Passei grande parte do dia herborizando aos arredores da estância. As pastagens mostram-se tão verdes quanto as de Castilhos e Pão de Açúcar (Uruguai) no começo da Primavera.

A vegetação desta região não é mais semelhante à da Europa. As espécies que encontrei floridas pertencem todas a gêneros da flora americana e um grande número dentre elas crescem igualmente nos campos gerais, como provam o meu herbário e o livro de botânica. Entre as que são comuns às duas regiões posso citar com segurança uma *Composta* e uma *Polygala*.

Os sítios hoje percorridos são na verdade mais meridionais que os campos gerais, mas a diferença vai à conta da elevação destes últimos.

Pela primeira vez depois de Montevidéu vi grandes bambús, às margens do Arroio Touropasso. Comecei a encontrar o *ingá*[22] em Salto às margens do Uruguai e sei que ele cresce também próximo daqui.

Os pêssegos não estão ainda maduros, motivo pelo qual não posso julgar sua qualidade.

[22] Leguminosa n.º 2.496 bis.

CAPÍTULO XV

Ao ar livre, nas margens do Rio Ibicuí. Passagem em piroga. A outra margem do Ibicuí. Estância do Alferes Antônio Francisco Souto. Rincão da Cruz. Pedras de limites. Produtos da criação. Produtos da lavoura. O Marechal Chagas.[1] Chácara de Pedro Lino. Sentido da palavra chácara. Fazenda do Salto. O Padre Alexandre e sua insolência. Fazenda do Deumario (sic). Colonos europeus. Seus filhos. Siti, chefe de índios.

Ao ar livre, nas margens do Ibicuí, 9 de fevereiro, 2 1/2 léguas. — Pela manhã, cedo, o alferes saiu para fazer abrir no mato que cobre a margem direita do Ibicuí um caminho para a carruagem. Quanto a mim, só deixei o *Rincão de Sanclon* às 10 horas.

A região que atravessei para vir até aqui é ondulada e coberta de pastagens que, apesar de boas, não valem tanto quanto as dos arredores de Montevidéu. A erva aqui é bem fornida porém menos fina e menos tenra. Os sítios úmidos acham-se cobertos por uma Gramínea atualmente florida. Continuo a encontrar muitas plantas dos campos gerais e de outras zonas do Brasil. Posso citar dentre elas — uma Lorantácea que colhi ao lado da Serra de Paranaguá, um *Hyptis* existente próximo a São João del Rei, uma Composta que acredito ter visto nos campos de Minas Gerais, a Labiada tão comum aqui e que se encontra igualmente em muitos outros pontos do País, etc.

Entre as plantas em flor, mais comuns, podem-se citar uma *Cassia*, uma Melastomácea, e várias espécies de *Sparmannia** tão comuns aqui como nos campos gerais.

O Ibicuí, no sítio onde o devemos atravessar, recebe as águas de um regato chamado Ibirocai (água de angico) ou em corrupção — Verocai, cujas nascentes se acham a cerca de 20 léguas daqui, próximo às do Rio *Nhorenduí*. Os dois reunidos formam um só, que não é menos largo que o Sena acima de Paris. Deste lado o terreno eleva-se bruscamente acima das águas do Ibicuí e apresenta uma fileira de matos, de arbustos e árvores pouco crescidas e finas, mas copadas e densas. Do lado oposto o rio é guarnecido de areias, mas além veem-se também galerias de matos. O salgueiro n.º 2.132 sexto é ainda encontrado às margens dos rios, embora com menor frequência. Entre as árvores e arbustos que deste lado bordam o Ibicuí vê-se um grande número de Mirtáceas, o *ingá* n.º 2.496 bis, o sarandi, o açoita-cavalo branco, etc. Para além dessas árvores cresce a *Vernonia* já colhida.

Logo que aqui cheguei o alferes me disse ter mandado abater uma vaca, sendo hora de almoçar. Efetivamente passara junto a uma fogueira feita pelos índios, cercada de aspectos de madeira atravessando pedaços de carne e que fincados obliquamente na terra formavam uma abóbada acima do braseiro.

---

[1] No original estava *Chayas*. Trata-se do oficial Francisco Chagas dos Santos. (Nota do Tradutor).

* Trata-se de gênero da família das Tiliáceas (M.Q. F.).

O alferes estendera por terra todo o equipamento de seu cavalo, sob as árvores; após assentarmos trouxeram-nos um espeto passado em enorme pedaço das costelas da vaca recém-abatida. O alferes separou as costelas e nós passamos a comê-las, servindo-nos mais dos dedos que dos garfos.

Ainda esta tarde as pirogas que nos devem transportar ao outro lado não tinham chegado.

Ao ar livre, na margens do Rio Ibicuí, 10 de fevereiro. — Ontem à tarde as mulheres dos guaranis que deviam ajudar o transporte das malas e da carruagem chegaram aqui. Em geral os índios não dão um passo sem ser acompanhados por suas mulheres. Em todas as tribos as mulheres seguem os maridos à guerra, como vi entre os Botocudos. Quando o Capitão Caiti me acompanhou de Salto Grande à passagem do Chapicuí sua mulher veio também. Os lanceiros guaranis, que vi em Belém, traziam suas mulheres; e quando soldados indígenas das Missões vão fazer guarda em um posto é sempre em companhia de suas mulheres, embora desobedecendo às ordens do marechal Chagas, que comanda nas Missões.

As pirogas, por mim esperadas com tanta impaciência, chegaram esta manhã. As malas e todas as bagagens foram embarcadas imediatamente e passadas ao outro lado do rio. Quando as pirogas voltaram à margem esquerda foram colocadas atravessadas sob a carruagem; dois cavalos foram amarrados pelas caudas e uma das rodas e alguns índios conduziram o veículo, postados por trás, nadando, ao passo que outros mais conduziam os cavalos, também a nado. Foi trabalho insano o da travessia dos animais, tendo se afogado um boi e um cavalo.

Do outro lado do rio existe espessa mata através da qual será necessário abrir-se uma picada para se chegar aos campos e é infelizmente impossível fazê-la em linha reta porque do outro lado da mata, em frente ao local para onde foi trazida a carruagem, existe um lago que não podemos atravessar. Será preciso abrir caminho paralelamente ao rio e ao lago para depois contornar este último. Essa picada está indicada por um atalho, pouco frequentado, feito por pedestres cavalheiros.

Eu e o alferes havíamos já iniciado explorá-lo quando começou a chover. Corri à carruagem, que ainda não estava carregada. Antes que se o pudesse fazer as malas ficaram um pouco molhadas, felizmente os objetos nelas contidos não foram prejudicados pela umidade.

O alferes pediu-me permissão para retirar-se, assegurando-me que a picada não ia muito longe do local onde nos achávamos, deixando-me dois índios para completá-la e prometendo-me enviar dois outros amanhã cedo.

Para que os cavalos e os bois pudessem pastar era necessário fazê-los passar além da mata. José Mariano e os dois soldados puseram-se a tocá-los, fazendo-os seguir pelo atalho onde deve ser feita a picada, cortando os galhos que embaraçavam a passagem. Ao fim de 3/4 de hora, noite feita, José Mariano voltou, furioso, dizendo-me ter andado mais de meia légua dentro da mata, sem poder sair, que os bois e cavalos tinham se dispersado, que talvez não fosse possível pegá-los mais, que seriam precisos mais de 15 dias de trabalho para fazer a picada e que havia dentro da mata brejos e ravinas intransponíveis. Assustei-me um pouco com o que me disse esse empregado, mas como conheço seu costume de exagerar as dificuldades para desencorajar-me, espero que as coisas não estejam mal como diz. Conhecendo também o gênio desse homem e que sua cólera se exorbita à mais ligeira observação, guardei o mais profundo silêncio.

Devido aos milhares de mosquitos existentes nas margens deste rio, o que me impossibilita de escrever dentro da carruagem, fui para junto do fogo, ao lado de meu aborrecido empregado.

Ao ar livre, às margens do Rio Ibicuí, 11 de fevereiro. — Esta manhã, ao despontar do dia, já eu estava de pé. O tempo mostrava-se extremamente coberto sendo fácil ver que o dia não passaria sem chuva.

José Mariano interpelou-me, com mau humor, se eu não queria ir ver a picada. Segui-o e constatei que de fato as coisas passavam-se de modo por que me foram relatadas, não havendo exagero em nada. A cada dificuldade que encontrávamos ele enchia-me de opiniões desanimadoras, às quais tive sempre a prudência de não responder.

As matas que atravessamos são as mais espessas vistas depois de Porto Alegre. Em parte alguma desta capitania as árvores são tão grossas. Os bambus e grandes lianas são aí muito comuns; enfim elas pouco diferem das menos vigorosas florestas virgens do interior do Brasil. Após ter andado 3/4 de légua saí convencido de que de fato seriam precisos no mínimo 8 ou 10 dias para acabar a picada.

Chegando às pastagens encontrei os dois soldados. Matias disse-me que os bois e os cavalos estavam perdidos e pareceu-me ainda mais desanimado que José Mariano. Propôs-me conduzir as malas por via fluvial até a um sítio onde não há mata e fazer a picada para o transporte da carruagem vazia. Essa proposta não era desarrazoada, mas compreendi-a mal. Fiz algumas objeções que o agastaram a ponto de dizer-me que eu só fazia o que entendia, por isso ia apanhar seu poncho e seu saco para se ir embora.

Fiquei verdadeiramente aflito por ouvir, do único homem da minha turma que possuia um pouco de senso e de amor ao trabalho, uma tal linguagem, e imaginei, angustiado, a situação em que me acharei se ele realmente me abandonar. Tomei tristemente o caminho da mata, sempre precedido por José Mariano. A insolência de Matias tornou aquele mais tratável e começamos a conjecturar sobre nossa situação.

No caminho achamos nossos cavalos. Ao encontrar Matias disse-lhe que provavelmente eu não o havia compreendido bem, por isso pedia-lhe repetisse seus planos. Aprovei-os e tornamo-nos menos descontentes um do outro.

Chegando à carruagem quis ir ver se haveria meios de atravessar o lago em algum lugar e na mesma ocasião encontrar os bois.

Entrementes o índio que o alferes prometera mandar-me chegou. Não sendo destituído de inteligência tomou a iniciativa de ir procurar, a cavalo, alguma passagem acima do lago. Voltou sem ser bem sucedido. Ele, Matias e todos os meus camaradas reuniram-se então para induzirem-me a abandonar a ideia de fazer a picada, embarcando as malas e a carruagem desmontada. Como o índio assegurou-me que não seria necessário desmontar a cobertura da carruagem, acedi à proposta.

As malas e as bagagens foram imediatamente embarcadas em uma das pirogas, e eu mesmo tomei lugar numa delas. Conforme disse, o tempo estava já coberto quando levantamos e meia hora depois de embarcados começou a chover torrencialmente. Embora houvesse couros cobrindo as malas receei vivamente fossem atingidas pela água por baixo. José Mariano e os índios conduziam a piroga onde me encontrava; a outra era conduzida por Matias e Firmiano. Remando contra a correnteza e contra o vento tiveram grandes dificuldades em chegar ao local para onde nos dirigíamos.

Logo ao desembarcarmos Matias e os outros puseram-se a fazer uma barraca coberta de couros, onde as malas foram colocadas sobre toras de madeira.

Quando a chuva cessou fui inspecionar minhas malas para ver se havia alguma coisa molhada, e felizmente tudo encontrei intacto.

Com o Firmiano fiquei junto desses trastes enquanto o resto da turma voltou em busca da carruagem. Foram infelizmente obrigados a desmanchar a cobertura e não puderam trazer hoje senão os varais, os couros que a compõem, as rodas e o eixo. Estavam todos excessivamente cansados, principalmente Matias, que vem trabalhando há dois dias, sem cessar, e quase sempre dentro da água. Esse homem tem os costumes grosseiros de sua região, mas é ativo, inteligente e corajoso; tem presença de espírito e nos momentos difíceis encontra sempre a melhor providência a tomar. É incontestável que sem ele me seria impossível a viagem.

Ao ar livre, nas margens do Rio Ibicuí, 12 de fevereiro. Os mosquitos estiveram, se é possível, mais incomodos nesta noite que na anterior.

Ao despontar do dia o pessoal foi buscar o que restava da carruagem, regressando pouco tempo após.

O veículo foi novamente montado e teríamos talvez tempo de fazer algumas léguas, mas quis deixar os homens usufruir algum descanso.

Evidentemente desde o começo de todas as minhas viagens nunca tive dias tão atribulados quanto os de ontem e anteontem, e a ideia de que a carruagem não seja mais coberta traz-me o receio de ver meus trastes danificados pela chuva.

Temos, eu e os meus, mil vezes censurado acrimoniosamente o alferes Antônio Bernardino Silva, a quem devemos todos esses embaraços. Soube depois que existem muitos outros sítios onde passar facilmente.

Como foi esse homem, perfeito conhecedor da região, indicar-nos caminho tão difícil, onde sabia nunca terem passado carruagens? Não posso supor ter agido com maldade, pois que o tratei com todas as atenções possíveis. Fiz-lhe pequenos presentes e prometi-lhe desincumbir-me de alguns serviços que me pediu. Talvez tenha ele julgado que seria esse o melhor meio de se ver livre de mim; talvez tenha sido leviandade, falta de reflexão, negligência, e sou tentado a acreditar que esse homem, apesar de ser branco, pertence aos habitantes desta região que têm costumes semelhantes aos dos Gaúchos. [2]

Tendo visto muitas plantas em flor, nas margens das matas que guarnecem as sinuosidades do Ibicuí, ia começar um longo passeio quando recebi a visita de um alferes residente a algumas léguas daqui, o qual cumulou-me de gentilezas e testemunhou-me como tomava parte em todas as contrariedades que eu experimentara. Disse-me logo que era da Capitania de Minas, mas antes mesmo de dizê-lo eu o havia notado, pela sua animada conversação e pela sagacidade de seu espírito, que não era o dos desta região. Esse homem tendo sofrido alguns dissabores em casa de seu pai dela fugira, correndo mundo e vindo há 11 anos estabelecer-se nesta província. Aqui formou uma fazenda, mas tem estado continuamente a serviço do Rei, apesar de não ser soldado, pouco tendo trabalhado em benefício próprio.

Os mineiros são obrigados a fazer longas caminhadas para vender suas mercadorias. Um pai faz-se acompanhar de seus filhos para cedo acostumá-los à vida das caravanas. Estes logo se desligam da casa paterna, porque não tardam a perceber que num País onde é tão fácil viver-se na ociosidade não há necessidade da sombra paterna e à menor contrariedade fogem de casa, distanciam-se dela e frequentemente não voltam. Por isso quase todas as capitanias do Brasil são povoadas por mineiros.

Apesar de ter gostado muito da conversação do alferes achei que sua visita foi muito demorada, impedindo-me de herborizar e de escrever este diário.

Estância do Alferes Antônio Francisco Souto, 13 de fevereiro, 4 léguas.

Conforme disse ontem há grande variedade de plantas ao longo das matas que margeiam o Ibicuí, mas à medida que se distancia o número de espécies diminui. A região percorrida para vir até aqui é quase chata e oferece no momento verdejantes pastagens, a perder de vista.

Ao distanciarmos do Ibicuí, avistamos ao longe três pequenas montanhas arredondadas, tendo a forma semelhante à dos *Três Cerros,* e que ficam do outro lado do Uruguai. Um pouco mais longe passamos em um lugar denominado Santa Maria, onde havia outrora uma capela. Veem-se aí ainda duas pedras em feitio de prisma quadrangular, uma de cerca de 4 pés e outra de quase 5.

---

[2] Ao tempo da viagem de Saint-Hilaire, segundo o mesmo, eram denominados *gaúchos* ou *garuchos* os homens de maus costumes que perambulavam pelas fronteiras.

Sobre um dos lados de cada uma estava esculpida, com cuidado, uma cruz acompanhada dos instrumentos de paixão e as duas cruzes tinham a inscrição seguinte:

Inri 1868, en el gobierno d. Gr. Fº Bruno de Labasa se rreconnosierod los linderos del Ybicuí y nos dionue va possexion juridico.

Mais adiante lê-se sobre a grande cruz:

Adin^{on} Jph Benites cap^n, com^{te}, Mig. Yeguaca. Ten. D^n. Joaq. Guarascuye citoe 5º voto Benito Al Cotoe 2e. Conrado Arriguayan Alf. de And^o. Real Raymondo Nin y secr^o. Bartholome Hata.

Eis, segundo o alferes, o que deu lugar à ereção dessas duas pedras.

As pastagens que se estendem entre os rios *Ibicuí* e *Butuí* pertencem ao *Povo da Cruz*, situado em frente desse terreno, do outro lado do Uruguai. As que formam a margem direita do Ibicuí pertenciam, como disse já, a *Yapeju*. Os *Minuanos* e os *Charruas*, tendo feito algumas incursões nas terras dessa última aldeia deram aos seus habitantes permissão para fazerem pastar seus rebanhos sobre as terras de *Povo da Cruz,* e como em seguida sobrevieram dificuldades a respeito dos limites dos terrenos onde poderiam pastar os rebanhos, resolveu-se fixá-los por meio das duas pedras de que tratei linhas acima. Foi construida aí uma capela e cada povo tinha nesse lugar um *capataz* encarregado de impedir a violação das divisas.

Hoje o Rio Ibicuí demarca deste lado a província portuguesa das Missões, que se compõe de 7 aldeias e faz parte da Capitania do Rio Grande. Essa província subdivide-se em diversos distritos e o que percorri hoje tem o nome de *Rincão da Cruz,* porque depende, como disse, da aldeia desse nome.

O *Rincão da Cruz* fica compreendido entre o Ibicuí, o Uruguai, o Butuí e o Itú, tem forma quase quadrada e conta cerca de 30 estâncias. As pastagens são aqui excelentes, as melhores mesmo de toda a província. Contudo não apresentam a delicadeza das de Montevidéu e se não fossem as queimadas anuais a terra talvez não produzisse senão uma erva dura e espessa.

A Gramínea atualmente em flor e que cobre os terrenos úmidos, possui colmo duro e folhas ásperas que não dão para engordar o gado como as folhas tenras dos *styres*.[3] Mas as pastagens de Montevidéu são de tal qualidade que nunca devem servir de termo de comparação e podem ser encontradas outras excelentes, mormente se se tem, como aqui, o cuidado de queimá-las todos os anos.

Pela primeira vez vi hoje um *rodeio;* os animais que foram arrebanhados eram grandes e de boa raça. As vacas parem aos dois anos e seu leite é grandemente gordo, servindo para o fabrico de bons queijos. O gado que vi no rodeio se achava em repouso, cercado de peões. No lugar lugar onde estavam os animais, o terreno era batido e nú, o que não é para se admirar, pois que é sempre no mesmo local que se os prendem.

---

[3] NOTA DO TRADUTOR — Planta forrageira, de boa qualidade do Uruguai.

Entre os animais duma estância deve-se contar cerca de metade em machos. Aqui, disse-me meu hospedeiro, pode-se marcar, anualmente, um quarto do rebanho existente. Quando um estancieiro possui 4.000 bovinos pode marcar anualmente 1.000 novos, donde saem 100 para os dizimeiros. Dos 900 restantes as vacas (cerca de 450) ocuparão os lugares das que são abatidas ou morrem. Dos 450 machos são deduzidos 50 que morrem de moléstias naturais, ou por acidente de castração. Poderá então o estancieiro vender anualmente 400 bois ou um décimo de seu rebanho normal, cálculo que difere extremamente, a menos, dos fornecidos pelos agricultores de Porto Alegre. Mas é de crer-se que seja errônea a conta desses últimos, pois também não confere com as dos criadores espanhóis, possuidores de excelentes pastagens.

Se as terras desta região são tão favoráveis à criação do gado não o são menos para as culturas. O trigo, o milho e o feijão nelas prosperam bem. Em parte alguma comi melões tão gostosos, os quais medram independente de cuidados especiais e são de belo aspecto. Pode-se cultivar a mesma terra durante 6 anos a fio sem necessidade de adubação nem de alqueive. O alferes experimentou por várias vezes a cultura do algodão, a qual prosperou bastante mas as geadas mataram as cápsulas antes da maturação.

Como disse, há onze anos o Alferes Antonio Francisco Souto veio estabelecer-se nesta região. Informa-me que deste tempo para cá a província tem estado em decadência. Foi invadida duas vezes pelo inimigo; havia falta de gente, motivo pelo qual foram arregimentados os Guaranis para os trabalhos agrícolas. Tornando-se em soldados os índios acabaram por perder o que lhes restava dos seus velhos costumes. Os jovens não aprenderam a trabalhar o solo e deixaram-se ficar na mais absoluta ociosidade. Além disso, muitos homens que não queriam entrar para o serviço militar fugiram, dispersando-se em diferentes partes da Capitania. Os casamentos tornaram-se pouco comuns, as índias prostituíram-se, as moléstias venéreas progrediram e a população diminuiu dum modo sensível. A história exprobará ao Marechal Chagas, como atrocidade, o incêndio de aldeias indígenas situadas à margem direita do Uruguai.

Os templos, as casas, as bibliotecas que os Jesuítas haviam deixado em cada aldeia nada foi respeitado.

Chagas executou por sua iniciativa tão horríveis excessos ou recebeu para isso instrução do Governo?

Não se pode responder a essa interrogação com segurança, mas é possível conjecturar-se a respeito. Esse homem é oficial de engenharia e é tido como culto e de costumes moderados. Não é pois verossímil que tenha encontrado prazer nas barbaridades cometidas. Não é crível que ele tenha só para isso se arriscado a perder o lugar e as boas graças do soberano. É bem provável tenha agido a mandado do Ministério, que imaginara esse processo horrível para se ver livre dos perigosos vizinhos da Província das Missões.

O Ministério provou não ter deplorado a conduta de Chagas, deixando-o no comando por muitos anos após o incêndio das aldeias.

Eis a lista dos comandantes que passaram por esta província depois que os portugueses tornaram-se senhores dela: Saldanha, sargento-mor do corpo de engenharia; Joaquim Felix da Fonseca, tenente-cel. do corpo de engenharia; João de Deus, capitão de dragões; Tomás da Costa, coronel; Joaquim Felix da Fonseca (pela 2.º vez); e Francisco Chagas dos Santos.

Chácara de Pedro Lino, 14 de fevereiro, 3 léguas. — A casa do alferes não passa de pobre palhoça, sua família é numerosa, e ontem à tarde chegaram vários vizinhos. Os homens dormiram uns fora, em um galpão, outros no chão dentro da casa, as mulheres em leitos forrados de couro e houve lugar para todos.

O tempo esteve tempestuoso, chovendo toda a noite, mas, como Matias havia arranjado cuidadosamente os couros que cobrem as malas e os trastes, nada apanhou umidade.

Após agradecer muito ao alferes e sua família, parti acompanhado de seu filho que me serviu de guia até aqui.

Persiste o aspecto chato do terreno, sempre coberto de pastagens imensas e do mais belo verde.

Encontram-se plantas floridas, porém, pouco numerosas. Tais são principalmente *Vernonias,* Verbenáceas e as Leguminosas n.º 2625 bis e n.º 2625 ter.

Paramos, para descanso dos bois, em uma chácara pertencente à estância onde devemos passar a noite. Encontramos um grande galpão, onde abrigamos a carruagem, e uma palhoça onde se achava um velho índio com seus filhos e sua mulher.

Como o tempo estava tempestuoso, e os trastes abrigados, achei melhor não ir adiante.

No galpão estavam inúmeros surrões de trigo, colhido aqui. A *ferrugem* causou grandes danos à última colheita, mas os trigais desta chácara escaparam ao ataque.

Os sacos, os surrões nos quais os cultivadores desta Capitania guardam o trigo são feitos com couros inteiros, costurados com cordões estreitos, também de couro.

A palavra indígena *chácara* significa propriamente — plantação. Pouco a pouco os portugueses e espanhóis alargaram-lhe a significação e hoje as mais pitorescas casas de campos dos arredores do Rio de Janeiro são chamadas chácaras.

Fazenda do Salto, 15 de fevereiro, 6 léguas.

Um terreno muito plano, pastagens a perder de vista e de um belo verde. Alguns sítios um pouco pedregosos.

De Montevidéu a Ibicuí somente encontrei matas às margens dos arroios e rios, mas aqui começo a encontrar esses bosquetes chamados *capão.* Como sempre ocupam as terras baixas e os lugares úmidos e abrigados. Sua verdura não oferece as colorações alegres e doces dos bosques de Montevidéu, não são sombrios como os capões dos campos gerais, mas sua folhagem tem já o verde escuro característico da vegetação das matas da zona tórrida.

Parei alguns instantes na estância do proprietário da chácara onde pernoitei ontem e pedi um vaqueano para conduzir-me até à estância dum padre, em casa de quem conto pernoitar. Antes de chegar a esta estância vi um imenso rebanho de vacas e bois, no pasto, indicando desse modo a grande opulência do proprietário.

Os edifícios da estância parecem, de longe, muito mais importantes do que os da maioria das estâncias por mim vistas. Ao chegar, reconheci, entretanto, não passarem de simples choupanas, mal conservadas, porém, em grande número.

Procurei pelo *Padre Alexandre* e vi aparecer um homenzinho de cerca de 55 anos, barrigudo, de cabelos brancos, cabeça forte, rosto pálido e alongado, estampando dureza e orgulho.

Pedi-lhe, o mais polidamente possível, permissão para passar a noite em sua casa, mas ele recusou-me bruscamente, dizendo não haver lugar, que frequentemente dormia ao relento e que eu podia fazer o mesmo. Insisti, dando-me a conhecer, em pura perda. A cada resposta dada mostrava mais insolência. A revoltante ironia que imprimia às suas palavras terminou por esgotar-me a paciência. Não guardando mais respeito algum e afetando chamá-lo somente *padre* e *você*, para irritar-lhe o orgulho, critiquei acremente sua falta de hospitalidade e caridade. Após dar-lhe os nomes mais aviltantes montei novamente a cavalo. Matias ficou para trás e, ouvindo o padre fazer-me grandes ameaças, teve ocasião de dizer-lhe que se fosse preciso mostraríamos não sermos poltrões.

Cumpre notar: os dois únicos homens que me recusaram hospitalidade durante minhas longas viagens foram — um materialista e um padre, mas com a diferença que fui bem recebido pelo materialista quando ele soube quem eu era, enquanto o padre a nada se dobrou.

Esse cotejo não deve causar surpresa; um mau padre é o pior dos profanos, pois que se torna num sacrílego contumaz.

Seria talvez injusto julgar o padre Alexandre apenas por um ato, mas eu já sabia, dito pelo alferes, que esse homem abusava dos sacramentos e que tendo permissão para realizar batizado em sua fazenda, não os fazia por menos de 8$000. Entretanto foi ele cura de São Borja durante muito tempo.

São dessa espécie de homens enviados às Missões em substituição aos Jesuítas!

Saindo da casa do Alexandre perguntei ao meu guia se não haveria alguma estância nas vizinhanças. Respondeu-me que a acharíamos cerca de uma légua de lá, tendo eu lhe pedido nos levasse até à dita.

Em caminho disse-me não ser o único mal recebido pelo padre, referindo que quando os viajantes lhe pediam qualquer coisa para comer mandava-os colher pêssegos, fruto de tal modo abundante na região que se torna verdadeiro insulto não oferecer outra coisa. Entretanto acrescentou que eu teria sido melhor recebido se não tivesse esquecido uma formalidade essencial. Perguntei-lhe qual era. "Mandar alguém saudar respeitosamente o padre Alexandre e só entrar no páteo da estância depois que ele próprio desse permissão".

Felizmente tive aqui uma recepção que compensou a péssima acolhida do padre.

Esta estância, outrora rica em gado, perdeu muito com a invasão inimiga, esgotando-se principalmente em consequência das requisições feitas pelas tropas que combateram nesta província.

Próximo corre um arroio que os portugueses chamam *Arroio do Salto* e os índios: Itaroró (pedra que ronca), devido a uma pequena cascata aí formada pelas águas tombadas do alto de um rochedo. Ele é guarnecido de árvores muito cerradas, dum verde muito sombrio, entre as quais notei muitas Mirtáceas e as Rubiáceas n.º 2623 e n.º 2639.

Fazenda do Deumário, 16 de fevereiro, 3 léguas. — Após ter atravessado desertos acha-se grande satisfação em percorrer uma região onde alguns sinais de trabalho e de indústria anunciam a presença do homem. Tal o prazer que experimentei pouco a pouco, à medida que me distanciei do Ibicuí.

Vi ainda hoje o local de um rodeio. Gado manso pascentando aqui e acolá. Passamos próximo de uma estância, e a em que pousamos fica a cerca de 3 léguas da do Salto. A região continua plana e coberta de pastagens onde se veem alguns capões.

Ainda hoje fui tão bem recebido quanto ontem. Ao chegar fizeram-me tomar mate; logo após almoçamos carne cozida e frutas. À tarde jantamos bem, sendo servidos vários pratos de carne, feijão, arroz, abóbora, pêssegos, figos, melões e melancias. Não faltou o vinho e havia à mesa pão, biscoitos e farinha de mandioca. O arroz fora colhido na região, assim como o trigo que servira ao fabrico do pão e dos biscoitos.

Meu hospedeiro queixa-se da *ferrugem* mas disse-me que no ano anterior semeara uma espécie de trigo chamado trigo-manso, recentemente introduzido na região e que não era atacado pela *ferrugem,* embora fosse plantado em terra limítrofe a uma cultura de trigo *comum,* quase inteiramente destruída pela moléstia.

Apesar de estar na Capitania desde sua infância, meu hospedeiro, que é europeu, prefere a agricultura à pecuária. A vida pastoril, tomando o vocábulo em sua verdadeira acepção é própria dos primeiros estágios da civilização, quando as regiões estão ainda despovoadas. Quando a população aumenta e as terras se dividem, é preciso dedicar-se à agricultura, que exige maiores conhecimentos que a criação de animais, conduzindo, portanto, o homem ao aperfeiçoamento. Às magníficas pastagens que cobrem as capitanias de Rio Grande do Sul e Uruguai convidavam naturalmente os primeiros povoadores à criação do gado, mas contribuíram para um estado retrógrado, fazendo-os deixar a vida agrícola propriamente dita pela pecuária, verdadeiro retorno à barbaria, aliás muito mais sensível entre os espanhóis, que chegam a se confundirem com os índios.

Em geral o europeu, tendo aprendido um ofício ou tendo sido criado em meio puramente agrícola, conserva um certo desprezo pelos costumes grosseiros desses homens que, nunca tendo onde exercitar sua inteligência, levam uma vida pouco diferente da dos selvagens. Todavia não acontece o mesmo aos filhos de europeus. As primeiras coisas que se oferecem às suas vistas são cavalos e gado, induzindo-os a imitar tudo o que veem, aprendendo a montar tão bem quanto os que lhes cercam, pois não vendo elogios senão para isso entendem não existir outras habilidades.

Aliás a infância achará sempre inexpressável prazer no sentimento de sua superioridade. Esse prazer é experimentado quando a criança torna-se dona de um cavalo, quando ajuda a fazer o rodeio, a matar um boi e retalhá-lo. Um pai europeu não deixa, na verdade, de falar à sua família a respeito de sua pátria, exaltando-lhe as vantagens e demonstrando desdém pela América. Mas seus filhos não sendo europeus e sim americanos irritam-se com o desdouro dos pais, por sentirem-se humilhados. Daí esse ódio frequente contra os pais, conforme fala Azara, entre as crianças americanas filhas de europeus.

Grande número de índios atravessaram o Uruguai em Salto e em Guaraim em busca da proteção portuguesa, passando a cerca de uma milha de São Borja, guiados por um mestiço chamado *Siti*, ao qual dão o título de coronel. Meu hospedeiro relatou-me o seguinte a respeito desse tal *Siti:*

Nasceu em uma das aldeias das Missões, situada entre o Uruguai e o Paraná. Entretanto serviu nas tropas de Rio Grande, desertando em seguida, refugiando-se em sua terra. Aderiu então a Artigas mas cansado de fazer uma guerra sem nenhum futuro, abandonou seu chefe com o intuito de restabelecer as aldeias das Missões, hoje em ruínas. Reunira um dia sua tropa para dizer aos índios ser livre a retirada daqueles que quisessem seguir Artigas. Como alguns homens aceitassem essa franqueza, *Siti* negou-se a permitir que levassem as respectivas armas, por não ser justo, dizia, fornecer armas ao inimigo. Conseguidas as armas massacrou-os quando se retiravam, já a uma certa distância do local. Depois submeteu-se a Ramirez com a condição de poder restabelecer as aldeias indígenas de Entre Rios, destruídas pelos portugueses e não ser obrigado a pegar em armas durante dez anos.

Ramirez esqueceu-se logo do tratado firmado e, tendo tomado a resolução de fazer guerra aos paraguaios, quis obrigar *Siti* a tomar parte na mesma. Este apelou para sua lealdade mas Ramirez atacou-o e bateu-o. *Siti* pediu asilo ao Marechal Chagas que lhe permitiu refugiar-se em terras portuguesas. Apressando-se em ganhar as margens do Uruguai foi perseguido pelo inimigo e as tropas de Corrientes atiraram sobre os índios quando atravessavam o rio. Mas o marechal, tendo enviado barcos para facilitar a passagem, mandou dizer aos correntinos que se não cessassem de fazer fogo seriam repelidos por seus soldados.

Aí as tropas de Ramirez retiraram-se e os índios acabaram de passar livremente.

O marechal havia tomado armas em nome do Rei, mas pôde deixar *Siti* estabelecer-se em uma das aldeias Missões, dispersando seus índios pela província, os quais foram recebidos como peões nas estâncias, afora uma centena deles que foram admitidos no regimento de guaranis-portugueses.

Essa última atitude é censurada pelos brancos, acordes em afirmar não ser possível contar com a lealdade de homens que durante muito tempo guerrearam os portugueses, afeitos a todas as espécies de latrocínios e absolutamente infensos à boa fé. Acrescentam que o aprendizado das armas e o conhecimento do país os tornarão em perigosos inimigos. Cabe ao governo português o direito de tomar medidas de garantias contra esses homens, começando por distanciá-los das fronteiras.

Havia a ideia, do Conde de Figueira, de lançar as bases de uma aldeia indígena em Torres, para o que enviou para ali alguns prisioneiros feitos em Taquarembó. Não será a melhor oportunidade parece-me, para povoar Torres com índios de *Siti,* ou ao menos uma parte deles. A região não é diferente daquela de onde vêm os índios, de modo que será fácil acostumá-los nela.

Sem esperança de retorno à terra natal tornar-se-ão fatalmente aportuguesados e tratarão de cultivar as terras desse distrito, proporcionando ao viajante, que vai de Laguna a Porto Alegre, recursos atualmente inexistentes.

Segundo me asseguraram não foi somente depois do domínio português que os brancos se assenhorearam das terras dos índios. Onde hoje existem estâncias portuguesas havia outrora outras habitadas por espanhóis. Estes retiraram-se à aproximação dos portugueses e os homens dessa naturalidade obtiveram dos comandantes permissão para se fixarem nas terras abandonadas.

CAPÍTULO XVI

Margens do Rio Butuí. E8tdncia de São Donato, do marechal Chagas. Estância de Butuí, margem direita do rio desse nome. As pelotas, barcos de couro cru. S. Borja. Igreja. Notável partido que os jesuítas sabem tirar da imbecilidade dos índios. Música. Decadência das Missões depois que abandonaram o sistema dos jesuítas, Mistura com 08 brancos, Moléstias. Despovoamento. Retorno à barbaria. Caráter infantil dos Guaranis. Opinião do Coronel Paulette. Descrição da aldeia. Estância de Santos Reis. Velha plantação de mate. Regimento dos Guaranis. Suas mulheres. Bicharia. Ruína da região devido às requisições militares. Observações obtidas por intermédio do Cura de São Borja, Ramirez.

Margens do Rio Butuí, 17 de fevereiro, 6 léguas. — Partimos pela madrugada, aproveitando o magnífico luar, a fim de possibilitarmos o descanso dos bois na estância de São Donato, pertencente ao Marechal Chagas.[1]

Persistem as planícies. As forragens não são finas nem tão tenras quanto as dos arredores de Montevidéu, mas mostram-se abundantes e de magnífica coloração verde.

Antes de chegarmos a São Donato passamos diante de uma mata maior que o comum dos capões, onde vi belas árvores. Os tons da vegetação tinham, já começado a mudar, um pouco aquém de Rio Negro, mas foi principalmente depois que entrei na zona das Missões que notei diferenças mais sensíveis. Nas matas a verdura é escura; nas pastagens mostra-se sem dúvida magnífica mas, não possui a alegria das dos campos do Rio da Prata. Excetuada a *Verbena* n.º 2646 quarto e a Marsilácea n.º 2652, comum nos brejos, semelhante à *quadrifolia,* não vejo atualmente planta alguma pertencente à flora europeia. A vegetação se ainda não é dos trópicos ao menos aproxima-se infinitamente dela. Depois de Ibicuí não vi mais o *salgueiro* número 2132 sexto.

Era intenção minha passar a noite na Estância mas renunciei a tal ideia vendo-a cheia de baratas, insetos de que há muito eu não ouvia falar.

Fui bem acolhido pelo capataz, recebendo até oferecimento de pêssegos, figos e melancias. De todas as regiões até agora percorridas por mim, na América, não encontrei outra em que os frutos europeus produzissem tão bem quanto aqui. Os figos são também bons em Minas. As melancias são as melhores que tenho comido. Os melões não têm nenhuma rugosidade mas são muito doces. Conquanto não se dispense cuidado algum aos pessegueiros eles se curvam ao peso dos frutos e são absolutamente superiores aos nossos "pêchers de vigne".[2]

---

[1] NOTA DO TRADUTOR — No original este parágrafo vem no final do capítulo XV começando o XVI em desacordo com o método jornaleiro adotado pelo autor. Como o primeiro subtítulo do presente capítulo indica que tal divergência é devida a defeito da paginação deliberamos corrigir esse defeito na tradução.

[2] NOTA DO TRADUTOR — Variedade de pêssegos, semelhante ao nosso vulgarmente chamado salta-caroço".

Cinco léguas de terreno compreende a estância do Marechal, abrigando 6.000 bovinos e 200 cavalos, valendo 88.000 cruzados. O Marechal nunca contribuiu para os fornecimentos de carne às tropas e vende anualmente 500 bois a "demi double piéce" o que dá uma renda de 250 "doubles".[3] Precisa, para o serviço da estância de um capataz a um "double" por mês e de 10 peões a 8 patacas, dando um total de 36 "doubles". Deduzindo-se essa soma de 250 restam 224, lucro líquido da fazenda, representando isso juros de 8%, no caso de ter custado ela 88.000 cruzados, o que não é admissível.

Deixando a estância do Marechal encontrei ainda excelentes pastagens, povoadas de gado numeroso, sem dúvida pertencente à dita estância.

Em seguida passamos próximos a charcos onde fomos atacados por mosquitos, retornando enfim ao Rio Butuí (rio dos moscardos). Esse rio corre entre duas fileiras de matas, cheias de lianas e de bambús, onde se veem árvores muito grandes, pouco diferindo das florestas virgens.

No sítio onde paramos o Butuí não tem largura superior à do Essone diante de Pithiviers. É ordinariamente vadeável mas as últimas chuvas ocasionaram tal enchente que impede seja atravessado a vau. Amanhã teremos pois novas dificuldades. Hoje passamos os cavalos e os bois, tendo Joaquim, o índio, ido dormir do outro lado do rio.

Estância de Butuí, à margem direita do Rio Butuí, 18, de fevereiro. — O Rio Butuí tem curso pequeno e desemboca no Uruguai. Nenhum outro nome calharia melhor a esse rio, pois em parte alguma tenho visto tão considerável número de mosquitos. (Butuí não significa mosquito e sim moscardos; entretanto quando passamos por esse rio não vimos nenhum moscardo).

Mesmo trabalhando no meio de fumaça, como fiz ontem à tarde, para escrever este diário, fui por eles picado e durante a noite não nos deixaram sossegar.

Ao raiar do dia começamos a descarregar a carroça e meus trastes passaram para uma dessas pirogas improvisadas, tão em uso nas capitanias de Montevidéu e do Rio Grande nos lugares onde não existe outro meio de atravessar o rio.

A *pelota,* este o nome dado a tais pirogas, é simplesmente um couro cru em que se ligam as quatro pontas, tomando desse modo a forma de um barco, com feitio aproximado de sacolas de papel onde se embrulham biscoitos. Enche-se a pelota de objetos, amarra-se numa corda ou uma tira de couro a uma de suas extremidades e um homem, a nado, fá-la passar o rio, tendo a ponta da corda presa aos dentes.

Para facilitar o trabalho meus homens estenderam uma corda de um lado a outro do rio com o fito de diminuir o esforço da natação, apoiando-se nela para descansar. Eu mesmo passei o rio sentado numa pelota chegando sem novidade à outra margem, bem como as bagagens e carroças. Matias, José Mariano e Firmiano alternaram-se na passagem da pelota.

[3] N. T. — Moeda francesa, antiga, equivalente a 48 francos.

Devido ao cansaço de meus camaradas não quis ir mais longe e parei na segunda estância do marechal. Aí não encontramos carne alguma, sendo preciso cozinhar feijão, o qual somente às 5 horas ficou pronto. Não pude deixar de admirar a paciência com que todo mundo suportou a fome após tantos trabalhos.

O capataz e os peões desta estância estão ausentes não havendo aqui senão um enfermo e algumas índias muito bonitas, as quais vieram sentar na margem do rio durante o tempo em que eram transportadas as bagagens, e, não obstante meus homens estarem nus e lhes dizerem algumas pilhérias indecentes, só se retiraram quando viram tudo terminado.

Pouco depois voltaram ao rio, entrando na água sem se preocuparem com a própria nudez. Ensaboaram os cabelos, trançaram-no, e voltando à estância vestiram roupas limpas. Tudo isso demonstrando o desejo de serem conquistadas. Não as vi fazer nada, além de andar à-toa e dormir. À tarde dançaram com meus homens, não sendo difícil adivinhar como foi terminado o dia...

A castidade, que nos faz resistir aos mais violentos desejos, é de todas as virtudes a que mais exige a preocupação obsidente do futuro. Como poderiam os índios ser castos se para eles a ideia do dia de amanhã quase não existe?

São Borja, 19 de fevereiro, 4 léguas. — Firmiano[4] assegura-me que estou enganado a respeito de nossas hospedeiras de ontem, pois José Mariano e Neves perseguiram-nas durante uma parte da noite, encontrando a mais bela resistência. Custo a acreditar nisso, mas, a ser verdade não sei como explicá-la.

Durante algum tempo atravessamos boas pastagens, alcançando em seguida um riacho chamado *Passovai* (vau ruim) tendo a carruagem dificuldade em passar. Próximo existem cabanas de índios. Em quase todas essas habitações veem-se redes, onde sempre está uma mulher deitada indolentemente.

Excessivo calor fatigou extremamente os bois, motivo pelo qual foram desatrelados. Tomei a dianteira com o Matias deixando os outros criados abrigados sob pessegueiros, já destituídos dos frutos.

Tenho por várias vezes observado ser raríssimo os brasileiros aguardarem a maturação dos frutos para colhê-los. Isso demonstra que eles não são capazes do mais insignificante sacrifício para o futuro.

Após deixar a carruagem entrei logo em um brejo de cerca de uma légua de comprimento, onde meu cavalo atolou profundamente. Daí avistamos já a igreja de S. Borja, e a um quarto de légua aquém dos brejos chegamos à aldeia.

---

[4] NOTA DO TRADUTOR — No original está *Mariano* mas o sentido autoriza-nos a corrigir esse engano tipográfico e razoável em face da semelhança dos nomes. Além disso o autor nunca se refere a José Mariano desse modo.

As primeiras casas por onde passamos são apenas pobres choupanas, esparsas aqui e acolá, junto às quais não se vê plantação alguma. Chamou-me a atenção seu estado de decadência e abandono. Só se veem soldados e fuzis; a cada passo encontramos sentinelas e diante da casa do comandante, outrora residência dos Jesuítas, estão enfileirados diversos canhões.

Fui apresentar meu passaporte ao comandante, coronel Paulette, velho oficial de marinha, ex-ajudante de campo do Sr. Sampaio, então governador do Ceará, hoje capitão-geral da Capitania de Goiás.

Na viagem empreendida pelo Conde de Figueira às missões, para expulsar os espanhóis, constatou a fraqueza e apatia do Marechal Chagas, e, descontente com sua administração, substituiu-o pelo Sr. Paulette, reconhecido como mais capaz.

Infelizmente aqui estando há pouco tempo não pôde ainda conhecer bem a região; por isso não devo dele esperar muitos ensinamentos.

Pareceu-me frio. Entretanto recebeu-me muito bem, mandando me reservar um quarto junto ao seu, no velho convento dos Jesuítas. Fez conduzir meus animais a uma estância das vizinhanças, convidou-me a fazer refeições em sua companhia, prometeu mandar fazer novo eixo e nova cobertura para minha carruagem, além de mandar fornecer carne aos meus empregados.

Troquei há alguns dias, vários de meus bois, que se achavam cansados, por outros mais novos mas ainda não domesticados. Quando a carroça foi desatrelada um deles tornou-se furioso, precipitando-se para o páteo do antigo convento, e teria me apanhado se eu não me refugiasse num pequeno quarto próximo.

Ao cair da tarde entrei na igreja, que estava aberta, e a grandiosidade desse edifício, semidestruído, causou-me profundo sentimento de surpresa e de respeito.

São Borja. 20 de fevereiro. — Começarei este relato pela descrição da Igreja de São Borja.

Para nela entrar sobem-se três léguas de pedras, passando um vasto átrio sustentado por quatro filas de colunas de madeira, de ordem dórica, colocada duas a duas sobre o mesmo pedestal. Esse átrio confina com três portas esculpidas e pintadas, sendo uma maior correspondendo à nave principal e as outras duas às naves laterais. Entre as portas veem-se, nas paredes, figuras colossais de santos, pintadas de modo grosseiro. A igreja é construída de alvenaria de pedra, mas não havendo calcário na região, o emboço é feito de barro. Por baixo dos muros vai uma argamassa composta de areia, argila e bosta de vaca, que, asseguram-me, nem a mais forte e duradoura chuva é capaz de estragar. Não há campanário, nem torre que o substitua. Os sinos foram colocados no pátio do velho convento, sob um telheiro quadrado, onde vão dobrá-los, tendo para acesso uma pequena escada de madeira.

Quanto à pavimentação interior é feita de ladrilhos desiguais; a abóbada é alta, mas de madeira porque a falta de cal impede fazê-la de pedras. Contei 160 pessoas da porta principal ao altar-mor e 43 de uma parede lateral à outra. A nave principal é separada das laterais por oito arcadas sustidas em colunas de madeira, de ordem jônica, colocadas duas a duas sobre um mesmo pedestal.

Não possui coro e os altares são apenas 3, um para cada nave. As imagens dos santos que ornam o altar-mor são muito mal esculpidas, mas o altar é guarnecido de ornamentos extremamente doirados, elevando-se até à abóbada.

Sob uma das arcadas, a mais próxima do altar-mor, existe uma tribuna isolada e de forma oval, destinada aos músicos. De cada lado da igreja fica uma sacristia, estando a da esquerda cheia de pedaços de uma multidão de santos, de todos os tamanhos, pintados e em madeira. Vi um cujos braços eram móveis, parecendo-me representar Pilatos ou Judas, e era provavelmente destinado a figurar em uma dessas fraudes pias com que os Jesuítas divertiam os índios.

Embora ainda mantida com asseio essa igreja há muito não sofre reparação alguma. A falta da cal, obrigou, como disse já, os jesuítas ao uso da madeira na abóbada e nas colunas, delas caindo continuamente pedaços. É de crer-se que breve este templo estará em ruínas.

A gente não pode deixar de se surpreender quando considera que todas as aldeias das Missões, com os edifícios nelas construídos, são obra de um povo selvagem orientado por alguns religiosos. Era preciso que estes conhecessem todos os ofícios e tivessem paciência de ensinar aos índios, fiscalizando a execução de cada peça e a sua colocação nos devidos lugares, pois os índios são incapazes de conceber um plano, visto não possuírem noção do futuro.

Ontem à tarde a banda do Regimento dos Guaranis veio ao pátio do convento, e, em presença do Coronel, executou o hino do regimento, com muito gosto e segurança.

Fui hoje a missa durante a qual alguns meninos cantaram árias portuguesas, com voz muito boa e muita afinação.

Os jesuítas, como os antigos legisladores, serviam-se da música para abrandar os costumes dos Guaranis e para cativá-los. Tal processo deu bons resultados principalmente porque essa tribo possui grande vocação para a arte musical.

Como os índios não ouviam o som dos instrumentos, pelos quais eram apaixonados, senão nas cerimônias religiosas, logo tomaram a música como parte essencial do culto divino, tornando-se afeiçoados ao ofício sacro e cristãos, tanto quanto podiam ser.

Após o desaparecimento dos Jesuítas, o amor à música persistiu entre os guaranis, por assim dizer — sem mestres. E a aprendizagem da música tornou-os também soldados, como outrora fê-los cristãos.

São Borja, 21 de fevereiro. — O Sr. Paulette, com o qual conversei muito, conhece bem o caráter dos índios. Já é uma grande vantagem para governá-los, mas ainda não é tudo: será preciso encontrar meios que, no estado atual das coisas, combinem com esse caráter.

Entre os comandantes que precederam o Sr. Paulette vários eram homens instruídos, de vistas largas, e excelentes intenções. Entretanto depois do domínio português nesta província (Missões) ela se empobrece, cada dia a sua população decresce de modo assustador. Quando da expulsão dos Jesuítas a população subia a 8.000 almas.

Durante os oito primeiros anos os espanhóis seguiram exatamente o plano traçado pelos Padres da Companhia de Jesus e o número de índios das Missões aumentou em vez de diminuir, mas, depois, sendo sempre governada por protegidos dos vice-reis de Buenos Aires, desejosos de fortuna, entrou em decadência. Abandonados os sistemas dos jesuítas, os índios foram explorados, por todos os modos, dispersando-se. O casamento não era mais recomendado como um santo dever, os brancos misturaram-se com eles apoderando-se de suas terras, levando-lhes vícios e moléstias destruidoras.

Quando os portugueses se tornaram donos das sete aldeias da margem esquerda do Uruguai aí encontraram apenas 14.000 almas. Então os índios já não eram os mesmos de outrora; haviam perdido inteiramente os costumes de origem jesuítica, regredindo à barbaria. Atualmente a guerra muito contribuiu para acelerar sua decadência. A população das Missões portuguesas é hoje ainda de 14.000 almas.

Todos os habitantes de Entre Rios passaram, como disse, para o lado de cá do Uruguai, calculando-se seu número em cerca de sete mil, tendo portanto a população total da região conhecida pelo nome de Missões do Paraguai ficado reduzida ao décimo do que era ao tempo dos jesuítas.

Como remediar, nas atuais circunstâncias, tantos males? Confesso não ver nenhum meio. A civilização não nasceu para índios, visto ser fundada inteiramente na concepção do futuro, que lhes é absolutamente estranha. Cercados de homens civilizados os selvagens não podem volver completamente ao estado de bárbaros. Até serem completamente absorvidos pelos brancos terão de viver de modo muito pior que a vida selvagem, visto terem perdido a inocência peculiar aos seus ancestrais quando viviam em plena floresta, e visto não possuírem qualidades necessárias à vida em sociedade, da qual entretanto não podem sair.

Os guaranis apenas podem ser comparados às crianças de nossa raça; mas a criança desperta interesse porquanto será homem um dia. O índio, ao contrário conservando a ingenuidade da criança, mesmo na idade adulta, não provocará senão desprezo permitindo aproveitarem-se de sua fraqueza para oprimi-lo.

Verdade é que mesmo no estado atual ele exige pouco conforto. Podendo dividir com uma companheira sua cabana mal construída e asseada, possuindo alguns andrajos, vendo um pedaço de carne suspenso ao seu teto, tendo sua cabaça cheia de mate, será mais feliz do que o mais potentado branco, cercado de aduladores e seduções. Todavia esses escassos confortos são suficientes para levá-lo a uma sociedade tendente à desaparição, porque para mitigar sua fome precisará trabalhar, submetendo-se à opressão.

"Sabemos, dizia-me o Sr. Paulette, como a Província das Missões era florescente sob o governo dos Jesuítas, e que somente sob a égide desses Padres ela podia florescer. Se quisermos esperar bons resultados, teremos de procurar imitá-los na medida do possível. Mas na prática as coisas mudam. O sistema jesuítico formava um todo do qual não é possível que se conservem umas partes suprimindo-se outras. Era apoiado sobre bases não mais existentes e por conseguinte impraticável. Tais bases eram as poucas ideias que os índios tinham do resto do mundo, sua separação de todos os brancos que não pertencessem à ordem dos jesuítas e enfim a profunda veneração que tinham pelos padres, olhados como seres de uma espécie superior, enviados de Deus especialmente para governá-los.

"Sob a égide jesuítica os índios viviam em comunidade, mas não se acredita que trabalhassem para gozar um dia. Trabalhavam porque tal era a vontade dos padres. Os interesses desses confundem-se com os dos guaranis e por isso eles deviam procurar torná-los felizes. O espírito previdente dos sacerdotes de Cristo supria o que a natureza recusava aos índios. Eles eram para os selvagens o que são os pais para os filhos — uma segunda Providência, ou melhor — a tribo guarani formava um corpo do qual os jesuítas eram a alma.

"Se os guaranis pertencessem a uma tribo possuidora de entusiasmo pela virtude, o regime de comunidade talvez fosse ainda possível, mas onde achar entre os portugueses homens capazes de desinteressadamente aceitar o encargo de dirigir um povo semibárbaro, em região distante das cidades, onde nada se faz senão a peso de ouro? O cidadão encarregado de administrar os índios somente o fará com intenção de se enriquecer à custa dos selvagens, como tem acontecido até agora, e os índios trabalharão de má vontade, visto reconhecer estarem trabalhando para os outros. Além disso eles sabem que nas estâncias serão recebidos como peões, tendo abundância de carne e recebendo algum salário. Como pois não preferirem esse último estado de coisas, muito menos fatigante que um trabalho regular repetido diariamente, sob a guarda de um feitor que os castiga a cada falta?

"Hoje eles sabem que o mundo não se limita às suas aldeias; contrariados nada os impede fugir e um grande número deles dispersando-se, já, pela capitania constitui forte exemplo a ser seguido por outros mais.

"À saída dos índios das Missões corresponde a entrada de novos brancos; as raças confundem-se e mestiços sem virtudes e amor ao trabalho terminarão por tomar o lugar dos brancos e dos índios. Mas os primeiros serão em parte renovados pela chegada de europeus, de paulistas e mineiros, sendo possível o desaparecimento dos Guaranis ao fim de uma ou duas gerações. Dando-se aos índios a mesma liberdade auferida pelos brancos eles continuarão a se dispersar, mas evitar-se-á constrangê-los".

S. Francisco de Borja, conhecida geralmente sob o nome de S. Borja, 22 de fevereiro. — Situada sobre um ligeiro promontório e em região entremeada de pastagens e bosquetes de árvores, fica esta aldeia uma légua ao sul do Rio Uruguai, cujas águas correm majestosas entre duas fileiras de árvores cerradas e copadas, pouco diferentes das matas virgens.

Vastos pântanos estendem-se ao sul e a cerca de 1/4 de légua da aldeia, sendo a região em geral úmida, oferecendo por todos os lados poços de água mais ou menos profundos.

As pastagens dos arredores de S. Borja são de qualidade inferior.

Como acontece ordinariamente nos terrenos pantanosos nuvens de mosquitos enchem o ar, e, principalmente passeando-se nas margens do Uruguai é impossível parar-se um instante sem ser logo coberto por esses insetos. Um dia, indo herborizar próximo ao rio, fui extremamente incomodado pelos mosquitos, e, quando voltava, enxames desses nocivos animaizinhos acompanharam-me até à aldeia. Devo acentuar que os mosquitos da América dos quais existe um grande número de espécies diferentes, raramente fazem empolar a pele como os da Europa; suas picadas são muito fortes mas se forem seguidas de coceiras não terão grande duração.

Não havendo fontes nem regatos nos arredores de São Borja a água utilizada é a dos brejos, de gosto insípido e adocicado. Se os jesuítas preferiram este lugar a outros mais favoráveis, v. g. os belos campos de Rincão da Cruz, foi talvez porque já encontraram os índios estabelecidos neste distrito. Também podia ter sido pela abundância da madeira ou ainda devido à sua situação entre o Uruguai e os pântanos, estratégica para a defesa à infiltração dos brancos.

A igreja, cuja descrição já fiz, fica voltada para o norte, olhando para o Rio Uruguai. Como o convento dos jesuítas, contíguo, forma um dos lados de uma praça quadrada de cerca de 200 passos em todos os sentidos. Os edifícios do convento circundam, com a igreja, um pátio gramado, quadrangular, que pode ter 68 passos de comprimento e 66 de largura. O convento, construído em três lances, é de um só pavimento, tendo as paredes grossas e feitas do mesmo modo que as da igreja; o telhado é de telhas côncavas, prolongando-se em abas para fora das paredes, formando um avarandado de 6 passos de largura sustido em colunas de madeira. Tal varanda continua ao lado de leste pelo prolongamento do telhado da igreja.

Ao tempo dos jesuítas não havia construção alguma à direita e à esquerda da porta; apenas a galeria avarandada circundava o pátio. Mas no tempo dos espanhóis foi levantada uma parede fechando o espaço existente entre a igreja e a porta do convento, aí fazendo pequenos cubículos, prejudiciais ao aspecto do conjunto. Paredes transversais dividem o convento em grandes peças quadradas, sendo essa a única distribuição interna.

Hoje os apartamentos outrora reservados ao Provincial, quando de suas visitas às Missões, são ocupados pelo comandante, ficando eu hospedado nos quartos mais próximos à igreja, outrora destinados aos Curas.

No mesmo alinhamento do convento existem outros edifícios envolvendo também um pátio quadrangular. Ao fundo desse pátio estão prédios possuindo alpendre à frente. Os outros lados são simplesmente formados por larga galeria sustentada por três fileiras de postes. Esse Páteo e as construções que o cincundam têm o nome de *curralão*. Era aí que trabalhavam, no tempo dos jesuítas, os oficiais das diferentes profissões, e onde hoje ainda trabalham, por conta do Rei, os poucos artífices existentes.

Cada um dos três lados da praça é formado por dois corpos de construções, separados um do outro por intervalos. Essas construções, cobertas de telhas, formam de cada lado largas galerias sustentadas por pilares de pedra. Tais edificações, divididas por paredes, formam várias casas que eram habitadas pelos índios, ao tempo dos jesuítas, e são constituídas por peças muito altas e de área quase quadrada de cerca de 20 palmos em todos os sentidos; não possuem janelas mas há duas portas, uma dando para a galeria da frente e outra para a dos fundos. Também não dispunham de comunicação interior, mas pelas galerias podia-se passar de uma a outra casa sem apanhar chuva ou sol.

Nos quatro ângulos da praça existiam, outrora, capelas. De três delas fizeram armazéns e da quarta um hospital militar, muito mal instalado por falta de verbas.

Do lado norte havia, em tempos idos, duas ordens de construções absolutamente semelhantes às que acabo de descrever e essas que se estendem paralelamente à praça formavam várias ruas transversais, cortadas por uma longitudinal, a qual faciava a igreja e era prolongada por uma aleia de laranjeiras, ainda existente. Das construções paralelas à praça apenas subsistem duas onde localizaram o quartel do regimento de Guaranis, após haverem tapado a galeria dos fundos.

Hoje as casas existentes ao redor da praça não são mais habitadas pelos índios e sim pelos brancos, pagando aluguel, sendo algumas ocupadas por lojas. Vários inquilinos abriram janelas nas casas e para aumentá-las fecharam a galeria dos fundos.

S. Borja atualmente só pode ser considerada como uma praça de guerra, pois o número de famílias indígenas está em uma relação de 1% para as ditas brancas.

Sendo a sede do comando da província acantonamento do Regimento dos Guaranis e residência do Coronel do Regimento de Milícia, há sempre um destacamento na aldeia.

O exíguo número de índios realmente pertencentes a São Borjas mora atualmente em míseras cabanas esparsas nas cercanias da aldeia. Outras cabanas são habitadas pelas mulheres dos militares e dão mostras da maior indigência. Na maioria essas minguadas moradias são feitas de palha. Uma rede, alguns giraus uma cafeteira de cobre e algumas panelas formam todo o mobiliário e em, apenas duas ou três vi alguns pés de milho plantados ao redor.

Estância de Santos Reis,[5] 1.º de março, 2 1/2 léguas. — Durante o tempo em que fiquei em S. Borja o Sr. Coronel Paulette prestou-me todos os serviços dele dependentes, cumulando-me de gentilezas. Aproveitei essa estada para consertar minha carroça, para preparar uma mala de pássaros e outra de plantas. De S. Paulo para cá tenho tido a preocupação de calafetar, com um mistura de cera e resina, todas as juntas das caixas que vão ficando cheias e de cobrir os pacotes de plantas com um tecido encerado por mim preparado.

Após o almoço mantinha longas conversas com o Sr. Paulette, homem sensato, inteligente e de nobres sentimentos. Experimentei assim um prazer de que estava privado havia muito tempo — o de poder comunicar minhas ideias a um homem capaz de entender-me e de satisfazer-me o espírito, transmitindo-me seus pensamentos.

---

[5] NOTA DO TRADUTOR — Essa estância tornou-se muito conhecida por pertencer a família do ex-Presidente da República, Dr. Getúlio Vargas.

Pretende o Sr. Paulette estabelecer um correio entre Missões e Porto Alegre. A primeira mala partiu durante minha permanência em S. Borja e pude aproveitar para escrever ao Sr. De Jessieu uma longa carta onde lhe contei detalhadamente o envenenamento de que fui vítima próximo ao Arroio de Guarapuitã.

Durante os dias em que estive em S. Borja o calor foi sempre insuportável. Eu e meus empregados não dávamos um passo sem ter a camisa logo molhada e sem sair do lugar estávamos sempre suados. Segundo me informaram diversos moradores do lugar, entre eles o vigário, o mês de fevereiro é normalmente o mais quente do ano; no inverno a temperatura desce a ponto de nevar. O vento norte traz chuvas; o de sudoeste é precursor de trovoadas e algumas vezes de granizo, enquanto o bom tempo é ordinariamente acompanhado do vento de leste.

Devido às geadas não é possível o plantio dos cafeeiros e da cana-de-açúcar em S. Borja, mas outrora o cultivo do algodão foi praticado com sucesso. Creio que os jesuítas fizeram na aldeia algumas plantações de mate, as quais não mais existem. As laranjeiras dão, dizem, bons frutos. As melancias, os pêssegos, as maçãs e os melões são excelentes apesar de não merecerem cuidado algum.

Devíamos ter partido ontem, mas tendo ainda alguns arranjos a fazer fui forçado a demorar mais um dia. Trovejou durante a noite e apesar do tempo instável pus-me a caminho aí pelas dez horas. Tencionávamos passar o Rio Camaquan indo pernoitar mais longe, mas apenas tínhamos andado uma légua os trovões aumentaram caindo logo muita chuva. Vimos pois refugiar-nos nesta estância, um pouco afastada do caminho, mas ao menos encontramos um abrigo.

O proprietário, que é o administrador de São Nicolau, está ausente, sendo eu recebido por um negro, muito delicado. Encontrei também aqui uma família de índios fugidos. Esses infelizes dispersaram-se por toda a Capitania, achando sempre poucos meios de subsistência.

Informou-me o negro do Administrador que as terras deste distrito são muito boas para culturas, mas acrescentou, como tantos outros, que a *ferrugem* ataca bastante o trigo.

O administrador renunciou à ideia da pecuária porque os índios de S. Borja vêm roubar os animais.

De S. Borja até aqui o terreno é apenas ondulado e tem pastagens pintalgadas de bosquetes de um verde escuro. A erva torna-se melhor à medida que se distancia de S. Borja.

Enquanto caminhávamos senti um forte cheiro de limão. Perguntando a um peão que me havia dado o Coronel, qual a causa desse cheiro soube ser devido a uma gramínea, n.º 2.628, muito comum na região, chamada *capim limão*.[6] Mandei arrancar uns exemplares e tendo mastigado algumas folhas achei-as de sabor muito ácido. Disseram-me que o gado come essa erva, boa para engordar, mas a carne toma gosto muito desagradável.

---

[6] *Echites guaranitica* (Aug. de S. H.).

Na descrição de S. Borja esqueci-me de dizer que o convento possuia um grande pomar cercado de muros. Veem-se ainda algumas laranjeiras e pessegueiros mas tudo se apresenta inculto.

Estância de Santos Reis, 2 de março. — O regimento dos Guaranis foi começado há doze anos, compondo-se hoje de quinhentos e tantos homens considerados somente como soldados. Exceção feita do coronel e do major todos os oficiais são Guaranis. A princípio foi difícil reunir esses índios e submetê-los ao regime de disciplina mas logo a música militar os seduziu, passando os exercícios e manobras a ser para eles verdadeiras distrações. Naturalmente levados à submissão acostumaram-se a obedecer a seus chefes e os longos intervalos de repouso existentes em seus deveres, favorecendo sua preguiça, acabaram por torná-los soldados. A guerra oferecendo-lhes oportunidade de praticar a pilhagem, contribuiu ainda para lhes dar maior gosto pela vida militar e demonstrar ser talvez essa a vida que mais lhe convinha.

Aliás possuem qualidades inerentes à vida militar, como sejam: a resignação com que suportam a fome, o cansaço e as intempéries. Portugal deve-lhes grande parte dos sucessos obtidos na batalha de Taquarembó. Observou-se serem principalmente aproveitáveis nas manobras de artilharia, mas nada sabendo combinar foi preciso misturá-los com os brancos para lhes seguir os exemplos. Os soldados guaranis têm boa aparência e manobram com precisão.

Mais geralmente sensíveis, que os homens de nossa raça, às modulações musicais, indicam o compasso, quando marcham, por uma cadência mais notável. Em armas assemelham-se singularmente aos cossacos regulares; e o Conde de Figueira, admirado dessa semelhança, melhorou-a dando-lhes uniforme azul com golas vermelhas, mais ou menos do feitio do dos cossacos. Os Guaranís possuem entretanto traços menos grosseiros e membros menos carnudos que os soldados do Don.

Seu soldo é o mesmo dos milicianos em serviço, isto é — três vinténs e meio por dia. Mas os pagamentos estão sempre atrasados; dão-lhes uniforme e por única ração quatro libras de carne por dia. Quase todos são casados e têm suas mulheres em São Borja, nas cabanas esparsas nos arredores da aldeia, de que falei atrás. Elas e seus filhos vivem da ração dos maridos, o que quer dizer — na maior indigência. Em geral tais mulheres são cheias de piolhos. Como os *Hottentotes* elas têm grande prazer em mastigar suas pulgas e piolhos, e quando se lhes censura esse hábito respondem ser impossível ter Deus criado animais somente para fazerem mal. Em suas cabanas estão sempre acocoradas ao redor do fogo: entretanto é preciso convir que seria injusto acusá-las unicamente.

Outrora os habitantes das aldeias cultivavam o algodão. As mulheres descaroçavam-no, fiavam e teciam, mas nas três invasões espanholas foi destruído tudo quanto espacara à capacidade dos administradores e os homens mais capazes de cultivar a terra são hoje soldados. Vivem longe de suas aldeias e suas mulheres são realmente privadas de trabalhar, porque lhes faltam meios.

Empreguei duas índias, durante dois dias, em beneficiar algodão, ficando satisfeito com a rapidez e a qualidade de seu trabalho.

No momento em que esta Capitania possa gozar os benefícios da paz talvez não seja mantida em armas toda a mocidade da região. Será dada baixa aos soldados, para irem cultivar a terra e manter suas famílias. É extremamente necessário diminuir o aspecto militar desta província se não querem destruí-la completamente. Toda a mocidade guarani acha-se em armas; as terras das aldeias estão incultas e os moços são hoje estranhos aos trabalhos de campo, não aprendendo nenhum ofício. Os brancos, sempre empregados no serviço militar, não podem pensar em os substituir.

Afirma-se, geralmente, que o produto anual de todas as vacas da província não é suficiente para as rações distribuidas; os fornecimentos de carne nunca foram pagos.

Além disso o encargo do fornecimento às tropas torna-se mais penoso porque, sob a alegação de recompensar os serviços prestados ao Estado, são excluidas as requisições aos estancieiros mais ricos.

O excessivo custo das mercadorias concorre ainda para arruinar os agricultores, pois enquanto levam-lhes o produto de seus trabalhos, são eles obrigados a pagar suas roupas e seus confortos a preços exorbitantes. Os objetos mais baratos custam mais 100% que em Porto Alegre, havendo alguns cuja diferença sobe a 200 e 300%. [7]

Os guaranis não são homens grandes; têm a pele bronzea, cabelos negros e muito finos e são geralmente feios. Seus traços e a estrutura de seus corpos apresentam, em geral, o característico da raça americana, mas o que me parece distinguí-los particularmente como tribo é o comprimento do nariz e a doçura de suas fisionomias. As mulheres têm aparência extremamente vil. As rugas da velhice são mais fortemente pronunciadas que em nossa raça.

Conversei bastante a respeito desses índios com o Vigário de São Borja, o qual viveu entre eles durante muitos anos, e vou relatar aqui o que ouvi, combinando com minhas observações e as de outras pessoas dignas de apreço.

Os guaranis, como todos os índios, não tem ideia alguma do futuro. Aprendem com facilidade o que se lhes ensina mas não inventam nem compõem nada. São de caráter dócil e obedecem sem dificuldade, mas seu caráter não é fixo. Cuidando apenas do presente não são fiéis à palavra dada e não possuem nenhuma exaltação da alma, sendo estranhos a quaisquer sentimentos de generosidade ou de honra. Não têm ambição, cobiça ou amor próprio. Se algumas vezes economizam é por pouco tempo. Um guarani, por exemplo, consegue por suas economias adquirir uma roupa que o pode abrigar das intempéries durante muito tempo; logo depois trocá-la-á por uma vaca, da qual nada restará ao fim de poucos dias.

Outrora havia o ensino de leitura e escrita em todas as aldeias, mas isso acabou há muito tempo. Contudo vem de ser criado o lugar de mestre-escola para todas as aldeias reunidas. Mas, com a retribuição é de 100$000 (625

---

[7] NOTA DO TRADUTOR — No original está "2" e "300%". Acredito haver erro de imprensa, faltando dois zeros junto aos *dois*.

fr.),[8] é possível não se encontrar ninguém capaz de ir ocupar lugar por esse preço, e, realmente a quantia estabelecida é muito módica para uma região onde o alqueire de farinha custa 4$000 e mais, e tudo o mais nessa proporção.

O Vigário de São Borja dá aulas particulares a meia dúzia de meninos, mas os demais ficam entregues a si próprios e a seus pais. Isso prova o cuidado dos jesuítas para com os índios, o respeito que lhes inspiram pela doutrina cristã e como sabiam fazê-la necessária, pois encontram-se ainda numerosos guaranis que sabem e ensinam aos seus filhos o catecismo, em língua vulgar, e as orações que os padres da Companhia de Jesus tinham composto. Contudo é fácil perceber que semelhante instrução não vai além da memória, nada influindo sobre os costumes.

Os guaranis não têm superstição particular, mas seu respeito pelas imagens vai quase à idolatria. De caráter dócil, estranhos ao ódio, à vingança, ao amor, ao dinheiro e à glória, cometem realmente muito menos pecados que nós. Quando vão à confissão apenas se acusam sobre questões do sexto mandamento, e quando terminam a confissão é inútil que o padre os interrogue porque responderão negativamente a todas as perguntas que se lhes podem fazer. Cometem furtos sempre que as ocasiões são propícias mas nunca se acusam disso, pretendendo que Deus deve ter feito todas as coisas do mundo para todos os homens, e quando um objeto é furtado eles dizem que o mesmo *fugiu*.

Como os jesuítas persuadiram-nos que uma das mais graves faltas seria a de ter relações com os brancos, as mulheres acreditam-se muito mais culpadas quando têm comércio com um homem de nossa raça que com um negro e sobretudo com um índio, e, quando se confessam nunca se esquecem de mencionar a raça daquele com quem tiveram relações.

As crianças têm vivacidade. É mais frequente vê-las saltar, correr, rir e brincar que as crianças brasileiras. Mas à medida que crescem tornam-se sérias, indolentes e apáticas. Têm pouca amizade uns pelos outros. As mães choram algumas vezes a perda dos filhos, mas os maridos não choram as mulheres nem estas àqueles. Os filhos veem, sem uma lágrima, os pais exalarem o último suspiro e têm como dever levá-los ao cemitério e abrir-lhes a sepultura.

As meninas atingem a puberdade muito cedo e prostituem-se em tenra idade. Os homens cobrem com cuidado os órgãos sexuais, mas as mulheres não têm pudor algum, e numerosas vezes vi-as banharem-se inteiramente nuas diante dos homens. As casadas seguem os maridos por toda parte, embora não sejam esposas muito fiéis. Por seu lado os maridos veem com a maior indiferença suas mulheres entregarem-se a estranhos, e frequentemente eles mesmos as prostituem. Quando uma índia tem um filho de um homem branco o marido dá-lhe sempre preferência, sobre seus próprios filhos.

Mais longe que a insensibilidade moral dos Guaranis vai a sua insensibilidade física. Sofrem sem proferir uma queixa. Os doentes têm grande aversão pelos remédios e seus parentes só os fazem tomar quando pedidos. Se alguém reprova-lhes esse desleixo, respondem que de qualquer modo deverá acontecer o que foi por Deus determinado.

O Sr. Paulette foi testemunha de um fato comprovante da indiferença desses índios perante a dor: Um jovem peão, fazendo o rodeio, caiu do ca-

---

[8] Câmbio da época.

valo e foi arrastado durante alguns instantes; como o estribo, no qual seu pé estava preso, era de metal, um de seus dedos foi completamente decepado e os outros profundamente cortados; o menino, todavia, não proferiu uma palavra tornou a montar e não parou senão quando o rodeio acabou.

Apesar de viverem já há muitos anos no meio de homens civilizados, os índios mantém ainda vários hábitos da vida selvagem. Mesmo os que possuem vestuários têm prazer em andar sem camisa, apenas com um calção; gostam de ficar acocorados ao redor do fogo e preferem suas cabanas baixas, estreitas, mal ventiladas, construídas no mato, às nossas casas.

Os jesuítas sem dúvida não ignoravam que lhes estavam contrariando o gosto dando-lhes casas cobertas de telhas, agarradas umas às outras e escurecidas por varandas, mas nisso eles não procuravam agradar os índios e sim tornar sua vigilância mais fácil.

Durante todo o dia o tempo esteve lindo, mas permaneci aqui porquanto disseram-me que em seguida às chuvas as margens do *Icabaca* (ou *Camaquam*) ficavam muito perigosas e que não teria onde por as malas se fosse preciso descarregá-las.

Há aqui várias dessas famílias índias, que atravessaram o Uruguai para fugir às crueldades de Ramirez. Tais infelizes dispersaram-se pela província e vivem na baixa indigência. As que aqui se acham não têm ocupação alguma e se alimentam apenas de abóbora e feijão, cozidos sem sal e sem gordura. Em Entre Rios os índios assistiram queimar-lhes as casas, tendo perdido quanto possuíam; faltando-lhes esperança de ressarcir os prejuízos, eles morrem de fome e ao relento, sem contudo proferir um lamento, conforme pude verificar.

Entre os povos brancos isso seria uma falta de coragem ou um ato heróico de resignação. No seio dos índios tudo não passa de uma prova, a mais, de sua apatia. Alguns deles, já cometeram crimes, depois que estão entre os portugueses, o que não é para se estranhar, pois há muitos anos não fazem outra coisa além da pilhagem e todas as atrocidades de uma guerra intestina.

Aliás não são somente índios que se refugiam entre os portugueses. Enquanto estive em S. Borja vinham, todos os dias, homens brancos de Corrientes, de S. Roque e de outras aldeias de Entre Rios apresentar-se ao Coronel Paulette e pedir-lhe permissão para procurar colocação nas estâncias portuguesas.

Todos contam que no momento Ramirez faz um considerável levante de homens. Casados ou não, ele prende quantos possam ser postos em armas mas ninguém sabe positivamente quais sejam seus projetos. Uns acham que vai atacar Buenos Aires, outros julgam serem contra o Paraguai suas intenções, enfim há quem suponha serem os brasileiros o alvo de suas ambições.

Quaisquer que sejam seus *desiderata* não se pode ver hoje em suas manobras senão o desespero de um tirano insensato que, percebendo aproximar-se o termo de seus delitos, tudo arrisca antes de sucumbir e quer ter o bárbaro consolo de arrastar na queda todas as vítimas de suas ambições.

Os homens de Entre Rios, que vi em São Borja, são notáveis por sua grande estatura, brancura da pele, tamanho e beleza dos olhos. A par disso eu e o coronel notamos neles um ar audacioso e resoluto, de causar admiração. Vestem-se como os habitantes dos campos de Montevidéu e têm uma aparência dos vilões de melodramas. Trazem os cabelos trançados e um lenço ao redor da cabeça; um outro lenço, a que dão um nó muito solto, serve-lhes de gravata; como arma exibem uma grande faca à cinta. Com calças brancas e franjadas, não usam paletó; as mangas da camisa trazem arregaçadas, à moda dos nossos açougueiros.

CAPÍTULO XVII

Estância do Silva. Estância do Souza. Aventura de um miliciano, duma índia e de um prisioneiro negro. Feiura das índias; paixão que inspiram aos brancos. Bonita paisagem. Estância de S. José. Propriedades do Marechal Chagas. Escândalo dessas aquisições. Estância de Itaruquem. Ruínas das velhas estâncias dos jesuítas. Chácara de Chico Penteado. Os moscardos. Significação das palavras, estância e chácara. Notas agrícolas. Chácara de Santa Maria. Passagem de Piratiní. Administração de S. Borja. Aldeia de São Nicolau. Descrição. Ruínas. Ao ar livre, às margens do Arroio de Caotchobai. Ao ar livre, a meio quarto de légua de S. Luís.

Estância do Silva, 3 de março, 1½ légua. — Como o tempo estivesse ontem muito bom, com o termômetro a 26 graus centígrados às quatro horas da tarde, pus-me a caminho, persuadido de não mais encontrar lama nas margens do Rio Camaquam[1] no que não me enganei. Para alcançar esse rio atravessei uma légua de terras planas e ainda semeadas de moitas de árvores.

O Camaquam, afluente do Uruguai, pode ter, no lugar onde se costuma passá-lo, mais ou menos a largura do braço do Montées próximo a Plissai e corre entre duas fileiras de árvores cerradas e copadas, de um verde tão escuro quanto o das matas virgens do interior.

Um destacamento de Guaranis, acantonado à margem do rio, é encarregado de transportar de uma margem à outra as pessoas que necessitarem.

Esses homens construíram à beira da água algumas palhoças onde vivem com suas mulheres. Ao chegarmos estas estavam inteiramente nuas, ocupadas em lavar as roupas sobre as pedras do rio. Absolutamente não se envergonharam com nossa presença e continuaram tranquilamente seu trabalho durante todo o tempo em que fazíamos passar nossa bagagem e a carroça. Esta foi transportada por meio de duas pirogas colocadas transversalmente e conduzidas a vara.

Após ficarmos cerca de uma hora do outro lado do rio, à espera de que se secassem as correias da carroça, pusemo-nos de novo em marcha, para chegarmos, meia légua adiante, à estância de um capitão de milícia. Mandei Matias à frente e não obstante a ausência do dono da estância fui condignamente recebido. Ofereceram-me jantar e ceia e mataram uma vaca, dando aos meus camaradas carne à vontade. Para mim prepararam um leito.

A dona da casa mandou-me uma cesta de maçãs perfeitamente maduras, as melhores que hei comido fora da França, mas a hospedeira absolutamente não me apareceu e recusou a Laruotte permissão para secar papel na cozinha da casa. É de crer-se que essa mulher não seja da Capitania, pois durante

---

[1] NOTA DO AUTOR — *Camacuã* ou *Icabagual* nos mapas.

toda minha permanência no Rio Grande do Sul não me recordo de casa alguma em que as mulheres se escondessem à minha presença.

Da Estância do Silva descortina-se imenso território, ligeiramente ondulado e coberto de pastagens entremeadas de bosques. Contudo o campo não oferece aqui o alegre verdor peculiar à zona existente entre Montevidéu e Rio Negro; os pastos são de um verde seco e na folhagem das árvores notam-se as colorações escuras das florestas virgens. A paisagem é infinitamente mais variada que a dos arredores de Rio da Prata. Lá é preciso encontrar-se um rio para verem-se algumas árvores; aqui moitas de diferentes formas acham-se esparsas no meio das pastagens e o campo assemelha-se a um vasto jardim. Todas as estâncias onde parei, depois de Ibicuí, são cercadas, sendo fácil concluir não estarmos mais em contacto com os espanhóis.

Estância do Souza, 3 de março, 3 léguas. — Ontem à tarde, quando estávamos na Estância do Silva, um soldado e um guarani vieram prender um negro de Entre Rios que praticara vários furtos nessa localidade. Os homens Vinham de S. Borja especialmente para executar essa prisão. O miliciano trazia consigo sua mulher, uma índia. Tendo amarrado o prisioneiro para poderem dormir, o soldado e o guarani tiveram pela manhã a surpresa de constatarem sua fuga. Não teria interesse em mencionar esse fato, tão sem importância, se não fosse a circunstância do soldado, encarregado de capturar um ladrão, ter-se feito acompanhar de sua mulher. Se esse homem branco, natural de Santa Catarina, não tivesse emigrado para aqui nunca teria adotado essa prática de se fazer seguir pela mulher, em diligências idênticas, mas, pela convivência com os índios, acabou por imitar-lhes os costumes.

Mostrarei em outras páginas que a promiscuidade entre índios e brancos resulta, mormente entre espanhóis, em produzir hábitos mistos, conduzindo os brancos à barbaria. Os índios entretanto pouco melhoram no meio dos brancos, ao passo que estes muito perdem em contacto com aqueles.

Assim sendo a precaução dos jesuítas em evitar as relações entre os espanhóis e os índios, conforme fiz já observar, era vantajosa às duas raças.

Por muito tempo houve nas Missões soldados da Ilha de Santa Catarina, que procederam com muita galhardia, muito contribuindo para a expulsão dos gaúchos [2] sempre que apareciam. Depois da batalha de Taquarembó esses homens foram repatriados, mas simultâneamente foi dada permissão, aos que se quisessem alistar nas milícias das Missões para penetrar nesta província. Quase todos tinham arranjado suas mulheres entre índias; alguns casaram-se com elas e levaram-nas com os respectivos filhos; outros abandonaram as amásias e seus filhinhos; e enfim, houve uma centena deles que ficaram, pelo único motivo, digamos, de não se poderem separar de suas índias, as quais não podiam ser apresentadas às suas famílias.

As índias são feias, estúpidas, sem nenhuma graça. Têm um riso parvo e um andar ignóbil. Não se afeiçoam ao amante, sendo infinitamente inferiores às negras; entretanto, vê-se uma multidão de homens brancos chegar ao ponto de se apaixonar por elas.

---

[2] O autor escrevia *garuchos.*

Essa falta de gosto só pode ser explicado pela estupidez dessas mulheres, que as tornam estranhas a todas as reflexões, a toda ideia referente ao futuro, levando-as a agir como animais, entregando-se totalmente à voluptuosidade, aumentando por isso o prazer do homem por elas recebido nos braços e que é bastante rude para procurar na mulher o prazer carnal.

Em nada difere das regiões atravessadas ontem e anteontem a que hoje percorri. Parei em uma estância cujo proprietário estava ausente no momento de minha chegada. Instalei-me num telheiro alto, onde a temperatura estava muito agradável, apesar do calor hoje reinante. Aqui encontrei um jovem espanhol, criado dos donos da casa. Disse-me ter nascido em Montevidéu, tendo sido forçado, há cerca de oito anos, a acompanhar Artigas. Desde aí tem estado sempre em Entre Rios e ultimamente passou à guarda particular de Ramirez. Entretanto resolveu fugir e pôr-se sob a proteção dos portugueses. Informou-me que os habitantes de Entre Rios são tal qual minha descrição, mas acrescenta não possuírem coragem alguma, nem a mínima amizade pelos chefes; poucos se casam por não serem homens de princípio nem honra, e são extremamente dados ao homicídio. Aliás já havia ouvido outras pessoas fazerem referências idênticas.

Enquanto isso, chega o dono da casa. Pareceu-me um homem disposto, e após ver a minha portaria não pôs a menor dificuldade em me emprestar seus bois.

Hoje, como ontem, o calor tem sido insuportável; sem fazer exercício algum estamos sempre banhados de suor e meus camaradas passaram o dia a dormir. Entretanto, ontem, às 4 horas o termômetro indicava apenas 25 graus; hoje à mesma hora tivemos 25,5 graus, e durante todo o tempo em que estive em São Borja não ultrapassou esse número de graus. Como explicar tenhamos sido tão incomodados por esse calor, enquanto que antes de chegarmos às Missões experimentamos muitas vezes temperatura igual a 29 graus?

Saí a herborizar, à tarde, quando o ar foi se tornando mais fresco, fazendo-me acompanhar de um pequeno índio por mim trazido de S. Borja. A pouca distância da casa do meu hospedeiro entramos em um pequeno capão. Uma picada conduziu-me a pequeno regato, de dois ou três pés de largura, apenas, mas de uma limpidez extrema. Espesso bosque de árvores e arbustos impediu-me de seguir-lhe o curso, mas no lugar onde começa a aparecer forma uma pequena cascata forrada de musgos e guarnecida de diversas espécies de Filicíneas. As árvores maiores, entrelaçando suas ramagens, tornam este lugar impenetrável aos raios solares, emprestando-lhe toda a frescura e majestade das florestas virgens. Grandes lianas baloiçam entre os ramos das árvores e vêm roçar a superfície das águas; por toda a parte massas sombrias de vegetais, sendo impossível distinguir as espécies de *per si*. Parasitas prendem-se aos troncos das árvores e o tapete de relva é, aqui, de um verde inalterável.

Esta província oferece, pois, simultâneamente, todas as belezas das regiões descampadas e as das zonas de mata virgem. É claro que os jesuítas só se estabeleceram aqui por terem encontrado índios dóceis e dispostos a acatar-lhes as ordens, mas se o critério da escolha fosse o topográfico eles não teriam encontrado lugar melhor.

As terras compreendidas entre o Ibicuí, o Uruguai e o Camaquam são excelentes para a criação de gado. As que se estendem entre Camaquam e os limites da Província, do lado da Serra, não possuem boas pastagens, mas em compensação mostram-se muito próprias para culturas e podem produzir, abundantemente, trigo, milho, arroz e algodão. Escolhendo-se lugares abrigados, e terras melhores, pode ser cultivada a cana-de-açúcar nas partes mais quentes da Província. Consta que os jesuítas dedicavam-se a esta cultura para agradar aos índios, muito gulosos pelas coisas doces, e, em nossos dias, o Marechal Chagas colheu também uma quantidade suficiente de cana para poder fazer melado e uma pipa de aguardente.

Já disse não existir mais em S. Borja senão um pequeno número de índios descendentes dos que outrora compunham a população dessa aldeia; ao mesmo tempo acrescentei que toda a juventude das missões se achava reunida na aldeia, incorporada a um regimento que pode ter uns quinhentos homens, na maioria casados ou amasiados.

Em 1820 foram feitos em S. Borja 200 batizados, dos quais 141 de índios, e, de janeiro a fins de fevereiro de 1821 já se realizaram 37 batizados, sendo 36 de índios.

Estância de S. José, 5 léguas. — Região ondulada, agradavelmente ornada de pastagens e bosquetes. Ao meio dia parei em uma estância, onde, sem que eu pedisse, trocaram-me os bois, trazidos da estância do Souza, por outros novos. Deram-nos jantar e não quiseram aceitar retribuição alguma.

O homem que me recebeu é europeu. Durante a refeição encaminhou a conversa para os negócios do governo, censurando-lhes os abusos. Os brasileiros, de classe inferior, resignam-se com admirável paciência, mas ainda não vi um português que se não queixasse. Tal diferença mostra, sem dúvida, o espírito que distingue os europeus dos americanos. Têm os primeiros espírito inquieto, atormentado pela concepção do futuro; os outros pensam pouco, são apáticos, e recebem as coisas conforme vierem. Está claro que não me refiro aos homens educados; entre estes há luta contra o exemplo e contra a influência climática, e sem perturbar inteiramente o caráter americano, a índole apática foi muito modificada.

Fiz pouso em uma estância dependente da aldeia de S. Tomás, situada à outra margem do rio e pertencente ao Marechal Chagas. Como em todas as estâncias construídas pelos jesuítas, havia outrora aqui uma capela, hoje abandonada e quase destruída, estando também em ruínas os edifícios da Estância.

Antes da entrada dos gaúchos em São Nicolau (25 de abril de 1819), possuia o marechal grande número de bovinos, em São José. Como esse oficial nunca contribuíra para o fornecimento das tropas os milicianos que passaram por suas terras, para irem defender a aldeia de S. Nicolau, aproveitaram a ocasião e mataram muitos animais vingativamente. Querendo salvar os que sobraram o marechal os fez atravessar o Camaquam, enviando-os a S. Donato, ficando, dessa época para cá, inúteis as terras de São José.

Já passei por três estâncias pertencentes ao Marechal Chagas, e, entre chácaras e estâncias possui ele oito na Província das Missões, calculando-se em 24 léguas a extensão do terreno que podem ocupar. Todas essas terras foram compradas, porém, a preços baixos e, a acreditar-se na voz do povo, foi o medo que por mais de uma vez obrigou os proprietários a vendê-las. Admitindo-se mesmo nunca tenha sido empregada a coação, é preciso reconhecer-se ser escandaloso um comandante de província tornar-se, durante seu governo, possuidor de tamanha extensão de terrenos, enquanto deixava seus administrados em completo abandono.

Escandaloso que o mais abastado proprietário da província, porque fosse comandante, não tivesse fornecido sequer uma vaca para alimentação das tropas, enquanto sugava dos pobres todo o produto de suas terras. Escandaloso, ainda, seus empregados não contribuírem para o serviço militar, enquanto pais de família, os mais úteis, eram arrancados anos inteiros do convívio de seus lares, da cultura de suas terras e criação de seu gado.

Em governo algum devia ser permitido ao administrador tornar-se proprietário na região sob sua jurisdição, mas, sobretudo em se tratando de um governo militar essa medida devia ser esperada.

Estância de Itaruquem, 4 léguas, 6 de março. — Terreno um pouco desigual, mas sempre dotado de pastagens e bosquetes. Em S. Borja a terra era vermelha escura e aqui tem coloração negra, bem pedregosa em alguns sítios, sendo nestes a erva quase rasa.

Paramos em uma estância pertencente a índios de S. Nicolau. Ao tempo dos jesuítas todas as aldeias das Missões possuiam estâncias próprias para a criação de gado. Frequentemente eram muito distanciadas da aldeia de que dependiam, como por exemplo, *Pai Sando de Yapejú* (sic).

Várias aldeias da margem direita do Uruguai tinham, como as da margem esquerda, estâncias que há muito tornaram-se propriedade de agricultores portugueses. Os comandantes nem sequer cuidaram das pertencentes a aldeia de domínio português; doaram-nas ou deixaram-nas perder o gado que possuiam.

Santo Ângelo[3] não tem mais estâncias. O Conde de Figueira deu ultimamente a um de seus ajudantes de campo uma estância que pertencia à Aldeia de S. Luís. S. Borja possui ainda a de *S. Gabriel,* mas sem gado algum; S. Lourenço tem a de *Tupansinetã* (Povo de Nossa Senhora) em condições idênticas e enfim *Conceição,* pertence a S. João, está igualmente sem animais.

A única estância que conserva alguma importância é a de *São Vicente,* onde existem quatorze mil bovinos, pertencentes a S. Miguel. Os animais de Itaruquem desapareceram quando os gaúchos entraram em São Nicolau. O Marechal Chagas para aqui remeteu alguns e atualmente existem uns mil bois nesta estância.

---

[3] O autor escrevia S. Anjo.

Consideráveis são as suas construções; a capela principalmente é muito grande. Há aqui índios e brancos, dos que atravessaram ultimamente o Uruguai. À noite põem-se a dançar com as índias, enquanto um deles toca o violão e canta, segundo o costume, com voz detestável.

Chácara de Chico Penteado, 7 de março, 5 léguas. — Como meus bois estivessem extremamente cansados mandei pedir outros em uma estância vizinha de Itaruquem, sendo-me emprestadas 8 juntas, sem mesmo examinarem minha portaria. Eles nos eram bem necessários, pois, apesar de ter chovido ontem e hoje, o calor continua excessivo e logo que começa a ser sentido os bois, os cavalos e nós mesmos somos cobertos de moscardos de quatro espécies diferentes. Em parte alguma do Brasil tenho visto tão grande quantidade desses insetos. Quando ficava alguns instantes sem espantá-los não havia lugar, no pescoço e na cabeça de meu cavalo, que não ficasse coberto deles. Estando a cavalo pouco me incomodavam, mas parando alguns instantes para colher plantas, vinham logo pousar sobre meu rosto e sobre minhas mãos e me picavam mesmo através das roupas.

Hoje percorremos região ainda mais desigual que a por nós atravessada, e os bosquetes são mais numerosos. Depois de S. Borja as pastagens são sempre de um belo verde e pintalgadas de grande número de flores. Nos lugares úmidos a erva cresce à altura do ventre dos cavalos. As principais plantas aí encontradiças são: a Gramínea n.° 2698, a *Hyptis* n.° 2656 bis e a Composta n.° 2716. Nos sítios secos depois das Gramíneas são as Compostas que apresentam maior número de espécies e de indivíduos. A charrua n.° 2671 bis, outras espécies do mesmo gênero, as espécies de *Vernonia* e a n.° 2671 podem ser contadas entre as Compostas mais comuns neste lugar. Não encontrei nenhuma Melastomácea. As espécies de *Cassia* são igualmente muito raras.

Parei em uma chácara habitada por um paulista. Conforme disse já, uma estância é uma propriedade onde podem existir algumas culturas, porém ocupando-se principalmente da criação do gado. O chácara tem área menor e só se destina à agricultura.

Meu hospedeiro gabou muito as terras desta região, que a seu ver nunca se esgotam, produzindo abundantemente o trigo, milho, algodão, feijão, arroz, amendoim, mandioca, melancia, abóbora, melão e todos os frutos europeus. Há dois anos vem plantando, duas vezes por ano, no mesmo terreno, sem nunca ter adubado, não tendo notado diminuição alguma nas colheitas.

As primeiras sementeiras fazem-se em maio, junho ou julho, colhendo-se em novembro ou dezembro. Logo após a colheita semeia-se uma segunda vez para colher-se em março. Podem ser cultivados com igual sucesso os campos e as matas; todos os capões, indistintamente, possuem terreno absolutamente bom, enquanto noutros lugares, próximos a São Paulo, é necessário fazer-se escolha. Cuidam tão pouco da agricultura, nesta região, que chegam a vir de S. Borja à casa de meu hospedeiro para comprar frutas e amendoins. Dado os preços elevados de todas as mercadorias, nesta zona, poderia ele fazer fortuna se tivesse produções mais avultadas.

Esse homem estabeleceu-se no terreno que ocupa sem título. O Marechal Chagas quis fazê-lo sair. resistindo, acabou por tornar-se possessor de sua terra. Outros portugueses, que não tiveram a mesma perseverança tiraram-se havendo hoje apenas um ou dois brancos estabelecidos nas terras da aldeia de S. Nicolau, do outro lado do Pirantiní.

Seria louvável Chagas garantir os índios em suas terras, e estes de cultivá-las, se ele tivesse sido severo consigo mesmo como fora para outros. Mas, formando, como formou a uma légua de S. Nicolau uma chácara onde construiu um engenho de cana, somos tentados a supor que seu intento era descartar-se dos portugueses das Missões, a fim de não ter testemunhas para sua péssima administração.

Quando os insurrectos espanhóis apossaram-se da Aldeia de S. Nicolau, o Marechal Abreu veio com suas milícias em socorro da província, e, assegura-me meu hospedeiro que em sua retirada esses soldados causaram maiores danos que os próprios inimigos, pilhando sem escrúpulo, carregando com o gado e com os cavalos das estâncias por onde passavam.

Segundo tudo quanto ouvi dizer, parece que de fato a população da zona administrada pelo Marechal Abreu, isto é, de Capela de Alegrete e distritos circunvizinhos, é de toda a Capitania a que mais se assemelha aos gaúchos, e os próprios costumes de Abreu pouco diferem dos homens conhecidos por esse nome.

Chácara de Santa Maria, 8 de março, 5 ½ léguas. — Até ao Rio Piratiní o terreno continua desigual e sempre dotado de pastagens e bosquetes de aspecto agradável.

O Piratiní é um dos maiores afluentes do Uruguai. No lugar onde o atravessamos, pode ter a mesma largura dos Montées em sua embocadura, sendo guarnecido de duas fileiras de árvores, cerradas e copadas.

Meus objetos foram transportados em uma péssima piroga, pertencente a um velho índio, residente em uma palhoça, próxima ao rio. Como o rio é vadeável aos animais, exceto apenas no centro da correnteza, os bois puxaram a carroça de um lado para o outro.

Na outra margem do Piratiní a região torna-se mais agradável ainda, sendo a ondulação dos terrenos mais sensível, os bosquetes mais próximos uns dos outros, formando uma espécie de decoração semelhante aos maciços de um jardim inglês, disposta no meio de um vasto prado.

Os moscardos, embora menos numerosos que ontem, estão ainda muito incômodos.

Paramos na Chácara do Marechal Chagas, uma simples palhoça, porém situada em encantadora posição. Diante da casa o terreno forma um declive suave, elevando-se em seguida, do mesmo modo; daí se veem os dois lados de um imenso vale bordado de pastagens e bosques.

Nesta região os campos são, como os de Minas, situados nos vales e grotas, onde se vê ordinariamente alguma fonte ou pequeno regato de águas límpidas.

O feitor do Marechal confirmou-me o que foi dito ontem por Chico Penteado, sobre a fertilidade das terras desta região, assegurando-me que elas nunca se cansam, tendo visto semear duas vezes em um mesmo terreno em uma estação, durante vários anos seguidos, sem que perdesse a fecundidade.

A cana-de-açúcar, conforme disse, produziu suficientemente, tendo sido feita considerável quantidade de aguardente, ficando boa de cortar ao fim de nove meses e dando cinco socas, perdendo-se contudo muitos pés, devido às geadas. É de crer-se que esta zona da província seja tão boa para a pecuária como para a agricultura. Pode dispensar-se dar sal aos bois, mas se não for dado às vacas, estas emagrecem e morrem.

Havia outrora em todas as aldeias das Missões um *cabildo* composto de diversos oficiais que, sob a direção dos jesuítas, eram encarregados de policiar a região. Os espanhóis, e posteriormente os portugueses, mantiveram essa forma de governo municipal, substituindo, como disse, a autoridade dos jesuítas pela de um administrador branco.

Em S. Borja, hoje considerada apenas como praça de guerra, não mais existe o *cabildo,* mas conservaram o administrador, um mestiço de branco e guarani. Todavia, como não há mais a comunidade nessa aldeia, o administrador não passa de um comissário do comandante, transmitindo suas ordens aos operários. Estes são hoje em número muito reduzido; estão velhos e o último comandante não cuidou de arranjar aprendizes. Assim a agricultura e os ofícios vão se tornando estranhos aos índios.

Entre os artífices existentes em S. Borja contam-se — um torneiro, um serralheiro e carpinteiros. Todos trabalham no *curralão,* por conta do Rei, e se não os pode mandar fazer nada sem permissão do comandante. Esses infelizes não recebem pagamento algum além de uma ração igual à dos soldados, isso é, quatro libras de carne por dia. Ademais a distribuição é injusta, pois os casados recebem quantidade igual à dos solteiros, o que também se dá em relação aos militares.

Pode dizer-se que não há na administração do Marechal Chagas nada que não demonstre, à saciedade, a mais criminosa negligência e a maior ignorância do que seja a arte de governar.

O administrador conserva ainda em S. Borja dois cargos criados pelos jesuítas: o *cunhanrequaro* (guardião de mulheres) e o *avanuquaro* (guardião de homens). Esses guardas são encarregados de fiscalizar os trabalhos das mulheres e dos homens respectivamente.

Durante o tempo que estive em S. Borja o coronel mandou comprar lã para o fabrico de ponchos, encarregando o *cunhanrequaro* de distribuir a todas as mulheres certa quantidade para fiar.

Aldeia de S. Nicolau, 9 de março, 1 légua. — A pouca distância da chácara do Marechal corre um pequeno rio vadeável, chamado *Iguaracapu.* Para além a região torna-se montanhosa com pastagens e matas em partes iguais. A alguma distância de S. Nicolau começa-se a perceber essa aldeia, situada sobre pequeno promontório.

Matias havia tomado a dianteira, anunciando-me a um alferes atualmente encarregado, pelo comandante, de inspecionar a aldeia. Esse militar teve a ideia de prevenir ao administrador sobre minha chegada, tendo eu encontrado uma casa bem preparada para receber-me.

Antes de entrar na aldeia passei por estreita picada, ladeada de passageiros e densas brenhas, precursoras das ruínas que vamos ver.

Entrei em uma larga rua de casas circundadas de galerias, e absolutamente semelhantes às de S. Borja. Mas quase não se veem moradores nas casas; as portas estão arrancadas, os telhados e paredes estão em ruínas por toda a parte.

Aldeia de S. Nicolau, 10 de março. — S. Nicolau foi construída segundo o mesmo plano de S. Borja. A igreja é igualmente voltada para o norte, erguida em uma praça regular e cercada de casas; tem também um pórtico, duas naves laterais, duas sacristias e três altares. Não têm campanário nem coro; enfim as paredes são igualmente feitas de terra e pedras, sendo a abóbada e as colunas de madeira. O convento fica, aqui como em S. Borja, do lado ocidental da igreja. Nele se vê também um páteio contornado de galerias formadas pelo prolongamento dos telhados da igreja e do convento. Atrás há igualmente um pomar cercado de muros. Há ainda no convento um edifício destinado aos artífices.

As casas da aldeia não passam de divisões de compridas construções cobertas de telhas, cujos telhados, prolongados e sustentados por postes, formam ao redor uma grande galeria.

Os lados oriental e ocidental da praça possuem cada um duas construções separadas, como separadas são nos ângulos da praça. Cada casa compõe-se de um só quarto. Excetuadas algumas onde há janelas feitas ultimamente, não possuem outra abertura além de duas portas estreitas, abrindo-se para as galerias da frente e dos fundos, respectivamente.

Vou discriminar as principais diferenças existentes entre as duas aldeias: S. Nicolau é infinitamente mais alegre, devido estar colocada em região mais pitoresca e por ter todas as casas caiadas. A igreja é mais baixa que a de S. Borja. O pórtico pelo qual se entra no templo tem somente uma fila de colunas. Contei 96 passos da porta ao altar-mor e 34 de largura. As naves laterais são separadas da principal por oito arcadas sustidas em colunas de ordem compósita. Os ornatos dos altares são dourados e sobem até à abóbada, como em S. Borja, mas são mais frescos e de melhor gosto. A igreja é ladrilhada como a de S. Borja, porém, com maior regularidade. Quanto à abóbada é ela pintada de arabescos grosseiros, cujo conjunto produz, entretanto, efeito muito agradável. Em uma pequena capela ficam as pias batismais, capela que é ornamentada com muito gosto, com o teto em forma de zimbório, de oito partes, tendo cada uma um emblema referente ao batismo, acompanhado de uma divisa.

Junto à igreja fica o cemitério, cercado de muros e plantado de laranjeiras. O telhado da igreja, prolongado e sustentado em colunas, forma de um lado largo alpendre sob o qual há também sepulturas. Sobre vários túmulos há pequenas pedras quadradas com inscrições em guarani. São os mais simples epitáfios, pois indicam apenas o nome do morto e o ano do falecimento.

Mede a praça duzentos passos de leste a oeste por cento e cinquenta e sete de comprimento.

Em frente à igreja há um edifício de um andar, com nove sacadas e telhados à italiana; o rés do chão apresenta três arcadas deixando ver ao fundo uma comprida rua terminada por uma aleia de laranjeiras, à extremidade da qual fica uma capela.

Do lado oeste as três ruas que terminam na praça estão intactas; há duas ruas a leste e uma ao norte, apenas.

A rua que termina no meio do lado oriental da praça, faz face a uma capela quadrada cercada de galerias, e à qual se vai por uma aleia de laranjeiras copadas, O verde escuro das laranjeiras e a sombra por elas comunicada à capela inspiram uma espécie de respeito religioso e lembram a ideia que se faz dos *lucus* da antiguidade.

Nem todos os sustentáculos das galerias são postes de madeira; vários são pilastras de pedra e alguns consistem em uma pedra única, de nove pés de comprimento.

Margens do Arroio Caotchobaí, ao ar livre, 11 de março, 2 léguas e meia.

— Durante todo o tempo em que estive em São Nicolau recebi do administrador dessa aldeia toda a sorte de gentilezas. Entretanto às refeições a farinha e o sal eram fornecidos por mim, pois esses gêneros não são encontrados na aldeia. No primeiro dia deram-nos apenas legumes, mas ontem tivemos carne fresca porque o coronel, a pedido do administrador, remeteu a São Nicolau algumas vacas apreendidas na Estância de Itaruquem. Delas deram-me um quarto, para o consumo de viagem até São Luís. Nada querendo dever a esses índios, tão pobres, presenteei com 3 ponchos as crianças mais necessitadas.

Para vir até aqui atravessei região ainda um pouco montanhosa e agradavelmente dotada de pastagens e bosquetes onde se veem belas árvores, boas para a construção de casas para marcenarias e carroçaria.

Os moscardos não estiveram menos incômodos que durante o trajeto de Itaruquem à Estância de Chico Penteado. Nossos cavalos tinham a cabeça e o peito inteiramente cobertos. Parei duas ou três vezes para colher plantas, o que bastava para esses insetos virem pousar sobre minha cabeça e minhas mãos, mordendo-me de todos os lados, a eles juntando-se além disso outros mosquitos e pequenas abelhas. Não podendo suportar tal martírio fui obrigado a renunciar descer do cavalo e deixar escapar algumas plantas ainda não colecionadas.

Atravessamos, nessa caminhada, três riachos: o primeiro, afluente do Piratini, chamado *Guaracapo,* já nosso conhecido quando íamos da Chácara de Santa Maria a S. Nicolau; o Taquaratí (Rio das Taquaras)[4] e enfim o *Caotcobaí,* à margem do qual acampamos no meio de uma pastagem encerrada entre dois tufos de árvores.

[4] Taquara, junco selvagem. — (Nota do Autor).

Experimento sempre contrariedades devidas aos meus companheiros, apesar de não poder negar que me prestam grandes serviços. Matias é-me extremamente útil, mas fala-me quase sempre de modo insolente ou não se dá ao trabalho de responder-me às perguntas. Firmiano está mais moleirão, aborrecido e irritante que nunca; Laruotte não passa de uma criança grande, mal criada; José Mariano não se mostra muito mal humorado mas tem prazer em contrariar-me e desencorajar-me. Para viver em paz o meu único recurso é manter profundo silêncio, mas torna-se penoso concentrar-me, não podendo conversar um instante sequer com os que me acompanham, e nunca receber uma prova de amizade.

O cuidado de manter provisões para meus camaradas torna-se extremamente fatigante, em uma região onde há carência de tudo. Há a carne, mas qualquer quantidade que lhes dou não dura um dia. Havia trazido metade de uma vaca para virmos de Itaruquem a S. Nicolau. No dia em que estivemos na Estância de Chico Penteado os homens encheram-se de carne, mas não tendo eu tomado precaução para conservar a que sobrasse, atiraram-na fora. Todo o quarto que trouxemos de S. Nicolau foi comido hoje e ninguém se preocupa com o dia de amanhã. Em geral isso dá-se com todas as provisões. Meus homens são de tal modo inimigos de tudo quanto se relaciona com o futuro que, ao terem o estômago cheio, acham prazer em lançar fora o que podia dar para viverem vários dias, mesmo quando têm a certeza de nada encontrarem no dia seguinte.

Disse que as pastagens eram muito boas até Camaquam e mesmo até Piratiní, mas referi-me à necessidade de dar-se sal aos animais aquém deste último rio. Essa diferença tem algo de extraordinário, pois conquanto os tufos de árvores sejam mais numerosos, e em maior extensão, não vejo na vegetação das pastagens nenhuma diferença notável.

Ao ar livre, a um quarto de légua de S. Luís, 12 de março, 4 ½ léguas.
— Persiste o solo um pouco montanhoso e agradavelmente bordado de matas e pastagens. Aquelas apresentam espessos bosques de árvores, lianas e arbustos onde seria impossível penetrar, salvo se se abrisse passagem de machado à mão.

O campos daqui são muito parecidos com os dos arredores de Curitiba, mas são mais alegres, pela ausência da *Araucaria.*

Após termos caminhado cerca de meia légua passamos pelas ruínas de uma capela dedicada a São Jerônimo, e deixamos os bois descansar à margem do pequeno riacho *Piraju,* a quatro léguas e meia de S. Nicolau.

Desde as 4 horas da manhã começamos a ser incomodados pelos moscardos, mas foi principalmente às 3 ou 4 horas da tarde que se tornaram insuportáveis.

Às quatro espécies já minhas conhecidas juntaram-se duas outras, novas. O ar está cheio deles e por toda parte assemelham-se, pelo número, aos enxames de abelhas saídos da colmeia. Estavam enovelados sobre o pescoço e o peito de meu cavalo, cobrindo-o de sangue. Passam e repassam defronte do meu rosto, lançam-se em meus olhos e cobrem minhas roupas. Os movimentos feitos pelo meu cavalo, e por mim mesmo, para espantar os insetos, tornaram-me de tal modo fatigado que fiquei como se fosse um bêbado.

Chegamos ao lugar onde paramos ao pôr do sol; durante meia hora, mais ou menos, esses insetos continuaram a nos assaltar e a nos picar, mas ao cair da noite cessaram repentinamente tal perseguição. As pessoas do lugar dizem que eles aparecem todos os anos durante o mês de março, não os havendo, entretanto, na mata. Nas margens do Rio S. Francisco, ao contrário, onde tais insetos são muito menos numerosos que aqui, é no inverno que aparecem e eles habitam principalmente as matas.

O calor excessivo e as picadas dos moscardos castigaram bastante meus bois e meus cavalos. Trouxe de S. Nicolau duas juntas pertencentes ao Marechal Chagas e apesar disso, foi com grande dificuldade que fizemos ontem duas léguas e meia, e não teríamos chegado até aqui se não tivéssemos saído pela madrugada.

CAPÍTULO XVIII

São Luís. As ruínas da civilização implantada pelos jesuítas inspiram-nos respeito por esses padres. Atual indigência dos índios. Mestre-escola. Os índios de S. Nicolau têm melhor aparência que os de S. Borja, provando isso a ação corruptora dos brancos. Palestra com uma índia. Hospital construído pelos jesuítas. Administração antiga e atual. Descrição de S. Luís. Alguns artífices e um bom administrador. Varíola. Chácara do administrador de São Lourenço. Chácara da comunidade de S. Luís. Boa aparência desse estabelecimento. São Lourenço, Miséria dos índios. Mau administrador. Descrição da Aldeia. Velho quincôncio de erva-mate. Colheita do mate. São Miguel. Bom estado dessa aldeia. O Marechal Chagas. Abusos. Soldados não pagos. Igreja de São Miguel. Hospital sem médicos e sem remédios. Essa aldeia é a menos pobre de todas. General Siti, índio, bêbado e ladrão. Pequenos índios frequentemente roubados. Engenho de açúcar construído pelos jesuítas. São João. O cura de S. Miguel. Santo Ângelo.[1] O Juimirim. e Juicuaçu. População da aldeia. Triste condição das índias. Agricultura dos Guaranis: sua charrua, trigo, mandioca, milho, algodão e feijão. Impudor ingênuo das índias.

São Luís, 13 de março, 1/4 de légua. — A regularidade da aldeia de São Nicolau e o tamanho de seus edifícios causaram-me um sentimento de admiração e de respeito quando considerei tudo aquilo como obra de um povo semisselvagem guiado por alguns religiosos; mas, quanto amargor invadia tal sentimento, ao deparar ruínas onde há pouco demorava numerosa população. São Nicolau caíra, já, em deplorável estado de decadência quando os gaúchos aí entraram, em abril de 1819, e acabaram de destruí-la. Eles assaltaram as casas, arrombaram as portas e fizeram buracos nas paredes a fim de assestarem os fuzis nas horas de luta. Os habitantes fugiram, dispersaram-se e um grande número não mais regressou. Além disso foram recrutados todos os jovens, para fazerem-nos soldados. Atualmente o número de casas habitadas não vai além de duas dúzias, sendo seus moradores constituídos de velhos, mulheres e crianças.

A igreja não está em tão mau estado quanto a de S. Borja; entretanto a abóbada e as colunas caem em ruínas.

As construções chamadas *curralão* estão quase destruídas. Não se pode entrar nos apartamentos do *cabildo* senão por uma escada e somente o convento mostra-se bem conservado. Isso não é para se admirar visto ser, há muito, residência do Marechal Chagas. As diferentes peças que a compõem eram outrora independentes. O marechal mandou fazer portas nas paredes

---

[1] O autor escrevia Santo Anjo.

divisórias, providência completamente inútil visto ser possível passar de um quarto a outro, por meio das galerias, sem apanhar chuva ou sol. Além disso o marechal mandou construir novas peças, as quais ainda não foram terminadas; nisso trabalharam durante muitos anos, sempre à custa dos índios, enquanto deixavam suas estâncias ao abandono e negavam-se-lhes meios de subsistência.

Em São Nicolau existem poucos índios e esses mesmos na maior indigência.

A comunidade existe ainda entre eles, porém teoricamente, pois nada há a dividir.

A administração atribui tal penúria à seca observada ultimamente e o público a sua fraqueza e incúria. No momento há cerca de 25 índios, todos velhos, empregados nos trabalhos da comunidade. Suas plantações, por mim visitadas, ficam a uma légua da aldeia e consistem em algumas geiras de milho, com belo aspecto e quase maduro, e geira e meia de algodoeiros cujas cápsulas começam a abrir.

Tais plantações não podiam ser maiores porque a comunidade não possui bois e os agricultores são velhos e mal nutridos.

Morando, com suas mulheres, em uma grande palhoça próximo à lavoura são chamados ao trabalho pelo toque de um tambor. Vê-se na palhoça um pequeno oratório cheio de pedaços de imagens de santos. Semelhantes restos de imagens são encontrados em todas as casas e provêm das igrejas destruídas da margem direita do Uruguai, e das capelas que tiveram a mesma sorte nas aldeias portuguesas.

Há um cura em São Nicolau, o qual não vi porquanto se achava em sua chácara. Nessa mesma aldeia há também um mestre-escola, de raça guarani e que ensina a ler, escrever e contar a uma dúzia de crianças. Estive em sua casa durante uma aula. Cada criança tinha à mão um pedaço de papelão em que estavam escritos, em letras muito bem feitas, da autoria do mestre, alguns versículos da Escritura Sagrada, que serviam de exercício de leitura. Na falta de livros o mestre é obrigado a escrever o que os alunos devem ler, sendo essa prática comum em quase todo o Brasil. A única recompensa recebida pelo mestre-escola de São Nicolau, dada pela comunidade, consiste em gêneros alimentícios, o que significa vir exercendo gratuitamente, há muito tempo, suas funções.

Notei nos índios de São Nicolau um ar mais franco, alegre e modos mais delicados que os de S. Borja, provando isso a ação nociva da mistura com os brancos. Os brancos com os quais os índios têm mais ligação pertencem em geral à mais baixa classe da sociedade; frequentando-os os Guaranis aprendem seus vícios, e, tratados com desprezo adquirem um caráter de desconfiança que se nota até na fisionomia das crianças.

O asseio é uma das qualidades que me parecem distinguir as mulheres guaranis; são frequentemente andrajosas, porém, limpas. Sua vestimenta consiste apenas numa camisa e um vestido de pano de algodão; seus cabelos são muito compridos e trazem-nos enrolados atrás da cabeça e quando vão à igreja usam um véu branco.

Em São Nicolau o Administrador mostrou-me uma índia e disse-me, em presença dela, que seu marido a havia abandonado, porém havia ela vivido posteriormente com homens brancos, com os quais tivera sucessivamente sete filhos.

Segundo o que me contam, disse-lhe eu, parece-me que essas mulheres não são susceptíveis de afeição alguma; seguem seus maridos por toda a parte, é certo, mas fazem-no unicamente porque seus maridos são homens; seguiriam outro qualquer em seu lugar, se se apresentasse.

"— Há tão pouco tempo que esse branco está aqui e vejam como nos conhece já!" — exclamou a índia.

Vi em São Nicolau um hospital construído pelos jesuítas. Compõe-se de quatro salas; uma que servia de capela, uma destinada aos homens, a terceira para as mulheres e a quarta destinada a velhos e aleijados. Hoje esse estabelecimento tornou-se inútil, não mais existindo os leitos para os doentes e não havendo na aldeia um único medicamento. Um curioso português mete-se entretanto a tratar os doentes por meio de plantas da região, podendo-se avaliar sua competência pelo seguinte: um indiozinho queimara um lado do rosto e parte do peito, estando hoje curado, porém, com aderência do queixo ao peito.

Disse haver outrora em cada aldeia um conselho municipal (*cabildo*) incumbido do policiamento sob a direção dos jesuítas e depois sob a dos administradores. O de São Borja compunha-se de 12 membros, hoje inexistentes, mas em São Nicolau os quatro principais cargos do *cabildo* são ainda preenchidos, a saber: o de *capitão corregedor*, o de *tenente corregedor*, o de *alcaide* e o de *escrivão*. Esses homens exercem ainda algumas funções sem importância mas nunca se reúnem para deliberações,

São Luís, 13 de março. — Não entrei ontem em São Luís porque era muito tarde e não haveria tempo de preparar uma casa. Estando a noite muito bonita mandei fazer minha cama em baixo da carroça; mas à meia-noite o trovão fez-se ouvir e a chuva começou a cair. Tudo foi posto apressadamente na carroça, no meio da escuridão, passando eu a noite assentado sobre uma mala, no meio das bagagens empilhadas. Meus camaradas refugiaram-se sob a carroça e deixaram de fazer ronda aos bois para impedi-los de fugir. Esta manhã não foram os mesmos encontrados, saindo todos à procura, o que ocasionou chegarmos tarde à aldeia.

O administrador estava ausente mas fui recebido por um de seus cunhados, o qual mandou arranjar uma casa para mim, na aldeia.

Provavelmente não fui hospedado, no convento por ser a residência do administrador, tendo lá ficado sua mulher e seus filhos. Seu cunhado mostrou-me a igreja, o *curralão* e toda a aldeia. Fiz-lhe inúmeras perguntas, mas o homem era de tal estupidez que não pôde responder a nenhuma e terminei por nada mais perguntar.

São Luís, 14 de março. — São Luís demora-se sobre uma colina donde se avista região um pouco montanhosa, agradavelmente disposta, cortada de pastagens e bosques. Salvo algumas diferenças, atinentes a dimensões, foi esta aldeia construída sob o mesmo plano das de S. Borja e S. Nicolau. Contudo as casas são mais altas, que as dessas aldeias, mais claras e construídas com mais cuidado, sendo as galerias que as circundam sustentadas por pilastras de pedras. Também são pilastras de pedras que suportam as galerias do claustro, e várias, constituídas de uma única peça, são muito altas.

Ainda não estava a igreja completamente terminada. Foi feita, como o resto da aldeia, sob o mesmo modelo seguido em S. Borja e S. Nicolau, porém é mais bonita que as dessas duas aldeias. É em parte pavimentada de pedra e os ornatos. dos altares são mais novos e de melhor aspecto. A abóbada, que não foi completamente acabada, deixa ver um vigamento onde a madeira foi prodigamente empregada, mas denotando cuidados na construção.

Enfim essa aldeia não se apresenta em melhor estado que a de São Nicolau. Nenhum vestígio resta da casa do *cabildo*. As únicas casas que ainda existem são as do redor da praça, na maioria em ruínas. A igreja não foi melhor conservada; a inúmera quantidade de morcegos nela existente empresta-lhe muito mau cheiro.

Quatrocentas almas constituem a população de São Nicolau e das terras dependentes dessa aldeia; aqui não há senão trezentos habitantes, todos velhos, mulheres e crianças. Os rapazes, tal qual os de São Nicolau, foram levados para o Regimento e estão em S. Borja.

É o cura de São Nicolau que atende às necessidades religiosas da aldeia de S. Luís, para o que recebe retribuição igual das duas localidades, devendo portanto, dividir igualmente entre elas, seu tempo e seus cuidados. Todavia ele apenas vem aqui para ministrar a comunhão pascoal aos habitantes, privando-os dos socorros espirituais durante todo o resto do ano.

Aqui as crianças não dispõem de um mestre-escola como em S. Nicolau.

Há em S. Luís diversos artífices, principalmente tecelões, que trabalham para a comunidade, mas, tal é o desleixo do Marechal Chagas que nunca se lembrou de dar ordens para que as crianças aprendessem o ofício.

Também aqui os índios possuem o semblante alegre e franco dos de S. Nicolau, e até parecem mais saudáveis c mais satisfeitos. Têm a facilidade de serem administrados por um homem inteligente, o qual, tratando-os com delicadeza, os obriga a trabalhar e tem o cuidado de ver que nada lhes falte. Esta tarde veio ele visitar-me e fiquei satisfeito pelas suas atitudes honradas e pela sua conversa agradável.

Vi no convento um grande número de surrões cheios de arroz, milho e feijão. Esses gêneros, fruto do trabalho da comunidade, destinam-se à alimentação dos habitantes da aldeia. O excedente das colheitas e dos tecidos é trocado por bovinos de modo que nunca falta carne aos índios de S. Luís. Excetuados os artífices todos trabalham nas plantações da comunidade, mas além disso o administrador lhes permite fazer plantações particulares e lhes dá dias de férias para cuidá-las. Vi várias dessas plantações ao redor da aldeia, achando-as bem tratadas. As plantas que os índios aí cultivam de preferência são: feijões, milho, mandioca mansa, batatas, abóboras e melancia. Têm o costume de construir pequenas palhoças no meio das plantações, onde ficam nas ocasiões de colheitas a fim de evitar os furtos.

Notável é que essas rocinhas não são fechadas e não se recorda quando foi que estiveram incultas.

Entre as principais causas de despovoamento desta província deve ser incluída a varíola. Desde o tempo dos jesuítas ela vem ceifando vidas, repetindo sua influência de três em três anos. É sabido que em geral essa moléstia poupa menos os índios que os homens doutra raça. Ela atacou um grande número de pessoas e somente o povo de Santo Ângelo foi poupado porque o administrador mandou vaciná-lo logo que soube da epidemia nas outras aldeias. Havia já muito tempo que a vacina era conhecida no Brasil. Entretanto o Marechal Chagas nunca procurou introduzi-la entre os índios das Missões e mesmo após constatar os estragos causados pela bexiga não se preocupou em prevenir contra o retorno do flagelo.

Chácara do Administrador de S. Lourenço, 15 de março, 3 léguas. — Nenhuma mudança notável no aspecto da região, sempre desigual e dotado de pastagens e bosquetes.

Após as chuvas, que venho apanhando desde Belém, as pastagens têm tomado a mais bela coloração verde e não hei cessado de encontrar flores. Depois de Piratiní as plantas mais comuns têm sido — as duas espécies de *Eryngium, Vernonia,* a charrua n.º 2.671 bis e uma multidão de espécies do mesmo gênero.

A fim de dar um pouco de descanso aos meus bois pedi ao administrador de S. Luís os da comunidade, o qual prontificou-se a emprestar-mos, dando-me também um índio para acompanhá-los.

A uma légua da aldeia desviei-me do caminho para ir ver a chácara da comunidade. Os índios que aí trabalhavam ordinariamente haviam ido à aldeia levar sacos de milho e feijão, por isso somente encontrei o tenente corregedor e um outro funcionário, os quais receberam-me gentilmente e mostraram-me todas as plantações. O terreno foi muito bem escolhido, estendendo-se em declive sobre a margem direita de um pequeno regato, nascendo próximo e formando a orla de uma grande mata e de um vasto campo, de modo que se pode estender a chácara em um ou outro.

No meio das cabanas dos plantadores, localizadas à margem direita do rio, há uma pequena capela, coberta de colmos, e dedicada a Santo Isidoro, na qual o tenente corregedor mostrou-me, respeitosamente, a imagem, grosseiramente esculpida.

Muito bonitas e de grande extensão apresentam-se as plantações, consistindo em algodoais, um campo de milho, outro de feijão e um soberbo arrozal,

As mulheres ocupavam-se em capinar um terreno a ser plantado no próximo ano. À minha chegada postaram-se em duas filas e pediram-me a bênção, de mãos juntas, segundo a usança da região. Em seguida voltaram ao trabalho e puserram-se a rir como loucas. Em geral observo que quando as índias veem um estrangeiro começam por fazer-lhe delicadezas, com ar sério e encabulado, para depois porem-se a rir, esse riso tolo e infantil que lhes é peculiar.

Gostei muito do tenente corregedor e do outro funcionário, nos quais surpreendi uma aparência alegre, franca e feliz. Falaram-me muito bem do administrador. Repetiram-me que ele trata os índios com atenção, amando-os e tendo cuidado em nutrí-los e vestí-los. Ao elogiarem esse homem noto a preocupação que têm em repetir o fato dele fazer trabalhar seus administrados. Os índios são em tudo como crianças, e por isso preguiçosos; entretanto, reconhecem que devem trabalhar e não gostam dos chefes que os deixam na ociosidade. Assim acontece com os estudantes negligentes: gostam de troçar os professores relapsos.

Perguntei aos dois índios da chácara de S. Luís se o administrador de S. Lourenço era tão bom quanto o deles.

— Quem sabe lá? — responderam-me.

Julguei tal resposta uma evasiva por temerem dizer-me o que pensavam, e não insisti nesse assunto, mas eles mesmos voltaram ao caso e disseram-me que o *carai-major* (administrador) de São Lourenço não era igual ao deles pois ocupava-se muito de sua chácara e pouquíssimo da comunidade.

Foi nessa chácara uma das nossas paradas. Fica apertada entre dois bosques e em terreno ondulado, dando os acidentes encanto à paisagem. As plantações são consideráveis e acredito não ter visto mais belas depois que me acho no Brasil. Não há ervas daninhas e as plantas acham-se simetricamente alinhadas.

Logo ao apear-me um emigrado paraguaio, aqui servindo como capataz, trouxe-me uma prodigiosa quantidade de excelentes melões. Esse homem indo tratar de alguns negócios em Entre Rios fora obrigado a pegar em armas, tornando-se em seguida oficial, mas, conseguindo fugir veio procurar guarida entre os portugueses. Foi extremamente atencioso para comigo, respondendo delicadamente às perguntas que lhe fiz.

Tive ocasião de ver, em minhas viagens, um grande número de paraguaios e mesmo entre os que são tidos como brancos foi-me fácil reconhecer a mistura do sangue indígena. Tais homens são geralmente grandes, de porte esbelto, semblante espiritual e franco, sendo comunicativos e demonstrando, nas conversas, inteligência e espírito.

Entre os índios que trabalham na chácara do administrador encontrei um falando muito bem o português, coisa muito rara entre aqueles que nunca foram soldados. Pus-me a conversar com o mesmo, perguntando-lhe se estava satisfeito com o patrão.

"— Vêde se posso estar satisfeito, disse-me mostrando os andrajos sobre seu corpo; sirvo-o há muito tempo e vêde como sou vestido! Mas José Maria vai tomar-lhe esta chácara e entregá-la aos habitantes da aldeia. Com efeito estas terras são nossas e eles não têm escravos."

Esse José Maria a quem se refere o índio fora administrador de várias aldeias; Chagas exonerara-o mas o Coronel Paulette dispensou-lhe confiança e incumbiu-o de fazer visitas às aldeias relatando o que nelas se passa; via-o todos os dias em S. Borja, onde fazia refeições em casa do comandante, tendo me alcançado à estância de *Bicu,* reencontrando-nos em S. Nicolau. Contou-me, em *Bicu,* que depois de minha partida de S. Borja um capitão de Entre Rios, homem branco, viera apresentar-se ao Coronel Paulette, com cinquenta homens, dizendo-lhe que Ramirez havia perdido inteiramente a confiança da tropa e que dentro em pouco estaria, sem dúvida, completamente abandonado.

Chegaram hoje aqui trezentos índios, conduzidos por um cabo, parente do alferes de Rincão da Cruz. Esses homens faziam parte, disse-me o suboficial, de um destacamento de quatrocentas praças que vinham de atravessar o Uruguai e pedir asilo ao comandante. Este perguntou-lhes se havia entre eles algum que quisesse entrar para o Regimento de guaranis-portugueses; cem a isso se prontificaram e os, restantes dirigem-se a São Miguel, onde se encontra *Siti.*

O cabo louva muito a paciência e docilidade dessa gente. Conta que Ramirez foi inteiramente abandonado pelos seus correligionários, tendo um regimento de negros, de sua confiança, passado ao Paraguai e que Pires, tendo recusado obedecer à ordem de atacar esse país, havia se asilado em Buenos Aires. Informou-me que esse Pires é filho de um paulista estabelecido em Entre Rios, no *Arroio de Ia China,* não tem ainda 20 anos de idade e é analfabeto, mas por sua coragem e bravura conquistara a confiança de Ramirez.

São Lourenço, 16 de março, 2 léguas. — Região sempre encantadora, bordada de pastagens e bosquetes, em terreno acidentado.

Encontrei no caminho os índios de que falei ontem. Esses infelizes, que se fazem acompanhar de mulheres e filhos, nada possuem além de seus magríssimos cavalos estando todos andrajosos. As mulheres vão a pé porque suas montarias não podem aguentá-las mais.

Antes de chegar a S. Lourenço, um suboficial guarani, da comitiva de José Maria, veio ao meu encontro e a primeira cousa que fez foi falar do administrador. Disse-me que José Maria estava muito contrariado com esse homem, cuja escrituração não se apresentava correta e do qual todos os índios se queixam.

À minha entrada na aldeia o administrador veio cumprimentar-me, demonstrando grande empenho em que eu ficasse muitos dias na localidade. Avistando José Maria aproximei-me para dar-lhe bom-dia e nessa ocasião ouvi-o fazer violentas censuras ao administrador. Segundo diz, os índios são aqui castigados a vergalho. Transformou o colégio em bordel e é acusado de todas as sortes de crimes.

Terminada essa discussão pedi ao administrador que me mostrasse a igreja. É também voltada para o norte e construída sob o mesmo plano das outras aldeias, porém, nenhuma delas é mais bela que esta. Tem oitenta e seis passos de comprimento por quarenta de largura; as naves laterais são sustidas por duas filas de colunas de madeira, de ordem compósita, Em vez de três ela tem cinco altares, todos com ornatos dourados e de muito bom gosto. Enfim o edifício apresenta-se no melhor estado possível.

Também o convento está muito bem conservado, apesar do mais achar-se em ruínas. O *curralão* apresenta-se completamente destruído; afora a praça só existe um pedaço de rua e mesmo a metade de um dos lados da praça acha-se derrubada.

Menor que a das outras aldeias é a população desta, montando a duzentos indivíduos apenas, e isso mesmo velhos, crianças e mulheres. Os habitantes são geralmente sujos, malvestidos, tristes e sonsos, isso certamente devido aos maus tratos infligidos pelo chefe.

Os índios, tenho-o dito centenas de vezes, são como crianças: alegres e francos quando tratados com carinho; melancólicos e aborrecidos quando tratados rudemente.

Ao ficarmos sós o administrador pôs-se a relatar-me seus queixumes atribuindo julgamentos injustos a José Maria, e pediu-me interessar por ele junto ao coronel-comandante. Desculpei-me do modo mais honesto que me foi possível, dizendo-lhe do pouco valor de meu testemunho, visto ser um viajor em rápida passagem pela aldeia.

À tarde fui harborizar e passei por um vasto quincôncio de erva-mate, limítrofe com a aldeia, e datando do tempo dos jesuítas. As árvores têm a grossura de uma coxa e como as irrigam anualmente somente mostram brotos novos. Alguns índios da margem direita do Uruguai estavam ocupados em preparar a erva; eis a sua técnica: duas cercas compostas, cada uma, de três forcados mais ou menos da altura de um homem são colocadas verticalmente no solo; entre os dentes do forcado duma mesma cerca, dentes esses muito curtos, fica um grosso pau, em posição horizontal e enfim paus menores são amarrados transversalmente sobre os dois grossos paus opostos; essa espécie de mesa, denominada *carijo* é destinada às últimas operações a que é a erva submetida.

Junto ao *carijo* é acesa uma alongada fogueira. Em pequenas varas, previamente rachadas até ao meio, os índios enfiam pedaços de ramos de mate e em seguida fincam, obliquamente, essas varas no chão, ao redor da fogueira (sapecar)[2] assim torrando os ramos e folhas. Quando tal operação está concluída levam os ramos para os varais transversais de modo que os galhos fiquem em baixo e as folhas em cima. Depois acendem novo fogo a fim de aquecer o mate que é em seguida pilado por meio de um toco de madeira e um pequeno saco de couro.

Os jesuítas, que faziam considerável comércio de erva mate, não se contentavam em colhê-la no estado espontâneo em que se encontrava nas proximidades de Santo Ângelo; trataram de fazer plantações ao redor das aldeias, infelizmente quase todas destruídas. Em S. Borja, S. Nicolau e S. Luís essas culturas desapareceram completamente e ninguém cuida renová-las, mau grado as grandes vantagens que decorreriam para as aldeias.

Após haver atravessado os quincôncios de mate fui passear nos arredores da aldeia e vi, como em S. Luís, várias chácaras muito bem mantidas.

[2] O autor escrevia *sapicar.*

Entrando em uma delas somente encontrei mulheres, que me receberam com semblante alegre e franco. A mais velha falou-me bastante, porém, como somente conhecia o guarani, foi-me impossível compreendê-la. Em seguida foi apanhar uma abóbora, presenteando-me de muito boa vontade.

Não sei se é o hábito de ver índias que vai fazendo desaparecer a meus olhos qualquer coisa da feiura delas, mas parece-me de fato existir entre essas mulheres algo de agradável, em seu sorriso infantil.

São Miguel, 17 de março, 3 léguas. — Como as admoestações de José Maria causaram grande transtorno ao cérebro do pobre administrador de São Lourenço somente ao meio-dia pude conseguir os bois que lhe havia pedido, motivo pelo qual tivemos de suportar excessivo calor. Embora menos numerosos, que os do dia de nossa chegada a S. Luís, os moscardos atormentaram-nos muito.

O terreno continua com o mesmo aspecto, porém mais montanhoso em determinados lugares e o caminho apresenta-se muito pedregoso.

Junto a S. Miguel veem-se muitas chácaras dispersas pelo campo.

Essa aldeia situa-se em uma colina, e, de todas até agora vistas, é a que se apresenta em melhor estado. Tomando a dianteira, acompanhado do Matias, fui logo apresentado ao administrador, um mulato idoso, natural da Capitania de Minas. Tendo sido prevenido de minha chegada recebeu-me com essa polidez humilde, característica nos homens de cor oriundos daquela capitania. Parece ser inteligente e dirige-se aos índios com bondade. Sua conversação prova, ademais, que ele não é desta localidade, pois em geral os homens desta região falam pouco, demonstram extrema ignorância, pouco espírito e sentimento. São grandes, bem feitos, bonitos, mas parece que a natureza só lhes deu dons exteriores.

Poucas horas após minha chegada recebi a visita de um tenente, comandante de um destacamento de guaranis e homens brancos do Regimento da Província. Apresentei-lhe uma carta do coronel e consegui dele um vaqueano para acompanhar-me até mais adiante.

São Miguel, 18 de março. — Em virtude do excessivo calor de hoje nada pude fazer. Pela manhã estive de prosa com um europeu que foi durante muito tempo secretário do Marechal Chagas e que, como todos os europeus, muito clama contra os abusos do governo. Lamenta principalmente a sorte desta província, e, há convir, tem toda razão. No início da guerra vieram trezentos soldados catarinenses, mas excetuados esses, somente os milicianos da província defenderam-na contra seus inimigos, lutando às suas próprias expensas, pois em onze anos de serviço apenas receberam dois anos e meio de soldo e somente um uniforme. Contudo nunca deixaram de estar em armas, longe de suas famílias e seus lares, e de fornecer gado e cavalos, sem retribuição alguma.

Depois que o Conde de Figueira veio governar a Capitania a fazenda real fez algumas despesas com o Regimento dos Guaranis, mas até então esse regimento vivera às expensas dos *povos*. No começo não havia nem fuzis e o marechal foi obrigado a mandar fazer lanças com ferro adquirido com verbas das aldeias. Seu secretário afirmou-me que da criação do Regimento à partida do Marechal Chagas as comunidades forneceram para mantença de tropa nada menos de setenta e três mil cruzados. Assim sendo o regimento era sustentado por velhos e mulheres, os quais tinham ainda o encargo de, por seus trabalhos, manter os curas e os administradores das aldeias, pagos pelos índios. A junta da fazenda de Porto Alegre chegara ao cúmulo de exigir pagassem eles os dízimos, mas tal medida foi revogada.

São Miguel, 19 de março. — Aldeia também situada sobre pequena colina, em região pouco montanhosa e bordada de pastos e bosques.

Em S. Borja os bosquetes não eram ainda bastante numerosos; à medida que se encaminha para leste, e por conseguinte em direção às montanhas, eles tornam-se mais frequentes e nos arredores daqui pode-se dizer que há mais bosques do que pastagens.

S. Miguel é a mais conservada de todas as aldeias que hei visitado até agora. Além das casas constitutivas da praça veem-se várias ruas. O curralão apresenta-se em bom estado. A casa do cabildo necessita reparação, mas subsiste ainda. A igreja, construída pelos jesuítas, é toda de pedra e possui uma torre que servia de campanário, mas, há vários anos, um raio caindo sobre ela destruiu-o completamente. João de Deus, um dos primeiros governadores desta província, pretendia fazer reparação nesse edifício, tendo para isso reunido os materiais, dispendendo muito dinheiro, mas, tendo sido substituído, o sucessor não levou avante seus projetos. As reparações foram interrompidas e as despesas feitas tornadas inúteis. Tal é ainda um dos inconvenientes do poder absoluto outorgado aos governadores de província. Cada qual dá início a uma determinada obra e quase nenhum continua a de seu predecessor; o dinheiro público é dissipado e as províncias se endividam para sempre.

Em substituição à velha igreja foi construída uma outra, baixa, estreita, comprida, em nada parecida com os vastos edifícios construídos pelos jesuítas.

São Miguel também é feita segundo o mesmo plano das outras aldeias, entres tanto, além da diferença já demonstrada com referência à velha igreja existe outra relativa à posição dos três edifícios principais, Em todas as aldeias que visitei a igreja é colocada à direita do convento, e o curralão à esquerda; aqui ao contrário o curralão fica à direita e a igreja à esquerda.

O hospital, ainda existente, compõe-se de várias peças extremamente sombrias. Nele ainda recebem doentes, mas não há médicos, nem enfermeiros, nem remédios. Em São Luís e São Lourenço não há cura nem mestre-escola, mas aqui há um cura e um jovem guarani que ensina leitura às crianças.

Esta aldeia é a menos pobre de todas, possuindo uma considerável plantação de mate e importante estância onde são marcados três mil animais cada ano.

Os habitantes, bem nutridos, bem vestidos e tratados carinhosamente por seu administrador, têm um ar alegre e franco, demonstrando satisfação.

S. Miguel é a primeira aldeia onde vejo realizar algumas reparações. Se desde o início tivessem cuidado disso, sempre que fosse necessário, em todas elas, as aldeias não estariam em quase total destruição, mas numa região onde não são reparados os próprios edifícios públicos não se pode esperar que os administradores, cujo principal interesse é o lucro, cuidem de fazer consertos em imóveis que lhes não pertencem e que pouco lucro lhes dão.

Em todas as aldeias que tenho percorrido até agora, as ripas foram substituídas por bambús unidos uns aos outros e amarrados com cipós. Nenhuma falha existe nos madeiramentos.

Serviu-me de vaqueano de S. Borja até aqui um soldado guarani, cuja família se acha nesta aldeia há três anos. Ao chegarmos felicitei-o pela ventura de rever sua mulher e seus filhos, tendo ele demonstrado frieza ao ouvir-me. Esta manhã veio dizer-me que não sabia o que fazer, se voltar para S. Borja ou ficar aqui. Respondi-lhe que ia perguntar ao tenente quais ordens teria recebido, a esse respeito, do comandante da província. Após entender-me com o dito tenente encontrei o guarani e disse-lhe ser-lhe permitido permanecer aqui o tempo que quisesse, pois nesse sentido escreveria ao comandante. Respondeu-me que partiria dentro de 8 dias. Não assinalo isso como um traço particular de indiferença e sim como exemplo da característica dessa raça.

O abade Casal fala da existência de pinheiros na Província das Missões; não se veem dessas árvores em toda zona por mim percorrida desde Ibicuí, mas vi dois exemplares no jardim do convento de S. Nicolau e meia dúzia no do convento de S. Miguel, todos plantados pelos jesuítas.

São Miguel, 20 de março. — Conforme disse, já, foi esta a aldeia designada pelo Marechal Chagas para residência do General *Siti*. Fui vê-lo ontem às onze horas ou meio-dia, e disseram-me que visto ser dia de São José, ele provavelmente já estaria embriagado. Tendo trazido consigo grande quantidade de objetos e ornamentos de igreja, esse homem em vez de vendê-los em lote a fim de conseguir fundos para adquirir uma estância, vai dispondo de peça por peça e com o dinheiro apurado compra aguardente, com que se embriaga diariamente, sem cogitar do dia de amanhã.

Não tendo podido visitá-lo ontem procurei fazê-lo hoje pela manhã. Deparei um homem de cerca de 40 anos, de tipo insignificante e estatura mediana. Sua Pele branca e rosada podia fazê-lo passar por branco se o seu curto pescoço, a dureza de seus cabelos e a largura de suas espáduas não indicassem claramente o seu sangue mestiço. Estava vestido, à minha visita, com um mau uniforme escarlate, camisa muito suja e lenço azul ao redor da cabeça. Vários gaúchos, semelhantes aos nossos bandidos de melodrama, achavam-se sentados em bancos, ao redor da sala. No meio via-se uma grande mala inglesa; três ou quatro relógios, estavam sobre uma mesa e em uma prateleira viam-se vários estojos. Siti manteve-se de pé durante todo o tempo de minha visita e nem mesmo ofereceu-me assento, mas acredito que assim agiu devido mais à falta de costume, ao acanhamento, que à arrogância.

Após os primeiros cumprimentos fiz cair a conversa a respeito da guerra. *Siti* estava já à frente dos índios quando Ramirez assumiu o comando da província de Entre Rios e eis o que me contou acerca dos últimos acontecimentos:

Ramirez prometera-lhe deixar estar dez anos sem fazer a guerra, mas ao cabo de alguns meses mandara-lhe ordem de marchar com toda a sua gente. *Siti* fez algumas representações, infrutíferas, e Ramirez atacou-o. Foi então que resolveu, com seus índios, atravessar o Uruguai. Alguns, supondo que o chefe tencionava vendê-los aos portugueses, preferiram ficar com Ramirez, mas a maior parte acompanhou-o. Aqueles, isto é, os que não vieram com *Siti*, acabam de atravessar também o Uruguai, e como o comandante da província ordenou fossem distribuídos pelas aldeias, *Siti* falou-me com ar triunfante: "Eles não me quiseram seguir e agora têm de se sujeitar ao regime da Administração, ao passo que os meus companheiros só prestam obediência a mim."

Estávamos em palestra quando apareceu um espanhol que serve de secretário do cura e pôs-se a falar de Buenos Aires, do Chile, de Carlos V e de Francisco I. Com pesar meu não se falou mais sobre os índios e como a hora do jantar estava próxima fui obrigado a retirar-me. Esperava que o general índio me pagasse a visita mas não me foi dada essa honra, e eu lamentei isso, porque a minha qualidade de estrangeiro permitia dar-lhe alguns conselhos que podiam ser úteis a ele e aos portugueses.

Apesar de seus homens não contribuírem, em nada, para os trabalhos da aldeia que habitam, é-lhes dado, desde há muitos meses, ração diária de carne. Além disso é permitido a setenta deles a colheita de mate nas matas pertencentes à aldeia de Santo Ângelo.

A generosidade dos portugueses merece ser elogiada, considerando-se que essa gente foi a mais bárbara para com eles durante a guerra, massacrando impiedosamente os prisioneiros e até arrastando à praça, em S. Nicolau, um doente que se achava no hospital, para matá-lo a tiros de fuzil. Eu mesmo vi um estancieiro trazido da outra margem do Uruguai, com sua família, e ao qual deram todos os maus tratos imagináveis. Mas essa nobre generosidade, por mim homenageada, deve ter um limite. Os portugueses não podem manter esse sacrifício e chegará um momento em que dirão aos índios de *Siti:* "Já vos temos sustentado muito, sem que nada tenhais feito; é preciso pois que trabalheis". Não seria mais conveniente, *Siti,* evitar esse momento, pedindo permissão para deixar S. Miguel e formar uma nova aldeia, com toda sua gente, em qualquer lugar ainda desabitado, como por exemplo nos arredores de Santa Vitória? Desse modo preservaria seus índios do regime administrativo, do qual estão desabituados, continuaria como chefe e tornar-se-ia útil à região que lhe serviu de asilo.

Visitei hoje o curralão de São Miguel, achando-o em melhor estado que os das outras aldeias. Nele encontrei vários tecelões, um curtidor, um bom serralheiro e um aprendiz junto a cada artífice, por determinação do administrador. Não tinha razão quando disse ser necessária para isso um ordem do comandante da província; a autoridade do administrador é suficiente, mas o comandante devia zelar para que seus subalternos não esquecessem coisa tão importante.

É também no curralão a sede da Escola e notei que dos quinze alunos apenas dois ou três passavam de dez anos. Logo que eles estão aptos a qualquer serviço, são furtados ou fogem.

Os roubos dos indiozinhos são abusos dos mais terríveis que praticam aqui. São levados a trabalhar como escravos, e se inutilizam para o povoamento do solo, visto como longe de suas terras não encontram mulheres com que se possam casar.

Vi no curralão um pequeno engenho de cana, do tempo dos jesuítas. Os padres, conhecendo o gosto dos índios pelos alimentos doces, plantavam cana em todos os lugares onde podiam medrar. Mas, nesta província, não se acha senão uma pequena cultura porque é preciso cortá-la ao fim de nove meses devido às geadas.

Aqui, como em várias outras aldeias, mandam os índios ajuntar pedaços de uma grande concha terrestre com que é feita a cal para a caiação das igrejas e conventos.

São João, 21 de março, 3 léguas. — Antes de deixar São Miguel fui despedir-me do cura, dominicano espanhol que antes da destruição das aldeias de Entre Rios serviu à Paróquia de São Tomé. Quando do incêndio dessa aldeia fugiu, aproveitando a escuridão da noite, vindo refugiar-se nas Missões portuguesas. Foi-lhe confiada a paróquia de São Miguel e além disso atende aos habitantes de São Lourenço e São João. Como os demais curas, recebe sua paróquia 150$000 e uma ração, além de 50$000 de cada uma das outras aldeias. Queixa-se muito dos roubos que *Siti* praticou nas igrejas de Entre Rios e das profanações que comete enfeitando suas concubinas com objetos sagrados.

Prossegue o terreno desigual e dotado de pastos e bosques. À medida que se distancia de S. Borja os bosques tornam-se mais comuns e a qualidade das pastagens vai se modificando, tornando-se a erva muito dura. Os sub-arbustos são aqui muito comuns. Os animais morrem se não recebem ração de sal. Embora menos numerosos os moscardos atormentaram-nos muito.

Chegando a S. João fui muito bem recebido pelo administrador, prevenido de minha chegada pelo Coronel Paulette e José Maria. Em toda a parte hospedam-me nos conventos (colégios) na dependência chamada *residência,* outrora reservada ao Provincial, em suas visitas, e hoje destinada ao comandante da Província.

Santo Ângelo, 22 de março, 4 léguas. — Tendo sido avisado que minha carroça teria dificuldade em vir até aqui, deixei-a em S. João e pus-me a caminho acompanhado somente por Joaquim Neves, um pequeno índio, e de um jovem guia que me foi dado pelo administrador de S. João.

A região por mim percorrida para vir até aqui é montanhosa e florestal.

Parece-se muito com os arredores de Curitiba, mas não se vê nenhum prado. As pastagens são de má qualidade, a erva muito crescida e muito dura; as matas são densas e cheias de bambus.

Atravessamos dois rios muito volumosos, o Juimirim[3] (rio dos Sapos) e o Juicuaçú, ambos guarnecidos de matas. O primeiro lança-se no segundo, que é afluente do Uruguai. No momento ambos estão vadeáveis, cessando de sê-lo após chuvas um pouco consideráveis, tornando-se o Juicuaçú perigoso pela rapidez de sua correnteza. O Juimirim corre em leito de pedras escorregadias que o tornam difícil de transpor.

Santo Ângelo é a última das aldeias das Missões no quadrante de leste. Para além crescem grandes florestas que se únem às do *Sertão de Lages* e servem de asilo aos índios selvagens. Esta aldeia é a mais escondida de todas por ficar plantada em região montanhosa e florestal e em sítio cujo acesso exige a travessia de dois rios perigosos.

O jesuítas parecem ter querido demonstrar, de modo simbólico, a sua intenção de não ir mais longe, pois sendo as igrejas de todas as aldeias voltadas para o norte, a de Santo Ângelo olha para o sul.

Frequentemente aparecem índios selvagens nas cercanias daqui; algumas vezes têm matado guaranis e brancos, quando vão colher mate nos matos vizinhos.

A única diferença apresentada pela igreja de Santo Ângelo está em sua posição, pois no mais é perfeitamente semelhante às de São Borja, São Nicolau, São Luís e São Lourenço. O convento é entretanto menor, a praça tem mais ou menos 180 passos em quadro e além disso ainda existem algumas ruas.

A igreja, o curralão e mesmo o convento estão em ruínas e das numerosas casas seis estão praticamente habitáveis. Quanto à população não vai além de 80 pessoas, salvo crianças de 8 a 10 anos, e nesse número apenas uns 10 homens estão em condições de trabalhar. Esses no momento ocupam-se em fazer mate e são suas mulheres que cuidam das plantações. Tais infelizes fazem diariamente duas léguas de ida e duas de volta no seu trabalho, além de suportarem todo o calor do dia e serem atormentadas pelos moscardos.

Santo Ângelo, 23 de março. — Tencionava regressar hoje a S. João, mas choveu quase todo o dia e fui forçado a permanecer aqui. Passei algumas horas em companhia do cura, residente no convento, e que me cumulou de gentilezas. Disse-me, banhado em lágrimas que houve tempo em que a miséria fora tamanha na aldeia que os índios iam roubar couros de bois, para comer, tendo vários perecido de fome. Tudo quanto me falou a respeito dos guaranis coincide com o que venho consignando neste diário. Os guaranis, disse-me, levam à idolatria seu respeito pelas imagens, não têm ideia perfeita dos sacramentos do altar e não parecem dignos do batismo. As mulheres são despudoradas e parecem ter nascido para perdição dos homens de nossa raça.

São João, 24 de março, 4 léguas. — Ao advento de bom tempo parti esta manhã de Santo Ângelo, regressando pelo mesmo caminho.

---

[3] NOTA DO TRADUTOR — Tanto quanto pude apurar parece tratar-se dos rios IJui-Grande e Ijuisinho.

Malgrado ter chovido apenas um dia os dois rios não mais se apresentavam vadeáveis, o que me obrigou passá-los em piroga. Índios encarregam-se dessa passagem, sem exigir retribuição alguma, e agradeceram-me muito um pequeno presente que lhes fiz.

Antes de deixar Santo Ângelo visitei a igreja que encontrei em péssimo estado, não sendo porém, menos bela que as das outras aldeias.

São João, 25 de março. — Choveu durante todo o dia. Fui obrigado a ficar em casa, tendo empregado o tempo em escrever uma longa carta ao Coronel Paulette. Pintei-lhe o miserável estado da província e indiquei-lhe alguns paliativos: a supressão de três aldeias — São Luís, São Lourenço e Santo Ângelo, o que permitiria emprestar mais cuidado às que fossem conservadas; o aumento do soldo dos administradores; confiar a direção espiritual das aldeias a religiosos estrangeiros; a entrega de uma parte dos terrenos dos índios a colonos açorianos, os quais ficariam isentos de impostos durante dez anos, e enfim, a separação dos índios e dos brancos. Sei perfeitamente que não compete ao coronel tomar as providências por mim sugeridas, mas, se achar minhas ideias capazes de qualquer benefício, poderá procurar pô-las em execução.

De São João escrevi também ao cura de S. Borja, o qual me prometera conseguir o significado de vários vocábulos e pedi-lhe remeter a Porto Alegre a explicação prometida.

Achei muito bonita a residência de Santo Ângelo. O leito, as cortinas das janelas e da porta são de damasco, mas chove dentro de casa e em breve tudo estará estragado.

Mostrei, já, que as mulheres guaranis, não tendo nenhuma ideia do futuro, não podem possuir pudor. Parecem crer que o casamento não traz obrigação alguma; os homens, aliás, não pensam doutro modo. O cura de São Borja contou-me que frequentemente homens casados se apresentam para casar com outra mulher.

São João, 25 de março. — Acompanhado pelo administrador fui esta manhã, a cavalo, visitar as plantações desta aldeia. São imensas. As duas outras aldeias não lhes podem ser comparadas. Não obstante as daqui foram feitas por mulheres e meia dúzia de velhos. É preciso entretanto verificar se esse trabalho não está além das forças de um pequeno número de pessoas, e eu acredito que sim. O administrador insiste que não pode admitir a ociosidade dos índios, fala a respeito deles com são profundo desprezo e parece tratá-los rudemente. Todavia, como as colheitas abundantes, nos índios são bem nutridos e têm em geral como boa corpulência.

Nessa excursão vi a charrua de que se servem os guaranis; nada pode haver de pior e de mais simples. A peça principal é um comprido pau, não lavrado; um outro pedaço de madeira, pontudo, um pouco curvo e do comprimento de um braço é cravado em ângulo agudo a uma das extremidades da peça principal e voltado para a extremidade oposta. Este último pedaço de madeira, que serve de relha, é fixado ao primeiro não somente por um torno mas também por meio de correias ligadas à parte pontuda.

À extremidade da peça principal, oposta à em que fica a relha, liga-se a canga de uma junta de bois, de modo que a relha fica na direção dos animais. O lavrador conduz os bois com uma vara em uma das mãos, enquanto a outra dirige a charrua com auxílio de um cabo constituído por um pequeno bastão fincado verticalmente, acima da relha, na peça principal.

As terras deste lugar, como é notório nas de todas as Missões, são excelentes e produzem igualmente trigo, mandioca, milho, algodão, feijão, favas e todas as espécies de legumes. O algodão é de qualidade inferior, mas os algodoeiros produzem muito e duram cerca de cinco anos. Após cada colheita cortam-se os pés. O trigo é batido de modo semelhante ao já descrito no diário referente a Santa Teresa. Para debulha do milho metem-se as espigas em um cocho, batendo-se com um pau, à guisa de pilão.

Quando entramos nos algodoais as mulheres estavam procedendo à capina, trabalhando com muita atividade. Fiquei revoltado com o modo indecente em que lhes falou o administrador, com seus galanteios e gestos obscenos. Este chamou-me a atenção para os lenços que algumas traziam à cabeça e disse-me que eles somente poderiam ter sido dados por meus camaradas. Como Firmiano havia passado fora a noite anterior, e não acreditando que ele me tivesse furtado qualquer coisa desejei saber com qual das mulheres teria tido relações, a fim de poder perguntar-lhe se havia recebido algum objeto. Prometendo colares, em um momento soube quais haviam tido relações com cada um dos meus empregados e todas disseram o que receberam, a exceção entretanto da que coabitou com Firmiano, a qual persistiu em responder não saber o que havia recebido. O que me surpreendeu nessa cena indecente foi o ar de simplicidade, direi — quase de inocência, com que as mulheres faziam tais relatos. Pareciam nem supor haver mal no que haviam feito.

Se há em todas as aldeias mais mulheres que homens não é porque os soldados de S. Borja não tenham perto de si suas mulheres e suas concubinas, e sim porque as mulheres não podem fugir tão facilmente quanto os homens. Vivendo somente no meio de velhos, entregam-se ao primeiro que se apresenta, seja negro, seja branco, e a mais das vezes não exige retribuição alguma. Diariamente veem-se brancos fazerem caprichos por paixão pelas índias, mas em geral elas são infiéis. É notável que os velhos brancos mostram-se mais apaixonados que os jovens. Isso é devido à insensibilidade moral das índias, às quais os velhos não repugnam como acontece entre as brancas e mesmo no meio das negras. De resto as liga das mulheres guaranis são sempre funestas. É sabido quanto são perigosa as moléstias venéreas transmitidas pelas índias aos homens de nossa raça, e quase todas as mulheres das aldeias são portadoras de vírus venéreo.

Quando estive em S. Nicolau, mulheres quase nuas vieram ter ao redor de minha carroça para aproveitar os restos dos alimentos, já apodrecidos, dos meus soldados, no que eram acompanhadas pelas crianças que amamentavam.

Cada aldeia contribui para o pagamento de um cirurgião-mor, mas ele nunca sai de S. Borja.

CAPÍTULO XIX

Choupana de Piratiní. Notas sobre São João. Habilidade manual dos índios, escrita, escultura. Ao ar livre, às margens do Itapiru-Guaçu. Estância de Tupamiretã. Estância de Santiago. Respeito que devia ter pelos direitos dos índios sobre seus terrenos. Uma mulher do tempo dos jesuítas. Estância de Salvador Lopes. Entrada do Mato. Cultura de tabaco. S. Xavier. Maus costumes do Brasil, comparação entre os negros e os índios. Toropi-Chico, Serra de São Xavier, de S. Martinho e Botucaraí. Fertilidade desta região; excesso de requisição. Ao ar livre, às margens do Toropi-Grande, Estância de São Lucas. Estância de Filipinho. Estância do Durasnal de S. João da Coxilha do Morro Grande.[1] Estância do Rincão da Boca do Monte.[2] Propriedade incerta, Títulos de Sesmaria.

Choupana de Piratiní. 26 de março, 4 léguas. — Calcula-se em 200 almas a população de São João, entre as quais há apenas um exíguo número de homens, todos de idade avançada. Tal população foi aumentada de cerca de sessenta indivíduos, tirados entre os que atravessaram o Uruguai nos últimos tempos. O administrador fá-los trabalhar sob a feitoria de um deles. É fácil ver, pela lentidão de seus serviços, que já haviam perdido o hábito do trabalho.

De todas as aldeias das Missões, São João é a que menos se assemelha às demais. A praça é muito mais larga que comprida, o convento é construído com muita elevação sobre o solo, obrigando à construção de várias escadas; o curralão fica à direita do convento e a igreja à esquerda. Esta foi incendiada, ao que parece, por negligência de um sacristão, dela não havendo nada, além de ruínas. Substituíram-na por uma pequenina capela pouco útil, aliás, visto como não há cura em S. João.

Essa aldeia também não possui mestre-escola, sendo isso lamentável, pois os índios aprendem com extrema facilidade tudo quanto se lhes ensina. As igrejas das aldeias, construídas e pintadas por eles, mostram do quanto são capazes e eu tive ainda uma prova de suas habilidades; vi na capela de São João a *Glória* e o *Credo* escritos com tanta perfeição que somente olhando muito de perto pude convencer-me não serem impressos. Fora autor um velho índio, que exerce as funções de escrivão (um dos cargos dos antigos cabildos), que parece ser um bom auxiliar do administrador.

Ainda na mesma capela veem-se algumas imagens de santos, esculpidas pelo Sapateiro da aldeia, o qual não se serve de outro instrumento além de uma faca. Sem dúvida não se trata de obras-primas, mas é preciso lembrar que esse homem não teve mestre, nem viu modelos senão alguns muito imperfeitos. A habilidade dos índios está em relação à sua imprevidência; não sabem tirar partido dessas qualidades, neles existentes à guisa de instinto, como acontece à abelha ou à formiga.

[1] NOTA DO TRADUTOR — No original está — "Duramal de São João da cochilo do mozzo grande".

[2] NOTA DO TRADUTOR — No original — "Rincao da Bom do Monte".

A região por nós percorrida, para virmos até aqui, é pouco montanhosa e muito florestal. Parece-se muito com os arredores de Curitiba, não sendo mais alegre.

Devido à má qualidade das pastagens meus bois e cavalos enfraquecem-se cada vez mais, os moscardos continuam a persegui-lo e acredito em breve não poder mais avançar.

De S. João até aqui não vimos casa alguma, nenhuma cultura, nem vivalma nos campos. Antes de chegarmos ao Piratiní foi preciso atravessar um mato, extremamente fechado, que o margeia. O caminho era muito apertado e embaraçado por bambús. Era necessário abrir passagem à medida que avançávamos, a carroça abalroava continuamente troncos de árvores e várias vezes tive a impressão de que ela ia ficar em frangalhos. Muitas vezes foi preciso desatrelar os bois; foi com extrema dificuldade que alcançamos as margens do rio. Durante essa dura caminhada sobreveio a chuva, um boi desgarrou-se, fomos obrigados a abandonar um cavalo que não podia mais caminhar e já passavam de 4 horas da tarde quando aqui chegamos, sem nada termos comido durante o dia. Meus camaradas, que vinham já fatigados à saída de S. João, estão agora extenuadíssimos e muito mal humorados.

Há aqui duas choupanas construídas de modo aceitável e habitadas por índios. Nos arredores nenhuma plantação; entretanto é possível haja algumas, pois há bastante milho e abóboras nas choupanas.

Os moradores apenas falam o guarani, motivo pelo qual fiquei privado de perguntar-lhes uma porção de coisas que desejava saber. Em geral, já o disse, apenas os índios de S. Borja sabem falar o português.

Deram-me por guia, em S. Miguel, um velho índio, parecendo ser bom carreiro, o qual irritou-me bastante hoje porquanto não foi possível fazê-lo entender-me.

Em nenhuma aldeia existe o *cabildo* completo; em S. João apenas há o escrivão mencionado e um tenente corregedor; não se lhe pode dar qualquer outro auxiliar visto não existir na localidade quem saiba ler.

Não obstante a dignidade do tenente, o administrador trata-o rudemente, ameaçando-o à minha presença e à de vários índios, dar-lhe pauladas. Acho que se o tenente comete alguma falta será melhor repreendê-lo em particular, ou ao menos fazê-lo delicadamente.

Choupana de Piratiní, 27 de março. — Choveu durante todo o dia, motivo pelo qual permaneci aqui. Meus homens estão de insuportável mau humor, o que se dá sempre que deixamos uma cidade ou uma aldeia. Acontece ficarem fatigados por excessos sexuais e é preciso passar três ou quatro dias de viagem para torná-los ao natural. Laruotte discutiu com Joaquim, acusando-o de matar dois bois e os cavalos. Matias tomou para ele tal acusação e veio dizer-me que não queria mais cuidar de nada. Acalmei-o do melhor modo possível, e ele foi dormir. José Mariano não me apareceu durante todo o dia; como vivia gabando sua prudência, acredito tivesse ficado envergonhado por causa da aventura de S. João. À tarde, após a chuva, encontrei-o com semblante do maior mau humor, mas falando-lhe em tom normal fí-lo voltar à calma. Para mim o mais desagradável foi ver que todas as provisões eles distribuíram com as índias. Tenho ainda muito caminho a percorrer antes de poder renová-las e sei que meus empregados, desperdiçados como são, virar-se-ão para mim quando tudo acabar.

As palhoças dos índios são demasiado pequenas e muito mal arrumadas, nelas se vendo apenas espigas de milho dependuradas de varais, um pouco de algodão, abóboras, uma rede, alguns molambos, uma marmita, uma chaleira para fazer mate, alguns banquinhos e catres forrados de tiras de couro, cruzadas. Este último móvel é encontrado em todas as casas dos índios, por pobres que sejam seus moradores.

Ao ar livre, às margens do Itapiru-Guaçu (Lugendinho-Grand Port), 28 de março, 5 léguas. — A região é apenas ondulada, nada limitando a vista; os bosquetes já são raros e as pastagens melhores. Os moscardos, apesar de pouco numerosos, atormentam ainda nossos bois e nossos cavalos, de si tão fatigados. Não deparamos viajante algum, nem vimos gado ou cavalos nos pastos.

Após termos parado, ao meio-dia, à margem de um pequeno regato chamado Itapiru-Mirim, que corre em leito de pedras, viemos passar a noite à margem de outro regato, não maior, chamado entretanto Itapiru-Guaçu. Corre, como o primeiro, em leito de rochas e é igualmente marginado por árvores, entre as quais vi muitas palmeiras. Vi hoje uma planta com folhas semelhantes à da palmeira, que pela quarta vez encontro no Brasil.

Estância de Tupamiretã, 28 de março, 6 léguas. — A região continua ondulada e dotada de pastagens a perder de vista, semeadas de pequenos tufos de árvores.

Sempre a mesma solidão. Não se veem mesmo, como nos desertos de Guaraim, nem veados e avestruzes. É verdade que esses animais existem na província das Missões, mas é possível que não sejam muito comuns, pois não me recordo os ter visto depois de Ibicuí.

As pastagens continuam a ser de uma bela verdura, mas as plantas em flor muito menos frequentes. Tais são principalmente os *Eryngium* n.º 2758 e em seguida Composta, sobretudo a *Nicandra* n.º 2733 e uma *Vernonia.*

O Jaguari, que atravessamos antes de aqui chegarmos, é um pequeno rio, extremamente rápido, correndo sobre leito de rochas e que é, segundo me disseram, consideravelmente piscoso.

Conforme disse, a estância onde paramos pertence à aldeia de São Lourenço. Uma pequena capela, meio destruída, e um par de palhoças, em péssimo estado, constituem tudo quanto aqui se vê. O gado foi inteiramente dizimado.

Estância de Santiago, 30 de março, 3 léguas. — O aspecto da região continua o mesmo, talvez com menor número de flores nas pastagens. Havia apenas uma hora estávamos em marcha quando sobreveio a chuva, que nos acompanhou até aqui.

Outrora esta distância era habitada por um espanhol, donde seu nome ainda hoje é conservado. Atualmente é ocupada por um brasileiro que morava em Guaraim, e que tendo suas propriedades assaltadas pelos gaúchos, durante a guerra, e pelos próprios portugueses, veio refugiar-se aqui. "Apenas adquiri a casa, disse-me ele, pois que as terras pertencem aos índios". Fiquei admirado de ouvir fazer tal distinção, por isso que nas outras zonas da província somente doavam terras pertencentes às aldeias.

Se o governo dos Estados Unidos reconhecem não poder legitimamente avançar um só passo sobre as terras dos indígenas nômades sem os indenizar, com mais forte razão não devia reconhecer como sagrado o direito dos índios guaranis às terras que ocupam há tanto tempo, cultivando-as e construindo benfeitorias? Eles são hoje tão pouco numerosos que não poderiam cultivar a milésima parte da província; seria pois absurdo impedir os portugueses de aí se estabelecerem, mas seria justo exigir indenizassem aos índios, ou então instruir entre os homens das raças uma linha de demarcação a ser respeitada por uns e outros.

Quanto às terras que pertencem às aldeias da margem direita do Uruguai, está claro que, se nada está regulamentado pelo governo espanhol, os portugueses delas podem dispor como melhor lhes parecer, conservando-as pelo direito da conquista.

Aqui encontrei vários homens dos campos gerais, compradores de cavalos, os quais devem passar o inverno nesta estância. Atravessaram o sertão em setembro, como é da praxe, e fizeram suas compras no verão para regressarem às suas terras no próximo mês de setembro. É nessa época que os pastos se apresentam melhores no sertão, facilitando a condução dos animais adquiridos. Também é nessa época que ficam menos sujeitos à epidemia chamada "mal de varo", capaz de matar grande número de cabeças, em outras estações, na travessia do deserto.

É de notar-se não haver em toda a Província das Missões nenhuma inscrição ou epitáfio que lembre os jesuítas. Provavelmente todos os monumentos desse gênero foram destruídos pelos espanhóis, com o fito de fazer que os índios se esquecessem desses padres. Entre os índios apenas vi uma mulher nascida sob o regime jesuítico, a qual pronuncia o nome de *jesuíta* com profundo respeito. Contudo muitos guaranis lembram haver ouvido seus pais e avós referirem-se aos religiosos da Companhia de Jesus, dizendo que o tempo do governo desses sacerdotes foi a era da felicidade na região.

Estância do Salvador Lopes, 31 de março, 2 léguas. — O gado desta região tem a mesma inclinação pelo sal que o da Capitania de Minas. O homem em casa de quem pernoitei ontem possui muitas vacas leiteiras, as quais vivem rondando a casa; notei que elas seguem as pessoas que saem para urinar. Durante a noite tiveram a astúcia de tirar da carroça o saco onde tínhamos nossa provisão de sal, comendo-o todo.

A região recomeça a tornar-se mais florestal. Veem-se algumas pequenas montanhas à direita. Tinha a intenção de ir até à encosta chamada Serra de S. Xavier, mas logo ao começo de nossa excursão o tempo transtornou-se e à nossa chegada a chuva caiu torrencialmente, durante todo o dia, acompanhada dum *minuano* já muito fresco.

Esta estância compõe-se de algumas palhoças onde chove de todos os lados e onde por conseguinte ficamos muito mal instalados.

A última vaca que me restava não pôde ser abatida porque a chuva impediria a secagem da carne. A provisão de farinha acabou-se; nosso feijão, que vem de Montevidéu, está de dureza extrema e estamos na contingência de fazê-lo cozinhar com sebo. Um regime alimentar tão reduzido torna meus camaradas mais insuportáveis que nunca. Ninguém diz palavra, nem sorri, e eu passo o tempo o mais tristemente possível.

Depois de S. João esta é a quarta casa em que paro. As duas primeiras eram habitadas por índios os quais apenas se alimentam de milho cozido e de abóboras, e o paulista que possui gado e negros não se nutre senão de feijão sem farinha. Nada posso comprar, pois. Dar-me-ei por feliz se me vierem dar algumas abóboras, que poderemos comer assadas ao fogo ou cozidas na água.

Percevejos, pulgas e piolhos são extremamente comuns na Província de Missões. As mulheres guaranis comem essas duas últimas espécies de insetos, e censuradas respondem não ser possível tenha Deus feito esses animais somente para nos atormentar.

Milhares de vezes tenho notado quanto os habitantes deste país suportam o cansaço e as intempéries. Citarei ainda um exemplo. Mariano saiu estafado de S. João; nada comeu depois de nossa saída dessa aldeia; ontem apanhou chuva de encharcar, não trocou de roupa e dormiu com as vestes molhadas. Hoje montou a cavalo, na hora de maior chuva, para ir buscar os bois, não mudou de roupa e tornou a dormir ensopado.

Entrada do Mato, 1.º de abril, 3 léguas. — Reinou bom tempo à noite, porém com grande baixa de temperatura. Contudo devido à necessidade de reparos na carroça só partimos ao meio-dia. Meu hospedeiro, que não vi ontem à tarde, veio visitar-me e disse-me ser natural de Castro, tendo vindo para aqui há muitos anos; aqui cultiva a terra e vive do fruto de seu labor. Tão poucos são os agricultores nesta região que os gêneros alcançam preços exorbitantes. Comprei a esse homem um alqueire de farinha de milho por 8 patacas. Isso dá muito lucro e os resultados que ele tira da cultura do arroz, do feijão e do amendoim não devem ser menores. Também cultiva o tabaco, que prospera bem, do qual faz fumo em corda para vender em Vacaria. Se as aldeias não fossem despovoadas seria vantajoso mandar alguns homens cultivar o tabaco. Os índios são apaixonados pelo fumo e poder-se-ia estimulá-los pela distribuição de cigarros aos mais trabalhadores, obtendo-se com o excesso da colheita consideráveis resultados. Era sem dúvida por processo idêntico que os jesuítas conseguiam conduzir os índios, dando-lhes garapa onde era possível a cultura da cana. A esperança de honrarias nunca estimulará um índio, pois ele não sabe mesmo esperar; entretanto muito se animará à vista de um pedaço de carne ou de fumo.

Atravessamos região montanhosa e muito arborizada. Os caminhos passam sempre em pastagens, mas, para evitar as árvores, descrevem muitas sinuosidades. Assemelham-se a aleias de jardim inglês, onde se veem gramados e maciços de bosques.

A carroça chegou antes de mim ao local onde devíamos parar, isto é, no ponto em que o caminho começa a atravessar a mata e onde se inicia a descida da serra.

Apenas encontrei Firmiano e José Mariano, os quais me disseram terem os soldados ido examinar o caminho que devemos percorrer amanhã. Entretanto Matias voltou logo, gritando, colérico, que o caminho estava horrível e que amanhã a carroça será reduzida a cacos. Acrescentou, insolentemente, ser eu o culpado por seguir o conselho de todo mundo menos os de meus empregados. Como não há outro caminho além desse e o da Serra de São Martinho, há muito abandonados, nenhum conselho teria a pedir. Todavia não respondi isso a Matias, limitando-me a dizer, com o maior sangue frio, que não teria hesitado seguir-lhe os conselhos caso conhecesse ele esse caminho, mas sendo a primeira vez que vinha a esta região falecia-lhe autoridade para me aconselhar. Em seguida reanimei-o com vasta dose de aguardente. Amanhã distribuirei dessa bebida a todos os camaradas e em seguida abandonar-me-ei à Providência.

S. Xavier, 2 de abril, 2 léguas e meia. — Durante toda a noite fez muito frio, motivo pelo qual dormi mal. O tempo esteve hoje maravilhoso, favorecendo-nos magnificamente a passagem da Serra.

Logo ao início de nossa caminhada deparamos uma floresta virgem, muito densa e embaraçada de bambús, formando acima de nossas cabeças uma abóbada impenetrável aos raios do sol. O caminho é íngreme e em mau estado. Ora passa sobre grandes rochas e frequentemente sobre pedras redondas. Algumas vezes atravessamos charcos. Entretanto Matias havia exagerado os perigos, pois a carroça transpôs a Serra sem novidade.

Tendo encontrado em S. João o homem em casa de quem parei, obtive dele a gentileza de mandar-me, a Santiago, bois acostumados à travessia da Serra. Cumprida que foi a promessa tais bois prestaram-nos grandes benefícios.

Ao pé da Serra existem matas muito sombrias, dentro das quais o caminho faz uma légua e onde se goza sempre de agradável aspecto. Depois passa-se a uma pastagem desigual, cortada de regatos e ravinas, cercada de montanhas por todos os lados. Umas, principalmente as que ficam para trás, são cobertas de pastagens do mais belo verde, algumas enfim, oferecem ao mesmo tempo matas e relvados. Todas são pouco elevadas e nenhuma é muito íngreme, terminando sempre por uma eminência ou por uma plataforma. Entretanto a variedade apresentada em suas formas e vegetações torna a paisagem deliciosa e hoje o bom tempo tornou-as encantadoras. O céu apresentava-se um tanto pálido, porém sem nuvens, assemelhando-se aos dos nossos belos dias do começo de setembro. A habitação onde parei fica situada no local que venho de descrever, e compõe-se de algumas choupanas esparsas. O proprietário goza entretanto de alguma fartura, pois possui gado, várias carroças, alguns negros e faz o comércio de couros, tecidos e mate, adquiridos nas Missões e vendidos em Rio Pardo.

Disse-me ser paulista, e, com efeito, é fácil constatá-lo por seus modos polidos e seu ar agradável e comunicativo, que não é comum nesta província.

Quando os paulistas, mormente os do distrito de Curitiba, cometem qualquer falta ou querem fugir ao serviço militar, refugiam-se na Capitania do Rio Grande, onde se estabelecem e de onde não saem mais. Tais emigrações podem ser olhadas como grande benefício para esta Capitania.

A mistura de estranhos com os habitantes desta região renova continuamente a raça e atrapalha a adoção dos costumes espanhóis. Meu hospedeiro, que é branco, enamorou-se, em sua terra, de uma mulata. Tendo seu pai se oposto à união, o jovem par fugiu e veio casar-se aqui. Depois o nosso homenzinho enfeitiçou-se por uma índia, com a qual tem alguns filhos, e apesar de saber que ela se entrega a qualquer um, não cessa de enchê-la de presentes. Sua legítima esposa desgostou-se com esse estado de coisas e fugiu.

Quando cito esses fatos, em si desinteressantes, é para mostrar a ação nociva da mistura de brancos e índios. E não é só quanto à constituição da família. Todos os cultivadores têm em suas casas índios que lhes servem de peões. Suas esposas e seus filhos têm continuamente sob os olhos o exemplo de libertinagem das índias, e, familiarizando-se com o vício tornam-se tão pouco castas quanto as próprias índias. Assim nesta província os lares frequentemente oferecem o exemplo da discórdia e de todos os gêneros de desordens. Entregando-se às índias, os homens brancos embrutecem-se, tornando-se estúpidos e parvos. Disso tudo tive vários exemplos entre S. Borja e S. João.

Falando-me, esta tarde, de meu hospedeiro, Matias ridicularizou-o porque o viu remeter qualquer coisa à sua mulher, porém censurando-a por não querer ver em sua casa os filhos da concubina de seu marido. Eis os costumes do Brasil.

Os habitantes deste distrito, quase todos estrangeiros, fabricam farinha de milho, e servem-se, como em Minas, do monjolo.[3] Há um em casa de Salvador Lopes e hoje vi outro. Fiz regressar hoje o velho índio que me serviu de guia de S. Miguel até aqui. Recompensei-o bem; contudo ele apenas agradeceu-me sem despedir-se de mim nem de meus empregados. Os índios são geralmente os homens mais frios e mais indiferentes que existem no mundo. Sua imprevidência origina-se de organismo menos delicado que o nosso e é provavelmente essa rudeza de órgãos que os torna ao mesmo tempo insensíveis moral e fisicamente. Os negros, raça tão distante da nossa também, são entretanto superiores aos índios. Seu juízo não é tão bem formado quanto o nosso. Eles conservam qualquer coisa de infantil em seus modos, linguagem e ideias mas não são estranhos à concepção do futuro. Tem-se visto muitos adquirirem algum dinheiro, mesmo quando escravizados; enfim eles não são incapazes de afeição e generosidade. A negra do administrador falou-me, de modo tocante, de seu amor filial. "Meus filhos, disse-me não precisam mais de mim, mas não há um dia em que eu não sinta

---

[3] Máquina hidráulica para quebrar o milho. (Ver Viagem pelas Províncias do Rio de Janeiro e Minas Gerais, pág. 56 e 107).

NOTA DO TRADUTOR — No original está "mongiole".

saudades de minha mãe, por isso chorando. Meu patrão diz algumas vezes que deixará esta região e seguirá para o lugar onde ela está. Tenho mandado rezar diversas missas a Nossa Senhora da Aparecida para que ele realize essas boas intenções".

Toropi-Chico, 3 de abril, 2 léguas e ½. Durante minha permanência em casa de Joaquim José fui tratado com bondade inimaginável, sendo-me prestados todos os serviços dele dependentes. De modo próprio ofereceu-me seus bois para conduzir-me até Toropi Grande, mas esses animais achavam-se dispersos no mato e somente depois de meio-dia pude partir.

O caminho que tomei para vir até aqui atravessa uma pastagem que serpenteia entre montanhas cobertas de matas. Tais montanhas são a continuação e quase extremidade de uma grande cadeia, em grande extensão paralela à costa do Brasil. Aqui toma o nome de Serra de S. Xavier; oito léguas mais acima o de Serra de São Martinho e, pouco mais acima ainda, denomina-se Serra de Botucaraí. Segundo me disseram ela desaparece completamente a meia légua daqui.

Parei em uma pequena estância cujo proprietário se achava ausente, mas onde fui recebido por um curitibano residente nas vizinhanças. Lamenta esse homem que tanta gente de sua terra para aqui venha, com intuito de ganhar a vida, se entregar a tantos disparates pelas índias não se enriquecendo nunca.

Vários fogem para não submeterem ao serviço do Rei, o qual é aqui muito mais penoso que na Capitania de S. Paulo; outros vêm na esperança de fazer fortuna e se empobrecem mais. A maior parte não têm, aliás, o projeto de permanecer nesta Capitania; uns cometem maus negócios e envergonham-se de regressar; outros enrabicham-se por índias e não suportam a separação; outros finalmente metem-se em diversos negócios complicados e envelhecem fazendo cada ano a intenção de atravessar o deserto, em retorno, no ano seguinte.

Meu curitibano, inteligente e bem educado, confirmou-me tudo quanto tenho dito sobre o caráter dos índios, sobre o amor que as índias inspiram aos brancos (como uma espécie de encantamento), sobre a desunião que elas produzem nas famílias, e os maus costumes reinantes nesta província tanto entre os homens, quanto entre as mulheres.

Disse-me ter visto uma porção de brancos morrerem em consequência de moléstias venéreas transmitidas pelas índias e assegura que essas mulheres podem ser portadoras desses males, independente de infecção.

Segundo me informou, e várias outras pessoas, pode-se criar gado neste distrito sem lhe ministrar sal; também as terras são aqui favoráveis a todos os gêneros de cultura, produzindo algodão, milho, amendoim, trigo, arroz, frutas e legumes com abundância. Joaquim José contou-me que 16 alqueires de trigo lhe haviam rendido cem. O mesmo terreno pode produzir duas vezes por ano e durante seis anos, ou mais, sem necessidade de adubação nem de alqueive.

Os índios das aldeias são, como disse, muito mal vestidos. As distribuições de roupas dependem do capricho dos administradores; as mulheres não possuem mesmo uma coberta que as abrigue do frio. Em substituição à falta de agasalhos usam colocar braseiros em baixo das camas, que, conforme descrevi, compõem-se de um quadro guarnecido de correias cruzadas. Ainda desse modo aquecem os doentes, não sendo necessário acrescentar que a fumaça e o calor das brasas aumentam a intensidade das moléstias.

Joaquim José, meu hospedeiro de S. Xavier, pretende abandonar esta região, para ver-se livre dos vexames a que está sujeito. Frequentemente requisitam seus bois e seus cavalos e acabam de tomar-lhe, como a todos os estancieiros das vizinhança, um grande número de vacas para servir à nutrição dos soldados acantonados em São Miguel e aos gaúchos de *Siti*.

Todos os portugueses queixam-se do sacrifício a que são obrigados em benefício de homens que tantos maus tratos lhes infligiram. A generosidade natural torna-os inclinados ao sacrifício, mas é certo que tudo deve ter um limite. Depois que esses homens estão nesta região podiam, já, ter procurado meios de subsistência, pois se quisessem ser-lhes-ia fácil encontrar trabalho, dada a grande falta de braços existentes em toda a parte.

Ao ar livre, às margens do Toropi-Grande, 4 de abril, 1 légua e meia. — Da casa de Joaquim José havia escrito ao comandante do distrito solicitando-lhe arranjar-me bois e um guia, sendo perfeitamente atendido. À pouca distância do Rio Toropi-Chico, que corre a cerca de uma légua da casa onde pernoitei, notei que esse rio, de ordinário vadeável, torna-se intransponível após as chuvas. Aconselhado pelo curitibano e por um velho índio das vizinhanças, escrevi ao comandante da guarda de Toropi-Grande pedindo-lhe me mandasse uma piroga. Esta chegou arrastada por uma junta de bois; meus objetos foram tirados da carroça e passados ao outro lado. Tínhamos feito uma légua através da região florestal quando chegamos às margens do Toropi-Grande. Como não havia uma piroga para atravessá-lo foi preciso mandar buscar a que nos servira na travessia do Toropi-Chico. Era noite quando ela chegou e somente amanhã poderemos passar.

Matias foi-me hoje muito útil; esse empregado presta-me sempre bons serviços nos momentos difíceis, apesar de falar-me de modo insolente e com ar de desprezo que o torna insuportável. Os outros não são menos desagradáveis; Firmiano vai-se tornando odioso, e se ainda o suporto é unicamente porque sei que em breve chegarei a Porto Alegre.

Reencontrei hoje em abundância, à margem dos riachos, o salgueiro dos campos de Montevidéu e um arbusto igualmente comum nos arredores do Rio da Prata.

O índio retrocitado, é, entre os de sua raça, uma notável exceção. Além de saber ler e escrever, fala bem o português, anda bem vestido e é muito honrado. Goza de uma certa abastança, possuindo uma estância, cavalos e gado. Conduz seus negócios com método e disseram-me ter casado suas filhas com homens brancos.

Estância de S. Lucas, 5 de abril, 1 légua. — Começamos o dia com a travessia do Toropi-Grande. A bagagem passou na piroga e os bois puxaram a carroça, a nado, para o outro lado. O Toropi-Chico lança-se, disseram-me, no Toropi-Grande, e este no Ibicuí. Os dois primeiros têm pouco volume, depois das chuvas tornam-se profundos. O Toropi-Grande não é vadeável. Os índios dão a este último simplesmente o nome de *Toropi,* que significa — *rio dos couros de touro;* quanto ao outro chamam *Tororaipi,* significando *rios dos couros de bezerro.* Pode haver uma légua entre o Toropi-Grande e o Ibicuí, e na área por eles demarcada o terreno é plano e coberto de pastagens.

Acaba de ser instalada, nas margens do Toropi-Chico, uma guarda encarregada de só deixar entrar ou sair nas Missões pessoas munidas de passaporte. Tal medida foi sem dúvida tomada para evitar a deserção dos índios e o roubo de crianças pelos brancos. Parece-me, entretanto, que essa providência é completamente ineficaz pois os índios são excelentes nadadores, não precisando atravessar o rio junto à guarda, e os brancos poderão também passar por outros pontos, a cavalo, trazendo as crianças, roubadas, à garupa.

O Ibicuí, cuja largura é aqui inferior à de Essonne diante de Pithiviers, era ontem vadeável mas hoje avolumou-se e foi preciso descarregar a carroça, passando os objetos numa piroga. Todas essas passagens de rios dão muito trabalho aos meus homens e os tornam ainda mais mal-humorados.

Paramos a um quarto de légua do Ibicuí, em uma estância composta de várias palhoças, cuja principal é muito grande e de construção recente. O proprietário, entretanto, respondeu ao Matias, que lhe havia pedido pousada, não haver lugar para nós. Contudo acrescentou que se nos contentássemos com pouco poderíamos pernoitar em sua casa. Apesar de receber-nos friamente prometeu-nos cavalos para conduzir-nos à estância vizinha.

Os mineiros recebem os estranhos com atenção, respondem às suas perguntas e fazem outras. O povo desta região tem um ar desdenhoso e limita-se a responder ao que se lhes pergunta.

Estou agora no caminho que vai de Rio Pardo a S. Borja; é um pouco acima do Toropi-Chico, que se dá a ramificação das duas estradas, havendo também uma que vai daqui ao Rincão da Cruz, sem passar por S. Borja.

....*Estância do Filipinho,* 6 de abril, 4 léguas. — Há, na estância onde pernoitei, um negro muito interessante: é velho, porém completamente imberbe; pelo tamanho de suas nádegas pode rivalizar-se com a Vênus hotentote; tem andar gingado e todos os modos de mulher. Sua voz é, entretanto, máscula e ele me disse possuir todos os órgãos do sexo, porém, de extrema pequenez.

Percorremos até aqui uma região plana, pantanosa e coberta de altas pastagens. À esquerda, veem-se, contudo, árvores de pequeno porte, entre as quais muitos salgueiros e palmeiras. Ao longe veem-se montanhas. A vegetação das pastagens pareceu-me pouco variada, sendo mais comum uma Composta.

Cavalos e bovinos são frequentes nesses campos; nenhuma cultura, entretanto, se vê e não encontramos um cavaleiro sequer.

Da estância onde paramos, situada no alto de uma colina, avista-se vasto panorama. Algumas choupanas, em péssimo estado, compõem essa habitação. Uma negra, que me recebeu, quis abrigar-me em um casebre próximo, mas mostrei-me contrariado e fiz-me importante, de modo que me foi aberta a melhor e mais limpa de todas as casas. Todavia é ela tão mal coberta que se chover entrará água por todos os lados.

Soube, por velhos negros zeladores da estância, pertencer esta a um homem rico, o qual submetia uma mulher livre a crueldades inauditas. Tendo sido perseguido pela justiça e metido em prisão, findou por fugir para S. Paulo onde morreu. Durante esse tempo seus bens foram abandonados, sendo essa a causa do mau estado da estância.

Estância do Durasnal de São João da Coxilha de Morro Grande, 7 de abril, 4 léguas. — Enviei, ontem à tarde, um empregado à casa do comandante do distrito para pedir-lhe cavalos e bois. O homem que serviu de guia ao meu empregado voltou dizendo-me não ter encontrado o comandante, mas que eu encontraria o rapaz no caminho, com os bois.

Até aqui atravessamos região pouco montanhosa e dotada de pastagens entrecortadas de bosquetes. De longe em longe veem-se palhoças em péssimo estado. Cavalos e bovinos pascem no campo.

Grandes bátegas de chuva começaram a cair, quando estávamos a pouca distância daqui. Até então não havíamos encontrado Joaquim Neves, o meu empregado que fora em busca dos bois. Julguei estivesse ele em uma casa existente à direita do caminho e para lá me dirigindo realmente encontrei-o. Informou-me que tendo procurado bois em todas as casas dos arredores nada conseguira. Quero crer que os agricultores desta região, atormentados pelas frequentes requisições de animais, nem sempre pagas, criam na menor quantidade possível.

Fui perfeitamente recebido na casa em que parei. Sem possuir o espírito e a inteligência dos mineiros, o proprietário desta estância é dotado do sentimento de hospitalidade e tem modos agradáveis. Serviu-os (a mim e aos meus empregados) almoço e jantar, tendo eu comido uma boa carne de carneiro e tomado magnífico leite. A casa não demonstra riqueza e, efetivamente seu dono confessa ser pobre, não obstante me ter servido as refeições em muito boa prataria. Sua mãe apareceu-me e nós conversamos bastante. Notei ser possuidora desse senso peculiar às mulheres do continente. Essa mulher tem muitos índios em sua casa e queixa-se amargamente da indiferença dessa gente. "São pessoas, disse-me, que só podem ser tratadas com brutalidade para se conseguir alguma coisa delas".

À tardinha, tendo um dos meus camaradas se machucado, provocou risos dessa mulher, a qual riu-se muito também ao ver-me friccionar aguardente no joelho do pequeno Pedro, que vem claudicando há alguns dias.

Creio não ser muito de se estranhar o pouco afeto dos índios pelos patrões, uma vez que eles são tratados como animais.

Toda a região por mim percorrida de São João a Ibicuí pertence à paróquia de São Miguel, onde apenas existe um padre. Está claro que os habitantes da paróquia nunca podem ir à missa e não podem receber sacramentos nem mesmo à hora da morte. Disseram-me haver crianças que montavam a cavalo para irem se batizar.

Os cultivadores, residentes aquém da Serra, obtiveram permissão para construir uma capela no lugar chamado Santo Antônio, mas, não havendo grande interesse na construção, tão cedo, não será ela terminada.

A instrução moral e religiosa dos brasileiros é inteiramente esquecida. O governo arrecada os dízimos e não cuida de dar assistência ao seu povo, descurando da mantença de pastores, conversão e construção de igrejas nos locais de população densa.

O Ibicuí serve de limite entre a Capitania do Rio Grande e Província das Missões, mas o comandante da província é subordinado ao Capitão Geral de Rio Grande. Assim as Missões não passam de um departamento da Capitania.

Estância do Rincão da Boca do Monte, 8 de abril, 2 léguas. — Durante toda a manhã continuou a chover, e eu já havia tomado a deliberação de pernoitar na Estância do Durasnal de São João, mas cerca das duas horas o tempo melhorou e pusemo-nos em marcha.

Enquanto em casa de Claudiano Pinheiro fui alvo de todas as atenções por parte dele e de sua mãe. Claudiano tem experimentado muitas desgraças e tem sido vítima de muitas injustiças, mas resigna-se à vontade de Deus, com tocante serenidade.

Disse que essa gente só fala aos índios com brutalidade, mas isso não é, realmente, entre os portugueses, prova de maldade. Testemunhas perenes da inferioridade dos homens dessa raça, eles acostumam-se a quase confundí-los com os animais, e ninguém será tomado por bárbaro se para ensinar a um cão ou domesticar um cavalo fizer uso do chicote.

O humanismo, em certos casos, não pode ser olhado senão como fruto do raciocínio, do qual o homem sem educação não é suscetível.

Achei encantadora a região percorrida para vir até aqui. À direita o horizonte é limitado por uma cadeia de montanhas conhecida sob o nome de Serra Geral. O terreno é, em toda a parte, acidentado; pastagens cobrem o cume e o flanco das colinas; em todas as grotas existem bosques altos e copados. Pouco distanciadas, umas das outras, veem-se choupanas dotadas de pequeno quintal cercado por sebes secas e plantados de pessegueiros. Rebanhos de gado pastam aqui e acolá nos campos, e nas terras boas veem-se culturas de milho e outros cereais. A beleza do tempo auxilia à da paisagem que eu contemplei com tanto mais encantamento quanto nos últimos dias de minha viagem me enfadava de ver desertos.

Parei em casa de um velho, sendo perfeitamente recebido.

Segundo me informou, confirmando o que ouvi de Claudiano, os campos por mim percorridos desde o Ibicuí e os que se estendem até às margens do Riacho dos Ferreiros faziam outrora parte da zona neutra, onde nem os portugueses nem os espanhóis podiam se estabelecer. Mas aconteceu aqui o mesmo que nos campos neutrais dos arredores de Rio Grande; os portugueses aproveitaram-se da condescendência dos comandantes das duas nações para apossarem-se das terras neutra, de modo que quando Portugal tomou conta das Missões já ali encontrou vários lusitanos estabelecidos.

Contou-me meu hospedeiro que seu cunhado foi um dos primeiros que se fixaram nesta região, antes dela ser inteiramente do domínio português, mas depois disto um cidadão tirara títulos de sesmaria do terreno por ele ocupado, pretendendo expulsá-lo. Fazendo representação ao Conde, este houve por bem mandar as partes à justiça. Quero crer, entretanto, não haver a menor dúvida sobre essa questão. Naturalmente a fidelidade dos tratados não permitia que os comandantes portugueses condescendessem na invasão das terras neutras, mas um pobre que precisasse de um pedaço de terra para cultivar não era obrigado a evitar os melindres de seus superiores e desde que estes autorizassem seu estabelecimento era evidente que o intruso havia de incorrer nas iras dos espanhóis, e, uma propriedade adquirida sob tais riscos deve ter bastante valor, mormente aos olhos dos portugueses.

Aliás não é o cunhado de meu hospedeiro o único que se acha nesses embaraços. O mesmo terreno é dado a várias pessoas. Mais frequentemente ainda sucede que um pobre agricultor, inteiramente estranho às demandas, estabelece-se em um terreno, com permissão do comandante, e quando tem construída sua choupana e localizado seu gado, homens ricos de Porto Alegre e de outros lugares, obtêm títulos de sesmaria desse mesmo terreno e pretendem expulsar quem já labutou, substituindo-o por um administrador a fim de apurar rendimentos, sem constrangimento.

Disse-me meu hospedeiro que nesta região cultivam de preferência as terras de mata, onde a produção é melhor e onde se pode plantar durante 3 anos seguidos, com dois de repouso depois; queimando-se a capoeira que se forma novamente se cultiva durante outros 3 anos e assim sucessivamente. Então é preciso trabalhar à enxada, mas pouco a pouco as capoeiras tornam-se menos vigorosas e terminam por serem substituídas pela erva. Nesse ínterim as raízes das árvores apodrecem, sendo possível o uso do arado.

O arroz, o milho, o trigo e os feijões dão bem na região; o algodão produz de modo regular e a raiz da mandioca apodrece na terra, sendo por isso a colheita obrigatória.

CAPÍTULO XX

Capela de Santa Maria. Notícias da revolução no Brasil. A capela depende da paróquia de Cachoeira.[1] Simonia, Estâncias da Tronqueira. Nota, sobre os cavalos selvagens. Violento furacão. História de Firmiano. Estância da Restinga Seca. Família do Silveira, camponês de Tronquera. A sexta-feira da Paixão, Jejum rigoroso.

Capela de Santa Maria, 9 de abril, 9 léguas. — Continuei a seguir, paralelamente à Serra, em belos campos cobertos de pastagens e matas. O terreno continua desigual e de aspecto alegre. Atravessamos dois pequenos riachos: o das Taquaras e o dos Ferreiros, que se unem para formar o Rio Arenal, cujas águas vão ter ao Jacuí.

Antes de chegar à capela, mandei Matias adiante para pedir uma casa ao comandante. Estando este ausente meu empregado falou ao seu substituto, um alferes, o qual se preparou para receber-me. Efetivamente esse oficial veio ao meu encontro, conduzindo-me a uma casa, cuja chave mandara procurar. Enquanto esperávamos perguntou-me se eu estava a par dos últimos acontecimentos. À vista de minha resposta negativa, mostrou-me um decreto do Rei, pelo qual faz mudanças de ministros e declara estar disposto a aceitar as constituições das Cortes. Estava eu em Montevidéu quando receberam as primeiras notícias da revolução, que começou em Portugal; tais novas causaram sensação, mas o general e seus amigos responderam que todos os motins seriam abafados e que a causa do Rei seria vitoriosa.

Dois dias antes de minha partida, um vaso francês entrou no porto. O capitão trouxera jornais; tive vontade de lê-los, mas o general mandou buscá-los e guardou-os. Até minha chegada ao Rincão das Galinhas ninguém me falou a respeito de Portugal e lá foi-me fácil verificar o quanto revoltadas se achavam as tropas europeias. O próprio general Saldanha pareceu-me inclinado ao movimento. Em São José nada me disseram sobre Portugal; mas em Salto falaram-me muito e os oficiais estavam indignados com o atraso de 31 meses no pagamento. Achavam que quarenta mil espanhóis teriam entrado nas províncias portuguesas para sustentar os insurrectos e contaram-me outros absurdos semelhantes. Daí a São Borja não se falou mais acerca de Portugal. Ali soube, pelo comandante, que a revolução terminara do melhor modo para a nação, sem o derrame de sangue.

Era evidente que os brasileiros não queriam viver sob governança absoluta, ao passo que os portugueses da Europa tinham um governo constitucional. Com efeito informaram-me aqui que o povo do Rio de Janeiro se reunira em massa sob as sacadas do palácio, pedindo a Constituição e o castigo dos homens que haviam abusado da confiança do Rei — os ministros Tomás Antônio Vilanova e Portugal, de Tarhini, de Paulo Fernandas, intendente de polícia e de José Maria, comandante do Regimento de Polícia.

---

[1] No original está: *caxueira*.

Foi após esses fatos que o Rei resolveu lavrar o decreto retrocitado.

O governo que os portugueses acabam de conquistar não é novidade para a Nação, pois é aquele sob o qual foram tão gloriosos, e que os reis juraram nunca abandonar. O governo absoluto é, pois, o resultado do perjúrio e da usurpação e o único governo legítimo deve ser o constitucional. O povo não fugiu aos seus deveres, reclamando o que tinha direito; mas ao mesmo tempo é lamentável que o Rei não tenha conhecido o espírito da época, e o de seu povo, a fim de prevenir seus justos pedidos e mesmo fazê-lo gozar seus direitos. Se tivesse agido espontâneamente ter-se-ia tornado um ídolo e poderia ter imposto as restrições que julgasse conveniente.

Mas o povo, ditando as leis ao seu soberano, experimentando suas próprias forças, aprendendo a conhecê-las, não abusará de futuro?

Além disso se o novo governo é o único legítimo, o antigo era um atentado aos direitos dos povos, e o príncipe um usurpador. Sua bondade, bem conhecida, impedirá ao povo detestá-lo, mas será desprezado devido à facilidade com que deixava seus favoritos abusar do poder e ao mesmo tempo que o será, por tê-los abandonado perdendo assim sua autoridade.

Submissa e fiel, mais que qualquer outra, a nação portuguesa jamais sonhara reclamar seus direitos, se não fora o exemplo de outros povos e, mormente, o de seus vizinhos espanhóis.

Entretanto, os abusos atingiam o cúmulo, ou melhor, tudo era abuso. Os diversos poderes confundiam-se e tudo era decidido pelo dinheiro ou pelos favores. O clero era vergonha da igreja católica. A magistratura, sem probidade e sem honra; os desgraçados apodreciam pelas prisões sem serem julgados; os processos eram intermináveis, as leis em contradições e de qualquer modo a decisão do júri achava uma escusa em qualquer lei. Os empregos multiplicavam-se ao infinito, as rendas do Estado eram dissipadas pelos empregados e pelos afilhados, as tropas não recebiam seus soldos; os impostos eram ridiculamente repartidos; todos os empregados desperdiçavam os bens públicos; o despotismo dos subalternos atingiu o cúmulo, em tudo o arbítrio e a fraqueza andando a par da violência. Nada de útil é empreitado. Há 14 anos que o Rei chegou ao Rio e o ministério não foi melhorado. A instrução moral e religiosa está esquecida; não se cogitou de favorecer os casamentos e a agricultura marcha na rotina; enfim, não se pensou senão em reprimir todos os sentimentos elevados e em sufocar a honra e a sensibilidade de uma nação, naturalmente espiritual e generosa.

Presenciei todos os abusos, e relatei vários neste diário. Frequentemente ouvi queixas dos portugueses, mas até ao presente momento só os tenho incitado à paciência; repito-lhes sempre que é melhor suportar todos os abusos que fazer uma revolução, e hoje lhes diria: "Tendes reconquistado vossos direitos, não ambicioneis mais; não vos deixeis seduzir por teorias que vos podem conduzir a todos esses males, que assolam vossos espanhóis. Segurai-vos ao grande princípio de legitimidade, único garantidor da tranquilidade dos impérios; não fiqueis aquém ou além de vossa constituição e trabalhai com prudência na extinção dos abusos".

Capela de Santa Maria, 10 de abril. — Antes da guerra de 1801 havia uma guarda espanhola em S. Martinho e uma guarda portuguesa às margens do Riacho dos Ferreiros, que passei para vir da Estância do Rincão da Boca do Monte até aqui. Haviam construído no local onde está hoje a aldeia de Santa Maria uma pequena capela, coberta de palha, onde o capelão da guarda portuguesa celebrava missa aos domingos e dias santificados.

Os comissários nomeados pelo Rei, para demarcação dos limites entre as possessões portuguesas e espanholas residiram, também, por algum tempo, nesse lugar.

Pequenos comerciantes para aqui vieram, estabelecendo-se com vendas, para fornecimento de fumo, aguardente e outras mercadorias; cultivadores das vizinhanças aí construíram palhoças, para se abrigarem nos dias em que viessem assistir missas.

A guarda foi retirada, os comissários passaram para outros lugares, mas a aldeia subsistiu com o nome de *Acampamento de Santa Maria*. Entretanto ela aumentou pouco a pouco, os habitantes obtiveram permissão para construir uma capela dependente da paróquia de Cachoeira e, no momento, pleiteiam torná-la em sede de paróquia autônoma.

Esta aldeia, geralmente chamada Capela de Santa Maria, situa-se em posição bucólica, a meio quarto de légua da Serra. É construída sobre colina muito irregular. De um lado, avista-se alegre planície, cheia de pastagens e bosquetes e do outro lado a vista é limitada por montanhas cobertas de espessas e sombrias florestas. A aldeia compõe-se atualmente de cerca de 30 casas, que formam um par de ruas, onde existem várias lojas, muito bem montadas. A capela, muito pequena, fica numa praça, ainda em projeto.

Nos arredores de Santa Maria existem muitos estancieiros, os quais além da criação de gado dedicam-se à agricultura. Os produtos da lavoura são consumidos aqui mesmo. Todavia são exportadas pequenas quantidades para Capela de Alegrete, onde os proprietários, tendo quase os mesmos hábitos dos gaúchos, ainda não se dedicam à agricultura.

Em quase todas as estâncias dos arredores de Santa Maria há índios desertados das aldeias. Os homens empregam-se como peões e têm consigo toda a sua família. Os patrões lamentam a inconstância e falta de afetividade dessa gente. Dizem que quando recebem adiantamentos, retiram-se, e não reaparecem mais.

A capela de Santa Maria depende, como disse, da Paróquia de Cachoeira, cujo vigário recebe de cada fiel meia pataca em cada confissão pascoal. Os moradores de Santa Maria cotizam-se e fazem um salário ao seu capelão. Este recebeu do cura licença para praticar a confissão; os penitentes pagam-lhe meia pataca que ele remete ao cura. Seria de toda a justiça que o cura pagasse ao capelão, como acontece em Minas; mas, para ele essa parte da paróquia é uma espécie de sinecura, em que usufrui sem encargos e seu contrato com o capelão se reduz a isto: *"Permito-vos exercer as funções curais no distrito de Santa Maria e receber salários de meus paroquianos, com a condição de reservardes para mim o produto das confissões pascoais"*. Creio ser impossível levar mais longe o comércio das coisas sagradas...

Soube, pelo meu hospedeiro do Rincão da Boca do Monte, que vários proprietários, inclusive meu informante, possuiam outrora muito gado, tendo sido despojados dos animais pelos roubos cometidos pelos vizinhos mais poderosos e pelos cultivadores que fazem invernadas na Serra.

Tudo quanto eu disse no diário de 8 de abril, sobre o número de anos durante os quais se pode cultivar, sem repouso, os terrenos de mata é exato para as terras altas; nos solos baixos e úmidos pode-se plantar durante nove anos sem necessidade de alqueive. Tal fertilidade está, contudo, bem longe da das terras da Província das Missões.

Estância da Tronqueira, 11 de abril, 5 léguas. Enquanto estive em Santa Maria recebi muitas gentilezas do alferes, do comandante do distrito e de um capitão de milícia, também morador na aldeia. Havia pedido ao comandante me arranjasse uma vaca, para a alimentação do meu pessoal e alguns bois para a condução de minha carroça até o Jacuí, que é o limite do distrito. Consegui tudo quanto precisava, e o comandante disse-me que os agricultores que forneceram a vaca e os bois não queriam retribuição alguma.

O caminho continua a prolongar-se paralelamente à Serra. Compõe-se a região de montanhas cobertas de sombrias florestas, cujos cimos arredondados e quase iguais, são de pouca altura. O lugar é alegre e agradavelmente entrecortado de pastagens e bosques. Veem-se muitos animais nos campos. Atravessamos matas, densas e copadas. Em todas as desta região veem-se árvores que podem servir a confecção de carros, construção e marcenaria. Quando os espanhóis dominavam até ao Riacho dos Ferreiros, colonos oriundos de Biscaia exploravam o corte de madeira do lado do Rincão da Boca do Monte e mandavam as tábuas que serravam, por terra, a Montevidéu. Daí o nome de *Biscaino,* ainda hoje dado a este distrito.

Para descanso dos bois parei em uma pequena estância, habitada por um velho de 78 anos, vindo para a Ilha de Santa Catarina, aos 10 anos, com as primeiras famílias que o governo mandou vir das ilhas de Açores, para povoar aquela ilha e a capitania.

Um filho desse homem acompanhou-me até aqui e quando estávamos prestes a chegar disse-me que seria melhor pararmos ao pé de uma mata, porquanto a carroça poderia tombar se viesse até aqui. Fui com meu pessoal examinar o caminho e, apesar de achá-lo efetivamente mau, vimos parar nesta casa.

Dei-me por feliz ter tentado correr os riscos apontados, pois foi chegarmos e cair uma chuva torrencial.

Tendo sob as vistas um artigo de Azara, a respeito dos cavalos selvagens, vou consignar aqui algumas observações, decorrentes de sua leitura: as tropas desses animais, que os portugueses denominam *bagoaladas,* foram de tal modo perseguidas que hoje não mais se aproximam dos viajantes. Contudo, no dia em que pousamos junto ao Rio Ibá um grande número de animais veio rodear a carruagem. Galopavam dando saltos e aproximaram-se tanto que o Matias pôde matar um jumento com uma facada.

Azara e seu tradutor não estão de acordo sobre a utilidade dos cavalos selvagens. É evidente que eles não causam nenhum mal nos lugares desertos, mas serão nocivos nas regiões povoadas, porque destroem as pastagens e desencaminham os cavalos domésticos. Os estancieiros fazem-lhe guerra com a dupla finalidade de afugentá-los e de aprisionar os potros para domesticá-los. Alguns mesmo caçam-no para vender o couro. Os cavalos selvagens de cada tropa caminham sempre muito juntos, mas não seguem nenhuma ordem em sua marcha. Entre eles e os cavalos mansos da região não há diferença alguma, o que não é para se admirar, pois estes últimos não recebem nenhum cuidado especial e quando não são destinados à montaria, ficam aos deus-dará, nas pastagens, em toda a liberdade, como os animais selvagens. Uns e outros são menores e menos grossos que os cavalos de nosso país; não trotam de modo tão bom quanto os nossos animais, mas galopam melhor; fazem longas caminhadas sem fatigar, são mais pacientes e suportam melhor a falta de alimento.

Não é verdade somente existir entre eles 3 cores; têm todas as tonalidades que se observam nos cavalos domésticos. Talvez ao tempo de Azara predominassem apenas 3 cores, enriquecidas depois de outras, mormente durante a guerra por mestiçagens contínuas entre cavalos selvagens e domésticos.

Entre os portugueses denomina-se *parelheiros* os cavalos de corrida. São preparados durante algum tempo, mantidos em estribarias, e treinados diariamente. A isso chamam, portugueses e espanhóis, *compôr um cavalo*. Os estancieiros portugueses nunca montam em éguas. Também os cavalos são submetidos ao rodeio e em algumas estâncias são eles acostumados a comparecer juntamente com gado bovino.

Nas Missões, os índios, muito pobres para possuírem cavalos, criam burros para montaria. Mesmo em Santa Maria vi muitos burros pertencentes a índios. Esses animais são aqui menores que na França, e têm todos uma cor esbranquiçada.

Tronqueira, 12 de abril. — Devido ao tempo, que esteve péssimo, não pude seguir viagem. A chuva, como quase sempre acontece nesta região, era acompanhada de relâmpagos e trovões. Meu hospedeiro forneceu-nos alimentação (a mim e aos meus camaradas). É ele um excelente camponês, pouco dado a gentilezas, mas que oferece de bom grado quanto possui. De modo idêntico à maior parte dos cultivadores desta região, anda, em casa, descalço e de colete. Não vi mulher alguma.

Tronqueira, 13 de abril. — Acompanhada de violenta ventania a chuva prosseguiu noite adentro. Durante toda a manhã tivemos alternativas de chuva e bom tempo, e quando não chovia o calor era excessivo.

Algumas horas antes do pôr do sol o céu apresentou-se coberto de negras e espessas nuvens e logo teve início um verdadeiro furacão, o mais terrível que tenho presenciado em minha vida. A escuridão era tamanha que dificilmente se podia ler. Por todos os lados o céu era riscado de relâmpagos. As trovoadas sucediam-se, sem interrupção, e o ronco do vento sul ultrapassava o ruído do trovão, dada a sua violência. Nesse momento achava-me, em companhia do pequeno Diogo, na sala do meu hospedeiro.

Estando abertas a janela e a porta, tudo quanto se achava sobre a mesa foi carregado pelo vento; corri a fechá-las, mas, nesse momento, uma parte do telhado foi arrebatada, e, apesar da casa ser nova, um pedaço da parede, construída com tijolo e barro, foi derrubado pelo furacão e entulhado por cima de minhas malas. A água caía torrencialmente dentro de casa; pedaços de telhas voavam ao redor de mim. Estava já ferido numa coxa e temendo maiores acidentes corri para o quarto vizinho; encontrei-o descoberto e alagado como a sala. Entrei, então, em um pequeno gabinete próximo, onde deparei as mulheres da casa, as quais, apertadas umas às outras, tremendo, pediam fervorosamente proteção aos céus. Ao fim de sete ou oito minutos a intensidade do furacão diminuiu. Voltei à sala e trouxe as malas para lugares menos expostos à chuva. Entrementes, chegam Matias e Laruotte. O primeiro contou-me que ao início do furacão encontrava-se, com o Firmiano, na carroça e que não obstante o enorme peso da viatura e a horizontalidade do terreno, fora lançada contra uma árvore que ela arrancara, sendo a coberta atirada longe. Neves, chegando nesse momento, contou-nos que um telheiro sob o qual se abrigara, com o José Mariano, tinha sido destruído, ficando José um pouco ferido.

Enquanto isso um irmão de meu hospedeiro veio dizer-me que uma pequena palhoça próxima ficara intacta e induziu-me a levar para lá os meus objetos. Aceitando o conselho fiz retirar as malas dos escombros e instalei-me nessa palhoça.

Todos os meus objetos estão molhados, as malas de igual modo, meus homens não têm roupa para mudar e provavelmente passaremos uma noite péssima.

O dono da casa estava ausente durante esses sucessos; ao chegar mostrou-se com uma resignação e uma coragem de que poucos europeus seriam capazes: "Isso é um castigo do céu; é a vontade de Deus", foram as únicas palavras por ele proferidas; antes de deitar-me notei que todos já riam do que havia sucedido.

É preciso dizer que semelhante coragem é menos admirável em um americano que em um europeu. Este teria minuciosamente apurado seus prejuízos. Calculando o tempo que seria necessário para tudo reparar e quais as privações a que teria de se sujeitar. O feliz americano, pouco se preocupando com o futuro, abstem-se desses cuidados.

Cessada a chuva o pessoal da casa procurou um lugar mais enxuto para dormir sossegado. Não era preciso mais nada.

Tronqueira, 14 de Abril — Aproveitei o bom reinante para secar as malas e demais objetos, enquanto meus homens tratavam de pôr nova coberta à carroça. Por seu lado meus hospedeiros cuidaram de desentulhar a casa, lavar a roupa, e, auxiliados por alguns vizinhos, começaram a retelhar o prédio.

O furacão quebrou todas as espigas de um belo milharal, prestes a ser colhido; desfolhou todas as laranjeiras e arrancou figueiras e enormes ipês (Bignonia de cinco folhas) * que ensombreavam o pátio.

* Sendo ipê não pode ser *Bignonia;* provavelmente será *Tabebuia* ou *Tecoma* (M.G.F).

Os vizinhos disseram-me que não foram melhor tratados. Contudo todo mundo continuava alegre, como se nada tivesse acontecido.

À tarde fui herborizar nas margens da floresta e encontrei várias árvores derrubadas pelo furacão. As pastagens estão ainda verdes, mas não se veem outras flores além de algumas Compostas, comuns.

Tronqueiras, 15 de abril. Como o tempo estava muito bonito, ontem, à tarde, mandei fazer minha cama na casa de meu hospedeiro, apesar da mesma estar ainda quase inteiramente descoberta. Ouvi o ronco de trovões e saí ao pátio, deparando o céu carregado de nuvens; fui acordar Laruotte e mandei transportar meu leito e minhas roupas para a casinha onde se achavam as malas. Felicitei-me de ter tomado essa precaução porque a tempestade não tardou a cair e o quarto que vinha de abandonar inundou-se em poucos instantes. Ao levantar-me o tempo estava extremamente carregado; receei um novo furacão e não saí.

Temendo estar sendo pesado ao meu hospedeiro, que vem fornecendo alimentação para mim e para os meus empregados, prontifiquei-me a pagar-lhe todas as despesas feitas; entretanto recusou receber e pareceu até ofendido com minha proposta.

À tarde chegou seu pai, que é o verdadeiro proprietário da casa. Pareceu-me ficar contrariado com os estragos ocasionados pelo furacão.

Outrora havia muitos avestruzes e veados na Província das Missões, os quais foram quase totalmente destruídos pelos índios, que os caçam no interesse da carne para alimentação.

Queria levar comigo, para França, um botocudo a fim de fazer conhecer em meu país essa tribo singular. Por esse motivo considerava Firmiano como um monumento de minha viagem. O hábito de vê-lo, o cuidado que lhe dispensava, sua alegria, a originalidade de seu caráter ligaram-me a ele, pouco a pouco; e terminei por amá-lo como um pai ama a um filho. Enquanto viajamos em Minas não exigi dele nenhum trabalho; estava sempre alegre e compensava-me de sua inutilidade com o constante ar de contentamento que trazia no rosto.

Ao chegarmos ao Rio de Janeiro ele se instalou na cozinha, dizendo querer dormir ali, e que seria o cozinheiro. Com efeito Prégent, pelo qual o indiozinho se afeiçoara, ensinou-lhe a cozinhar arroz e feijão: ele limpava minhas roupas e meus sapatos, varria a casa algumas vezes e passava o resto do tempo a dormir.

Obedecia com facilidade, não mostrava desejo algum, não sentia saudades, nem preocupação, nem inquietação pelo futuro. O menor presente encantava-o e doava-lhe perene contentamento. Eu gozava sua felicidade e repetia como que orgulhoso: — "Ao menos não morrerei sem ter tornado uma criatura humana perfeitamente feliz".

Ele não sabia contar, não conhecia o valor à do dinheiro e era, entretanto, quem ia procurar as pequenas provisões necessárias à nossa vida. Meu criado que sabia preços, dava-lhe separadamente o dinheiro necessário à compra de cada objeto e ele nunca se enganava. Quando ia herborizar, levava-o comigo; carregava algumas provisões que nós comíamos às margens de algum regato; esses passeios eram para nós uma alegre recreação.

Pouco tempo após minha chegada de Minas conduzi-o a Copacabana, um dos sítios mais deliciosos dos arredores do Rio de Janeiro. Daí se vê de um lado o alto mar, do outro montanhas altas e pitorescas, cobertas de matas virgens, e nos cumes casas de campo e terras de cultura. Subimos a uma colina; a vista do mar, nova para ele, arrancou-lhe um grito de admiração. Até então nunca lhe falara a respeito de Deus; aproveitei esse momento para fazê-lo conhecer, perguntando-lhe se sabia qual tinha sido o autor de tantas maravilhas. Respondeu negativamente.

"Nenhum homem, disse-lhe, seria capaz de criar uma gota de água, um grão de areia nem a menor haste de erva. É certo, pois, que tudo quanto vemos tenha sido feito por um ser bem superior a nós; esse ser é Deus. Foi Ele quem fez o sol que nos ilumina, a terra que nos sustem e o fruto que comemos; foi, também, quem fez nascer sobre o corpo da ovelha a lã que fiamos para nossas vestes, quem colocou na terra o ferro que nos proporciona a arma e os instrumentos agrários. Em toda parte espalhou Ele seus benefícios e ama-nos como um Pai. Devemos amá-Lo como filhos reconhecidos".

No dia seguinte perguntei-lhe se sabia quem era Deus. Em resposta mencionou-me uma porção de obras do Criador e terminou dizendo que Deus era um grande Capitão.

Quando parti para o Rio Doce fiz ver-lhe que não dispunha de ninguém para ajudar ao tropeiro nem para cozinhar e que nessa conjuntura contava que se prestaria a tais trabalhos. Respondeu-me aceitar de bom grado os encargos. Ao começo da viagem só elogios mereceu. Chegados ao aldeiamento de índios civilizados, no litoral, sua qualidade de botocudo causou-lhe pequenas contrariedades, que suportou com paciência. Quando os índios o rodearam para o examinar, injuriando-o, ele corou-se, deixando pender a cabeça; vi algumas lágrimas rolar de seus olhos. Todavia acostumou-se pouco a pouco a resistir, terminando por tornar-se malicioso, e começou a responder-me, a mim, com insolência, desobedecendo-me.

Embarquei com ele de volta ao Rio de Janeiro. Aí ficamos sós durante um mês; ninguém o amolava e tendo pouco que fazer retornou ao que era dantes, com grande satisfação para mim. Durante a viagem a Goiás continuou a proceder a meu contento. Imitador de quantos convivia, tornou-se tão alegre quanto Marcelino, e, como ele, nunca se lamentando. Então parecia interessar-se pelo que me pertencia; podia confiar-lhe a guarda de meus objetos; parecia ter prazer em conversar comigo; julgando-se pessoa de minha família apenas tinha afeição por Laruotte, parecendo ver nos meus empregados portugueses simples auxiliares temporários, que não podiam ter por mim a mesma afeição que ele.

À saída de Marcelino substitui-o perfeitamente, mas aí seu caráter começou a modificar-se. Prégent, que desde o primeiro dia julgara-o melhor que eu, repetia sem cessar:" Firmiano só não é mau porque não convive com pessoas más; seu caráter amoldar-se-á sempre ao dos homens que o cercarem"

Ao ver José Mariano faltar-me com o respeito, ao testemunhar o seu mau humor e a espécie de submissão a que eu era obrigado, começou a murmurar contra mim, a responder-me mal e a desobedecer-me. Em São Paulo fui obrigado a castigá-lo em consequência de sua cólera; ao que quis me intimidar, mostrando a ponta de uma faca que trazia. Fingi não ter percebido sua ameaça e continuei a ralhar-lhe, tendo ele, pouco a pouco, baixado sua faca.

Durante a viagem de São Paulo e Porto Alegre, constituiu objeto de contínuas zombarias do negro Manoel. Sempre contrariado por esse homem, e, vendo-o queixar-se de mim sem cessar, ele tornou-se cada vez mais brigão e insolente. Seu caráter mudou-se completamente. Seu mau humor e sua insolência não conheciam limites. Não podia mais suportá-lo quando chegamos a Porto Alegre. Contudo não perdi as esperanças a seu respeito, e, de fato, ao ficarmos sós readquiriu sua alegria normal e o caráter de outrora. Com a mesma facilidade assimilou os defeitos dos soldados que me acompanhavam; houve uma ocasião, em Montevidéu, em que eles não me quiseram obedecer, no que foram acompanhados por Firmiano, audaciosamente.

Embora prestando alguns serviços durante a viagem não demonstra a menor afeição. Adotou a linguagem grosseira dos soldados, e, a par de uma porção de defeitos adquiridos, conservou toda a sua inexperiência, gula e desamor ao trabalho. Nada sabe e nada tem interesse em aprender; nunca procurou fazer qualquer coisa que me fosse agradável. Ao receber alguma ordem resmunga sempre e só obedece com lentidão, capaz de fazer perder a paciência ao homem mais calmo do mundo.

Contudo conservei-lhe muita amizade, até à nossa chegada às margens do Arroio Santana. Ao ver-me às portas da morte, somente pensei nele e pedi várias vezes, insistentemente, a Matias e Laruotte para recomendá-lo, de minha parte, ao Conde de Figueira. Testemunhou ele essa minha súplica, vendo quanto me interessava por sua sorte e verteu algumas lágrimas. Que homem branco, após ter recebido tão inequívocas provas de afeto, não teria ficado emocionado e não teria procurado, ao menos durante alguns dias, mostrar-se reconhecido por uma conduta agradável?

Firmiano não agiu assim: desde o dia imediato, desrespeitou-me do modo mais insultuoso. Castiguei-o fisicamente e ele pareceu querer defender-se. Redobrei no castigo e ele cedeu, provavelmente receando a intervenção dos soldados. Daí por diante deixei de falar-lhe com carinho e comecei a desgostar-me de sua companhia.

Até à minha partida de São Paulo esse indiozinho mostrava-se indiferente ao outro sexo, dizendo mesmo, no Rio de Janeiro, que a presença de uma mulher tornava-o triste. A gula e o amor ao sono pareciam ser suas únicas paixões.

Foi em Castro que começou a parecer menos indiferente, mas estou persuadido de que o exemplo de Neves e de José Mariano influiu mais nessa metamorfose que seu próprio temperamento. Nas Missões demonstrou inclinação pelas índias, provavelmente ainda por imitação; mas nessa ocasião causou-me muitas contrariedades por suas mentiras, sua desobediência e sua falta de respeito. Aí comecei a tratá-lo com dureza, continuando-o até agora. Tenho-lhe repetido que não é um homem livre e que posso dele dispor como me convier. A tais palavras nunca respondeu pois sabe que os homens de sua tribo vendem seus próprios filhos aos portugueses, pela menor bagatela.

Teria satisfação em desembaraçar-me agora desse rapaz, mas vejo-me, infelizmente, forçado a trazê-lo, como se fosse uma expiação. Se ele pertencesse à nossa raça eu lhe diria: "Ou você muda de conduta ou vai procurar seu pão noutra parte!" Mas, de que me serve falar assim a um homem ignorante, descontente, preguiçoso, inexperiente e sem noção do futuro? Que fará se eu o abandonar? E devo abandoná-lo, após ter tido a infelicidade de tirá-lo de sua terra?

Acreditava, quando o tomei, que um índio não diferia de nós senão pela ausência de civilização; ignorava que essa gente era insensível e tais erros conduziram-me a uma porção de outros. Assim, todas as vezes que lhe dava uma ordem procurava fazê-lo sentir a necessidade: mas é lógico que tal método é inteiramente defeituoso para com aqueles cujas ideias não vão além do momento atual. Resultou daí tê-lo acostumado a pedir-me explicação de tudo quanto eu mesmo fazia e a justificar as ordens que lhe dava, tal qual uma criança mal educada discute as ordens do seu pai.

Sem falar dos defeitos inerentes à sua raça, ele deve alguns dos que adquiriu à minha ignorância e indulgências excessivas. Os outros, tais como a grosseria, insolência e inclinação à mentira, deve aos homens que me acompanharam nas viagens. Talvez seja esse um motivo a mais para não o abandonar. Eis-me, pois, embaraçado para sempre por um homem que será eternamente criança, pelo juízo, e ao qual é impossível fazer compreender que não é uma criança, não me sendo de utilidade, nem capaz de afeição ou gratidão.

Tronqueira, 16 de abril. — Persistiu o mau tempo e não pude partir.

As pastagens deste distrito são muito favoráveis à criação de bovinos e de ovelhas.

Nas casas fiam a lã dos carneiros, com a qual fazem ponchos e outros tecidos. Nos terrenos de mata plantam-se durante 7 ou 8 anos seguidos, sem deixar a terra descansar, mas quando as capoeiras sucedem-se às matas é preciso o alqueive.

Tronqueira, 17 de abril. — O tempo continuou horrível. Não me foi possível prosseguir a viagem e apenas pude fazer um pequeno passeio, de meia hora esta tarde.

Contrario-me de permanecer tanto tempo nesta casa, sempre bem alimentados, eu e meus homens, e não conseguir fazer meu hospedeiro aceitar a recompensa.

Além disso prevejo, dolorosamente, que partirei de Porto Alegre com o pior tempo, correndo o risco de perder o fruto de tão longa quão penosa viagem. Meus camaradas aborrecem-se aqui e parecem achar que sou culpado das consequências da chuva.

Aqui minhas refeições tornaram-se desagradáveis, por serem feitas junto a eles. Matias é frequentemente pouco respeitador e vive a clamar suas eternas queixas contra o Rei ou suas zombarias sobre a religião e os padres. Estou certo de que repete esse discursos porque já notou que me contrariam.

A exceção de algumas Compostas extremamente comuns, de algumas *Oxalis*, não se veem flores nas pastagens, ainda verdes.

Ainda não foi possível ao meu hospedeiro cobrir de novo sua casa, por falta de telhas, mas seus filhos já levantaram os dois panos de paredes que haviam caído.

Após ter deixado a Província das Missões vi, conforme disse, várias casas, bonitas e cobertas de telhas; porém, são construídas com uma só fileira de tijolos e de terra batida, motivo pelo qual são tão pouco sólidas.

Em geral os brasileiros não pensam, quando constroem, em seus filhos, mas é de convir que neste país as construções são fáceis.

Na capitania do Rio Grande predominam, de modo quase absoluto, as casas térreas.

No distrito de Santa Maria as terras são, em geral, muito divididas, o que não impede de haver estâncias com 6.000 cabeças de gado; meu hospedeiro possui 1.000 e não é um homem rico.

Todos os proprietários cultivam a terra, ao mesmo tempo que se dedicam à criação de gado. O dono da casa e seus filhos cuidam do gado e os negros tratam da plantação; contudo, nesta região ninguém se envergonha de trabalhar. Os homens menos ricos possuem vacas de leite e cultivam a terra por suas próprias mãos.

Nesta zona do distrito, não se planta só para o consumo; vários agricultores vendem trigo, milho, etc. a Cachoeira e Rio Pardo.

Estância da Restinga Seca, 18 de abril, 4 léguas. — Esta manhã o tempo mostrava-se muito carregado e ameaçador. Havia já tomado a resolução de passar o dia em casa desse bom José Silveira, verdadeiramente vexado por incomodá-lo tanto, quando as nuvens dissiparam-se um pouco e pus-me a caminho com grande satisfação de toda a minha comitiva.

Antes de partir, disse ao Sr. Silveira desejar deixar-lhe algumas lembranças, mas nada tendo, infelizmente, para lhe oferecer, rogava aceitasse alguma coisa para si e seus filhos, e, assim falando quis dar-lhe cerca de dois *luíses*,[2] mas ele relutou em aceitá-los e eu tive de dar-lhe alguns pequenos objetos que ainda me restavam. Com seus filhos acompanhou-me até próximo daqui e foram-me muito úteis, porquanto as chuvas tornaram o caminho péssimo.

[2] NOTA DO TRADUTOR — Moeda de ouro do valor de 20 francos.

Continuamos a ter a Serra à nossa direita, sem dela distanciarmos muito. As montanhas que a constituem são sempre pouco elevadas e cobertas de matas, terminando quase todas por um grande planalto.

O caminho atravessa região agradavelmente adornada de bosquetes e pastagens, povoadas de bois e cavalos.

Paramos alguns instantes em uma pequena venda, onde os bois foram trocados, e vimos pousar em uma estância, situada a alguma distância da estrada.

Silveira e seus filhos podem ser comparados, por seus modos, aos nossos camponeses ricos. O pai trás em casa uma grossa jaqueta de casemira; os filhos usam apenas um colete e todos trazem as pernas nuas. Nenhum deles sabe ler nem escrever, e sua conversação gira, apenas, sobre o pequeno mundo que os rodeia.

As mulheres são bonitas, brancas e coradas; parecem-se muito pouco com as nossas camponesas. Mostram-se, contudo, acanhadas, pouco aparecendo e jamais comendo em nossa presença. Usam vestido de chita e um fichu; cabelos armados com uma travessa; pernas nuas. Tais modos não são efetivamente os de Minas, mas não diferem dos que têm as mulheres das cidades.

É de notar-se que nesta parte da Capitania as mulheres se mostram menos aos estranhos e são geralmente mais tímidas que as residentes entre Rio Grande e Santa Teresa. Estas últimas, embora não tenham os encantos das espanholas-americanas, muito se aproximam delas, entretanto.

Silveira disse-me que os alicerces de sua casa, feitos de pedra, tinham dois palmos; presumo ser esse o padrão de todas as casas construídas da mesma maneira.

Potreiro da Estiva, 19 de abril, 4 léguas. — Ontem à tarde, antes de deitar-me, estive durante muito tempo proseando com meu hospedeiro, que parece de condição mais elevada que o bom Silveira. Queixou-se muito dos abusos de que são vítimas os cultivadores desta Capitania, meu informante em particular, e espera providências da Corte. Acontece sempre serem seus animais levados por oficiais, os quais prometem devolvê-los da estância vizinha e nunca cumprem o prometido. Outras vezes eles são roubados, levados para longe e abandonados, quando não podem mais avançar; ou então cortam-lhes as pontas das orelhas, sinal de propriedade real. Como tudo se faz arbitrária e violentamente, não se observa regra alguma nas requisições; os que têm o direito de fazê-las não se dão ao trabalho de se dirigirem ao Comandante, único capaz de fazer distribuição equitativa. Tomam ao cultivador os animais que lhe são necessários, ou mesmo, arrebanham os que se acham nos campos e assim todo o ônus recai sobre aqueles residentes à margem das estradas.

Já disse a respeito dos animais tomados dos estancieiros para nutrição das tropas, nunca pagos. Atualmente a coisa é pior. Há algum tempo levaram muitos bois deste distrito, para Belém e Capela de Alegrete, e acharam um excelente meio de evitar reclamações dos proprietários: não se lhes dar recibos.

Tenho sempre à minha direita a mesma cadeia de montanhas que se vai distanciando pouco a pouco. A região que percorri é desigual, com tufos de matas mais numerosos que as pastagens e estas não são de boa qualidade.

Em geral a coloração das pastagens no Brasil está na razão inversa da quantidade de matas nelas misturadas, e os melhores pastos que vi na América são os dos campos de Montevidéu, onde absolutamente não há árvores.

Há muitos dias não encontro plantas floridas, além de algumas Compostas e algumas *Oxalis*.

Continuo a ver grande número de animais nos campos, mas de pequeno porte. A uma légua da estância da *Restinga Seca* existe uma outra, pertencente a um paulista. Mandei ali um de meus soldados, para arranjar bois, conseguindo quatro juntas, apesar de não mandar exibir minha Portaria e do soldado ter ido à paisana. Isso prova como essa gente está acostumada a tal espécie de amolação.

Quanto a mim tenho sempre, em todos os pedidos de bois que venho fazendo aos estancieiros, usado da maior delicadeza possível, constantemente oferecendo retribuição, sempre recusada, aliás.

Noto que quanto mais simplicidade de modo e de conversa imprimo aos meus atos, menos deferência recebo. O contrário acontecia em Minas; lá quanto mais esforços fazia para tornar-me agradável, mais hospitaleiramente recebiam-me. A diferença está em que aqui estão de tal modo habituados ao militarismo e ao ar fechado dos oficiais, que não acreditam que um homem simples e honesto possa ter importância.

Hoje é sexta-feira santa e vejo todo mundo jejuar com rigor nunca visto porque em dia semelhante nunca estive em casa alheia.

Esta manhã meu hospedeiro disse-me não me ter oferecido café por ser dia de jejum. O estancieiro serviu-nos para o almoço — pão e água e o homem em casa de quem devo passar a noite não me deu ceia, pelo mesmo motivo. Meus soldados recusaram beber aguardente e não quiseram comer nada que fosse quente, contentando-se com pão e queijo.

O que houve de extraordinário nessa austeridade foi que José Mariano, o primeiro a falar do jejum, tendo rejeitado, indignado, o oferecimento de aguardente, não deixou passar o dia sem fazer zombarias a respeito de Deus e dos Santos.

CAPÍTULO XXI

Margens do Rio Jacuí. Notas sobre a administração de Chagas. Chácara de Pedro Morales. Vila da Cachoeira. Margens do Rio Botucaraí. Acidente. Os brasileiros desejam uma Constituição. Palestra sobre Província Missões. Impossibilidade de empregar os negros. A meia légua da casa do Major Felipe Carvalho. Lição de civilidade. Vila do Rio Pardo. O Sargento-mor José Joaquim de Figueiredo. Seiscentas léguas um uma ponte. Venda da carroça para continuar a viagem por água. Decadência dos índios, completada pelos portuguesa. Comércio de Rio Pardo. Couros e trigo. Descrição da cidade. Paixão do jogo, luxo de arreiames e comércio nas mãos dos europeus.

Margens do Rio Jacuí, 20 de abril, 4 léguas. — Para vir até aqui atravessei região perfeitamente plana, úmida, cercada de pequenas colinas e coberta de pastagens. Após as grandes chuvas a estrada fica intransitável, sendo preciso fazer uma variante pelo alto das colinas. Todas as plantas apresentam-se sem floração.

O Jacuí constitui o termo de nossa caminhada, sendo o rio que corre diante de Porto Alegre e termina por formar a Lagoa dos Patos. Pode ter aqui a mesma largura do Loiret diante de Plissai, correndo majestosamente entre duas galerias de matas.

Meus trastes foram transportados de uma só vez, em três pirogas amarradas em bloco, sendo a do meio maior. A carruagem passou apoiada sobre duas pirogas, dando muito trabalho; também os bois e os cavalos passaram após penosos esforços de minha gente, que trabalhou bastante, começando ao meio-dia e só terminando ao pôr do sol.

Com meus objetos fui muito bem recebido em a casinha do cidadão incumbido da passagem do rio, o qual foi para comigo de extrema delicadeza e bondade.

Entre Ibicuí e Capela de Santa Maria vi muitas casas cobertas com cascas da palmeira chamada gerivá.[1] Cortada pela metade, longitudinalmente, forma duas calhas que, divididas em grandes pedaços, são colocadas como cobertura das casas, de modo idêntico às telhas de barro.

Chagas começou o seu governo com traços aparentes de afeição pelos índios e até ao último instante parecia querer favorecer os homens dessa raça. Jamais os punia, permitia-lhes a saída da província quando desejavam e lhes dava, dizem, quase sempre, razão contra os brancos.

Entretanto teria melhor mostrado sua afeição, parece-me, se tivesse tomado medidas assecuratórias da mantença das aldeias, nunca permitindo que os administradores se enriquecessem à custa desses infelizes, desmoralizando-os e deixando-os morrer à míngua. Além disso devia fazer que algumas crianças aprendessem ofícios e devia ter introduzido a vacina na província por ele governada.

---

[1] NOTA DO TRADUTOR — No original francês está *giriba*.

Chácara de Pedro Morales, 21 de abril, 3 léguas. — Durante a passagem da carroça vários bois e cavalos foram pastar muito longe; foi preciso começar o dia com a procura desses animais, motivando isso nossa partida muito tardia.

O encarregado da passagem do rio havia-me dito que a estrada ordinária estava impraticável, sendo necessária uma grande volta. Pedi-lhe ensinasse o caminho aos meus camaradas, sendo atendido, mas percebi que meus homens o ouviam com grande mau humor.

Passamos uma planície úmida, parecendo ser a continuação da que ontem atravessei antes de chegar ao Jacuí. Tem igualmente pouca largura e é limitada à direita por diversas colinas (coxilhas) e à esquerda por matas, além das quais se vê a Serra Geral. Após ter feito cerca de duas léguas nessa planície, começamos a subir as colinas. A região que vimos depois desse momento é extremamente bonita, desigual e oferecendo um alegre rendilhado de pastagens e bosquetes. Continua-se a avistar, ao longe, os cumes da Serra Geral, que são menos uniformes e por conseguinte mais pitorescos.

Estando os bois muito fatigados meus soldados propuseram-me pegar alguns que pastavam tranquilamente no campo. Mau grado os oficiais munidos de portarias serem afeitos a essa espécie de violência, somente consenti imitá-los muito contrariado e se acedi foi menos em benefício de meus bois, que para evitar descontentar os soldados, já então possuídos de muito mau humor.

Percebi ter ocasionado esse mau humor o fato de haver consultado o meu hospedeiro de Jacuí sobre os caminhos, fazendo-os dar uma volta de duas léguas. Matias, antes de chegarmos aqui, demonstrou-me sua zanga de modo o mais insultuoso; tive a prudência de fingir não ter percebido sua intenção ofensiva, mas confesso não ser filósofo a ponto de tornar-me insensível.

Reconheço que esses homens prestaram-me os maiores auxílios; creio que são induzidos contra mim por José Mariano, cujo caráter é detestável. Não me posso habituar aos seus modos rudes nem a ser frequentemente objeto de seu desdém e de sua brutalidade. Tudo isso torna-me insuportável o fim desta viagem; jamais tive tamanho desejo de chegar ao término. Consolar-me-ia se achasse algumas plantas floridas, mas não encontro nada além de sementes e essas sempre de espécies conhecidas. Posso indicar entre as mais abundantes a Composta n.º 2587 bis, uma outra composta, algumas espécies de *Hyptis,* notavelmente comuns, e a Rubiácea n.º 2759 ter.

O homem em casa do qual devo pernoitar não estava presente no momento de minha chegada. Fui ao seu encontro ao vê-lo aproximar-se. Pareceu-me mediocremente afável, não obstante ter-me permitido descarregar as malas em um quarto de sua casa. Mostrei-lhe minha Portaria e pedi-lhe bois, ao que me respondeu os ter vendido, bem como todos seus animais, com o fito de evitar ser amolado pelos militares que transitam por esta estrada. Acrescentou que ultimamente um soldado levara seu último cavalo prometendo devolvê-lo da casa vizinha, não tendo cumprido o prometido.

Quanto a mim, estou de tal modo cansado de mendigar bois em toda a parte por onde passo e de achar tão poucas pessoas prestimosas, que se tivesse previsto isso, teria comprado bois, sem olhar os preços.

Vila de Cachoeira, 22 de abril, 4 léguas. — Região sempre entrecortada de bosquetes e pastagens, desigual à princípio, depois quase plana e menos florestal. Sempre a vista da serra, ausência completa de flores nos campos, havendo apenas plantas com sementes e sempre de espécies comuns.

A Vila de Cachoeira é agradavelmente situada. Antes de chegarmos Matias veio à frente, trazendo minha Portaria, para arranjar casa com o comandante, o qual lhe deu as chaves desta em que me acho.

Quando meus trastes foram descarregados, fui fazer-lhe uma visita, logo retribuída, e voltei à sua casa, à tarde, para saber algumas novidades, mas meu interlocutor nada me disse que eu não soubesse já.

Margens do Rio Botucaraí, 23 de abril, 2 léguas. — A Vila de Cachoeira sede de dois juízes ordinários e cabeça de extensa paróquia, fica em situação agradável, à vertente de uma colina dominando o Rio Jacuí. É uma vila de criação recente, ainda pequena, sendo a praça pública indicada por algumas casas esparsas.

Entre a vila e o rio, sobre a vertente da colina, existem diversas míseras palhoças, separadas umas das outras, lugar esse que tem o nome de *Aldeia*. As palhoças são habitadas por índios mandados vir da aldeia de S. Nicolau, vizinha de Rio Pardo, para lançar as fundações desta vila e que aqui permaneceram após terminadas suas tarefas.

Deve-se o nome da vila a rochedos, existentes em lugar pouco distante, que embaraçam o curso do rio, impedindo o trânsito de pirogas fora do tempo das chuvas.

Até ao presente momento não fizeram obra alguma além de uma picada, para facilitar a descarga das mercadorias que vêm de Jacuí, e nem mesmo a estrada ligando a vila ao rio é conservada.

De qualquer modo, sendo a Vila de S. João da Cachoeira a primeira povoação que se encontra na estrada das Missões, tornou-se em uma espécie de entreposto, onde os negociantes e estancieiros que não querem fazer longas viagens deixam o produto da região e adquirem, de volta, as mercadorias de que necessitam.

As terras por nós percorridas, para virmos até aqui, oferecem ainda a alternativa de pastagens e bosquetes. Ao longe veem-se os cumes da Serra Geral. Nos campos, ausência completa de flores.

Chegando a Cachoeira, pedi ao comandante que me arranjasse bois, ao que respondeu serem necessários muitos dias para procurá-los. Resolvi então seguir com os meus, apesar de acharem-se muito fatigados. Apenas havíamos feito meia légua e avistamos imenso rebanho pastando pelos campos. Deixei ainda meus soldados pegarem quatro juntas e pudemos chegar prontamente às margens do Rio Botucaraí.

Como o tempo estivesse tempestuoso, tomei a deliberação de fazer descarregar meus objetos, deixando-os esta noite em casa do barqueiro, contentando-me hoje em fazer a passagem da carroça. Para execução desse plano seria preciso que o barqueiro quisesse receber-me em sua casa. Ao pedir-lhe permissão para isso, respondeu-me ser impossível, devido à pequenez da habitação não comportar meus trastes e recomendou-me ao seu vizinho, cuja casa é igualmente situada quase à beira da água. Apesar de dirigir-me a esse homem com a maior polidez possível, ele recusou atender-me, muito grosseiramente. Insisti, sem resultado. Não querendo, todavia, arriscar o fruto de tão longa e penosa viagem, vali-me, pela segunda vez, do nobre título de que sou portador, e, atirando ao meio do quarto uma moeda de duas patacas, disse-lhe que, tendo pago a hospedagem acreditava ter o direito de ali dormir. Meu título produziu, creio, mais efeito que o dinheiro; o homem não disse mais uma palavra e desocupou um pequeno quarto, que pode ter umas duas toezas em quadro. Tendo empilhado minhas malas, consegui lugar para fazer meu leito.

Enquanto isso meus homens ocupavam-se em passar a carroça para o outro lado do rio. Como este rio tem pouca largura Matias supôs poder empregar o mesmo processo usado no Toropi. O barqueiro e várias outras pessoas presentes avisaram-lhe que a correnteza era muito grande e que a carroça iria ao fundo ou seria arrastada pelas águas. Matias insistiu em suas ideias e eu tive a leviandade de deixá-lo agir. O veículo entrou no rio puxado pelos bois e seguido de duas pirogas, cujos condutores deviam dirigir os animais. Matias atirou-se na água mas foi mal ajudado pelo barqueiro e, apesar dos esforços dos meus camaradas, os bois e a carroça foram arrastados pela correnteza e desapareceram aos meus olhos, encobertos pelas árvores que margeiam o rio. Entretanto soube logo que a carroça havia chegado ao outro lado, mas em local de difícil acesso, tendo morrido na passagem dois bois e um cavalo.

Margens do Rio Botucaraí, 24 de abril. — Meus camaradas estiveram durante muito tempo do outro lado do rio, fazendo uma picada na mata marginal, e quebrando a cobertura da carroça conseguiram tirá-la da água.

Durante esse trabalho a chuva caía torrencialmente. Os homens estavam molhados desde ontem à tarde, sem trocar de roupas e após tirarem a carroça de dentro do rio vieram almoçar, sem mudar ainda de roupa.

Voltaram à água para reunirem os bois e cavalos e somente à tarde vestiram roupas secas. O povo deste país suporta, como tenho dito, com extrema facilidade as maiores intempéries; é preciso que chova muito para que meus soldados não durmam ao relento. Desde que seja necessário Matias lança-se na água com qualquer tempo, sem dificuldade alguma, e, não obstante sua aparência de fraqueza, é um homem realmente infatigável.

De qualquer modo eis-me a oito léguas do fim desta viagem, sem saber quando poderei chegar, visto o tempo estar horrível e a carroça sem coberta.

Margens do Rio Botucaraí, 25 de abril. — Ao partir de Rio Grande fui seguido por um cão, que me veio acompanhando até aqui. Entretanto demos por falta dele ao sairmos de Cachoeira, tendo Matias dado uma batida em toda a vila, inutilmente. Supúnhamos tivesse sido levado para o campo por algum negro.

Esta manhã, entretanto, um cidadão de Cachoeira, ao passar por aqui, com destino a Rio Pardo, reconhecendo-me informou-me que o animal tinha ficado fechado na casa onde nos tínhamos hospedado e que os vizinhos, incomodados pelo barulho por ele produzido, conseguiram abrir a porta para soltá-lo.

Aluguei um cavalo e mandei Firmiano ir buscar o cão. Imaginei que ao rever-nos daria o animal algum sinal de contentamento, mas ele nem ao menos correspondeu aos nossos agrados, indo dormir tranquilamente. É de notar-se que os cães deste país afeiçoam-se menos aos homens que os da Europa. Não vi nenhum lamber seu dono e é raro vê-los abanar festivamente a cauda, como fazem os nossos.

Sei que, em geral, os brasileiros maltratam muito os cães; o meu é bem nutrido e não leva pancada, mas continua indiferente como os outros. Quero crer que uma tão grande diferença de temperamento entre animais da mesma raça deve ser atribuída à influência do clima. O que é singular é encontrar-se a mesma diferença entre os homens. Os brasileiros são bons, hospitaleiros, generosos, mas em geral, creio-o, pouco sensíveis à amizade. São pouco expansivos e não lhes noto quaisquer sinais de alegria quando, após uma longa ausência, encontram-se com conhecidos e amigos.

Meus empregados colocaram couros aos lados da carroça, mas receio não protejam meus trastes da chuva incessante.

O tempo passa aqui do modo mais triste para mim; nada tenho a fazer e acho-me inteiramente desacorçoado.

O Rio Botucaraí, afluente do Jacuí, nele lançando-se a cerca de meia légua daqui, é estreito, porém de muita correnteza. Todavia só não é vadeável após grandes chuvas. A passagem é arrendada pela Fazenda Real por 200$000 anuais. Da revolução que vem de se operar é interessante notar estar todo o mundo encantado com a Constituição, dela esperando grandes benefícios, sem que tal Constituição tenha sido feita ainda. A maioria mesmo dos que esperam tantas felicidades não sabem sequer o que seja uma Constituição. Tudo isso não é, contudo, tão ridículo como se poderia pensar. Era impossível que os brasileiros não se cansassem de tantos abusos e de tantos vexames conseqüentes de um poder arbitrário. Sem ter uma ideia bem precisa do que seja uma Constituição não ignoram, entretanto, ser um código de leis, capaz de pôr limites à autoridade absoluta, alegrando-se, por isso justamente. Até ao presente momento, todavia, não percebi entusiasmo em casa alguma; todo mundo está satisfeito, porém sem exaltação. Provém isso do caráter calmo deste povo, o qual somente portar-se-á com excessos em último recurso; mas neste caso não haverá limites.

Não é para se admirar tenham o brasileiros rejubilado de ver chegada a época de uma mudança qualquer; antes devemos surpreender-nos tenham suportado por tanto tempo a tirania de que eram alvo.

Os habitantes desta província, entre outros, tomaram todos parte na guerra, durante um grande número de anos e quase nunca receberam soldo, e, quando lhes pagavam levavam seus animais e suas carroças. As famílias ficavam expostas a vexames e rapinagem dos chefes e subalternos. Entretanto raros são os homens que se queixam. Pode dizer-se, com segurança, que os franceses não suportariam, sem revolta, a centésima parte do que aguentaram, com tanta paciência, os habitantes da Capitania do Rio Grande.

Margens do Rio Botucaraí, 26 de abril. — A noite esteve muito quente e choveu intermitentemente durante todo dia. As pessoas da região afirmaram que o tempo não melhorará enquanto o vento não passar para o quadrante sudoeste, e acrescentam não haver, há muitos anos, um abril tão chuvoso.

Continuo a passar o tempo do modo mais triste possível, suspirando pelo momento em que possa me por a caminho.

Ao cair do dia aqui chegou um dos meus hospedeiros desta viagem, com o qual palestrei muito a respeito da Província das Missões. Disse-lhe admirar-me dos estancieiros desta província não possuírem negros em vez de alugar peões a oito e a doze patacas por mês. Respondeu-me serem a isso forçados devido à predileção das índias pelos negros, pondo-os em perdição, transmitindo-lhes moléstias venéreas que os vitimavam. Afirmou que as índias preferem os negros aos homens brancos e aos próprios índios.

27 de abril, 2 léguas. — Excessivamente enfadado da triste vida que levava às margens do Botucaraí, deliberei sair desse lugar, mau grado o tempo chuvoso desta manhã.

Matias colocou as malas na carroça, sobre pedaços de madeira, que a alteassem e impedissem molhar por baixo, cobrindo-as depois com couros. Terminado esse trabalho foram atrelados os bois e pusemo-nos em marcha.

Persistem os aspectos da região — desigual com pastagens e bosquetes. Aqui e ali veem-se choupanas. Bois e cavalos pastam no campo e à esquerda veem-se ao longe, as montanhas da Serra Geral, começando, já, a serem mais altas.

Após ter feito cerca de légua e meia parei junto à casa do Major Felipe de Carvalho, homem rico e serviçal, que, segundo me disseram, poderia me emprestar bois para seguir mais longe. Estando ele ausente fui perfeitamente acolhido por sua mulher, a qual mandou servir o jantar, emprestou-me os bois para vir até aqui e deu carne aos meus camaradas. Essa mulher é muito distinta, apesar de faltar-lhe o encanto notado nas mulheres espanholas. Como tantas outras mulheres desta região, tem nos modos qualquer coisa de frio, desagradável e desdenhoso, jamais encontrado nas mulheres espanholas. Estas faziam-me comer em suas companhias, mesmo na ausência dos maridos, mas as brasileiras, que me receberam em suas casas quando seus maridos não se achavam, me faziam comer sozinho.

A casa do major é coberta de telhas, porém térrea; nesta capitania não vi casas de campo assobradadas.

Todo o mobiliário da sala em que fui recebido consistia em uma mesa e cadeiras dobradiças, de assento de couro.

Quanto à mesa era bem servida. É preciso que uma casa seja muito pobre para que não possua alguns talheres de prata, mas o uso de pratos desse metal é desconhecido no Brasil.

Na Capitania do Rio Grande não há tapeçarias em parte alguma; as paredes são caiadas e sem ornamentos.

Os bois do major Felipe conduziram-me apenas a meia légua da casa de seu dono.

Parei em uma casa pertencente a um cidadão que me pareceu muito bondoso e abastado. Logo ao chegar fez-me entrar a uma sala, onde se achavam reunidas sua mulher e suas filhas. A primeira, mãe de doze filhos, tomou logo parte cm nossa conversação. Meu hospedeiro mandou servir-me uma refeição, assim como aos meus empregados, e prometeu-me bois para amanhã. Dizia-me, antes da ceia, que não dispunha senão de carne-seca e feijão para me oferecer, mas se eu quisesse carne fresca poderia mandar procurar uma vaca na estância vizinha. Respondi-lhe que estando para chegar a Rio Pardo não queria abater uma vaca, que seria desperdiçada. "Essa é a primeira vez, disse, que vejo um oficial mostrar tal delicadeza".

Como me é dado o título de coronel, todo mundo acha que tenho o direito de levar os animais dos cultivadores, sem pagar, e toda a gente fica admirada porque não ajo desse modo.

Na verdade minha Portaria autoriza-me a requisitar toda a espécie de auxílios, mas nunca me quis valer dela. Por isso meus soldados desgostavam de mim. Teria eu sido para eles uma verdadeira divindade se, em vez de admoestá-los, como fazia, deixasse-os matar uma vaca todos os dias, ou tirar cavalos dos estancieiros, a seu bel-prazer. A dificuldade em contentar esses homens e em nutri-los, tornou-me esta viagem extremamente penosa.

28 de abril, 5 léguas e meia. — Persistem os encantadores aspectos de uma região sempre desigual e entrecortada de pastagens e bosquetes. Aqui e acolá, veem-se palhoças e à direita, ao longe, as montanhas da Serra Geral.

Depois de Santa Maria, e mais ainda, depois de Cachoeira, encontro no caminho muitas carroças e cavaleiros.

Após termos parado, ao meio-dia, junto a um bosque, vim pedir aqui permissão para pernoitar. Tomando a dianteira apresentei-me, sozinho, nesta casa, mas fui muito mal recebido. Meu hospedeiro censurou-me acremente por ter eu atravessado a cerca que separa o pátio do campo. "Nem um homem mal educado, disse-me, procederia assim; devíeis ter ficado fora, chamando-me e esperando que eu respondesse". Tendo sempre incumbido Matias dos pedidos de pousada, havia, infelizmente, esquecido que foi por falta de tais formalidades que fui alvo das iras do Padre Alexandre. Retruquei que não tinha intenção de ofendê-lo, conseguindo abrandá-lo um pouco, apesar de continuar a ser muito frio.

Rio Pardo, 29 de abril, 1 légua. — Contaram-me aqui que os habitantes de Rio Grande haviam deposto, do comando da cidade, o major Mateus da Cunha Teles e que os de Porto Alegre haviam feito o mesmo com três chefes que governavam a Capitania, na ausência do Conde de Figueira.

Os portugueses da Europa e os do Rio de Janeiro estabeleceram leis para o Soberano e elegeram os ministros, sendo pois natural que os habitantes das províncias depusessem seus magistrados. Mas, quando o povo consegue conhecer sua força torna-se afeito ao abuso. Acaso os cidadãos escolhidos para substituir os depostos serão de agrado geral? E se eles desagradarem a alguém não correrão o risco de serem depostos, como os primeiros?

Se o povo é capaz de dispor dos cargos, está claro que os ambiciosos cuidarão de pô-lo em agitação, sem cessar. Além disso é impossível que os magistrados depostos não tenham amigos, os quais, naturalmente, procurarão praticar a vingança. Daí os partidos, a guerra civil, a desunião das províncias. No meio do entusiasmo causado por uma Constituição, ainda não elaborada, alguns espíritos ponderados acham que foram ultrapassados os limites da prudência e que tudo vai a passos precipitados.

Quanto a mim, radicado como estou à nação portuguesa, vejo todas essas coisas profundamente contristado. Frequentemente supunha que, ao voltar à minha pátria, suspiraria pela calma destes belos desertos, mas atualmente é provável que me felicitarei de os deixar.

Entre a casa de onde venho e Rio Pardo o terreno continua semelhante aos atravessados nos dias anteriores. Logo ao começo da viagem, comecei a avistar a Cidade de Rio Pardo, situada no alto de uma colina, ao pé da qual corre o rio que lhe empresta o nome. Chegado junto a esse rio atravessei-o em companhia de Matias. O vigia-fiscal veio ao meu encontro, contando-me que há muitos dias o Sargento-mor José Joaquim de Figueiredo Neves mandara um portador indagar se eu havia chegado. Esse Sargento-mor é primo do desembargador Moreira, do Rio de Janeiro, e irmão de Dona Josefa, mulher do capitão Antônio Gomes, de Itajurú. Das margens do Botucaraí mandara eu avisar que lhe trazia cartas e lhe pedira alugar-me uma casa, para alguns dias.

Acompanhado de um homem prestimoso que se ofereceu para me servir de guia, dirigia-me à casa do Sargento-mor quando fui abordado por um velho que, após perguntar quem eu era, disse ser também irmão de D. Josefa e casado com a irmã do desembargador Moreira. Insistiu em convidar-me para deter-me em sua casa e disse-me que seu irmão, o Sargento-mor, estava ausente, devendo voltar à tarde. Aconselhou-me a mandar o Matias ao rio para cuidar da passagem da carroça e convidou-me para o jantar.

Conversamos muito a respeito da Capitania de Minas e de nossos conhecidos e surpreendi, em meu hospedeiro, senhor de alguns estudos, essa facilidade de expressão e esse gosto pela conversação que, em geral, distinguem os mineiros.

A passagem da carroça e de meus objetos durou bastante tempo. Logo que o sargento-mor chegou fui conduzido à casa que me estava reservada. Esse cidadão não é menos distinto que seu irmão e convidou-me a fazer refeições em sua casa, durante minha permanência em Rio Pardo.

Venho de terminar uma viagem de quase 600 léguas, em região sulcada de rios, e é notável não ter encontrado uma só ponte. Em toda parte só se encontram pirogas, e essas mesmas quase sempre em péssimo estado. A passagem de uma carruagem e de sua carga requer sempre muitas horas; é preciso sempre descarregar as mercadorias e em nenhum rio houve o cuidado de construir-se um galpão para abrigo de pessoas e coisas em caso de mau tempo. Não há outro recurso senão cobrir os objetos com couros e tal precaução não produz bons resultados, senão para determinados objetos. O sal, por exemplo, não fica livre de se estragar com essa espécie de abrigo.

Quando estive às margens do Botucaraí um estancieiro dos arredores de Alegrete, que se dirigia a Rio Pardo, apareceu à margem direita do rio, acompanhado de sua mulher e de uma cunhada, as quais pareciam delicadas e bem educadas. Fê-las passar para o outro lado, mas, apenas desembarcaram, caiu um temporal medonho e não sei o que seria dessas pobres mulheres se um carreiro, que havia passado antes delas, não lhes oferecesse abrigo na carroça, pois no local não havia nem mesmo uma cabana.

Estão construindo aqui uma ponte de pedra, sobre o Rio Pardo, mas não obstante estar iniciada há muito tempo apenas se veem os começos das pilastras.

Os habitantes da região, robustos, habituados a nadar quando é preciso e infensos às intempéries, não lamentam os impecilhos incríveis que se deparam à passagem dos rios, mas não se deve esquecer que os retardamentos das viagens devem ser prejudiciais ao comércio e que a perda de bois e cavalos, afogados nessas passagens, representa prejuízos consideráveis. Também o carregamento de uma carroça custa nunca menos de cem mil réis, de Rio Pardo às Missões.

Sob esse aspecto a Capitania de Minas está mais adiantada que esta. Lá todos os rios têm pontes e em todos os caminhos há ranchos onde ao menos se pode abrigar sem incomodar os outros.

Vila Rio Pardo, 29 de abril. — Acompanhado do Sargento-mor José Joaquim de Figueiredo Neves e de seu irmão, o Capitão Tomás Aquino de Figueiredo Neves, fui hoje fazer várias visitas. Fui apresentado ao Tenente-general Patrício José Correia da Câmara, outrora servindo na Índia, e que há muitos anos comanda nesta parte da província, onde ele nasceu. Apesar de quase centenário esse velho denota juízo e vivacidade.

De sua casa fomos à de seu filho, o Marechal Bento Correia da Câmara, o qual fez carreira muito rápida, devido à proteção do último ministro, Tomás Antônio de Vilanova e Portugal.

Enfim achei ser um dever visitar o Marechal João de Deus Mena Barreto, um dos primeiros comandantes da Província das Missões, hoje inspetor-geral das tropas desta Capitania.

Em toda parte falou-me muito dos últimos acontecimentos. Todo mundo está contente de ter uma Constituição; todos estão prontos a jurar-lhe fidelidade, embora não esteja ainda feita. Contudo ninguém se mostra entusiasmado. Quando ao que se passou em Porto Alegre fazem motivo de riso, como se fosse um gracejo sem consequência. Não me canso de admirar a calma com a qual essa gente faz revoluções.

Vila do Rio Pardo, 30 de abril. — Pode-se ir por terra daqui a Porto Alegre, mas, como é preciso para isso passar todos os rios que deságuam diante da Capital, no Guaíba, resolvi ir por água e vendi a carroça, os bois e os cavalos. Tive grande prejuízo sobre o preço da compra contudo, devo felicitar-me por ter conseguido sair de Montevidéu com um veículo de minha propriedade, pois até às Missões não teria encontrado carros para alugar e isso ter-me-ia custado infinitamente mais que o prejuízo experimentado na venda da minha carruagem. O que me impediu tirar melhor partido do negócio foi o fato de ser a mesma de *ingá,* madeira aqui somente empregada como lenha, enquanto é usada em construções em Montevidéu, devido à escassez de essências florestais.

As índias dizem que se entregam aos homens de sua raça por dever, aos brancos por interesse e aos pretos por prazer.

Vila de Rio Pardo, 1.º de maio. — Os dois mineiros aos quais vim recomendado informaram-se de quando devia daqui partir um barco para Porto Alegre e tendo sabido que havia um a ser descarregado por estes dias fui ter com o Capitão Tomás Aquino, em casa do tenente-general Patrício, para pedir-lhe ordenar ao patrão desse barco receber-me, com meus trastes e minha gente. Isso é uma espécie de direito preferencial, concedido aos oficiais e cidadãos comissionados pelo governo.

Vila de Rio Pardo, 2 de maio. A pequena insurreição ocorrida em Porto Alegre não foi obra do povo e sim de tropas excitadas pelos negociantes. Receando não poder contá-la com os detalhes que ouvi aqui não a consignarei neste diário. O que parece certo é que tudo tenha passado em ordem, sem derrame de uma só gota de sangue. Este povo faz revoluções com uma sabedoria que não canso de admirar, mas cujas causas são fáceis de conhecer. Os brasileiros são naturalmente frios, lentos e pouco apaixonados; depois que estou neste país, não encontrei um só que demonstrasse qualquer entusiasmo; as próprias crianças surpreenderam-me sempre por seu ar grave e pensativo — são homens pequenos. Com tal caráter e acostumado a uma cega submissão, este povo deve, naturalmente, conservar ainda respeito pela autoridade, mesmo quando se revolta contra ela.

A amizade que os brasileiros têm pelo Soberano é ainda uma das causas que, pelo menos durante algum tempo, os preservará de excessos. Todos pensam em agir em atenção ao Rei, seguindo-lhe as intenções e estou certo que muita gente não gabaria a Constituição se o Rei não a aprovasse.

Conta-se que o General Sebastião Barreto, comandante dos dragões desta Capitania, tendo sido convidado pelo General Lecor para jurar a Constituição, respondeu-lhe com um nobreza digna dos maiores elogios, que estava disposto a reconhecer a nova forma de governo que se queria introduzir, mas tendo jurado fidelidade ao Rei, não se prestaria a outro juramento, sem a permissão do Soberano.

Uma das mais poderosas razões da calma com que se operam as insurreições neste país, é que, principalmente nesta Capitania, não existe praticamente o que se chama *populaça,* e quando existe é pouco numerosa. Os negros que a representam são muito distanciados dos homens livres e por demais subservientes para se meterem nessas coisas.

Segundo ouço dizer, por testemunhas oculares, quando os portugueses tomaram conta das Missões, essa província ainda estava longe do estado de decadência em que se encontra. Sua população ascendia a 14.000 almas; os índios eram bem nutridos e bem vestidos; havia vastos terrenos cultivados; os armazéns estavam lotados de mercadorias e as estâncias de todas as aldeias cheias de gado. Os índios aprisionavam os animais selvagens, engordavam-nos em suas terras e nunca se socorriam dos das estâncias para a alimentação. Com a chegada dos portugueses foram eles obrigados a abandonar a caça, porque esta se dava em terras que continuaram sob domínio espanhol. Deixaram que fossem abatidos, ao seu talante, os animais das estâncias; os portugueses tiraram uma parte do gado para povoar suas próprias estâncias; por seu lado os administradores vendiam animais, em seu proveito e, ao fim de pouco tempo, as aldeias perderam essa grande fonte de recursos.

Vila de Rio Pardo, 3 de maio. — O couro e o trigo constituem os principais gêneros de exportação desta cidade, sendo as importações de mercadorias, feitas diretamente do Rio de Janeiro.

Nos arredores da cidade cultivam muito trigo, mormente nas paróquias da Encruzilhada e de Taquarí. Também aqui todo mundo se queixa da *ferrugem,* mas recentemente foram introduzidas na região duas variedades de trigo, chamadas trigo-branco e trigo-moro, que são muito menos sujeitos a essa moléstia que a espécie comum, à qual dão o nome de trigo-crioulo; porque é a mais antiga.

Disseram-me haver duas plantas muito nocivas às culturas do trigo, nascendo no meio das plantações e abafando os vegetais; uma tem o nome de joio, e segundo me informaram, deve ser uma gramínea; a outra, denominada *Calamus,* não é outra coisa senão a aveia comum. Esta é de tão difícil extermínio, que, mesmo depois de transformado em capoeira um terreno de trigal, derrubada e queimada a capoeira e feita nova cultura com sementes puras, a aveia reaparece em abundância.

Vila de Rio Pardo, 4 de maio. — Embora fazendo excursões diárias não tenho encontrado quase nenhuma flor; várias árvores das matas perderam, já, as folhas; as que ainda conservam, são espécies que as têm duras e de coloração verde escura e brilhante, tais como as Mirtáceas.

Depois que aqui estou, o tempo tem sido magnífico e informam-me ser normal todos os anos, nesta época, o decurso de alguns dias de bom tempo, chamados *pequeno verão do mês de maio ou veranico de maio.*

Vila de Rio Pardo, 5 de maio. — A câmara desta cidade, seguida de uma companhia de milicianos, saiu a anunciar em todas as encruzilhadas que em tal dia seria prestado juramento à Constituição. O povo, absolutamente, não seguiu o cortejo e toda a cerimôma passou-se em calma e sem o menor entusiasmo.

Vila de Rio Pardo, 10 de maio. — A Vila de Rio Pardo é inteiramente nova. Todos os que aqui vieram se estabelecer há menos de trinta anos, contam-me que, na ocasião, só se viam choupanas na localidade. A princípio, para aqui vieram juízes regulares após substituídos por juízes de fora.

A cidade, também sede de uma paróquia, fica em terreno acidentado à confluência do rio que lhe dá nome e a do Jacuí.

Sobre a crista de elevada colina corre a principal rua, ficando as demais nos flancos dessa e de outras colinas, adjacentes. A maior parte das ruas se comunicam diretamente umas com as outras; por assim dizer não passam de grupos de casas, atiradas aqui e ali, entremeadas de gramados, terrenos baldios e de cercados plantados com laranjeiras; conjunto variado e agradável à vista. A praça pública é pequena. A igreja paroquial forma um de seus lados e não está ainda acabada, o mesmo acontecendo a duas outras pequenas igrejas existentes na cidade. A casa da Câmara, tendo anexo a cadeia, é um edifício térreo. A rua principal é, em parte, calçada e as demais ainda não o são. Todas as casas de Rio Pardo são cobertas de telha; várias grandes e bem construídas. Contam-se em grande número as assobradadas, de um e mesmo dois andares e quase todas que anunciam abastança têm sacadas envidraçadas.

É na rua principal que se veem lojas e armazéns de comestíveis, uns e outros bem sortidos.

Embora seja Rio Pardo uma localidade rica e comercial, nada se fez até agora para facilitar o desembarque de mercadorias. Não se cogitou de fazer rampado à margem do rio e a rua de acesso ao porto não é calçada, além de ser muito íngreme e mal conservada.

Os barcos que servem ao transporte de mercadorias entre Porto Alegre e Rio Pardo, têm propriamente o nome de canoa, que, no Brasil, significa propriamente piroga. São pontudas, têm um mastro, de 55 a 62 palmos de comprimento e até 20 de largura. Nunca se veem em número superior a dez, no porto de Rio Pardo, mas em geral gastam poucos dias nos trabalhos de carga e descarga.

Vila de Rio Pardo, 11 de maio. — Há muitos dias o barco que me devia conduzir a Porto Alegre estava a carregar-se de couros em Rio Pardo. Como não se pode seguir as margens dos dois rios, por causa das árvores que as cobrem, não poderei ir falar ao patrão do mesmo e espero impacientemente que apareça no porto. Todos os dias eu ia queixar-me desse atraso em casa do Capitão Tomás Aquino Figueiredo Neves, fazendo-lhe ver meus receios de ser de algum modo enganado, ao que me respondia não poder o patrão partir sem me levar, visto ter recebido ordens do Tenente-general, sendo infundadas minhas inquietações; que o carregamento do barco não podia demorar e que partiríamos de um momento pra outro.

O tempo estava magnífico mas a estação autorizava-me a recear mudança bruscas e minha permanência em Rio Pardo, ainda mais afligia-me, por causa do desespero de meus soldados, ansiosos por partir. Após ter vendido meus cavalo esses homens que não podem dar um passo a pé, não saem mais de casa e nada tendo a fazer se aborrecem e tornam-se do maior mau humor.

Fui hoje pôr o Sargento-mor Joaquim Figueiredo Neves a par de minhas contrariedades, tendo este encarregado seu cunhado de ir saber algo a respeito do barco em questão. Esse moço voltou logo, dizendo que a embarcação ainda se achava em Rio Pardo, mas havia outra no porto com a partida marcada para amanhã. Fomos, então, juntos ao porto, para vermos esse último barco o qual já estava lotado mas o patrão prontificou-se a arranjar lugar para mim, meus homens e minha bagagem, desde que conseguisse induzir a um de seus colegas a carregar alguns surrões de mate.

Saindo daí encontrei o patrão do outro barco. Fiz-lhe as mais vivas censuras, por não me ter ao menos prevenido do retardamento da partida, a que se desculpou, incriminando o correspondente de seu patrão. Como esse correspondente estivesse próximo dirigimo-nos a ele. O cunhado do sargento disse-lhe ser eu a pessoa recomendada pelo tenente para seguir a bordo de seu barco, estranhando não me terem ao menos dado satisfação sobre o atraso da partida. O correspondente respondeu nada saber a respeito, pois tinham se dirigido a um negro, em seu lugar, e que afinal ele não podia tomar-me a bordo adiantando, aliás, que o barco não sairia antes de 15 dias. Houve o começo de uma discussão, mas, tendo a esperança de seguir noutro barco, induzi o cunhado do sargento-mor a retirarmo-nos.

Hoje recomeçou a chover e receio fazer viagem desagradável.

Várias vezes tenho assinalado a existência de homens muito ricos nesta capitania. Inúmeros são os estancieiros que dispõem de renda de até 40.000 cruzados. Todavia em suas casas, nada existe que anuncie uma tal fortuna. O major Felipe, por exemplo, é possuidor de 40.000 cruzados; entretanto um campônio francês, com mil escudos de renda, vive com mais conforto.

É no tocante ao equipamento de seus cavalos que o povo desta região procura demonstrar maior luxo; os estribos fazem-nos de prata; as rédeas testeiras e rabichos de seus cavalos são guarnecidos de chapas desse metal. Mas tal despesa não é repetida e apenas absorve uma pequena parte da renda dos que a fazem. Entretanto asseguram-me que os proprietários não ajuntam dinheiro; eles jogam muito menos que outrora e eu pergunto incessantemente, a todo mundo, em que empregam o dinheiro. Conhecendo o caráter desleixado dos americanos, acredito que esses homem desperdiçam muito dinheiro e acho que não serão capazes de, no fim do ano, relatar como gastaram suas rendas. É preciso dizer, também, que a generosidade de muitos deles absorve somas consideráveis. Suas bolsas estão sempre abertas aos parentes e amigos e eles dão ou emprestam com extrema facilidade. Essa liberalidade é muito menos meritória entre eles que entre os europeus, porque estes últimos, sempre preocupados com a ideia do futuro, dão ao dinheiro um valor mais vasto.

Os homens ricos desta Capitania são os possuidores de rebanhos, aos quais não dão cuidado algum e que se multiplicam facilmente. O comércio, exigindo ordem e economia, sendo baseado na ideia do futuro, o comércio, digo eu, está quase inteiramente em mãos dos europeus a maior parte sem educação e sem cultura, dos quais vários começaram como marinheiros, não sabendo ler nem escrever, e que, apesar de inferiores aos americanos em espírito e inteligência, sabem enriquecer-se melhor porque pensando sempre no futuro, economizam e tiram proveito da liberdade dos habitantes do país.

Quando tais homens chegam de Portugal são de humildade extrema; mas tornando-se ricos esquecem sua baixa origem, tornam-se arrogantes e afetam desprezar os americanos, donde o ódio destes contra os europeus. Nas colônias espanholas esse ódio ainda era maior, porque a mestiçagem entre espanhóis e índios fez nascer uma diferença entre os europeus e os naturais do lugar, capaz de um desdém que os portugueses não podem ter pelos brasileiros.

Rio Pardo, 12 de maio. — Durante todo o dia o tempo esteve horrível. Esta manhã fui ver o patrão do barco, ao qual havia falado ontem, e ele disse-me que me poderia levar, sendo a partida marcada para o meio-dia, se o tempo melhorasse.

Após combinações ficou resolvido que eu mandasse meus objetos para o porto. O sargento-mor emprestou-me os bois e um carro. Uma parte da bagagem seguiu em uma primeira viagem sendo embarcada logo; o resto estava ainda em caminho quando o patrão mandou avisar ter adiado a partida. Fiz voltar o veículo e pernoitei ainda em Rio Pardo.

Contou-me o patrão do barco em que devo embarcar, haver dez outros fazendo continuamente a viagem entre Rio Pardo e Porto Alegre; entre eles sete pertencem a negociantes e três aos próprios patrões, que vivem dos fretes. Cada barco faz anualmente quinze a vinte viagens de ida e volta.

CAPÍTULO XXII

Sobre o Rio Jacuí, próximo à estância dos Dourados. O cirurgião-mor, Vicente. Passagem das cataratas ou cachoeiras. Porto de D. Rita, sobre o Jacuí. Aldeia de santo Amaro. Sobre o Rio Jacuí a 3 léguas de Porto Alegre. Freguesia Nova. Canoas. Porto Alegre. O sargento-mor João Pedro da Silva Ferreira. Embarque para Rio Grande. As Pedras Brancas. Barra do Rio Pardo. Separação do Guaíba e do Rio de Porto Alegre ou Lagoa de Viamão Ancorado junto ao Morro do coco. Notas sobre Porto Alegre. do poder absoluto dos capitães-gerais. Ao pôr do sol à altura dos Três Irmãos. Reflexões sobre as Capitanias do Brasil. Saco de Bujuru. Tempestade. Partida do Rei para Portugal. Inconcebível ausência de balisamento do lago, para a navegação. À vista da ponta dos Lençóis. O autor leva consigo um jovem guarani.

Sobre o Rio Jacuí, próximo à Estância dos Dourados, 13 de maio 6 léguas. — O tempo esteve soberbo, durante todo o dia. O resto de minha bagagem foi embarcada pela manhã cedo. Contudo partimos muito tarde porque o patrão teve de aguardar cartas do comandante da cidade.

Em minha permanência em Rio Pardo, recebi toda a sorte de distinções do Sargento-mor, José Joaquim de Figueiredo Neves, e de seu irmão Tomás Aquino Figueiredo Neves, tendo jantado, diariamente, em casa de um ou de outro. O tenente que encontrei junto ao Botucaraí prestou-me também muitos favores. O marechal Bento filho do tenente-general Patrício, veio visitar-me por duas vezes, mas da casa do General João de Deus não vi ninguém, apesar de ter trazido cartas para seu filho mais velho, e ter viajado com outro de Porto Alegre a Rio Grande.

Geralmente em todas as cidades do Brasil a primeira pessoa a que sou encaminhado com algumas cartas de recomendação, presta-me todos os serviços de que necessito e frequentemente oferece-me sua mesa e sua casa. É uma espécie de Proteção a que se julgam obrigados, em atenção a quem escreveu a carta de recomendação. Em lugar algum recebi convites, de ninguém. Não pude, pois, julgar a sociedade de Rio Pardo, a qual me haviam gabado muito. Haviam-me dito que as mulheres desta vila tinham modos tão agradáveis quanto as de Montevidéu, mas apenas vi a mulher e as filhas do sargento-mor, efetivamente muito distintas e educadas.

No momento do meu embarque o cirurgião-mor Vicente veio ao porto e prometeu mandar-me, por intermédio do sargento-mor, algumas amostras de minerais. Esse cirurgião-mor é um cidadão instruído, conhecedor de química e mineralogia que foi encarregado pelo Conde de Linhares, Dom Rodrigo, de fazer pesquisas sobre os minerais existentes nesta capitania e que em seguida viajou, com o mesmo fim, pelos arredores do Rio de Janeiro. Esteve muito tempo nessa última cidade para relatar ao ministro os resultados de seus trabalhos e gastou muito dinheiro; suas descobertas foram logo esquecidas, tendo ele regressado à sua terra, cheio de desgostos.

Nas seis léguas hoje feitas o Rio Jacuí pode ter a largura do Loiret, diante de Plissai. Suas margens são planas e o curso é feito majestosamente entre duas carreiras de mata pouco elevada, porém copada e de verde sombrio. As árvores não estão desfolhadas, mas um grande número delas têm coloração pardacenta, oriunda da *Tillandsia usneoides,* de que estão cobertas e que baloiçam ao menor vento. Segundo me informaram essas matas não têm, em lugar nenhum, mais de uma légua de largura e em vários sítios apenas há estreita faixa. Asseguram-me, ainda, que elas só perdem a folhagem com as geadas muito fortes, ou quando a seca é muito duradoura.

Atravessamos hoje seis cataratas (cachoeiras) a saber: a dos Biscoitos, dos Granadeiros, dos Ilhéus, das Pombas, das Bandeirinhas e do Cosme, que no momento não apresentam dificuldade de travessia e que apenas se percebem pela altura das águas. Excetuada a dos Granadeiros não se pode passá-las sem descarregar os barcos; então vários patrões reunem-se para fazer a viagem, auxiliando-se mutuamente e fazendo o transporte da carga em barcos mais leves.

Passamos diante da embocadura de um riacho, o Capivarí, afluente à margem direita do Jacuí.

Apenas vimos uma casa, na qual pernoitamos. Antes de aí chegarmos o patrão mandou seus camaradas içar o corpo de um de seus negros, que se afogara quando o barco estava em Rio Pardo. Quando avistamos o cadáver desse infeliz, o patrão gritou: "Ah, meu dinheiro! Meu dinheiro! Que me custa tanto a ganhar!" Sua mulher foi, em uma piroga, presidir o enterramento do corpo; sobre a sepultura foi fincada uma cruz de bambú. Quando a mulher regressou ao barco estava banhada em lágrimas, mas a rudeza com a qual trata os escravos fez-me crer que ela não chorava outra coisa senão seu dinheiro.

Porto de D. Rita, sobre o Jacuí, 14 de maio, 10 léguas. — Devido ao vento reinante ser contrário à nossa direção não foi possível navegar a vela. Os negros do patrão, auxiliados por meus soldados remam em uma piroga ligada ao barco, trazendo-o, assim, a reboque.

O rio continua com a largura ontem mencionada e com o mesmo aspecto nas margens.

Da Estância dos Dourados passamos durante algum tempo, na Charqueada do Curral Alto de S. João da Fortaleza, onde o patrão devia embarcar uma partida de carne-seca. Antes de chegarmos sua situação foi-nos anunciada por nuvens de urubus, que escureciam o céu.

A fase da matança terminara, havia muito tempo; contudo havia ainda muita carne no chão e vísceras de bois, putrefatas espalhavam forte mau cheiro ao redor da casa.

Essa fica em situação encantadora. A colina sobre a qual foi construída domina uma vasta extensão de terras; a espessa mata que margina o Jacuí borda o campo e esse rio deixa ver, intervalos, grandes trechos de seu curso, assemelhando-se a lagos.

Antes de chegarmos a Curral Alto passamos diante da embocadura do riacho Francisquinho, que corre à direita do Jacuí. Vimos, em seguida, a foz do Arroio do Carajá, à mesma margem do anterior e um pouco antes de anoitecer passamos diante da Aldeia de Santo Amaro sede de uma paróquia. A localidade onde está essa aldeia é descampada, mas à direita e à esquerda da povoação existem matas. A igreja planta-se sobre o cimo de uma colina e, na vertente, veem-se pequenos grupos de casas, entremeados de laranjeiras e gramados. Tal aldeia não seria grande coisa, se constasse somente dessa parte que se avista do rio, mas afirmaram-me que na vertente oposta há muitas casas. Após passarmos por Santo Amaro deixamos, ainda à nossa direita, um regato chamado *Arroio do Conde*.

No correr do dia passamos, sucessivamente, as cachoeiras: *Pouso, do Milho, dos Três Irmãos, do Padre José Carlos e da Praia da Anta*. Atualmente são pouco notadas devido ao volume das águas, mas no verão só se pode passá-las descarregando os barcos, de modo idêntico ao que mencionei ontem, relativamente às cataratas.

A cerca de onze léguas de Rio Pardo costeamos uma ilha, que se estende por espaço de três léguas, do lugar chamado *Canguçu até à Praia da Anta*, e que é inteiramente coberta de mata. Quando as águas estão altas passa-se pelo canal da direita, e quando estão baixas pelo da esquerda, que é maior, porém mais profundo.

Sobre o Jacuí, a 3 léguas de Porto Alegre, 15 de maio. — Estando a noite de admirável luar navegamos durante uma parte dela. Próximo ao sítio onde paramos passamos pela *Cachoeira de D. Rita,* a última que se encontra rio abaixo. À nossa direita deixamos o *Riacho do Jacinto Roque*. Em seguida defrontamos uma aldeia, situada à margem direita do rio e que tem o nome de *Freguesia Nova*. Um pouco abaixo dessa aldeia existem várias Charqueadas.

É próximo à Freguesia Nova que o Rio Taquarí, muito volumoso e vindo da Coxilha Grande, lança suas águas no Jacuí, tornando-se este, então, muito mais largo, mas sempre bordado de matas semelhantes às que ontem descrevi. Abaixo da Freguesia Nova vimos uma ilha habitada de cerca de uma légua de comprimento.

A uma légua dessa aldeia existem ainda Charqueadas; à direita passamos por um riacho, denominado *Arroio dos Ratos*. Enfim, passa-se, sucessivamente, diante de várias ilhas, algumas das quais nem nomes têm, sendo mais notáveis a *Ilha da Fanfa,* medindo uma légua, a *Ilha Rasa* habitada, e, enfim, a *Ilha do Boticário*.

Estávamos já a alguma distância da Freguesia Nova quando me levantei e fui agradavelmente surpreendido indo à coberta, ao ver a largura que o Jacuí toma-a depois dessa aldeia. É agora um belo rio, talvez tão largo quanto o Loire diante de Orléans, tendo o curso menos rápido. Cruzamos com vários barcos, muito bonitos, em demanda de Rio Pardo. Tais são as embarcações de que se servem aqueles que têm pressa em ir de Porto Alegre a essa cidade. São feitas de tábuas, porém, são estreitas e alongadas como as pirogas; ordinariamente levam pintura de cor verde e são cobertas por um baldaquino igualmente pintado de verde. Chamam-se *canoas ligeiras* para distinguí-las dos barcos de transporte, aos quais chamam *canoas grandes.*

Mais ou menos a seis léguas de Porto Alegre começa-se a ver um grande número de casas às margens do rio. Já avistamos as luzes de Porto Alegre; ali celebram, hoje, uma festa, provavelmente para o juramento da Constituição e ouvimos o ruído dos tambores. Estamos em frente à cidade, mas, devido ao vento contrário, o patrão julgou prudente lançar a âncora. São nove horas; vemos a iluminação, ouvimos o som dos instrumentos e os gritos de alegria. A noite está magnífica e permaneço durante muito tempo sobre a coberta do barco, a admirar-lhe as belezas.

Porto Alegre, 13 de junho. — Desembarquei em Porto Alegre a 16 de maio. O meu primeiro passo foi apresentar-me em casa do Sargento-mor, João Pedro da Silva Ferreira, o qual me recebeu gentilmente, conduzindo-me a uma pequena casa vizinha da sua, que alugara para mim, e convidou-me a fazer refeições em sua casa durante todo o tempo que estiver aqui. Aceitei esse convite; diariamente passo várias horas com o sargento-mor e não paro de receber gentilezas de sua parte e da de sua mulher, D. Gertrudes.

O Sr. Pedro nasceu em Portugal; estudou matemáticas e um pouco de francês e é possuidor de espírito e sensatez. Nossas conversas versam sobre os acontecimentos desenrolados em Portugal e no Brasil, sobre as operações das Cortes e sobre as consequências da revolução, e elas têm para mim tanto maior interesse quanto noto que o Sr. João Pedro não tem prevenção alguma contra a América, o que é raro entre os portugueses da Europa. Além disso é ele inimigo do despotismo e da anarquia, conhecendo os homens em geral e particularmente os deste país.

No dia seguinte à minha chegada aqui fui visitar as diferentes pessoas de quem havia recebido distinções no ano passado, e comecei pelo tenente-general Marques, que, depois da partida do Conde de Figueira, governa esta Capitania, auxiliado pelo ouvidor-general da Comarca e pelo mais velho vereador da Câmara.

Pedi ao Coronel Antero, ajudante de campo do tenente-general, que escrevesse ao comandante da Freguesia de Santo António, onde moram quase todos os carreiros dos arredores, ordenando-lhes enviar-me duas carroças. Somente quinze dias depois veio a resposta do comandante dizendo não haver em seu distrito pessoas que possuíssem bois e carros capazes de fazer a viagem daqui a Laguna. Havia recomendado bastante ao Coronel Antero que os carreiros seriam pagos pelo preço corrente da região, mas os cultivadores estão de tal modo acostumados a levar calote, pelas requisições oficiais, que o receio de trabalhar gratuitamente impediu a esses de Santo Antônio de atender às propostas de seu comandante. Pedi, então, ao Coronel Antero, uma carta para o Comandante da Freguesia da Serra, mais distante que a de Santo Antônio, e, para evitar os atrasos, mandei Matias levá-la, recomendando-lhe repetir ao comandante e aos carreiros que seriam honestamente pagos. Ao fim de oito dias Matias regressou, acompanhado do carreiro que me trouxera aqui no ano passado, e que, mediante oito "dubles", dispôs-se a alugar-me dois carros daqui a Laguna.

Entretanto como Matias e outras pessoas asseguram-me que o caminho está horrível, que a planície existente além de Boa Vista está inundada, que minhas malas correrão o perigo de serem molhadas na carruagem, enfim, como um dos carros à minha disposição não é coberto e o não poderá ser antes de chegarmos a Tramandaí, começo a desgostar-me do projeto de regressar por terra ao Rio de Janeiro; e tais reflexões acabaram por fazer-me renunciar ao projeto.

Aliás foi também em junho que passei por aqui, no ano passado, quase nada colhendo nessa viagem; por conseguinte está claro que recomeçando-a neste momento não haverá lucro para a história natural e talvez as colegões corram maior risco que por mar, devido ao péssimo estado dos caminhos, aos diversos rios a atravessar, à travessia da barra de Santa Catarina, enfim, devido não haver habitação alguma na última metade do caminho. Sendo obrigado a alugar duas carroças as despesas de viagem seriam enormes; teria dificuldade em achar condução em Laguna e seria talvez obrigado a ficar durante muito tempo em Guarapuava. Sofri horrivelmente na viagem por ali feita no ano passado; as pessoas que me servem são as mesmas e eu não teria nem mesmo consolo de ver coisas novas.

Haviam-me dito que uma sumaca da "arrecadação dos couros" estava prestes a partir para Santa Catarina; tive, então, a ideia de aproveitá-la para transportar-me daqui a essa localidade, onde eu poderia embarcar com destino a Santos e ir buscar, antes de seguir para o Rio de Janeiro, as vinte caixas que deixei em São Paulo.

Fui procurar o caixeiro que substitui o Sr. José Antônio de Azevedo e pedi-lhe um lugar na sumaca. Disse-me esse cidadão que a mesma tinha sido fretada até Rio Grande mas se eu quisesse ir até essa cidade em um iate poderia aí tomar a sumaca. Aceitei esse oferecimento e, conduzido pelo Sr. Antônio Cândido Ferreira, sempre muito atencioso para comigo, fui ver um iate que deve partir breve, do qual muito gaba seu patrão. Entendi-me bem com tal cidadão e voltei à casa do caixeiro José Antônio de Azevedo para comunicar-lhe isso. Esse homem havia-me dito que daria ordem ao capitão da sumaca para esperar-me em Rio Grande caso chegasse antes de mim, mas logo voltou atrás, mostrando claramente que ficaria satisfeito se eu renunciasse seguir. Pensei então em dirigir-me ao capitão da sumaca, mas tendo alguém me dito que os barcos entre Santa Catarina e Santos eram muito raros, passando meses sem haver um, resolvi ir diretamente ao Rio de Janeiro. Escrevi logo ao comandante pedindo-lhe alugar-me uma casa e tomar-me passagem em qualquer navio.

Confesso que a barra do Rio Grande me causa um certo horror e se eu tivesse um empregado de confiança preferia mandar meus manuscritos por terra.

Todavia como me asseguram que as saídas são muito boas, sobretudo após o fechamento da barra do norte, esforço por tranquilizar-me e espero que a Providência, que me tem já preservado de tantos perigos, me protegerá a bem de minha mãe.

Pedras Brancas, 3 léguas, 18 de junho. — Chegando a Porto Alegre pedi ao tenente-general Marques para arranjar a baixa de meus dois soldados, sendo atendido com muito gentileza. Contudo avisou-me que, para evitar que esse meu pedido servisse de pretexto para que outros idênticos lhe fossem feitos todos os dias, somente daria o ofício de baixa de meus soldados nas vésperas de minha partida.

Durante toda a minha viagem tratei esses homens do melhor modo que me foi possível, nunca lhes zanguei e suportei pacientemente suas grosserias e impertinências. Protegi-os aqui durante um mês, sem que me fossem de utilidade nenhuma. Ontem, pela manhã, mandei-lhes a baixa, assinada pelo general; dei-lhes dinheiro e três cavalos e não recebi nenhum agradecimento. Nem ao menos se despediram de mim. Tinha contado como fato extraordinário, que um índio me havia deixado, após 15 dias de convivência, sem agradecer-me a recompensa que lhe dera e sem despedir-se da gente; nunca supus que teria de relatar um acontecimento idêntico, porém, muito mais forte, com homens de nossa raça.

Custa-lhes muito dar provas refletidas de reconhecimento, porquanto elas são sempre a confissão de um benefício usufruído e há receio em, com isso, mostrar inferioridade. O europeu será ingrato de caso pensado, mas não haverá um, por muito mau que seja, que não agradeça, no momento benefícios semelhantes aos que prestei aos meus soldados. Esses dois homens diferem muito dos europeus e se parecem com os índios; eis, por conseguinte, um exemplo da alteração que nossa raça sofre na América, sendo possível citar uma porção de outros.

Aliás o americano, em sua ingratidão, está longe de ser tão culpado quanto o europeu; em seu país não há o orgulho refletido; se é ingrato é devido à sua insensibilidade, à ignorância que tem do valor de um benefício e porque não prevê as consequências. O que prova essa asserção é o fato dos meus dois soldados não mostrarem nenhum sinal de alegria, nem a mim, nem aos meus camaradas. É sabido que os guaranis são igualmente insensíveis aos benefícios e aos maus tratos. Tal é, com efeito, o caráter dessa gente, mas o dos brancos assemelha-se-lhes mais ou menos, segundo a educação que recebem; e a vida dos habitantes do campo, os exercícios violentos a que se entregam, a falta de policiamento a que estão submetidos, o hábito de ver correr sangue e maltratar os animais, devem abafar o pouco de sensibilidade de que a natureza os dotou.

O patrão da sumaca, que me deve levar a Rio Grande, avisou-me estar a partida marcada para amanhã. Despedi-me de todas as pessoas de quem recebi favores, fiz carregar minhas malas e embarquei esta manhã com Laruotte, José Mariano, Firmiano e os dois peões. Deixei, com muitas saudades, o Sargento-mor João Pedro da Silva Ferreira e sua mulher, D. Gertrudes. Aquele acompanhou-me até à praia, parecendo bastante comovido. Receei estar menos pois o hábito de ver cada dia novas caras impede-me de afeiçoar-me aos hospedeiros, tanto quanto outrora. No começo de minhas viagens ficava emocionado sempre que me separava das pessoas que me haviam recebido hospitaleiramente; esta ideia "até nunca!" causava-me profunda impressão.

Hoje não mais acontece isso; minha sensibilidade moral diminuiu como a sensibilidade física. Sinto menos a privação das coisas necessárias à vida, resigno-me mais às contrariedades e sou menos tocado pelos adeuses.

Quase não ventava e a sumaca seguia lentamente. Após sairmos do porto dobramos a ponta da colina em que fica a Cidade de Porto Alegre e, em seguida, tivemos sob nossos olhos, durante muito tempo, o lado ocidental dessa mesma colina. Ao alto a igreja, os relvados sobre as vertentes e as casas à margem, à face da praia formavam um fundo encantador; à esquerda o lago é guarnecido de colinas cobertas de pastagens e matas; à direita, o terreno é menos desigual e parece inteiramente coberto de matas.

Dobramos várias pontas, sendo mais importantes as da *Casa da Pólvora* e do *Dionísio*, e viemos lançar a âncora junto desses rochedos, que se percebem de Porto Alegre, no meio do lago e aos quais dão o nome de *Pedras Brancas*. A ponta da *Casa da Pólvora* bem como a do *Dionísio*, fica do lado esquerdo do lago, e tem esse nome devido ser aí o depósito de pólvora de Porto Alegre.

Antes de partir dessa cidade fui passear a cavalo em uma colina situada nos arredores da dita ponta. Daí descortina-se vista magnífica: a colina onde foi construída a capital, todos os campos circunvizinhos, a embocadura dos rios que passam em frente à cidade, uma grande porção do lago formado pela junção desses rios e pode-se fazer uma ideia da topografia da região.

Relatei, no ano passado, as razões que me autorizavam a considerar as águas que se estendem de Porto Alegre a Itapuã, como sendo a continuação do *Guaíba*, mas, a vista percebida do alto dessas colinas fez-me mudar inteiramente de opinião. Com efeito, daí se vê, evidentemente, que os rios *Caí*, *Sinos* e *Gravataí* não se lançam no *Guaíba*, mas reúnem-se a este último em um reservatório comum, e esse reservatório, infinitamente mais largo que o *Guaíba*, não tem outra continuação além da dos quatro outros rios, parecendo mesmo prolongá-los mais que o próprio *Guaíba*, visto estender-se na mesma direção daqueles, enquanto o *Guaíba* aflui lateralmente. Os donos dos iates que navegam entre Rio Grande e Porto Alegre não consideram essas águas como continuação do *Guaíba* e distinguem perfeitamente o ponto onde termina esse rio e dão-lhe impropriamente o nome de *Barra do Rio Pardo*, chamando *Rio Porto Alegre* ao curso de água de que tratamos. Como disse, já, algumas pessoas dão-lhe o nome de *Lagoa de Viamão* ou de *Porto Alegre;* mas, em geral, quando os porto-alegrenses a ela se referem, dão apenas o nome de rio. De tudo isso resulta dever-se indicar o *Guaíba* como terminando em frente a Porto Alegre.

Ancorado junto ao Morro do Coco, margem esquerda do Rio Porto Alegre, 4 léguas, 19 de junho. — Conforme relatei no ano passado, no artigo referente às embarcações que navegam entre Porto Alegre e Rio Grande, elas são obrigadas, por causa dos escolhos, a seguir uma certa via, chamada canal, entre Porto Alegre e Itapuã. Esse canal forma uma série de zigue-zagues; tem geralmente quatro braças, mas em vários lugares é menos profundo, v. g. nas vizinhanças das *Pedras Brancas*.

De junto dessas ilhas ainda se avista Porto Alegre, mas logo ela desaparece. Até aqui temos visto sempre as duas margens do lago; a oriental, da qual o canal se aproxima com mais frequência, é mais acidentada, mas depois que deixamos de enxergar a Capital não vimos nada digno de menção. Cerca de duas léguas das *Pedras Brancas* deixamos do lado leste a *Ponta Grossa;* duas léguas mais adiante passamos diante de uma ilhota, coberta de mata, chamada *Ilha de Francisco Manuel*, muito próximo da margem oriental; enfim, faltando-nos vento lançamos ferro junto dessa margem, ao pé de um monte denominado *Morro do Coco,* muito pedregoso e coberto de matas.

Até aqui nenhum rio se lança no lago pelo lado de este, mas a oeste contam-se quatro, embora pequenos: o *Arroio do Conde da Cunha,* cuja embocadura fica a duas léguas de Porto Alegre; o *Arroio Petim,* a cinco léguas da mesma cidade; enfim, o *Arroio de Manoel Alves* e o do *Padre Salgado,* que se lançam em um mesmo sítio, a oito léguas de Porto Alegre.

No momento o lago não apresenta corrente sensível, mas na ocasião das enchentes suas águas adquirem grande velocidade.

Ancorado junto ao Morro do Coco, margem esquerda do Rio Porto Alegre, 20 de junho. — O tempo esteve soberbo, mas a calmaria forçou-nos a não arredar pé. O dono do iate mandou cortar lenha para vender em Rio Grande. As árvores que seus empregados preferiram foram — uma Mirtácea chamada cambuí e a *Mirsinácea* denominada capororoca-de-folha-larga, cujos lenhos queimam bem, mesmo estando verdes, provavelmente por conter sucos resinosos.

Durmo com dois outros passageiros e os dois peões no quarto do patrão. José Mariano, Firmiano e Laruotte dormem no porão. Como à minha custa; Firmiano é o cozinheiro, o que quer dizer que a comida é salgada e detestável.

O patrão e seus marinheiros são de uma distinção rara em gente dessa classe. O primeiro é natural de Portugal, tendo vindo muito jovem para o Brasil; enriqueceu-se como acontece a quase todos os europeus, no meio de homens que temem o trabalho, não pensam no futuro e não têm método nem espírito de economia.

Referi-me, no ano passado, ao edifício da Alfândega, de muito mau gosto, construído na Rua da Praia, em frente ao cais, em Porto Alegre. Esse foi demolido, tendo sido iniciado o levantamento de outro com melhor projeto. Entretanto insisto em acreditar que seria melhor, para embelezamento da cidade, não encobrir o cais e formar diante dele uma espécie de praça onde continuassem a realizar a feira. Logo que o Conde Figueira partiu interromperam-se os trabalhos da praça existente abaixo da Igreja e do Palácio. As enxurradas já rasgaram ravinas e a obra será em breve totalmente perdida, se continuar esquecida.

Disse que haviam começado um cais destinado ao arsenal, de fronte da Igreja das Dores. Também iniciado sob o governo do Conde de Figueira foi interrompido após sua partida. Aliás tinha o grande defeito de não ser colocado em esquadro com a igreja; mas não era só — por uma economia absurda estava sendo construído com barro e pedras; as águas já o estragaram muito e, em breve, nada mais haverá.

Tudo isso é ainda uma prova dos inconvenientes do poder absoluto atribuído até agora aos capitães-generais. Sem nenhum obstáculo podem seguir todas as suas ideias, executar todos seus planos, por esdrúxulos que sejam, e seus subalternos nunca deixam de se extasiar diante do que eles fazem. Mas, quando um general deixa a capitania, procuram vingar seu despotismo, depreciando todas suas obras; seu sucessor abandona-as, e começa outras, que por sua vez serão um dia esquecidas.

Ao pôr do sol, à altura dos Três Irmãos, 21 de junho. — O Brasil é um imenso país, cujas províncias diferem singularmente entre si pelo clima, pela natureza do solo e pelas produções, e essas diferenças têm naturalmente originado outras, não menos sensíveis, nos costumes das populações. Enquanto o Soberano estava na Europa podia adotar a política do sistema colonial, de favorecer o isolamento das províncias, meio fácil de oprimí-las e de impedir que se reúnam contra a metrópole. Mas, depois que veio se estabelecer no Brasil, seus interesses adaptavam-se melhor aos de seu povo, receava, portanto, mais separações parciais que um levante geral, e era evidente dever de cuidar de estabelecer ligações entre seus súditos, tratando de criar entre eles um espírito público, imaginando um sistema de administração que se ligasse a um centro comum. Mas os ministros dos reis não são capazes de tão altos pontos de vista.

Era impossível continuar a considerar como colônia um país onde o Soberano tinha sua residência. Declararam-no, então, igual às províncias europeias e abriram seus portos a todas as nações. Mas pararam aí, e por singular contradição deixaram uma administração colonial em um país que não era mais colônia. Cada capitania ficou sendo uma espécie de "pachalick"[1] onde o capitão-general continuava a gozar de um poder absoluto e onde podia, a seu talante, reunir em si todos os poderes.

Nada mudou no processo desigual de lançamento dos impostos. Assim, apesar do empobrecimento dos mineiros, continuaram a taxá-los com um imposto duplo sobre as mercadorias que haviam já pago um primeiro nos portos. Apesar dos goianos não tirarem mais ouro de suas terras, nada tendo para vender continuaram a exigir-lhes os dízimos, que, aliás, só podem ser pagos em terras e objetos. Cada capitania conservou seu tesouro separado, sendo obrigada a viver de suas rendas. Enfim, não existe, ainda, uma armada brasileira, mas todas as províncias têm suas tropas particulares, que não se entendem com uma direção comum e nem sempre se compõem de um só conjunto.

Tive, já, ocasião de expor alguns inconvenientes desse sistema militar; para esta capitania eles existem e muito graves. Como os corpos dela dependentes são quase inteiramente compostos de homens da região, tendo a guerra necessidade de grandes verbas e dando lugar a grandes fortunas, formou-se, aqui, uma espécie de aristocracia de família, embaraçosa para os capitães-generais e perigosa para a paz dos cidadãos.

---

[1] NOTA DO TRADUTOR — Conservamos o termo fielmente, conforme o original. "Pachalick" é um território governado por um pachá.

Ao levantar-me esta manhã, já havíamos passado Itapuã e somente avistávamos essa ponta ao longe. Em seguida não avistamos mais terra alguma. O vento estava favorável, nós avançamos rapidamente, em direção ao sul, e ao meio-dia percebemos à direita do lago a ponta de *Cristóvão Pereira*. Até a noite tínhamos aos nossos olhos uma costa arenosa, onde cresciam, de longe em longe, algumas árvores raquíticas; ao cair do dia passamos pelo lugar chamado *Três Irmãos*. Depois de Itapuã seguimos sempre em direção ao sul e depois para sudoeste. Tivemos regularmente de 4 a 5 braças e meia de fundo.

São dez horas; a noite está excessivamente escura; ao longe riscam relâmpagos e o vento ameaça girar para o sul; o patrão achou prudente lançar a âncora.

É em Itapuã que começa propriamente o lago e é lá que a navegação começa a se tornar perigosa, à falta de abrigo. Toda a manhã sentimos enjoos, os quais cessaram ao meio-dia porque o vento acalmou. À tarde a água do lago ainda era doce.

Já tive ocasião de observar que, nesta região, se empregam, em vários misteres, os diversos produtos do gado. Devo acrescentar que nos barcos, navegando entre Porto Alegre e Rio Grande, usam cordames de couro, os quais têm o inconveniente de esticar muito quando molhados.

Abro ao acaso minha Bíblia inglesa e deparo estas palavras do salmo XXIX: *"The voice of the Lord is upon the waters; the god of glory thundereth: the Lord is upon many waters. The voice of the Lord is powerful; the voice of the Lord is full of majesty"*.

Esses versículos, parecendo feitos para a situação em que me encontro, enchem-me de uma espécie de terror religioso; entretanto continuei a leitura do salmo, reanimando-me com o último versículo: *"The Lord Will give strength unto his people with peace"*. A lembrança de minha mãe apresentou-se em meu espírito e senti-me enternecido; acredito que devo minha integridade física às suas preces.

Saco de Bujuru, 22 de junho. — Durante a noite rompeu violenta tempestade. O iate balouçou, sobre as âncoras, de modo furioso, parecendo que se ia abrir ao meio ou emborcar. O patrão não sabia onde estávamos e aguardava impacientemente o dia. Quando o sol nasceu pôde ele reconhecer que estávamos a uma légua de uma pequena enseada vizinha da Estância de Bujuru e que se chama *Saco de Bujuru*. Levantamos ferro e viemos, mau grado a tempestade, em busca deste abrigo. O vento demonstrava, então, menor furor; lançamos a âncora e aqui estamos ainda, às 8 horas da noite. Durante esse tempo, o vento acalmou-se e espero que amanhã nos poderemos pôr em marcha. Os passageiros são obrigados a ajudar a equipagem, composta de 5 pessoas apenas, inclusive o patrão. Todo mundo trabalhava em silêncio, numa espécie de recolhimento íntimo, mas quando se viu afastado o perigo começaram-se as conversas e os encorajamentos mútuos.

Receio que nunca tenha estado mais desanimado que nessa ocasião. Agora mesmo, afastado o perigo, não deixo de recear a continuação de minha viagem até ao Rio de Janeiro. Na que fiz por mar, da Vila de Vitória a esse porto, parecia-me que nada podia acontecer e no meio da tempestade, experimentada à altura de Cabo Frio, dormi profundamente. A que atribuir essa diferença? Não posso culpar os pressentimentos, pois que os que havia formado nos desertos de Goiás não foram verificados. Se estou mais sensível ao temor é por causa do esgotamento de minhas forças e porque não sou mais sustentado pelo mesmo entusiasmo.

De qualquer modo arrependo-me de não ter deixado em São Paulo o meu diário de viagem, referente a Goiás, e lamento não ter portador seguro que possa levar, por terra, todos os meus papéis.

Segundo me disse o patrão do iate a ponta de Itapuã, que forma a entrada do lago, faz parte de sua margem oriental, ficando do lado oposto o *Morro das Formigas*. Junto à ponta de Itapuã fica a *Ilha das Pombas* e a nordeste da mesma a *Ilha do Junco*. O canal passa entre a *Ilha do Junco* e a terra firme. Ainda no lago, a pouca distância de sua entrada, fica a *Ilha da Barba Negra*. Navegamos em direção ao sul, dois graus a sudoeste até aos *Três Irmãos* e em seguida na de sul-sudoeste até Bujuru, sempre com quatro braças, mas no verão a profundidade diminui.

Durante o tempo em que estive em Porto Alegre, soube, sucessivamente, de várias novidades importantes. O comércio do Rio de Janeiro havia apresentado à Câmara da cidade um requerimento, fundado em razões muito fortes, para induzí-la a pedir ao Rei sua permanência no Brasil; mas este último não lhe deu atenção alguma. Em 21 de abril, quando os eleitores da paróquia estavam reunidos, sob a presidência do juiz de fora, o povo apresentou-se em massa no local da assembleia, pedindo, aos gritos, que os eleitores suplicassem ao Rei de dar ao Brasil a constituição espanhola, enquanto se esperava a conclusão da que estava sendo elaborada em Lisboa. Os eleitores, dos quais vários, ao que parece, aprovaram esse pedido, foram efetivamente pedir ao Rei baixasse um decreto conforme o desejo do povo. As tropas, entretanto, absolutamente não se reuniram ao povo, e, quando procuravam conter a multidão um soldado recebeu uma facada de um popular. Essa morte irritou os militares e tendo encontrado resistência, quando cuidaram evacuar a sala onde havia a reunião, mataram um grande número de pessoas. O Rei, seguro do apoio das tropas, anulou em 22 seu decreto de 21, e no mesmo dia nomeou seu filho Príncipe-regente, para governar em sua ausência, aguardando que a constituição fosse posta em vigor.

A 26, partiu ele, acompanhado de duas mil pessoas repartidas em 14 embarcações, quase todas fretadas para esse fim. O Rei, que foi sempre um modelo de piedade filial, fez transportar em um dos navios, os ossos de sua mãe, com destino à Lisboa. Todos os maiorais do reino, que se achavam no Rio de Janeiro, acompanharam o Rei, à exceção de quatro, dois dos quais, o Conde dos Arcos e o Conde de Luzã, fazem parte do ministério.

Quando o Rei embarcou estava profundamente emocionado, mas o povo não deu demonstração alguma de pesar.

O Príncipe-regente começou seu governo fazendo grandes reformas nas despesas do palácio, ocupa-se muito dos negócios do Estado, assiste às manobras das tropas, visita o arsenal e os tribunais, e assinou vários decretos, tendente a minorar as misérias do povo. Já o Soberano havia assinado um, antes de sua partida, que deve ter grande influência sobre as capitanias do interior. Por esse decreto fica suprimido o dízimo em todo território brasileiro, substituindo-o direitos que devem ser pagos à saída dos portos pelas mercadorias exportáveis, tais como o açúcar, o algodão, o café, etc., e à entrada de cidades e aldeias sobre os gêneros de consumo interno, como sejam o feijão e o milho.

Os dois decretos do Príncipe-Regente não são menos importantes; um deles suprime o imposto do sal; o outro proíbe as autoridades tomarem bens dos proprietários para serviço do Rei, sem prévio consentimento e ordena que todos os fornecimentos necessários ao serviço se façam por compra e que sejam perfeitamente pagos. Farei diversas observações nos artigos deste diário.

Saco de Bujuru, 23 de junho. — O vento continuou a ser contrário, durante todo o dia, e continuamos ancorados.

O patrão mandou seus negros cortar lenha nas margens do rio e eu os acompanhei. Durante muito tempo passeei pelos terrenos próximos do lago, achando-os arenosos e cheios de brejos e poças de água. Árvores raquíticas, tais como Mirtáceas e Mirsináceas trançam-se sobre a praia; veem-se sobre as águas, ou nas vizinhanças, um grande número de aves aquáticas, tais como as garças brancas, andorinhas do mar, baiacus e cegonhas, diversas espécies de patos e patos-arminhos. A vegetação continua a mesma que pintei no ano passado nesta mesma época. A erva tem coloração amarelada, e só de longe em longe veem-se algumas flores, salvas da estação má.

Entre Porto Alegre e Itapuã, veem-se, no lago, algumas balisas colocadas aqui e ali, por patrões bem intencionados.

Contou-me o patrão do iate que, há um par de anos, um engenheiro oferecera ao comércio indicar o canal, por meio de duas linhas de balisas, à direita e à esquerda, mediante certas condições, não tendo sido atendido.

É verdadeiramente inconcebível não tenha o governo, até agora tomado medida alguma para tornar menos perigosa uma navegação tão útil e que tanto contribui para a riqueza da Capitania. Há alguns pilotos que se encarregam de conduzir os barcos de Rio Grande a Porto Alegre, e vice-versa, mas não são revestidos de nenhum caráter legal, e pode acontecer tomar-se algum inábil.

Além da enseada onde lançamos âncora, as embarcações podem achar abrigo junto à porta de *Cristóvão Pereira;* aliás não há outros entre Itapuã e Rio S. Gonçalo.

A vista da Ponta dos Lençóis, 24 de junho, 9 léguas. — Esta manhã levantamos ferros e reentramos no lago. Fizemos três léguas, com vento fraco; em seguida sobreveio a calmaria e ficamos muito tempo estacionados. À tarde o vento soprou de novo e levou-nos à entrada do estreito. Como não se pode entrar senão à vista das balisas o patrão achou prudente lançar ferros. O dia esteve bonito e quente; a noite está igualmente bela e estrelada mas o vento mostra-se impetuoso.

Referi-me, neste diário, a um pequeno índio que o Conde Figueira aprisionara na batalha de Taquarembó, anteriormente pífano das tropas de Artigas. O Conde achava que, como eu levava para a França um índio do norte do Brasil, seria útil, para comparação, levar um do sul e teve a gentileza de oferecer-me o seu indiozinho. Vendo o seu amor por essa criança recusei aceitar a oferta. Entretanto, a ideia do Conde me sorria e aceitei uma carta sua para o Marechal Chagas, pela qual era este recomendado a dar-me um guarani. Então não sabia ainda se faria uso dessa carta; todavia achando-me tão mal acompanhado, com tão poucas distrações em viagem, vendo sempre semblantes contrariados, decidi pedir um peão ao coronel Paulette, na esperança que uma criança atenderia aos meus cuidados, que me sorriria, que me testemunharia alguma afeição e me serviria de distração. Disse ao coronel desejar um refugiado espanhol, órfão de pai e mãe. Achou ele em S. Borja um menino nas condições; tem oito ou nove anos e um semblante agradável e espiritual; seus pais morreram durante a guerra; atravessou o Uruguai com outro índio espanhol que se apiedara dele. O pobre pequeno estava inteiramente nú e como dei algum dinheiro ao homem que dele cuidara até então, fiz de uma vez dois benefícios.

Desde o primeiro momento o pequeno Pedro mostrou o maior desejo de agradar-me, grande interesse em servir-me, esforçando-se por tudo fazer, mesmo o superior às suas forças. Do segundo ao terceiro dia em diante tenho-o trazido sempre comigo nas excursões ao campo. Distrai-me por sua graça; ajuda-me a colher sementes; corre atrás de todos os insetos e traz-me todas as flores que encontra. Esta criança denota a vivacidade e a curiosidade de um europeu, e possui a docilidade característica de sua tribo. Tem chorado diversas vezes ao se lhe dizer que se vai separar de mim, mas era raro derramar lágrimas quando ofendido e dorme sobre uma de minhas caixas, envolto em uma simples coberta; come ordinariamente muito, mas não se queixa quando se lhe não dá alimento algum. Ensinei-lhe a recitar o *Pater* em francês; entende já tudo quanto se lhe diz em português e começa mesmo a falar essa língua.

Quando deixei S. Borja o Coronel Paulette pediu-me tomar em S, Miguel um outro pequeno índio espanhol e mandá-lo, ao chegar ao Rio de Janeiro, ao Marquês de Belas, irmão do Conde de Figueira. Não podia recusar esse ato de prestimosidade; por isso trouxe de São Miguel um guarani.

NOTA DO TRADUTOR — Chegando à cidade de Rio Grande, Saint-Hilaire demorou-se algum tempo e seguiu, depois, para o Rio, onde chegou após feliz travessia, que durou dez dias, segundo carta que escreveu do Rio de Janeiro, em 4 de setembro de 1821.

NOTAS

SOBRE A AGRICULTURA EM RIO PARDO

As terras produzem duas vezes por ano, quando se alternam o milho e o trigo. O trigo se planta de maio a agosto, e se colhe principalmente em dezembro. Imediatamente depois, queima-se a palha e planta-se o milho na mesma terra sem a amanhar, fazendo-se somente covas com a enxada para aí largar a semente. O milho que se planta na terra onde já se colheu o trigo chama-se milho-de-tarde (?); plantam-se com ele também abóboras. É este milho o que dá mais esperança de boa colheita, porque as espigas, antes de sua maturação, recebem as chuvas de fevereiro e março. Chama-se milho-de-cedo aquele que se planta em outubro, e, consequentemente, em terras onde não se colheu o trigo. Muitas vezes suas colheitas não são abundantes como as do primeiro, porque ele cresce durante uma estação em que as chuvas são mais raras. Com o milho-de-cedo, planta-se feijão, cereal que não necessita senão, nesse país, do sereno das noites.

Quando se cultiva em mata virgem que se abate e queima, amanha-se a terra a enxada, e pela primeira vez aí se planta sempre milho; corta-se o mato em novembro, queima-se em dezembro e se planta imediatamente depois. Não há necessidade de limpar a terra. Colhe-se em maio ou junho. Semeia-se o trigo a mão, depois dá-se uma capina por cima da semente, pois não repontam senão ervas rasteiras. É inútil limpar a terra. Corta-se o trigo abaixo da espiga, com a foicinha, depois corta-se a palha rente à terra para a queimar.

Já no segundo ano, as raízes das árvores estão bastante podres para se fazer uso do arado, após a colheita do milho, desviando-se dos troncos que não foram totalmente queimados. Nessa segunda vez como na primeira não se trabalha a terra senão para cobrir a semente; no final de quatro a cinco anos, cessa-se de plantar milho nessas terras. Após a colheita do trigo, deixa-se crescer a erva até fevereiro; dá-se uma capina, às vezes duas. Semeia-se e procede-se a nova capina. No plantio do trigo basta arrancar a mão o *Calamus* ou *balanz*(?) e o joio, mas limpa-se a enxada o milho e o feijão. Alguns lavradores usam o arado para essa limpeza, tendo-se o cuidado de colocar um açaimo dos bois.

Os índios servem-se da charrua atrelada a um só cavalo conduzido por um menino.

Quando se vê que a terra não produz mais com abundância, deixa-se-lhe repousar. Ao fim de três ou quatro anos pode-se já cortar e queimar as capoeiras. Sobre as cinzas semeia-se o trigo; dá-se uma capina para cobrir a semente, em seguida, no mesmo ano, milho e trigo, como nas roças novas, e continua-se da mesma forma até que a terra tenha necessidade de novo repouso.

Quando se desmata um campo pela primeira vez, dão-se de duas a três capinas, conforme a terra seja mais ou menos forte, e após cada capina passa-se a grade. Semeia-se o trigo pela primeira vez, e dá-se sempre uma segunda capina para proteger a planta.

Nas terras muito ferazes, planta-se uma ou duas vezes por ano milho e trigo, em seguida não se planta senão trigo. Ao final de quatro ou cinco anos, deixa-se repousar a terra. O trigo reproduz de dez a cinquenta por um, cinquenta nas boas terras, cerca de dez nas terras já fatigadas. Veem-se terras que dão até cem por um. Bate-se o trigo com os animais, da mesma forma já descrita em Santa Teresa, e tem-se o cuidado de cobrir a eira com a palha para que a terra se conserve consistente e uniforme. Para o milho, não se utiliza nenhum batedor, mas se desfazem as espigas a mão. O feijão é batido da mesma maneira que o trigo por meio de animais ou com varas.

Não se planta a mandioca senão nos campos ou nas capoeiras muito antigas ou onde não existem mais troncos. Antes do plantio, dão-se umas três capinas, colocam-se os pedaços de rama deitados em covas de três palmos de distância uns dos outros. Alguns lavradores colhem-na ao fim de seis meses, outros ao fim de ano e meio. A mandioca se planta em outubro e se colhe em maio ou junho.

Planta-se a mandioca em outubro, e, para impedir que a geada faça perecer os pedaços de rama ou mudas os lavradores a enterram bem no solo.

Planta-se arroz; mas é um dos grãos mais incertos em virtude da inconstância do tempo. Quando este é favorável, o arroz reproduz até duzentos e trezentos por um, mas quando faltam as chuvas, dá muito pouco, e ainda o que é plantado em terras de umidade medíocre alcança melhor êxito do que aquele que é semeado em terras alagadiças, pois estas últimas, pelo ardor do sol, se transformam para atingir uma dureza extrema e matam a semente. É o arroz cabeludo o que se planta o mais das vezes.

Para se plantar o arroz, ordinariamente dá-se uma capina com a enxada e limpa-se a terra conforme as necessidades.

Algumas pessoas costumam plantar algodão para seu consumo privado, mas as geadas fazem-lhe muitos estragos. Os algodoeiros não dão bem senão nos quatro ou cinco primeiros anos, principalmente no segundo e terceiro. Cortam-se os caules rente ao solo todos os anos. O algodão é branco e fino, mas de fio curto.

O trigo é vendido em sacos de couro cru contendo de seis a doze alqueires. O número de alqueires é indicado por sinais feitos na borda do surrão; o negociante adquire o surrão após a declaração do agricultor; mas esse é obrigado a colocar sua chancela no surrão e se obriga pela quantidade declarada. Se há reclamações por parte do consumidor, é então, condenado a pagar seis mil réis de multa e um mês de prisão.

ÍNDICE ONOMÁSTICO E TOPONÍMICO

Academia de Ciências do Instituto de Paris, 13.
Acantácea, anã, n.° 2578, 126.
Aceguá, Serras de, 109.
Açores, 31, 44; *Ilhas de,* 89,110, 202.
Aé-garras, Aldeia, 116.
África, Costa da, 45.
Águas Claras, Arroio das, 27.
Albardão (elevações), 98; *Lago do, 98,* 100, 101, 102, 104, 105.
Aldeia, 183.
Alegrete, Capela de, 129, 185 201, 210, 221.
Marquês de, 37, 40, 43, 84.
Alemanha, 65.
Alexandria, 81
Alferes, Residência do, 15, 16.
Alsine, 53.
Alsine media, 83.
Amaryllis n.° 2566, 126.
Anemona n.° 1864, 93, 95.
Anethum faeniculum, 111.
Angustura, 107, 109, 112, 113, 114.
Anjos, Aldeia dos, 36, 55.
Anta, Praia da, 229.
Anvers, 81.
Araranguá, Rio, 15.
Araucária, 16, 23, 48, 49.
Arcos, Conde dos, 237
Arenal, Rio, 199.
Arenaria, 72.
Aroeira (Anacardiáceas), 27.
Artemisia, 18.
Artigas, Tropas de, 33, 35, 41, 239.
Arundo donax, 104.
Arroio das Cabeças, 91, 98.
Arroio do Rei, 100.
Arroio, Fazenda do, 15, 22, 24.
Avanuquaro (guardião de homens), 164.
Avicennia, 64.
Azara, Feliz, 116.
Azevedo, José Antônio de (Capitão), 32, 321.

Bagoaladas, 202.
Bahia, 59, 77, 80, 81, 82, 86.
Balanz, 240.
Bandeirinhas, Cachoeira das, 228.
Banhado, 61, 73, 98, 102, 105, 109, 121, 136, 159, 182.

Barba Negra, Ilha da, 237.
Barão de Santo Amaro, ver, Santo Amaro, Barão de 15, 25, 61.
Barreto, General Sebastião, 222.
Barreto, João de Deus Mena, 221.
Barros, Estância de, 48, 50; *Lagoa de,* 45, 62, 227, 233.
Beauce, Planícies de, 23, 93, 126.
Belém, 13, 115, 116, 117, 119, 124, 126, 129, 132, 173, 210.
Bernardes, José, 91, 99, 100, 102..
Bezerra, José Feliciano, 112.
Bicu, Estância do, 149, 150.
Bignonia, 204.
Biscaia, 202.
Biscaino, 202.
Biscoitos, Cachoeira dos, 140, 144, 228.
Boa Vista, Fazenda da, 26, 29; *Ilha de* 60, 76, 158, 202, 234.
Boston, 82.
Boticário, Ilha do, 229.
Botocudos, 132.
Botucarai, Rio, 185, 192, 213, 215, 216, 217, 218, 220, 221, 227; *Serra de,* 89, 91, 105, 107, 131, 185, 190, 192.
Bourache, espécie europeia, 111.
Bourdon, Sr., 32.
Bragança, Casa de, 118.
Brasil, 11, 12, 13, 14, 17, 20, 24, 26, 27, 28, 29, 31, 38, 39, 40, 43, 45, 48, 52, 54, 59, 65, 66, 67, 70, 74, 77, 85, 92, 100, 112, 114, 115, 118, 128, 131, 133, 135, 145, 153, 156, 160, 162, 170, 174, 185, 187, 188, 191, 192, 196, 209, 211, 213, 217, 218, 219, 224, 227, 230, 234, 235, 237, 238, 239.
Bristol, 82.
Bromeliáceas, 16, 53, 78, 94.
Buenos Aires, 43, 70, 148, 156, 175, 180.
Bujuru, 51, 55, 237 ; *Estância de,* 236; *Saco de, Butiá,* 227.
Butuí, Estância de, 143; *Rio de, 144* .

Cabildo, 164, 169, 171, 172, 178, 185, 186.
Cabo Frio, 66, 237.
Cabo Verde, 88.
Cachoeira, Paróquia de, 199, 201.
Cactáceas, 16, 31, 94, 107.
Cadiz, 88.

Caí, Rio, 45, 62, 64.
Caiena, 71.
Caiova, Estância de, 95, 96, 97; Lagoa de.
Cajuba, Lagoa, 95.
Calamus, 223, 240.
Camacuã, Rio; 157.
Camaquam, Rio, 63, 65, 74, 86, 156, 157, 160, 161, 167.
Câmara, Bento Correia da, 221.
Câmara, Casa da, 47, 74, 85, 224.
Câmara, Patrício José Correia da, 221.
Cambuí (Mirtácea), 234.
Caminho Novo, 31, 34.
Campos, 18, 20, 22, 23.
Campos naturais, 23.
Canal de Navegação, 63, 69, 76.
Cananéia, 25,
Canguçu, Lugar, 229.
Canguçu, 64; *Ponta do 63.*
Canhada Chica, 108.
Canhada Grande, 109.
Caotchobaí, Arroio, 157, 166.
Capão do Franco, 98.
Capela de Viamão, Freguesia de, 27, 28, 29, 45, 51, 233, ver também, *Viamão, Capela.*
Capilha, 96, 97, 100, 108.
Capim-limão (*Echites guaranitica* A. S.
Capitão Caiti, 132.
Capitão José Antônio, ver, Azevedo, 32.
Capitão José Antônio de. 32.
Capitão Tomás Aquino, ver, Figueiredo, Tomás Aquino de, 221, 222, 224.
Capivari, Rio, 53, 228.
Copororoca-de-folha-larga (Mirsinácea), 66, 101, 234, 238.
Caraí-major (São Lourenço), 174.
Carajá, Arroio do, 229.
Carex, n.º 1865, 68; n.º 1875, 81; n.º 1878, 78, 93, 99.
Carijo, 176.
Cariofilacea, 83.
Carlos V, 180.
Carmo, Igreja Paroquial do, 46, 74, 224.
Corona, 110.
Carvalho, Major Felipe de, 218.
Carvalho, Manuel Joaquim de, 91, 109, 2018.
Casa da Pólvora, 233.
Cassia, 131, 162.
Castelo Branco, Povoação de, 109.

Castilhos, 114, 130.
Castro, Lugar, 189.
Cazal, Abade, 92.
Ceará, 146.
Cerastium, 72, 78, 99, 103, 104.
Cereus, 31, 106.
Chapicuí, 132.
Charqueada do Curral Alto de São João da Fortaleza, 228.
Charruas, 117; n.º 2671, ; n.º 2671 bis, 136.
Chaves, Antônio José Gonçalves, 72.
Cheripá, 34, 91, 101, 103.
Chico Penteado, Chácara de, 157, 162; Estância de, 167.
Chile, 180.
Chimarrões, 113.
Chincha, 129.
Chuí, 103, 109, 110; Estância do, 91, 97, 105; *Arroio,* 100
Ciperáceas, 15, 111.
Cocambaí, 90.
Combretácea, n.º 1885, 101.
Companhia de Jesus,
Composta, ; n.º 1784, 1789, ; n.º 1846, 130, 131; n.º 1875, 24; n.º 2716, 162; n.º 2587 bis, 214.
Conceição, 67, 161.
Conchas, Lagoa das, 17.
Conde, Arroio do, 229, 234.
Conde de Barca, 25, 43.
Conde D'Eu, 13, 14.
Conde de Cunha, Arroio do, 229.
Conde de Figueira, ver, Figueira, Conde de.
Condessa D'Eu, 14.
Conium Maculatum, 53.
Constitutionnel, Jornal, 26.
Copacabana, 206
Coronel Antero, 230.
Coronel Paulette, ver, Paulette, Coronel, 239.
Correia, Francisco, 91, 100, 101, 102.
Corrientes, Tropas de, 141.
Cosme, Cachoeira do, 128.
Costa, Tomás da, 138.
Coxilha Central, 63.
Coxilha Grande, 229.
Cristóvão Pereira, Ponta de, 63, 236, 238.
Cruzeiro do Sul, Cavaleiro da Legião de Honra do, 13.
Cuba, 62.
Cunhanrequaro (guardião de mulheres), 164.

244

Curitiba, 23, 167, 182, 186; *Campos de,* 23.
Curas, 178, 181.
Curral Alto, Estância do, 98, 99, 228, 229.
Curral Grande, Estância do, 91, 102, 103.

Delmont, Ambroise, 102.
De Jussieu, 11.
Deumário, Fazenda do, 131, 140.
Deus, João de, 138, 178, 221, 227
Diogo, Pequeno, 203.
Dionísio; Casa do, 233.
Distrito Diamantino,
Dom Rodrigo (Conde de Linhares), 227.
Dona Gertrudes, 230, 232.
Dona Josefa, 220.
Dona Maria Clemência, 70.
Dona Rita, Cachoeira de, 229; *Porto de,* 228.
Dores, Igreja das, 47, 234.
Dourados, Estância dos, 227, 228. *Dragões, 118, 138.*
Durasnal de João da Coxilha de Morro Grande, Estância do, 195.

Echites guaranitica, A. S. H., 152.
Egídio, José, ver também, Santo Amaro, Barão de 15, 25.
Eichhornia crassipes (Pontederiácea) 108.
Encruzilhada, Paróquia de, 48.
Entre Rios, 16, 34, 40, 44, 94, 116, 127, 128, 148, 156, 158, 159, 174, 175, 180, 181; Igreja de, 145; Missões Jesuíticas de, 128.
Eriocaulon, 53; n° 1805, 17.

Eryngium, 173; n.° 2758, 187.
Escritura Sagrada, 170.
Espanha, 85, 108; Rei de, 44.
Espirito Santo, 12, 81, 82, 87.
Essonne, Rio (Pithiviers), 194.
Estados Unidos, 62, 118, 188.
Estância do Meio, 25.
Estiva, Estância da, 98; *Potreiro da* 210.
Estreito, Aldeia do, 53, 63, 68; Freguesia do, 57, 63 ; Paróquia do, 58, 97.
Europa, 20, 31, 33, 34, 38, 48, 55, 60, 65, 78, 83, 85, 86, 87 90, 93, 104, 130, 150, 199, 217, 220, 230, 235.

Faculdade de Ciências de Paris, 13.
Fanfa, Ilha da, 229.

Fazenda Real, 36; *Junto da,* 178.
Fernandes, Paulo, 55.
Ferreira, Antônio Cândido, 231.
Ferreira, João Pedro da Silva, 227, 230, 232.
Ferreira, João Pedro de Souza, 91.
Ferreiros, Riacho dos, 197, 201, 202.
Ferrugem, 102, 112, 138, 140, 152, 223.
Figueira, Conde de, 20, 31, 33, 34, 37, 46, 51, 59, 63, 83, 84, 89, 92, 94, 108, 109, 112, 121, 142, 146, 153, 161, 178, 207, 219, 230, 234, 239.
Filadélfia, 88.
Filicíneas, 159.
Filipiner, Estância do, 194.
Firmino, Índio Botocudo, 18.
Flora Brasiliae Meridionalis, 11, 13.
Fonseca, Joaquim Felix da, 138.
Formigas, Morro das, 237.
França, Sr., 13, 18, 19, 20, 25, 26, 28, 38, 55, 60, 65, 101, 118, 157, 203, 205.
Francisco I, 69, 70, 180.
Francisco Correia, Estância de, 91, 100, 101, 102.
Francisco Manuel, Ilha de, 234.
Francisquinho, Riacho, 229.
Freguesia Nova, 63, 227.
Fry, 32.

Gaúchos, 71, 126, 135, 158, 160, 161, 163, 179, 188, 193, 194, 201.
Gavet, 15, 25, 26, 27.
Gazeta de Lisboa, Jornal, 26.
General João de Deus, ver, Barreto, 227. João de Deus Mena, 221.
General Lecor, 31, 40, 41, 65, 69, 71, 72, 100, 109, 110, 222.
General Marques, ver, Souza Manoel, 58, 59, 76, 109, 230, 232.
Gentiana filiforme, 24.
Geranium, n.° 1899, 104.
Geranium, robertianum,
Geribanba, 53.
Gerivá (palmeira), 213.
Gibraltar, 88.
Goiás, Capitania de, 109; *Desertos de,* 237.
Gomes, Antônio (Capitão), 220.
Gonçalves, Bento, 107.
Governador, Palácio do, 47.
Gramínea, 61; n.° 2628,; n.° 2698, 152, 162.
Granadeiros, Cachoeira dos, 228.
Gravataí, Rio, 34, 45, 46, 62, 64, 233.

245

Guaíba, Rio, 45, 62, 63, 64, 222, 227, 233.
Guaracapo, Rio, 166.
Guaicurus, Índios, 115, 116.
Guampa, 75.
Guaraim, 115, 118, 119, 141, *188; Desertos de, 187.*
Guaranis, Índios, 31, 34, 115, 125, 128, 132, 137, 142, 147, 148, 149, 151, 153, 154, 155, 169, 170, 175, 177, 178, 182, 183, 184, 188, 189, 232; Regimento dos, 143, 147, 151, 153, 178.
Guarapuava, 231.
Guarapuitã, Arroio, 115, 119, 120, 123, 124, 125.
Guarapuitá, Riacho, 13.
Guaritas, (Casa do comandante do distrito), 57.
Guernesey, 81, 88.
Guerrillas, 106; Destacamento, 69, 106, 151, 157, 175, 177.

Hamburgo, Arredores de, 78.
Hangar, 73, 74.
Havana, 77, 80, 81, 82.
Hottentotes, 153.
Hyptis, 214, 231; n.º 2656 bis, 162.

Iapeju, Aldeia de, 128.
Ibá, Rio, 202.
Ibicuí, Rio, 194; *Estância de,* 196, 197.
Ibirocai, Regato, 131.
Icabaca, Rio, 156.
Icabaqual, Rio, 157.
Iguaracapu, Rio, 164.
Ijuí, Grande, Rio, 182.
Ijuisinho, Rio, 182.
Ilha da Mãe, 88.
Ilha de Torotona, 76.
Ilha de Cavalos, 116.
Ilha dos Marinheiros, 60, 66, 74, 76.
Ilha dos Ovos, 76.
Ilha Grande, 87, 229.
Ilhéus, Cachoeira dos, 228.
Imbahá, Arroio, 126.
Inácio, Sítio do, 15, 18, 20, 21; *Lagoa do,* 20.
Inácio, Viúva, 102.
Índia, 75, 208.
Ingá (Leguminosa n.º 2496 bis), 222.
Inglaterra, 118.
Itajuru, 220.

Itapeva, 15, 17, 18, 21, 22, 24, 76.
Itapiru-Guaçu, Rio, 184, 187.
Itapiru-Mirim, 187.
Itapitocai, 126.
Itapuã, 62, 63, 76, 233; *Ponta de, 236;* Rio de, 67.
Ibapuita-tuocai, Regato, 126.
Itororó, Arroio do, 140.
Itaruquem, Estância de, 157, 161, 162, 166, 167.
Itu, Rio, 147.

Jacinto Roque, Riacho de, 229.
Jacuí, Rio, 213, 215, 227, 228.
Jaguari, Rio, 187.
Jaguarão, Rio, 109.
Jequitinhonha, Rio, 13, 14, 18.
Jerebatuba, 91, 98, 103, 104.
Jesuítas, 16, 20, 53, 128, 137, 139, 143, 146, 147, 148; Convento dos, 146.
João Gomes, Estância de, 98.
João Pedro, Major, 227, 237.
João Pedro, ver, Ferreira João Pedro da Silva 227, 230, 232.
Joaquim, ver, Neves, Joaquim, 118, 181, 195.
Joaquim José, Casa de, 125, 192, 193.
José Bernardes, Estância de, 91, 99, 100, 102.
José Correia, Estância de, 91, 96, 98, 221.
José Feliciano, 52, 62, 112.
José Marceliano, 68.
José Mariano (Tropeiro mestiço) 18, 19, 22, 27, 39, 40, 41, 49, 51, 60, 75, 76, 90, 91, 102, 117, 119, 120, 121, 122, 124, 125, 132, 133, 134, 144, 145, 167, 186, 204, 207, 208, 211, 232, 234.
Juicuaçu, Rio, 169, 182.
Juimirim, Rio, 169, 182 .
Junco, Ilha do, 237.
Junta Criminal, 31, 37.
Justiça, Palácio da, 46, 47.
Justino, Casa de, 92; *Chácara de,* 98.

Labiada, 131; n.º 1788, 24.
La China, Arroio de, 175.
Lages, Sertão de, 182.
Lagoa Comprida, 98.
Lagoa da Estiva, 52.
Lagoa Mirim, 72, 76, 93, 97, 98, 99, 102, 107, 108, 109.

246

Laguna, 16, 19, 24, 25, 35, 69, 81, 88, 89, 141, 230.
Lapa, 28.
Lapes, 28.
Laruotte (criado francês), 49, 60, 75, 121, 122, 123, 157, 186, 206, 232, 234,
Lathyrus, n.° 2006 (Leguminosa), 72, 100, 106, 110, 122.
Lechiguana, (abelha), 13, 115, 125.
Lecor, General, ver, General Lecor, 41, 65, 69.
Leguminosa n.° 2496 bis (ingá), 130,138.
Leguminosas, n.° 2625 bis e n.° 2625 ter, 138.
Lemos, Sr., Liliácea, n.° 1897, 51, 90, 102
Linaria, 83.
Linhares, Conde de, 227.
Linum, 24, 53.
Linum radiola, 24.
Lisboa, 26, 38, 87, 118, 237.
Loire, Rio, (Orléans), 229.
Loiret, Rio (Plissai), 13, 21, 120, 228.
Lomba, (elevações), 27, 53.
Lombilho, 129.
Lorantácea, 131.
Lucus, 166.
Luxemburgo, Duque de, 12.
Luzã, Conde de, 237.

Major Felipe, ver, Carvalho, Major Felipe de 213, 219, 225.
Major Mateus, ver, Teles, Mateus da Cunha, 66, 88, 91, 96, 218, 219.
Major Pedro, ver, João Pedro, Major. 32, 39, 40, 91, 230, 232.
Maldonado, ; *Campos de,* 111, 114, 127.
Mampituba, Rio, 15.
Mangue *(Rhizophora mangle),* Mangueira, 27; *Estância da,* 75, 91, 99, 146, 199, 209, 211; *Enseada de,*; *Estrada de,* 55; *Lago da, Rio da,* 43, 110, 166, 193; *Saco de,* 10, 66, 176, 227, 236, 238.
Manoel Alves, Arroio de, 234.
Manoel (Camarada negro), 18.
Maranhão, 81, 82.
Marcelino, Camarada, 55, 206.
Marechal Abreu, 117, 163.
Marechal Bento, ver, Câmara, Bento Correia da.
Marechal Chagas, 41, 131, 132, 137, 141, 143, 146, 157, 160, 161, 163, 164, 167, 169, 172, 173, 177, 178, 239, Estância do, 144, 145.
Marechal Curado, 42, 65.
Maria, José, 174, 175, 177, 181, 201.
Marquês de Belas, 239.
Marques, Tenente-general, 59, 76, 109, 230.
Morro Grande, 27, 185, 195.
Marsiliácea n.° 2652, 143.
Matias (Camarada), 115, 119, 120, 121, 122, 123, 124, 125, 133, 134, 138, 139, 144, 145, 157, 165, 167, 177, 186, 190, 191, 193, 194, 199, 202, 204, 207, 209, 214, 215, 216, 218, 220, 230, 231.
Mato, Entrada do, 185, 189.
Maturranga, Cerro da, 112.
Medanos-Chico, Estancia de, 101.
Melastomácea, 131, 162.
Melo, Barão Homem de, 126.
Menyanthaceae, 17.
Milho, Cachoeira do, 229.
Mimosa, n.° 1842, 23.
Minas Genais, ; *Aroeiras de,* 27.
Minas Novas, 19.
Minuano, Vento, 23, 35, 136.
Mirsinácea, 234, 238.
Mirsinácea (Capororoca-de-folha-larga), 66, 101.
Mirsinea, 97.
Mirtácea, 140, 223, 234, 238.
Missões, Aldeias das, Índios das, 20, 51, 55, 141, 142, 147, 164, 182, 185; *Província portuguesa das,* 136. *Montées, Rio (Plissai),* 78, 157.
Montevidéu, 14, 33, 34, 39, 40, 41, 42, 43, 69, 70, 71, 76, 81, 82, 89, 89, 91, 96, 100, 109, 110, 114, 118, 126, 130, 131, 136, 138, 143, 144, 156, 159, 189, 193, 199, 202, 207, 211, 222, 227; *Cabildo de,* 42, 43, 109, 110, 164, 169, 171, 172, 178, 185, 186.
Moreira, Desembargador, 220.
Morro do Coco, 227, 233, 234.
Morro Grande, 27, 185, 195.
Mostardas, Aldeia de, 56; *Lago de,* 16, 18, 34, 98, 101, 104; *Paróquia de,* 65, 69, 78, 79, 181, 181, 199, 201.
Museu de História Natural, 121.

Narciso n.° 2565, 126.
Neves, Joaquim, 118, 181, 195.
Neves, Joaquim Figueiredo, 225.

Neves, José Joaquim de Figueiredo, 213, 220, 221.
Neves, Tomás Aquino Figueiredo, 224, 227.
Nicandra n.° 2733, 187.
Nictaginácea n.° 1850, 101.
Nhorenduí, Rio, 131.
Norte, Aldeia do, 51, 62, 67, 68; *Porto do*, 58, 63.
Nossa Senhora da Aparecida, 122, 192.
Nossa Senhora da Conceição do Estreito do Norte de São Pedro do Rio Grande, Freguesia de, 67.
Nova York, 81, 82, 88.
Nuñez, Angelo; 39, 91, 107, 108.

Onagrácea n.° 1886, 101.
Opuntia, 31, 106.
Ordens de Cristo, Cavaleiro da Legião de Honra das, 13.
Orléans, 31, 46, 76.
Ortogues (Capitão de bandidos), 40, 43.
Oulmães, Lago dos, 107.
Ovelheiro (cão de guarda), 91, 92, 103.
Oxalis, 99, 209; n.ºs 1811 e 1814 bis, 53, 57; n.° 1875-5, 93.

Padre Alexandre, 219.
Padre José Carlos, Cachoeira do, 229.
Padre Salgado, Arroio do, 234.
Pai Sando, 161.
Paiva, Casa do, 69, 79.
Palmares, Estância de, 53, 54; *Lagoa dos*, 111, 112.
Pão de Açúcar (Uruguai), 130.
Pará, 101.
Paraguaí, 16, 34; *Missões do*, 148.
Paraná, 12, 141.
Paranaguá, 87; *Serra de*, 131.
Paratí (Rio de Janeiro), 87.
Parelheiros, 203.
Paris, 11, 13, 25, 119, 131; *Museu de*, 17.
Páscoa, Festas da, 17.
Passo fundo do Curral Alto, 98.
Passovai, Riacho, 145.
Patos, Lagoa dos, 213.
Patrício, Casa do, 43.
Patrício, Tenente-General, ver, Câmara, 221, 222, 227.
Patrício José Correia da, 221.
Paulette, Coronel, 143, 146, 151, 156, 174, 175, 181, 183, 239.
Pedras, Arroio das, 86.

Pedras Brancas, 227; Lago, 232, 233.
Pedro, Camarada, 168.
Pedro, Sr., ver, Ferreira, João Pedro da Silva, 227, 230, 232.
Pedro Lino, Chácara de, 131, 138.
Pedro Morales, Chácara de, 213, 214.
Pedro, Pequeno guarani, 35.
Peixe, Lagoa do, 57.
Pelego, 129.
Penteado, Chico, 162, 164, 166, 167.
Pereira, Cristóvão, 63, 236, 238.
Pernambuco, 80, 81, 82, 86, 118.
Petim, Arroio, 234.
Pinhão (semente), 48, 49.
Pinheiro, Claudiano, 196.
Pinheiro, José Feliciano Fernandes, 52.
Piraju, Riacho, 167.
Piratiní, 167, 173; *Choupana de*, 185, 186; *Rio*, 86, 163.
Pires, Sr., 175.
Pitangueiras, 15, 23.
Poa annua, 83.
Polygala, 130.
Polygonum, 66.
Polygonum aviculare, 66.
Pombal, Marquês de, 83.
Pombas, Cachoeira das, Ilhas das, 237.
Ponta dos Lençóis, 238.
Ponta Grossa, 234.
Pontederia, 108.
Pontil, 120.
Porto, 86; Vinho do, 90.
Porto Alegre, 19, 25, 28, 31, 32, 34, 36, 38, 39, 40, 41, 42, 43, 44, 45, 47, 48, 49, 51, 52, 53, 54, 55, 56, 57, 60, 61, 62, 63, 64, 76, 89, 91, 104, 129, 133, 137, 142, 152, 154, 178, 183, 193, 197, 207, 209, 213, 219, 221, 222, 224, 226, 227, 229, 230, 232, 233, 234, 236, 237, 238; *Lagoa de*, 45, 62, 95; *Rio de*, 95, 227, 233.
Portugal, 33, 41, 44, 83, 85, 108, 110, 115, 118, 153, 197, 199, 221, 226, 227, 230, 234.
Portugal, Tomás Antônio de Vilanova e, 221.
Pouso, Cachoeira do, 229.
Povo da Cruz, 136.
Povos, Estância dos, 136.
Praia da Anta, Cachoeira da, 229.
Prégent, Yves, 121, 205, 207.

Quadrifolia, 143.

Ramirez, Tropa de, 141, 143, 156, 159, 175, 180.
Ratos, Arroio dos, 229.
Regimento de Guaranis-portugueses, 142, 175.
Regimento de Milícia, Coronel do, 151.
Renunculácea n.° 1843 bis, 78.
Residência (Dependência), 181.
Restinga Seca, Estância da, 209, 211.
Rhizophora manglie (mangue), 27.
Ribeiro, Padre José Gomes, 91.
Rincão da Boca do Monte, Estância de, 185, 196, 201, 202.
Rincão da Bom do Monte, 185.
Rincão da cruz, 131, 136, 150, 175, 194.
Rincão das Galinhas, 199.
Rincão de Sanclon, 115, 128, 129, 130, 131.
Rio caí, 45, 64.
Rio Claro, 13.
Rio da Prata, 43, 110, 143, 158, 193.
Rio de Janeiro, 12, 13, 18, 21, 31, 32, 36, 37, 40, 42, 44, 48, 54, 60, 61, 63, 67, 77, 80, 82, 87, 118, 138, 191, 199, 205, 206, 207, 220, 223, 227, 231, 236, 237, 239.
Rio Doce, 206.
Rio Grande, Barra do, 69, 70, 231; *Lagoa de,* 45, 62, 95, 227, 233; *Legião do,* 102; *Capitania do,* 15, 20, 25, 45, 87, 110, 112, 127, 136, 191, 196, 209, 218, 219.
Rio Grande do sul, 12, 14, 25, 45, 51, 71, 73, 85, 91, 140, 158.
Rio Negro, 109, 143, 158.
Rio Pardo, 37, 39, 65, 190, 194, 209, 215, 217, 219, 220, 221, 222, 223, 224, 227, 228, 229, 233, 240; *Vila de,* 215, 222, 223, 224, 236; *Barra do,* 69, 70, 227, 231, 233.
Rio Pelotas, 69, 75, 76, 77, 78, 79, 83.
Rio Salgado, 115.
Rivera, Frutuoso, 41.
Rocha, Campos de, 28.
Rodrigues, João, 32, 89, 131.
Rodrigues, José, 106.
Rosa, Ilha, 229.
Rosácea n.° 1776, 24.
Rua da Igreja, 46, 64.
Rua da Praia, 45, 47, 48, 73.
Rubiáceas n.° 2623 e n.° 2639, 120; n° 2759 ter, 140.
Rumex pulcher, 53, 83.

Sabará, 12, 38.
Saboiatí, Rio, 109.
Saint-Hilaire, Augusto Prouvensal de
Salem, 13.
Saldanha, General, 138, 199.
Saldanha, Sargento-mor, 138, 199.
Salgueiro n.° 2132, 131, 143, 193, 194.
Salicornia n.° 1829, 61, 66.
Salvador Lopes, Estância de, 185, 188, 191.
Salto, Fazenda do, 116, 119, 130, 132, 138; *Rio do,* 45, 64, 182, 194.
Salto Grande, 132.
Sando (Uruguai), 128.
Santana, 119; Rio de, 138, 143, 191, 199, 205, 206, 207, 220.
Santiago, Estância de, 185, 187.
Santa Catarina, Província de, 13, 15; Ilha de, 234.
Santa Fé, 115, 116, 119.
Santa Maria, Lugar, 135, 157, 163, 166, 199, 201, 202, 219; *Acampamento de,* 109, 201; *Aldeia de,* 56, 128, 157, 160, 161, 163, 164, 165, 169, 172, 173, 179, 180, 187, 201, 215, 227, 229; *Capela de,* 27, 129, 163, 185, 199, 201, 210, 213, ; *Chácara de, 131, 138, 157, 162, 163, 166, 174, 213, 214; Distrito de, 191, 201. Rio de, 48.*
Santa Teresa, 71, 84, 89, 90, 92, 94, 96, 97, 99, 103, 106, 109, 110, 111, 112, 113, 124, 184, 210, 241.
Santa Vitória, 36, 180.
Santo Amaro, Aldeia de, 15, 25, 227, 229; Barão de, 15, 25, 61, 89.
Santo Ângelo, Aldeia de, 161, 169, 173, 176, 180, 181, 182, 183; *Igreja de, 145, 146, 169.*
Santo Anjo, 169.
Santo Antônio, Capela de, 196; *Freguesia, de,* 230; *Serra de, 91, 105, 107, 131, 185, 189, 190, 192.*
Santo Isidoro, Capela de, 173.
Santos, 26, 87, 131, 138, 143, 146, 147, 151, 153.
Santos, Francisco Chagas dos, ver, Marechal Chagas, 131, 138.
Santos-Reis, Estância de, 143.
São Borja, 139, 141, 143, 145, 146, 148, 150, 151, 155, 156, 159, 171, 183, 199; *Igreja de,* 145, 146; *Cura de,* 56, 60,

139, 143, 169,172, 183; *Vigário de,* 69, 75, 154, 155.
São Donato, Estância de, 143.
São Francisco, Rio, 13; *Igreja paroquial de,* 46, 47, 74, 224.
São Francisco de Borja, ver, São Borja.
São Francisco de Paula; Paróquia de, 86.
São Gabriel, Aldeia de, 161.
São Gonçalo,76, 78, 79, 86; *Barra de,* 231; *Canal de,* 22, 63, 69, 76, 78; *Rio de,* 13, 14, 18, 20, 21, 31, 36, 37, 40, 42, 44, 48, 53, 60, 61, 67, 76, 80, 118.
São Jerônimo, Capela de, 167.
São João, 169, 181, 182, 183, 185, 195, 196.; *Capela de,* 185.
São João da Cachoeira, Vila de, 215.
São João da Fortaleza, 228.
São João del Rei, 131.
São José, Estância de, 160, 161, 179, 199; *Dia de,* 179.
São José do Norte, Aldeia de, 160; ver, *Norte, Aldeia do.*
São Lambert, Sr., 61.
São Lourenço, Aldeia de, 161, 169, 173, 174, 175, 177, 178, 181, 183, 187; *Chácara de,* 131, 138, 157, 162, 163, 166, 174, 213, 214.
São Lucas, Estância de, 185.
São Luís, Aldeia de, 166, 169, 171, 178, 182, 183; *Chácara de,* 131, 138, 157, 162, 163, 166, 213, 214; *Igreja de,* 145, 146, 169, 182; *Rio,* 88.
São Marcos, Estância de, 115, 127.
*São Martinho,*190; *Serra de,* 91, 105, 107.
São Miguel, 169, 175, 177, 178, 179, 180, 181, 193, 196, 239; *Cerro de,* 112; *Curralão de,* 180; *Paróquia de,* 23, 65, 69, 78, 79, 181; *Pontal de,* 108; *Rio de* 118, 138, 191, 193, 199, 205, 206, 207, 220, 223, 227, 231, 236, 237, 239; *Serra de,* 89, 91, 105, 107, 131, 185, 189, 190, 192.
São Nicolau, Aldeia de, 152, 157, 160, 161, 166, 169, 170, 171, 172, 182; *Convento de,* 179; *Igreja de,* 145, 146, 169, 182.
São Paulo, 12, 28, 77, 87, 107, 162, 207, 231, 237.
São Pedro, Cidade de, 67, 68, 73; *Porto de,* 62, 224, 227, 228.
São Pedro do sul, 68.

São Sebastião, 87.
São Simão, Estância de, 51, 55, 56.
São Tomás, Aldeia de, 138, 160, 199, 221, 222, 224.
São Tomé, Paróquia de, 181.
São Vicente, Estância de, 161.
São Xavier, Aldeia de, 115, 185, 189, 190, 192, 193; *Serra de,* 91, 105, 107, 131, 185, 189, 190, 191, 192.
Sapos, Rio dos, 182.
Schinus, Astronium, 27.
Schinus, Schinopsis, 27.
Sena, Rio, 119.
Senecio, 62, 69, 73, 92; n.º 1833 bis, 66; nº 1853 bis, 91.
Serastium n.º 1875, 93.
Serra, Freguesia da, 17.
Serra Geral, 196, 214, 215, 218.
Serrito, 41.
Silene, 111.
Silva, Antônio Bernardino, 134.
Silva, Estância do, 157, 158.
Silveira, Francisco Inácio da, 69, 70.
Silveira, Joaquim, 110.
Silveira, José, 209.
Silvério, Estância do, 91, 92, 94, 99, 100, 101, 105.
Sinos, Rio dos, 45, 64.
Siqueira, Curtume do, 61.
Siti, General, 131, 141, 142, 169, 175, 179, 180, 181, 193.
Sologne, Pastagens pantanosas do, 17, 20.
Souto, Antônio Francisco, 131, 135.
Souza, Estância do, 157, 158, 160.
Souza, Manoel Marques de, 109.
Sparmannia, 131.
Statice, 66.
Styres, 136.
Surinam, 82.

Tabebuia, 204.
Tahar, Canto do, 118.
Tahim, 97, 98, 102; *Rio,* 98.
Tanque, 26, 73, 77.
Tapera, Estância da, 91, 98, 99.
Tapes, Serra 78, 79, 86.
Taquaras, Rio das, 166, 199.
Taquaratí, Rio, 166.
Taquarembó, Batalha de, 31, 33, 41, 44,

65, 94, 109, 142, 239.
Taquari, Paróquia de, 65, 223, 229; Rio, 229.
Tarhini, Ministro, 199.
Tecoma, 204.
Teles, Mateus da Cunha, 51, 64, 75, 88, 89, 219.
Tetragonia n.º 1853, 66.
Tiliáceas, 131.
Tillandsia usneoides, 228.
Times, Jornal, 26.
Toropi, Rio, 193.
Toropi-Chico, Rio, 185, 192, 193, 194.
Toropi-Grande, Rio, 185, 193, 194.
Tororaipi, Rio, 194.
Torques, 48.
Torres, Paróquia de, 15, 16, 19, 20, 23, 28, 33, 47, 142; *Montes,* 15, 16.
Touropasso, Regato, 127, 130.
Tramandaí, Rio, 20, 21, 22, 25, 231.
Três-Cerros, 135.
Três Irmãos, 227, 229, 235, 236, 237; *Cachoeira dos,* 199.
Tronqueira, Estância da, 202,
Tupamiretã, Estância de, 185, 187.
Tupansinetã (Povo de Nossa Senhora), 161.
Turpinière (Loiret), 13, 14.

Ubá, 18.
Urtica dioica, 53.
Uruguai, 239.

Vacaria, 189.
Vargas, Getúlio, 151.
Velho Terras, Estância do, 91, 94, 96, 98.
Verbena n.º 2646, 24, 143.
Verbenácea, 24; n.º 1791, 138.
Vernonia, 23 ; n.º 1840, 23; n.º 2671, 162, 173.
Verocaí, Rio, 131.
Viamão, Arraial de, 15, 23; *Campos de,* 27, 29; *Capelo de,* 45; *Lagoa de,* 45, 62; *Sertão de,* 182.
Vicia, 96.
Vieira, Tenente José, 91.
Vigia, Morro da, 91, 107, 108.
Vila Nova, 24.
Villarsia, 17.
Viperine commune, 111.
Vitória, Vila da, 36, 109, 180, 236.

Yapeju, 136, 161.

Este livro foi composto com a tipografia Times New Roman
e impresso pela Meta Brasil.